南开 21 世纪华人文学丛书

New Approaches to Diasporic Literature:
Theory and Textual Criticism

离散族裔文学批评读本

——理论研究与文本分析

主　编　徐颖果

副主编　苏　擘　孙　乐

南 开 大 学 出 版 社

天　津

图书在版编目(CIP)数据

离散族裔文学批评读本：理论研究与文本分析 / 徐颖果主编.
—天津：南开大学出版社，2012.3
（南开21世纪华人文学丛书）
ISBN 978-7-310-03815-2

Ⅰ.①离…　Ⅱ.①徐…　Ⅲ.①世界文学—文学评论
Ⅳ.①I106

中国版本图书馆 CIP 数据核字(2011)第 267248 号

南开大学出版社出版发行
出版人：孙克强
地址：天津市南开区卫津路 94 号　　邮政编码：300071
营销部电话：(022)23508339　23500755
营销部传真：(022)23508542　　邮购部电话：(022)23502200
＊
天津市蓟县宏图印务有限公司印刷
全国各地新华书店经销
＊
2012 年 3 月第 1 版　　2012 年 3 月第 1 次印刷
880×1230 毫米　32 开本　11.125 印张　2 插页　320 千字
定价：25.00 元

如遇图书印装质量问题,请与本社营销部联系调换,电话：(022)23507125

Acknowledgements

I am grateful to those whose contributions have made this volume possible. I want to thank, in particular, various publishers in North America for giving me permissions to reprint their materials in the volume. These publishers include the University of Wisconsin Press, the University of Toronto Press, and the Journal Division of the University of Toronto, Incorporate.

Some contributors of the volume allowed me to use their publications in their translated forms, contributors that include, among others, Vijay Agnew, Frank Chin, Gopinath, Shirley Geok-lin Lim, Jinqi Ling, Deborah Madsen, Rolland Murray, Sau-Ling C. Wong, and Shaobo Xie. I wish to thank all of these people for generously sharing their scholarship with the readers of this book, as well as those whose articles have been included in the current volume but whom could not be reached through ordinary means of communications. While I regret not being able to hear from these authors' publishers, I want them to know that they can reach me at any time and that I appreciate their valuable contributions to this volume.

May 16, 2011

目　录

绪　论

第一节　离散批评与离散文化

离散批评（Diaspora criticism）是 20 世纪 90 年代在经济全球化背景下发展起来的一种研究离散族裔群体的社会、经济和文化现象的理论，主要研究人类历史上较大范围的迁徙移居现象以及由此而产生的离散族裔与当地居民在社会、经济和文化交流中的适应、冲突和融合等问题。1991 年《离散族裔》（*Diaspora*）杂志的创刊，标志着离散文化理论作为一种理论研究的开始，也标志着跨国主义和全球化课题已经开始进入美国大学的课程计划。离散理论一经产生便迅速成为热点，随着全球化的进程，离散文化理论不可避免地成为 21 世纪的主要批评理论之一。[1]

离散理论研究领域涉及文学、人类学、哲学、社会学、语言学、历史学和心理学等。由于文学是从文化连接中发展而来的，文学具有直接、鲜活、具体、真实的文字力量，因此运用文学来学习文化在近几年中已成为文学研究的一个重要的新方向。鉴于美国的族裔文学作家的离散群体文化背景，用离散理论研究包括美国华裔文学的族裔文学，不但能从文学的角度理解文化，从文化的视野阐释文学，也提供了研究族裔文学的批评视角。

在世纪之交之际，离散理论已经一跃而成为研究美国文学的中心理论之一，因为在后现代观念框架中，边界和非中心的是关键的。后现代时代的一个重要特点就是各民族和各种文化的联系日益加深："在相互关联的全球化空间里，差异的表述已是文化和政治的需要。全球和本土的密不可分，使得'全球兼本土'（glocalism）这样的二律背反逻辑看法（paradoxical view）进一步为人们所接受。"[2]可以说离散群体已经具有学术研究的中心地位。从离散批评的角度审视美国文学，将引起对美国文学史的修订，而通过修订文学史，离散族裔可以主张当下的权利，因此离散批评理论具有很强的现实意义。

据 1990 年美国联邦政府的人口调查，在美国人口中，580 万人有德国血统，390 万人有爱尔兰血统，330 万人有英国血统，240 万有非洲黑人血统，150 万人有墨西哥血统，100 万人有法国血统，90万人有波兰血统，60 万人有荷兰血统，60 万人有苏格兰血统，55万人有犹太人血统。[3] 这种多族裔的混合血统的人口结构，是使美国在文化上不同于其他许多国家的重要因素之一。而从美国人对自己血统渊源的申明，也可看出他们对族裔背景的重视。美国人的族裔特点如此之突出，以至于有美国学者说："如果所有的社群都来把自己素描一番，就会发现他们都是族裔群体。"[4] 既然现在被认为是主流的群体其实和支流一样，都是族裔的，那么，就有了重新定义主流的需要和声音，比如前哥伦布基金会。该基金会认为将美国文化定义为"主流"文化和"少数民族"文化是一个狭义的概念，因此视重新定义主流为其主题、主旨和使命，[5] 并且认为"多元文化"并不是对某一类别的美国文学的描写，而是对所有美国文学的定义，认为差异不仅仅是构成美国大熔炉的成分，而且是构成美国文化独特结构的不可缺少的部分。整体包括部分。谁也不例外。[6] 因此，从离散文化的视角重新审视美国文学，是美国文学研究中不可忽视的一个课题。

离散（Diaspora）一词的定义

Diaspora 一词源于希腊语 speiro，该词是"撒种"之意，dia 是"分散"之意。从词源上讲，该术语被认为最早出现在希腊译本《旧约》的《申命记》中，特指犹太人的离散处境（《申命记》28，25）。[7] Diaspora 一词在词典中一般只有大写形式，小写的 Diaspora 至今尚未被电脑的词库接受，往往呈现出拼写错误的符号，包括该词衍生出的形容词 diasporan 和 diasproci。Diaspora 的复数形式也只能在为数不多的字典里找到，目前大多数拼写检查程序也不能识别 diaspora 的复数形式。[8] 直到 20 世纪 60 年代晚期，其至连《社会科学百科全书》（*Encyclopedia of the Social Sciences*）都未提及"离散族群"这个术语。《新简明牛津英语词典》也是在 1993 年版本中才有史以来首次对该词增加了如下内容："居住在故国之外的人们的生存状态"。[9]

随着后殖民研究、全球化研究等新兴研究领域的发展，该词开始被用作一个普通的、有小写形式的词汇。小写的 diaspora 可以用来指涉任何生活在故国以外的离散群体，而不是像在《旧约》中那样，只适用于犹太人。Diaspora 一词还获得了新的含义，指在家园以外生活而又割不断与家园文化的种种联系的群体。[10] 不仅如此，随之衍生出该词的形容词 diasporic 和指离散个体的 diasporan，比如：Chinese diasporan，diasporic studies, the Chinese diaspora，其至复数形式 diasporas。更有斯图亚特·霍尔提出"离散过程"（diasporaization）一词。斯图亚特·霍尔认为离散是一个过程，离散过程中最重要的是需要理解对欧洲中心主义进行多方面的抵制。[11] 在后殖民理论的关照下，diaspora 一词还滋生出"跨民族的"、"跨文化的"的含义，从而给文学研究提供了一个新的文化视角，给身份研究开辟了新的视线和思路，特别是对族裔文学研究，更是开辟了新的视野。

离散的现象可以追溯到几千年之前。那时大多数的地理界限划分得并不清楚，即使是在强大的埃及、亚述、巴比伦、希腊、罗马等帝国时期，他们的统治者也很难有效地阻止自由人或奴隶冒险跨越疆界迁移到别的地方；同时，统治者也不能阻止外国迁移者进入他们的边疆地带定居。以上因素推动了最早的一些离散族裔定居区的建立。[12]

研究表明：海外大量汉族居住区最早出现在公元 13 世纪。在 1276 年蒙古征服之后，大规模的汉族群体开始移民国外。[13] 加布里埃尔·谢弗（Gabriel Sheffer）认为，中国的第二次移民潮始于元朝（1260-1368）并得到朝廷的鼓励。元朝的统治者对建立贸易殖民地

（显然，与希腊、亚美尼亚的扩张类型相同）非常感兴趣。14世纪后期，大规模有组织的中国人在柬埔寨、爪哇、苏门答腊、新加坡定居。15世纪，中国在泰国建立殖民地。一个世纪以后，一个中国殖民地一跃成为现在的菲律宾。总之，从17世纪开始，中国离散族群居住区就在世界各地建立。[14] 中国人移民美国（加利福尼亚州）普遍被认为发生在19世纪中期。经过一百多年的美国生活，移民美国的华人已经衍生了第二代、第三代，甚至第四、第五或更多代。在21世纪的今天，离散华人在美国人口结构中的比重，使得华人离散群体成为不可忽视的一个群体。2000年的统计表明，在美国的华裔有240百万，是最大的亚裔群体之一。[15] 研究华人离散群体的文化构成，对于研究作为离散群体的总体的文化特点具有样板的作用。离散群体生活在远离故土的居住国，虽然在不断融入居住国文化的过程中不断地为了适应而调适、而改变，但是他们仍然是具有可辨的文化共性的离散民族群体。因此，研究离散文化是十分必要的。

离散文化

作为一种跨学科的理论，离散理论探讨身份政治、移民主体性、身份认同、群体生物分类和双重意识等问题。离散批评在研究各种离散形成的内部和外部区别的延续和断裂，以及一种社会形成及其文化和美学作用的延续和断裂方面，有着极强的优势。[16] 目前离散批评的研究领域主要有三个方面：一，离散族裔的身份界定；二，由族裔离散引起的跨国文化流动；三，全球化语境下的离散族裔问题。[17] 其中最受关注的是第一种，即对离散族裔的界定，和探讨离散族裔的形成及其文化身份问题。对于中国学者而言，除了以上特征之外，离散族裔的文化渊源，中国文化与华裔居住国之间的关系，及其居住国文化对离散族裔的影响都是十分重要的问题。

形成离散话语的各学科可分为两大派。一派可称为社会人类学派，其主要方法是通过个案研究，对离散群体的多样性进行分类，再归纳离散的各种特征。另一派可称为文学文化研究派，着重研究当代文化生产中形成的离散意识和形式。[18] 正是由于这样一种不同于其他西方文学批评理论的特点，离散批评理论给近几十年兴起的族裔文学批评提供了非常适合的理论视角。不仅如此，离散批评理论也给从族裔的视角重新审视美国文学发展历史，提供了新的视角。

离散意识和形式的一个重要内容，就是离散群体的文化身份认同。离散群体生物意义上的族裔特点与其文化的关系，是一个重要的问题。族裔性（Ethnicity）是建立在共享文化传统的概念之上的。一个族裔群体是共享一个历史、一种文化，或有共同祖先的人的集合。[19] 在要求平等的问题上，一个族裔的群体很容易有共同的立场。这时，他们族裔的血缘关系具有一定的凝聚力。但是，有共同生物特点的族裔群体是否都有共同的文化身份认同呢？

弗朗兹•博尔斯（Franz　Boas）提出，文化与生物特点和所谓的"种族"特点是分隔开来的。[20] 这个观点质疑血统在文化身份认同中的决定性作用，进而挑战白种人对有色人种以肤色划分的合理性。雷蒙德•斯卡品（Raymond Scupin）认为，文化这个概念包括两个方面：物质的和非物质的。物质的文化包括人类社会一切产品，非物质的文化指人类社会中无形的产品，如象征、语言、价值观念、信仰和道德标准。[21] 由于族裔性是建立在包括语言和其他一些后天习得的价值观念、信仰、道德标准等非物质文化之上的，因此可以理解为族裔性不是生理上的传承。[22] 持这种观点的还有泰勒。泰勒认为，文化包括人类活动的各个方面。生物特点是通过基因传给个人的，而文化是通过习得或人类学家所谓的"文化适应"（enculturation）来传播的。文化由一个社会里共有的实践和理解组成。[23]

加布里埃尔•谢弗指出：离散族群作为一种社会—政治的构成，它与祖籍国和居住国的关系永远是一个客观的存在。离散民族产生的原因或者是出于自愿或者是被迫，他们自视属于同一族裔，却永远作为少数民族定居在某一居住国。他们与心目中的故国保持着经常的或不经常的联系。离散族裔作为集体都倾向于永久定居在居住国，与这个民族保持着紧密的联系，积极参与文化、社会、经济或政治活动。诸多的活动中就包括离散族裔建立的国际网络。这些都反映了离散族裔、居住国、祖籍国和国际参与者之间的复杂关系。[24]

萨德什·米什拉（Sudesh Mishra）定义离散群体有六个外在特点：[25]

1. 他们或他们的祖先被迫从一个特定的起源中心向两个或多个多周边或外国区域流散。

2. 他们保留着共同的记忆、视域或关于他们原初的家乡的神话，以及他们的实际居住地、历史和成就。

3. 他们相信他们不能或很可能不能完全地被原初的社会接受而感到部分远离和分离。

4. 他们认为祖先的家园是他们真正的、理想的家园，他们或他们的后代在条件合适的时候会最终回归家园。

5. 他们相信他们应该集体致力于保持或重建他们原初的家园和他们的安全与繁荣。

6. 无论是个人还是集体，他们共同的故乡在一定程度上限定了他们的种族集体意识与相互间的团结。

毋庸置疑，离散群体的生物族裔特征并不代表他们的文化。身份是有遗传功能的，但是，所遗传到的不只是生物学意义上的身份，而是一种文化。文化身份既是对出身和生物身份的外延，也是对出身和生物身份的批评。W.E.B. 杜博依斯提出：世界的历史并不是个体的历史，而是群体的历史；它不是国家的历史，而是种族的历史，忽略或者无视人类历史中的种族思想的人，是在忽略或无视所有历史中的中心思想。对于美国南部的作家来说，种族身份是由他们的文学和文化视野所框定的。[26] 就是说，身份是可建构的。正因为文化身份认同的可建构性，离散文学具有浓厚的历史意识，因为离散作家要通过文学建构自己的历史，并通过改变历史，进而改变有关他们文化和身份的模式化概念。

文化身份问题是族裔文学研究的一个中心问题，往往对同一个问题有不同的阐释。斯图亚特·霍尔将"文化身份"总结为两种不同的思维方式。第一种立场把"文化身份"定义为一种共有的文化，集体的"一个真正的自我"。按照这个定义，我们的文化身份反映共同的历史经验和共有的文化符码，这种经验和符码为作为"一个民族"的我们提供在实际历史变幻莫测的分化和沉浮之下的一个稳定、不变和连续的指涉和意义框架。[27]第二种立场认为，除了许多共同点之外，还有一些深刻和重要的差异。它们构成了"真正的过去的我们"。在第二种意义上，文化身份既是"存在"又是"变化"的问题。它属于过去，也同样属于未来。它不是已经存在的，超于时间、地点、历史和文化的东西。文化身份是有源头的、有历史的。但是与一切有历史的事物一样，它们也经历了不断的变化。它们决不是永恒而固定在某一本质化的过去，而是屈从于历史、文化和权力的不断"嬉戏"。身份绝非根植于对过去的纯粹"恢复"，过去仍等待着发现，而当发现时，就将永久地笃定我们的自我；过去的叙事以不同的方式规定了我们的位置，我们也以不同的方式在过去的叙事中给自我规定了位置，身份就是我们给这些不同方式的名字。[28]

综上所述，族裔群体的文化身份既是文化问题，也是政治问题。后殖民批评、解构主义批评、离散批评和全球化理论，都从不同的角度对族裔身份进行阐释，各有侧重点。然而，虽然对离散群体的身份认同有不同的看法，但是在有些问题上还是有共识的，比如下述问题。

文化身份不是一成不变的

首先，无论是作为一个群体，还是这个群体中的个人，离散族裔的民族认同感并不是一成不变的，相反，它会随着生活环境和他们社会地位的变化而变化。美国华裔的身份认同，曾经经历了拒绝认同于美国人、接受同化和认同于美国人三个阶段。在19世纪中期到20世纪初期的几十年中，移民美国的华人总体上保留了中国文化的传统，以回归家园作为在美国挣扎打拼的强大动力。当时的排华法案，使得华人即使有同化的愿望，也无法实现。陈素贞指出：只有认识到他们既是移民，也是非白人的少数族裔，我们才能充分理解亚裔美国人的历史。作为移民，他们面临的生存问题和许多欧洲裔移民是同样的，但是作为外表明显不同于白人移民的少数族裔群体，华裔一直被看成是"永久的外国人"，永远不可能完全融入美国社会及其主体政治。[29]即使他们接受主流社会的价值观以及行为方式，他们也还是被看成"模范少数族裔"，还是不能享有欧洲裔美国人所享有的种种权利。[30]

定居在居住国的离散群体在异国他乡面临的首要问题是生存问题。为了生存和生存问题解决之后的发展，离散群体需要有等同于居住国其他公民的权利。因此，争取平等的权利和社会地位是他们首先要为之奋斗的目标。为了表明他们和其他公民别无两样，有些人会有意识地弱化他们的族裔性。[31]

美国华裔在一部分人挣得平等的社会地位，一些甚至比其他美国公民都更平等时，华裔群体之间的差距拉开，在身份认同上也会产生同样的差异。由此可见，离散群体不可能共享一个身份。一个族裔群体毫无例外地认同于一个身份的可能性几乎不存在。因为除了族裔、阶级、性别、经济地位、社会地位等诸多因素在决定着一个选择，而每个个体的社会地位和经济基础都各不相同，每个个人在不同的人生阶段的情况也不同。因此，可以肯定地说，一个固定的、不变的、单一的华裔群体身份是不存在的。斯图亚特•霍尔说，移民群体是通过改造和差异的不断生产和再生产来更新自身的身份的。因此，我们可以说，离散身份的多样性、异质性和杂交性是离散群体文化身份构成的特点。与此相反的所谓的"固定身份"，被巴巴认为是殖民主义文化机器的策略之一，借以维系殖民统治。[32]

离散族群的同化问题

人类学家把同化分为三种——文化同化、结构同化和生物同化。文化同化指一个族裔群体接受另一个族裔群体的文化特质，包括语言、宗教、价值观念和新信念。文化同化发生在一个从属的族裔群体接受另一个族裔群体的文化，而文化传授（acculturation）指全面调适和接受占主导地位的族裔的文化。[33]

加布里埃尔•谢弗指出，现在的大多数离散族裔的成员都尽最大的努力在居住国从容地生活。[34] 当解决了生存的根本问题之后，离散族裔面临在同化与不同化之间作出选择。他们可能选择同化，也可能选择不同化，或者选择认同居住国文化，但是保留故国文化传统。加布里埃尔·谢弗的研究表明，历经几个世纪，在这些离散族裔中，这些传说依然鲜活，记忆依然清晰。对于从古代或中世纪存留下来的古老离散族裔（犹太人、希腊人、亚美尼亚人、中国人）来说，他们对故国的情感、归属感帮助他们治疗离散族裔在居住国充满敌意的环境中生活的创伤。对这些离散族裔来说，他们的故国依然是他们深爱的土地。[35]

而有些离散个体则作出相反的选择。他们选择一定程度的融合，但是不被完全同化。"融合策略意在很大程度上参与居住国社会、经济、政治活动而不被同化。这就是说离散族成员努力赢得与居住国社会大多数人一样的个人、社会、经济、政治权利，并与他们一样拥有平等的地位。采用这种策略时，一些离散族裔减少其民族特征，并断开与故国的联系。然而他们仍会留有民族文化特征，承认自己的出身。"[36]

离散族裔的生理特点和对居住国文化的认同，使得指代他们的名词中多了一个表明其族裔特点的形容词，以区别于其他的美国人。比如华裔美国人 Chinese American 中的 Chinese。这个形容词既能将离散群体区别于其他群体，而且还有另外一层意思。它还可以用来指"无疆域性身份"的跨国族群，即那些拥有混合特征的族群，他们与已远离的故国的任何领土都毫无关系。[37]

生物同化问题中还存在一个相貌的问题。1684 年，一个叫弗朗索瓦·伯尼尔的人研究了面部、身体和种族划分之间的关系。伯尼尔被认为是创造了"种族"（race）这个术语的人，所以说，从根上讲，"种族"（race）一词被确定为一种与相貌特征有关的划分方式。实际上，种族至今仍然是按照共有的原型特征来理解的。[38]至今，大家区分一个美国人的身份，大约还是按照其相貌来判断的。汤玛斯·F. 戈塞特在《种族：美国想法的历史》中指出："企图把相貌特征与种族差异联系起来的相貌科学已经存在很久了。"[39]由于华裔在肤色上和相貌上都有不同于其他族裔的特点，所以，在同化时从外形上无法和白人一致的事实，使得生物同化成为不可能。在白人的人群中，亚裔永远无法完全消失在其中。这种相貌特征，也给种族主义一种借口。

与离散族裔紧密相关联的文化身份问题不仅是美国华裔关心的问题，也是全球后殖民语境中的一个重要主题，因为发掘和再现被压抑者的历史，是后殖民批评的重要课题。文化身份更是文化研究中的重要课题，而与文化身份紧密相关的另一个母体，就是离散群体的家园问题。

第二节　家园与身份

离散群体的家在哪里，是一个复杂的问题，也是离散文学的永久主题，因为它直接关联到离散族裔的身份认同这个重要问题。毫无疑问，离散群体离开故国的家园，定居在居住国。故国和定居国两者之间哪一个是他们的家园所在?如果是前者，他们会不会回归家园?如果是后者，他们和故国的关系是什么?如果两者都不是，他们的家园在哪里?如果家园意味着归属感，意味着认同感，他们的身份认同与家园的关系是什么?

后殖民理论家巴巴认为，离散者是离家者（unhomed），但是因为有"非家幻觉"（the unhomely）的伴随，离家者事实上并非无家可归（homeless）。[40]那么离家者的家在哪里呢?在英文中家和房子是两个不同的字。家是 home，房子是 house。而在中文里，家就是房子。家园是一个十分具体的地理位置，一个看得见、摸得着的栖息地。用加斯顿·贝齐拉德的话说，房子是"最强有力的心理空间意象"（psychospacial image）。在这个意义上，房子与家的概念可以互换。"家"不仅是居住的空间，而且带有养育、起源、归属的意味。凯瑟琳·柯比（Kathleen Kirby）把"家"当作是"一个用墙围起来的归属地"，不仅是"一个三维的结构"，还是一个"在观念中的标志"，有无数的词语来描述家这个概念，其中有栖息之地、家园、家、居住地、住所、住地、居处，等等。[41]"家"是一个人的归属地，是一个人的归宿。因此，对于离散群体，家代表归属。身份认同的过程，也是寻找家园的过程。在美国华裔文学中，"家"或"家园"是一个永恒的母题。汤亭亭在《中国人》中歌颂了中国移民在美国建国历史上的贡献，将华人铁路工、甘蔗收割工、厨师、洗衣工等中国劳工写入文学作品。汤亭亭解释说："我在这本新书中所做的就是伸张华裔在美国的权利，这一主张贯穿了书中所有的人物，购买住宅就是一种方式，它说明美国才是自己的国家，而不是中国。"[42]汤亭亭、徐忠雄、赵健秀等华裔作家，都非常关注华裔的家园所在，探讨华裔的家园感觉。汤亭亭在《中国人》中，通过表现第一代华人移民对故国的思念，用中国文化和中国语言元素，创建了华裔认为的故国家园；徐忠雄的小说《家园》，更是以家为主题，通过命名，用话语建构了华人的精神家园，探讨了离散华人的归属。

离散作家笔下的故国家园，永远不能摆脱虚构的成分。他们对故国家园的描述，建立在记忆和想象的基础之上。他们作品中的家园，甚至只是一种文学创作。因此，离散文学中的"家"，便成为一个想象的地方，是一个精神家园。

离散群体的精神家园是心目中的理想。当这个家园给他以精神力量的时候，*这个家园是存在的*，有激励作用的；但是当这个精神家园证明不是他所想象的地方的时候，*这个家园是不存在的*，是没有实际作用的。正像一位少数族裔的女性电影人所说："作为一个少数族裔女性，我……作为一个亚裔美国女性，我……作为一个电影制片人，我……作为一个女权主义者，一个……和一个……我不是外国人，却又是外国人。有时被自己的家园拒绝，有时由于需要而被接受。家园既有用又没用。"[43]

抽象的家园具有游离不定的特点。由于这样的家园存在于离散族裔的心中，因此离散族裔的家园也是一个永远处于变化中、永远处在重塑中的意象。它是动态的。借用奥斯德立兹关于语言流动性的思想，克里斯托弗·C. 格雷戈里-盖德（Christopher C. Gregory-Guider）用"intertopography"一词来指涉西博尔德（Sebald）作品中从一个地方到另一个地方的流散之旅（inter-topos），以及唯有这样的旅途才是他们真正的居住之地的意思。"我们总是在这里/在那里的某个地方，在有许多不同地理印记的荒无人烟的地方。"[44]离散群体的家园是动态的，家随人动。离散群体的家园，就在他们迁移的旅途中。

正因为如此，离散群体的家园是一个永远不可能抵达的家。斯图亚特•霍尔在谈及非洲与非裔美国人身份的关系时说："……它是否是我们身份的本源，经过 400 年的置换/肢解和流放而丝毫没有改变的身份，我们能否以终极的或直接的意义回归这个身份，是更值得怀疑的。原来的'非洲'已经不在那里了。它也得到了改造。在这个意义上，历史是不可颠倒的。我们不能与西方同谋，西方恰恰是通过把非洲僵化为一个原始的、亘古不变的过去而占用非洲，将其规范化。"[45]霍尔进而阐明了加勒比人与非洲的关系："加勒比人最终必定要考虑非洲的，但不可能是任何简单意义上的恢复。"他指出，对于我们来说，它不可改变地属于爱德华•赛义德曾经说过的"想象的地理和历史"，它有助于"精神通过把附近和遥远地区之间的差异加以戏剧化而强化对自身的感觉"。它"已经获得了我们可以命名和感觉的想象或比喻的价值"。我们对它的归属构成了本尼迪克•特•安德森所称的"一种想象的共同体"。这个非洲是加勒比人想象的必要组成部分，我们却不能在直接的意义上回归它的家园。原因是，"非洲"成为"我们政治/记忆和欲望所重述的非洲"。[46]

美国学者帕拉维•拉斯迪戈（Pallavi Rastigo）的一篇讲述印度人与非洲关系的文章，也许能有助于我们对这一现象的理解。帕拉维•拉斯迪戈指出："如果印度族群的确有家园的话，它也不是对想象中的印度的回归，这个家园也是建构在'面孔熟悉'的非洲本土人之间的。"[47]帕拉维•拉斯迪戈在《约吉人》（*The Yogi*）一书中，进一步强调了印度人与非洲的关系，在那本书里，印度人认同于非洲黑人，而不是脑海中抽象出来的印度人。

离散族裔的家，与其说是一个地理位置，不如说更像是一个感情空间。对故国的认同，从物质的寻找转换为一种情愫。故国成为一个假想的理想归宿。家园不再是离散族裔离开的地方，而是他们希望皈依的地方。这种希望之乡对于离散作家的创作提供了广阔的创作空间，提供了无限的创作题材。约瑟夫•布罗德斯基（Joseph Brodsky）在《放逐的条件》（"Condition of Exile"）中谈到，对家园的寻找经常是对谈论中的物质和精神空间的寻找，这些空间让作家越来越靠近能一直激励着他们理想的灵感。[48]在离散文学的文本中，背井离乡、流落海外、思念故乡都是常见的题材，但是他们在文学中表达的归宿，却总是落在一个精神家园，而不是一个具体的能够到达和进入的三维结构。

第三节　离散文学及文化中的记忆

记忆在离散文化传播和建构中的作用正在引起广泛的关注。其实早在 20 世纪 20 年代，文学家就已经在探索记忆的作用。普鲁斯特被誉为"一百年间只出现一次的"小说《追忆似水年华》，就被认为是"一部无意的记忆的纪念碑，而且是一部无意的记忆如何发挥作用的史诗"。有学者甚至认为普鲁斯特是在发现了一种"记忆的形式"之后，才真正开始了他的小说创作。[49]而这种记忆形式就是被翻译成"无意的记忆"、"非自主记忆"、"非意愿记忆"、"不自觉记忆"、"不由自主的记忆"等的一种记忆。所有的这些译名想强调的都是记忆行为的不可操控性。记忆的不可操控性以及记忆的其他特征，对于历史建构、文化传播和历史真实的唯一性等问题的认识，都是颇为关键的，对于中国历史和文化在美国华裔文学中的表征问题，也是十分核心的。国外的跨文化研究和跨民族研究，以及与此紧密相关的记忆在族裔文化建构中的作用等研究，无疑给族裔文学研究带来了新的视角，也给一些关键的问题提供了可能的答案。因此，有必要探讨美国华裔记忆中的中国文学所发挥的作用，探索从跨民族和跨文化的视角研究美国华裔对祖籍国文化的认识途径和规律。

记忆与再记忆

从定义上讲，记忆主要指人脑对经验的事物的记忆、保持、再现和再认，也指被回忆、被记住的事物和对往事的阐释。[50]本文关注的主要是中国文学作为美国华裔的祖籍国文学，在美国华裔的想象和记忆中所发挥的作用，并以此推开，探讨记忆在离散文化这样更大范围的建构中的作用。在美国，华裔经常被指涉为离散者，或移民。虽然离散者和移民都离开家园而移居他国，但是两者是有区别的。 有学者指出，移民涉及的迁徙过程往往以落地生根为目的，而离散者则更注意离散过程，视漂泊为基本生存条件，同时可以突显离散主体与母国和居住国之间的心理和政治距离。[51] 按照这个区分，美国华裔似乎兼具离散群体和移民群体的特点，因为他们虽然已经归化为美国公民，以美国为居住地，却并没有以漂泊为生存条件，尽管他们意识到与祖籍国和居住国之间的距离。那么，他们到底是离散者还是移民，抑或两者都不是呢？从不同的角度看问题，会得出不同的结论。从美国语境的角度看，华裔是离开祖籍国的，所以美国人称华裔为离散者（一些华裔作家也自称是离散者）；从中国语境的角度看，华裔的先辈是移居国外的，所以中国人称华裔为海外华人；而作为华裔，为了抵抗美国的种族歧视，为了争得与其他美国人平等的地位，宣称自己为美国华裔或美国人。因此，视角不同，对华裔的称谓便不同，对他们的认同也有区别。美国华裔的认同，与他们的物理归属有关，也与他们的精神归属有关。在离散文化研究中，华裔通常也被称为离散者，美国华裔的文化和文学也表现出明显的离散族裔的特点。

可以说美国华裔在不同程度上都受到中国文化和文学的影响，他们对中国文化的表述又经常被他们居住国的读者认为是中国文化的准确表征。 对于他们所表征的中国文化，美国华裔之间也持有不同的看法，他们的不同意见甚至发展成为何为准确的中国文化和如何精确地表征中国文化的涉及历史的真实性和叙述的确定性等问题的辩论。我们知道，对历史的阐释和表征是无法脱离记忆的参与的，因为对历史的叙述在很多情况下是通过个人记忆或集体记忆而表达的。但是，记忆的特点决定了记忆具有不确定性和断片性。记忆的主体选择记忆什么、不记忆什么和如何表述记忆。如果说历史是建构的，那么记忆在建构历史和文化的同时，也制造了记忆本身。因此，便有了巴巴所谓的"没有记忆的记忆"和"没有遗忘的遗忘"。民族叙事的开始，可以说就是对民族记忆进行筛选的开始。巴巴认为记忆和遗忘是民族的本质："联合历史的记忆和保证今天的愿望，这是民族的心愿。"[52]民族记忆可以选择遗忘历史上发生过的令人不愿回忆起的事件，也可选择"记忆"民族愿意记忆的事件。对于有的作家，历史干脆就是记忆在适当的灵感激励之下产生的虚构故事。[53]因此，作家对记忆的选择是有明确目的和动机的。对记忆的选择并非是盲目的。需要精神鼓励的华裔女作家会选择"超女"木兰，需要英雄主义的华裔男作家会选择战神关公，在表征他们记忆中的民族英雄时，他们会不记忆主流不接受的或他们不需要的记忆。回忆作为记忆的行为，也如昆德拉所说，不是对遗忘的否定，"回忆是遗忘的一种形式"。记忆的可选择性特征说明记忆是主观的、不完整的。因此，华裔作家笔下关于祖籍国文化的描述多半不是信手拈来的。记忆在这里经过了有意识的筛选和编程，有着人为的操控。我们对这一点应该有清醒的认识。

记忆在离散文学和文化研究中占有非常重要的地位。20世纪90年代，美国学术界就用族裔文本来研究族裔，这本身就证实了在身份讨论中族裔作家的记忆之重要。[54]记忆之所以重要，是因为记忆是离散族裔传承祖辈文化的重要方式，也是他们的文学表达方式。对于汤亭亭的《女勇士》是不是回忆录的问题一直是有争议的。托尼•莫里森认为，《女勇士》不是自传，而是有意识的"再记忆"，"是在通过口头传说和文本形式去倾听并诉说我们所知道的各种过去"。[55]

再记忆明显有创作的成分，它是建立在作家个体记忆之上的一种创作性记忆，所以说再记忆是一种新的叙述。在再记忆中，作家有很强的主体性。作家有选择的余地和自由，也有选择的原则和思想。他们对祖籍国的文化不再是复制或照本宣科。作家可以选择去创建或者批判，也可选择去赞扬或者抵制。他们笔下的文化既不同于祖籍国的文化，也不同于居住国的文化，再记忆的根据是第三种文化——族裔文化，具体到美国华裔，就是美国华裔文化。美国华裔文化指的是构成华裔生活的实际的、具体的内容，以及华裔在美国为生存而进行的拼搏中形成的华裔特有的精神特点和价值观念。

华裔文学中的再记忆表征的是华裔文化，它根植于华裔的历史和生活经历。用华裔作家记忆中关于中国的素材塑造的是华裔的历史。因此，族裔叙述便成为"一个文化回复行为"。[56]在作家的个体记忆中展现的是华裔群体作为一个族裔群体的集体记忆。它表现的是华裔族群对祖籍国文化的理解和情感，期望和理想，以及他们对居住国现实的对应和修正。这是因为回忆本身既有重构过去的性质，也有服务于当下的特点。

作为个体的作家如何选择"记忆"，作为社群的族裔群体如何选择自己的"记忆"，这个问题能够反映出个体和群体如何应对、调试和回应历史及其现实的压力。族裔作家正是通过这样一种调试，用自己记忆的祖籍国文化，来应对居住国存在的种族歧视的。离散族裔的历史于是在离散族裔作家的笔下经常被个人化、族裔化，甚至性别化。人们越来越认识到记忆是离不开想象的。建立在想象基础之上的记忆让渡于历史事实和真理。离散族裔对祖籍国的记忆，很多情况下并不是为了找回过去，而是为了证明现在，是他们建构"此在"的一种方式。族裔作家正是利用小说，来构建他们在居住国的政治在场的。

由于记忆在很大程度上是由想象构成的，因此其主观性和不可验证性就对族裔文化的渊源和真实性形成了挑战。我们都知道，对于我们自己所经历过的事情，记忆尚且是不准确的，甚至是主观而不完整的，那么对于自己并没有亲身经历过，而是通过阅读和学习得来的二手经历，记忆信息的客观性、准确性和完整性的缺失就不言而喻了。一旦认识到华裔的记忆和再记忆的特点，那么关于文化再现的准确性的质疑也就不解自破了。族裔文学中表征的家园和家园的文化，也是族裔作家记忆中的家园和家园文化，因为家园文化的渊源从根上就存在于记忆之中。因此，对族裔文化根源的真实性和准确性的追寻往往是艰涩的，因为叙述者永远都无法真正地了解它们，想象和记忆的内部结构决定了这是对缺失的根源的追寻。[57]

离散族裔建构中的记忆

记忆的主观性使得记忆有时等同于文学创作意义上的虚构。德国学者西格佛里德·J. 施密特将"媒体"分为四个层面：媒介的载体（文学、图像）、传媒技术（印刷术、电影技术）、社会文化层面上的符号传播机制或机构（如学校、出版社）和媒介产品（电视节目、文学作品）。由这四个层面的划分又把媒介的作用相应分成三类：存储、传播和唤起。[58]文学作为记忆的媒介，在美国华裔的记忆中起到不可忽视的重要作用，它具有储存、传播和唤起的全部功能。通过文学，美国华裔用各种创作手法建构祖籍国文化，字里行间充满了作家的想象和记忆，充满了他们的理想、期待和希望，祖籍国甚至被神话化："总是担心记忆中的、想象的或建构的家园，有可能只是一个理想中的，没有被历史、冲突、贫穷或腐败侵蚀过的梦想。"[59]将心中的家园神话化，这不但出现在华裔作家的作品中，而且也见诸于其他少数族裔作家的作品。美国非洲裔作家、诺贝尔文学奖得主托尼·莫里森便在其作品中经常利用神话，被认为"延伸了民族神话的历史，同时赋予它民族传统的独立特征"。[60]美国华裔作家笔下的神话，实际上是他们对令人压抑的现实的回应。他们用神话讲述着现实生活中的真实，将产生于美国华裔的神话再创作，构建出以华裔文化为背景的华裔神话，用以抵消美国民族的神话记忆。可以说记忆虽然是关涉过去的，但是却隐含了当下的向度。纳巴科夫认为《追忆似水年华》一方面是一个社会外在的编年史，同时也是一部内心意识的记录。正是因为这个道理，我们才说记忆是出于当下的需要才产生的。

美国华裔对祖籍国的认知，在相当程度上是通过阅读祖籍国的文学获得的。正如历史对于我们来说是难以到达的目标，只能被无限接近一样，华裔通过阅读文学、历史和其他文本媒介及非文本媒介所认识的祖籍国同样无法接近历史，不同的是他们所认识的历史具有更大的想象成分。又因为记忆的属性决定了记忆的无序性和断片化，尽管这并不是消极意义上的，因为无序和断片同样可以具有文学性，同样可以具有感染力，华裔所认知的祖籍国的文化往往是不完整的，是由很多的断片化的细节和场景组成的，其中不乏盲点。这也部分地解释了不同的美国华裔作家在表征中国文化时为什么总会有不同的视角甚至相互矛盾的内容。华裔有他们自己的记忆视角、他们自己对祖籍国文化的解读，以及他们自己的表征方式。

华裔文学中的中国文化及文学的使用一直是一个超出纯文学创作的议题。英国文化研究学者威廉斯认为，某一文化的成员对其生活方式必然有一种独特的经验，这种经验是不可取代的。由于历史或地域的原因置身于这种文化之外，不具备这种文化的人，只能获得对这种文化的一种不完整或抽象的理解。这种为生活在同一种文化中的人们所共有的经验，被威廉斯称为"感觉解构"。[61]华裔所共有的"感觉解构"，决定了华裔文化并不简单地等同于中国文化。华裔文化是建立在华裔的生活经历之上的，而这是我们身在中国的读者所没有经历过的，甚至是不了解的。[62]由于族裔群体的认同是通过社群感和共同感实现的，离散社群中的一分子与社群认同，也被离散社群认同为社群的一部分，[63]因此美国华裔文化使得他们成为一个精神上相互认同的群体。共同的美国华裔文化背景，形成了具有共性的神话化的中国意象，成为美国华裔在中国文化中寻求精神慰藉及支撑的共同特点。

爱德华•赛义德指出："想象的地理和历史"有助于"通过把附近和遥远的地区之间的差异加以戏剧化而强化对自身的感觉"。[64]美国华裔正是通过将祖籍国神话化或戏剧化，来加强对自己的自信心的树立和对自己形象的重塑的。在重塑中，美国华裔通过中国的民间故事、传说、神话和文学故事，用英语作为语言符码，在华裔文化的理解基础上，构建了一个华裔的家园，一个精神家园。离散族裔文学中的家园可以是真实的家园，也可能只是一个想象中的地方，而不是一个实际的存在。有一位亚裔美国妇女说道：她作为一个少数族裔的女性，她不是外国人，但是却感到生活在外国。有时被社区拒绝，有时却因为需要而被接受。她有时有用，有时没用。[65]同样生活在一个社区，这个少数族裔的女性会感到没有被社区接受，说明她与社区之间没有建立起归属感。从另一个角度看，也说明能使少数族裔产生归属感的并不一定就是他们的居住国。虽然从社会层面，他们已经成为美国公民，但是仍然会经常有"感到生活在外国"的感觉。这非常具体地解释了为什么少数族裔和主流美国公民同在一个真实的物理空间，却有着两个不同的心理空间。

离散文化研究表明，离散族裔的家园可以是真实的、物质的，也可以是虚构的、精神上的。后殖民批评家霍米•巴巴指出，离散者是离家者（unhomed），但并非无家可归（homeless）。无论在哪种文化中，家都是一个人的归属之所在。可以说，归属感与一个实实在在的地理空间有关。因此，在许多文学作品中，归属感非常具体地意味着对家园的拥有。正因为家园关系到归属感，所以华裔作家普遍关注空间、地域和家园问题。著名华裔作家汤亭亭（Maxine Hong Kingston）曾经说道："我在这本新书中所做的就是伸张华裔在美国的权利，这一主张贯穿了书中所有的人物，购买住宅就是一种方式，它说明美国才是自己的国家，而不是中国。"[66]汤亭亭似乎在说，一旦拥有住宅，华人就能从移民或离散者变成美国人，完成一次身份的转变。住宅与家、家园的概念是可互换的。因为住宅是"最强有力的心理空间意象"，[67]所以，家不仅是居住的空间，而且带有养育、起源、归属的意味。家是"一个用墙围起来的归属地"。[68]在美国华裔文学中，与有形的、实实在在的房屋或土地建立所有关系，是一种归属感的建立。这种归属感也包括自我主体的建构与身份认同。寻找家园即是寻找自我。

记忆与身份

记忆与文化身份紧密相关。"再记忆"中对家园的表述常常成为一种身份定位，而并非地理意义上的家园回归。离散族裔对家园的渴望经常表现为一种精神追求，是对在居住国缺失的精神寄托的一种弥补。在期盼家园的表述中，离散作家塑造的是一个理想的精神家园，一个能够满足离散族群归属感的家园。在这个家园中没有种族歧视，族裔群体有着他们满意的社会形象，是一个他们能够从中找到慰藉、温暖和支持的地方。在这个家园中，他们是他们愿意被看成的那种人，他们用他们愿意的方式被接纳。他们接受并被接受。家园此时意味着理想的社会地位和社会身份。因此，对家园的寻求，在某种意义上是对归属感的追寻，而归属感则是自我位置的定位。离散族群的文化价值观不是直接从祖籍国文化照搬而来的。美国华裔心目中的华人是与他们有着共同经历的、对祖籍国和居住国有着共识的华人。他们认同的华人，也是和他们一样的华裔，而不是抽象的、他们无从认识的华人。离散族群所相信的关于祖籍国的文化和历史的想法，是他们意念中的祖籍国文化，建立在他们的理解、体会和记忆之上。文化身份在族裔文学中是通过记忆和想象的叙事建构的。正是在这个意义上，甚至可以说身份形成于记忆之中。[69]

想象和记忆的本质特点，也决定了族裔文化身份是不确定的，永远处于变化之中的。 族裔身份除了作为个体的差异，作为一个整体的族群，文化身份在各种层面和角度，都永远处于多样的，甚至自相矛盾的认同中。华裔作家赵健秀（Frank Chin）的身份认同，应该是具有典型意义的。在赵健秀的作品中，华裔的身份如同他最常用的铁路、公路和市场等意象一样，永远是暂时的、非永久的、处在活动常态下的，这从一个方面表现了离散族裔的心理动态状况：他们在动态中调试自己对自己的认识和对现实社会的应对。

除了动态、变化之外，离散族裔的身份还呈现多元的特点。他们跨文化的心态使他们的身份认同也具有跨文化的、非单一的特点。赵健秀极力反对华裔必须在分离与同化、在黄种人与白种人之间作出选择的立场。他认为这样的选择是虚幻的、自我破坏性的，而且是没有可能的。[70]

我们还应当注意区分两个不同的概念，应该认识到社会的、物质的认同，与个人的、精神的认同之间的区别。离散群体在居住国的生存现实，需要他们面对一系列实实在在的现实问题。出于生存的需要，离散族裔声称自己是居住国的公民，甚至声称与居住国的文化认同，这些都是社会层面的、物质层面的认同。但是，出于生存的需要认同于居住国，并不防碍他们对祖籍国文化的精神需求，也不防碍他们对根的渴望。这是个人层面的、精神层面的认同。两者并不矛盾，也并不相互排斥。

记忆研究包括两个方面，一方面是对记忆对象的重构，另一方面是记忆活动的历史流传。[71] 从跨文化和跨民族的角度重新发现想象和记忆，探讨记忆在文化建构中的各种功能，其意义在族裔文学研究中是不可或缺的，它给族裔文学研究中的身份认同、族裔文化建构等关键问题提供了新的研究视角甚至答案。从跨文化和跨民族的角度阐释美国华裔文学中的中国文化和对中国的表征，也有助于避免想当然的误读和误解。另外，区分社会的、物质的认同，和个人的、精神的认同，也是非常重要的。事实上，长期以来美国华裔文学的一个重要特征，就是在书写华裔在坚持华裔文化的不同之处的同时，坚持着对根的诉求，这是一个容易被忽视的问题。

结语

与其他近几十年产生的文论不同，离散理论是针对离散群体的批评理论，因此它给族裔文学研究提供了非常适合的理论视角。离散话语，特别是其文学文化研究流派，着重研究当代文化生产中形成的离散意识和形式，因此它也不同于其他的西方文学批评理论。但是对我们大多数并不专门研究文化理论的人来说，如果用从理论到理论的方法来学习离散批评，则容易陷入抽象的理论分辨中，更为重要的是，恐怕仍然不一定能获得离散话语的视角，因为对于我们自己没有亲身经历的东西，常常容易因为原有知识储备的限制而想当然地得出主观的结论，或者由于视角限制而想象不到。可是，如果有理论与实践相结合的文本分析论述，就不但能帮助我们了解离散批评，还能提供观察离散群体的语境，从而使我们获得一种离散视角。正是基于这样一种考虑，我们翻译编撰了这样一个理论阐述和文本讨论并举的翻译文集。

所选论文的作者之文化背景可谓相当多元，作者来自北美、欧洲、东南亚和中国。他们有着不同的肤色，来自世界不同的地方，他们分析的文本也非常多元。这些文本反映的有亚裔美国人，非裔英国人，来自印度、斯里兰卡、孟加拉国和巴基斯坦等国的南亚裔加拿大人，印度裔南非人，日本裔巴西人，和华裔加拿大人，等等。这些从东方到西方的来自不同文化背景的离散群体，用他们细腻而生动的个体经历描述，向我们展示出对离散群体的关注。他们的困惑和他们的诉求，其中的问题和主旨是其他许多文学批评都不曾涉及的，是离散群体独有的问题，也是需要用独有的视角去洞察、去领会的问题。正是因为这样的差异性，才赋予这样一个文集以学术价值和现实意义。

离散群体在迁徙过程中的感情经历是非常独特的。他们可能认同于不同的文化，即使是在同一个族裔群体内部，他们选择认同的也不一样，但是他们面临的问题都是一样的，即都把在居住国生存下去作为首要目的。为此目的，他们采用不同的生存策略，殊途同归。

离散群体的"跨"文化的特点赋予这个群体独特的情感感受，其中有许多是我们从来不会碰到的问题，因此也造成我们在审视离散文学时容易发生视角盲点。希望本文集能通过世界各地不同的离散群体的迁徙经历和转型经历，使读者从中感受到离散群体的特殊的情感，获得离散话语的"跨"文化的视角，从而深入研究各种族裔文化和文学。

本文集所选论文总起来讲分为两类，第一类是以阐释离散批评的概念为主的论文，第二类是用离散批评分析文本为主的论文。目的是希望通过这些离散批评概念的说明和用离散批评理论具体分析文本的实践，帮助读者获得一种离散批评视角。正是着眼于离散族群这个大的群体而不仅仅是华裔族群，因此所选的论文并没有局限在华裔作家这个范围里，而是选择了能体现多视角的其他离散群体的作家，以有利于读者从中获取具有普遍意义的离散族群的特点和视角。

第二部分收录翻译了《唉咿！亚裔美国作家选读》和《大唉咿！亚裔作家文选》的序言和再版序言等。这几篇虽然不是离散理论研究，也不是文本分析，但是却有着同样重要的意义。其作者赵健秀（Frank Chin）、陈耀光（Jerrery Paul Chan）和徐忠雄（Shawn Wong），不仅是美国华裔文学的开拓者，也是重要的华裔作家。由他们在 1974年编撰出版的《唉咿！亚裔美国作家选读》推动美国华裔文学正式进入美国主流文学的视野。他们作为华裔作者和华裔文学史的书写者，亲历了华裔文学的历史和发展。正如《唉咿！亚裔美国作家选读》的简介所言，"该文选突出体现了这些作家在关注点和风格方面的多样性。他们的语言是强硬的，书中的角色是强有力的，这些作家是高傲和自豪的。他们的作品探讨亚裔作家在面临是做白人还是做亚裔的双重身份时存在的自卑和焦虑的问题"。他们基于自身体验的表述，表达了华裔作为离散群体的心声，这对于我们了解华裔作家的视角及其原由有极大的帮助，因此也选入本文集中。

徐颖果

2011 年 5 月 16 日

于天津理工大学

美国华裔文学研究所

参考书目

［1］ 张冲. 散居族裔批评与美国华裔文学研究. 外国文学研究，2005，2.

［2］ 童明. 飞散. 赵一凡等主编. 西方文论关键词. 北京：外语教学与研究出版社，2006，第 119-120 页.

［3］ Gabriel Sheffer. *Diaspora Politics: at Home Abroad.* Cambridge University Press, 2003, P. 92.

［4］ Ishmeal Reed. "The Ocean of American Literature," The Before Columbus Foundation Fiction Anthology, selections from the American Book Award, 1980-1990, edited by Ishmael Reed, etc. W.W. Norton & Company, New York · London, 1992, P. xvi.

［5］ Gundars Strads, etc. "Introduction: Redefining the Mainstream,"

The Before Columbus Foundation Fiction Anthology, selections from the American Book Award, 1980-1990, edited by Ishmael Reed, etc. W.W. Norton & Company, New York · London, 1992, P. xii.

［6］ Gundars Strads, etc. "Introduction: Redefining the Mainstream, " The Before Columbus Foundation Fiction Anthology, selections from the American Book Award, 1980-1990, edited by Ishmael Reed, etc. W.W. Norton & Company, New York · London, 1992, P. xi-xii.

［7］ Gabriel Sheffer. *Diaspora Politics: at Home Abroad.* Cambridge University Press, 2003, P. 9.

［8］ Gabriel Sheffer. *Diaspora Politics: at Home Abroad.* Cambridge University Press, 2003, P. 8.

［9］ Gabriel Sheffer. *Diaspora Politics: at Home Abroad.* Cambridge University Press, 2003, P. 9.

［10］童明. 飞散. 赵一凡等主编. 西方文论关键词. 北京：外语教学与研究出版社，2006，第 113 页.

［11］Sonya Andermahr, Terry Lovell, Carol Wolkowitz. *A Glossary of Feminist Theory.* Hodder Arnold Publication, 1991, P 60.

［12］Gabriel Sheffer. *Diaspora Politics: at Home Abroad.* P. 51.

［13］Gabriel Sheffer. *Diaspora Politics: at Home Abroad.* P. 9.

［14］Gabriel Sheffer. *Diaspora Politics: at Home Abroad.* P. 68.

［15］Raymond Scupin, Ed. *Race and Ethnicity: An Anthological Focus on the United States and the World.* Upper Saddle River, New Jersey, USA, 2003, P. 247.

［16］Sudesh Mishra. "Diaspora Criticism," *Introducing Criticism at the 21st Century.* Julian Wolfreys, Edinburgh Univerisy Press, 2000, P. 31.

［17］张冲. 散居族裔批评与美国华裔文学研究. 外国文学研究. 2005，2.

［18］童明. 飞散. 赵一凡等主编. 西方文论关键词. 北京：外语教学与研究出版社，2006，第 116 页.

［19］Raymond Scupin, Ed. *Race and Ethnicity: An Anthological Focus on the United States and the World.* Upper Saddle River, New Jersey, USA, 2003, P. 67.

［20］Raymond Scupin, Ed. *Race and Ethnicity: An Anthological Focus on the United States and the World.* Upper Saddle River, New Jersey, USA, 2003, P. vi.

［21］Raymond Scupin, Ed. *Race and Ethnicity: An Anthological Focus on the United States and the World.* Upper Saddle River, New Jersey, USA, 2003, P. 71.

［22］Raymond Scupin, Ed. *Race and Ethnicity: An Anthological Focus on the United States and the World.* Upper Saddle River, New Jersey, USA, 2003, P. 73.

［23］Raymond Scupin, Ed. *Race and Ethnicity: An Anthological Focus on the United States and the World.* Upper Saddle River, New Jersey, USA, 2003, PP. 67-70.

［24］Gabriel Sheffer. *Diaspora Politics: at Home Abroad.* PP. 9-10.

［25］Sudesh Mishra. "Diaspora Criticism," *Introducing Criticism at the 21st Century.* P. 16.

［26］Thadious M. Davids. "Race and Region," *The Columbia History of the American Novel.* Emory Elliott, Ed. Foreign Language Teaching and Research Press, Columbia University Press, 1991, P. 413.

［27］斯图亚特•霍尔. 文化身份与族裔散居. 罗刚，刘象愚主编. 文化研究读本. 北京：中国社会科学出版社，2000，第 209 页.

［28］斯图亚特•霍尔. 文化身份与族裔散居. 罗刚，刘象愚主编. 文化研究读本. 北京：中国社会科学出版社，2000，第 211 页.

［29］Suchen Chang. *Asian Americans: An Interpretive Hotory.* Twayne Publishers, Boston, 1991, P. 187.

［30］Suchen Chang. *Asian Americans: An Interpretive Hotory*. P. 187.

［31］Raymond Scupin, Ed. *Race and Ethnicity: An Anthological Focus on the United States and the World*. Upper Saddle River, New Jersey, USA, 2003, P. 67.

［32］童明. 飞散. 赵一凡等主编. 西方文论关键词. 北京：外语教学与研究出版社，2006，第 119 页.

［33］Raymond Scupin, Ed. *Race and Ethnicity: An Anthological Focus on the United States and the World*. Upper Saddle River, New Jersey, USA, 2003, P. 82.

［34］Gabriel Sheffer. *Diaspora Politics: at Home Abroad*. P. 164.

［35］Gabriel Sheffer. *Diaspora Politics: at Home Abroad*. P. 61.

［36］Gabriel Sheffer. *Diaspora Politics: at Home Abroad*. P. 164.

［37］Gabriel Sheffer. *Diaspora Politics: at Home Abroad*. PP. 10-11.

［38］Grice, Helena. *Negotiating Identities—An Introduction to Asian American Women's Writing*. New York: Manchester University Press, 2002, P. 131.

［39］Grice, Helena. *Negotiating Identities—An Introduction to Asian American Women's Writing*. New York: Manchester University Press, 2002, P. 130.

［40］童明. 飞散. 赵一凡等主编. 西方文论关键词. 北京：外语教学与研究出版社，2006，第 123 页.

［41］Grice, Helena. *Negotiating Identities—An Introduction to Asian American Women's Writing*. New York: Manchester University Press, 2002.

［42］Wong Ping Chin. "Children of the Chinese Diaspora: A Comparison of Lee Kok Liang's *Flowers in the Sky* and Maxine Hong Kingston's *China Men*." *Comparative and Global Perspective*. Eds. Shirley Hune, etc. Washington State University Press, Pullman, Washington, 1991, P. 271.

［43］Ashcroft Bill, Giffiths Gareth, Tiffin Helen, ed. *The Post-colonial*

Studies Reader. London: Routledge, 2002, P. 216.

［44］Christopher C. Gregory-Guider. The "Sixth Emigrant": Traveling Places in the Works of W.G. Sebald. *Contemporary Literature*, Fall 2005, Volume 46, No 3. P. 428.

［45］斯图亚特•霍尔. 文化身份与族裔散居. 罗刚，刘象愚主编. 文化研究读本. 北京：中国社会科学出版社，2000，第 216 页.

［46］斯图亚特•霍尔. 文化身份与族裔散居. 罗刚，刘象愚主编. 文化研究读本. 北京：中国社会科学出版社，2000，第 218 页.

［47］Pallavi Rastgi. "From South Asia to South Africa: Locating Other Postcolonial Diasporas." *Modern Fiction Studies.* Fall 2005, P. 542.

［48］Ketu H. Katrak. "Colonialism, Imperialism, and Imagined Homes." *The Columbia History of the American Novel.* Ed., Emory Elliott. Foreign Language Teaching and Research Press, Columbia University Press, 1991, P. 652.

［49］吴晓东. 从卡夫卡到昆德拉：20 世纪的小说和小说家. 北京：三联书店，2003，第 50 页.

［50］王炎，黄晓晨整理. 历史与文化记忆. 外国文学，2007 年第四期，第 103 页.

［51］凌津奇. "离散"三议：历史与前瞻. 外国文学评论，2007 年第一期，第 111 页.

［52］Marni Gauthie. "The Other Side of Paradise: Toni Morrison's (Un)Making of Mythic History." *African American Review*, Volume 39, Number 3, 2005, P. 405.

［53］Bill Ashcroft, Gareth Giffiths, Helen Tiffin (eds). *The Post-colonial Studies Reader.* London: Routledge, 2002, P. 216.

［54］Helena Grice. *Negotiating Identities—An Introduction to Asian American Women's Writing.* New York: Manchester University Press, 2002, P. 93.

［55］Helena Grice. *Negotiating Identities—An Introduction to Asian American Women's Writing.* New York: Manchester University

Press, 2002, P. 93.

［56］斯图亚特•霍尔. 文化身份与族裔散居. 罗刚，刘象愚译. 文化研究读本. 北京：中国社会科学出版社，2000，第 218 页.

［57］Cheng, Anne Anlin. *The Melancholy of Race: Psychoanalysis: Assimilation, and Hidden Grief.* Oxford University Press, 2001，P. 84.

［58］王柄钧. 历史与文化证记忆. 王炎，黄晓晨整理，外国文学，2007 年第四期，第 102 页.

［59］Helena Grice. *Negotiating Identities—An Introduction to Asian American Women's Writing.* New York: Manchester University Press, P. 201.

［60］Marni Gauthie. "The Other Side of Paradise: Toni Morrison's (Un)Making of Mythic History." *African American Review*, Volume 39, Number 3, 2005, P. 405.

［61］斯图亚特• 霍尔. 文化身份与族裔散居. 罗刚，刘象愚译，文化研究读本. 北京：中国社会科学出版社，2000 年，第 218 页.

［62］徐颖果. 美国语境里的中国文化裔文化. 南开学报，2005 年第四期，第 41 页.

［63］Helena Grice. *Negotiating Identities—An Introduction to Asian American Women's Writing.* New York: Manchester University Press, 2002, P. 90.

［64］斯图亚特• 霍尔. 文化身份与族裔散居. 罗刚，刘象愚译，文化研究读本. 北京：中国社会科学出版社，2000 年，第 218 页.

［65］Ashcroft Bill, Griffiths Gareth, Helen Tiffin (eds.). *The Post-colonial Studies.* London: Routledge, 2002, P. 216.

［66］Wong, Ping Chin. "Children of the Chinese Diaspora: A Comparison of Lee Kok Liang's *Flowers in the Sky* and Maxine Hong Kingston's *China Men." Comparative and Global Perspective.* Eds. Shirley Hune, etc. Washington State University Press, Pullman, Washington, 1991, P. 271.

［67］Helena Grice. *Negotiating Identities—An Introduction to Asian American Women's Writing.* New York: Manchester University Press, 2002, P. 200.

［68］Helena Grice. *Negotiating Identities—An Introduction to Asian American Women's Writing.* New York: Manchester University Press, 2002, P. 200.

［69］Helena Grice. *Negotiating Identities—An Introduction to Asian American Women's Writing.* New York: Manchester University Press, 2002, P. 93.

［70］John C. Gishert. *Frank Chin.* Boise State University, 2002, P. 36.

［71］王柄钧. 历史与文化证记忆. 王炎，黄晓晨整理，外国文学，2007 年第四期，第 102 页.

第 一 部 分

离散与文化记忆

安　华（Anh Hua）

离散研究（Diaspora studies）将跨越不同地域与空间的人口流散与文化散播现象概念化。其结果是，这一学科与跨国主义（transnationalism）、全球化（globalization）、民族主义（nationalism）以及后殖民性（postcoloniality）研究一道，作为前沿的研究领域而浮现。今天，离散是最广为争论的术语之一，尤其是在有关移民（migration）、错置（displacement）、身份/认同（identity）、社群（community）、全球化运动（global movements）以及文化政治（cultural politics）等学术讨论中。对流散生成的了解，能够帮助我们理解对从前受到压迫与殖民，以及那些被迫或自愿留在"家里"的人们的重新定位及其社团建构。离散的理论化，加快了对许多概念进行论证或符号学探讨的步伐，包括归属与认同（identification and affiliation）、归家欲望与家园怀恋（homing desire and homeland nostalgia）、流亡与错置（exile and displacement）、再创"世界新秩序"（New World Order）中的文化传统、混种认同（hybrid identities）的建构、文化与语言学实践、社群与社群间边界的建立、文化记忆与创伤（cultural memory and trauma）、回返政治（the politics of return），以及超越单一民族国家形态或在其中进行地理与文化归属（geographical and cultural belonging）想象的可能性。在这里，我将论述离散反映出了什么，它作为一个概念的有效性，以及理论化过程中的一些注意事项。在本章的后面部分，我将探究记忆的作用过程，以及为何记忆对于离散研究与女性主义来说有着重要意义。

从女性主义角度来看，缝被子对于理解诸多离散与记忆理论来说是一种隐喻。缝被子的艺术提醒我们，理论从来不是孤立的；相反，在一种文化中——并且，依照玛丽·路易斯·普拉特（Mary Louise Pratt）（1992）所言，在"接触界"（4）发生的不同文化间动态交换（intercultural dynamic exchange）或文化互化（transcultura-tion）中——理论总会同从前与当代理论和语言进行"对话之想象"（dialogic imagination）（Bakhtin 1981）。

依照传统，缝被子这种活动是由妇女来完成的，而且它被男权主义艺术理论家贬低为一种"手艺"，而非"高雅艺术"。不论缝被子，抑或写作，都需要时间、耐心、想象力与创造力。一位妇女用线将零碎的布缝在一起，做成被子。这个被子就有了它自己的历史，并且以同缝被人的生活相共鸣的方式，表现出她的审美理解。同样地，学者对理论或理论的诸方面也做出选择，从而挑出最适合于其手中故事形式，或者那些能够代表他们对所处社会语境的看法与理解的。类似于缝被子，理论化过程中所排除在外的，与包括在内的一样，都是构成一个完整故事所必需的。

当妇女们聚在一起缝制被子，或协力攻克一个学术课题时，这两种活动都能提供空间，来回忆她们各自所熟知的过去，分享那些对各自经历所持的不同看法，进而更深地了解它们，并且帮助克服受害感（feelings of victimization）。同缝被人一样，女性主义学者建构新的故事，从她们的视角，叙说着其生活是如何充斥着性属、种族与阶级诸方面的阶层制度，并且证实了她们对于交织在一起的各种压迫的反抗。

离散一词来自希腊语动词 *speiro*，意为"播种"，前缀 *dia* 意为"遍及"（Cohen 1997，ix）。这个词暗示出分散的人群之间保持的真实的或想象的关系网，而他们的社群意识由不同形式的交流与接触所维系，包括亲属关系、贸易、旅游、共同文化（shared culture）、语言、仪礼、圣典、印刷物以及电子媒介（Peters 1999，20）。离散将分散人群构成的各种社群联系起来，而系统的跨越边界（border crossings）令这种互联得以发生。少数人与移民群体共同拥有各种渴望、记忆与认同。离散人群一旦由于地理距离及政治壁垒同祖国割离开来，他们就会发现，自己同故国保持着更为密切的关系——在今天，由于现代交通、通信以及劳动力迁移技术，这成为可能（Clifford 1994，304）。离散颠覆了单一民族国家。虽然离散并非没有民族主义的目标，但它们不单单是民族主义的（307）。它们与单一民族国家的准则，以及本土主义的认同形成（nativist identity formations），处于紧张状态之中。它们是"移置中的寓所"（dwellings-in-displacement）（310）。离散社群经历了一种间接的张力（mediated tension）："分离与纠葛的感受，身在曹营心在汉的体验"（311）。

当我使用离散一词，我指的是一群人从中心向两个或更多的边缘地带散布，同时也指在散布过程中所牵涉的集体记忆与创伤。离散是一个历史术语，曾用以指在不情愿的情况下被分散开来，由于奴隶制度、大屠杀、种族灭绝、高压政治与驱逐出境、冲突地带的战争、契约劳工（indentured labour）、商业移民、政治流放或难民潮而遭移位（dislocated）。由于系统的种族主义（systemic racism）、性别主义（sexism）、蔑视同性恋者的异性恋主义（sexism）以及社会—经济排斥，离散人群在寄居国（host country）经常会有一种疏离感。为了抗拒被同化到寄居国之中，同时也为了避免对其共同历史（collective histories）的社会失忆（social amnesia），离散人群力图复兴、再创与发明艺术、语言、经济、宗教、文化以及政治的实践与产品。因此，离散文化包含了处于离散状态中的不同群体之间、跨越国别界限的社会—经济、政治与文化交流。

新技术与全球通信的变化，以及在我们当前所处的晚期资本主义世界中日益频繁的旅行，使得这种相互联系成为可能。其结果是，共同的记忆、神话以及对家园的幻想，变得清晰可见。共有的离散认同、意识与关联被缝合在一起——当然，是权力不平等使然。记住以下这点至关重要，即离散认同与离散社群不是一成不变、严格死板或者同质同类的；相反，它们处于流动之中，不断发生变化，是异质异类的。在离散社群之中，权力争斗屡见不鲜；由于各地区间（intersectional）在诸多方面的经历不同，如性属、阶级、性征、种族、年龄、代沟、身体残障、地理、历史、宗教、信仰，加之语言/方言迥异，也会造成群体间的分裂。换言之，离散社群与网络，同样难免受到性别歧视、种族主义、阶级意识、同性恋恐惧（homophobia）、老年歧视（ageism）以及其他的差异与偏见的影响。

离散理论能够帮助解释从晚期殖民时期，到非殖民化时代，直至 21 世纪的现代性与后现代性运动。离散一词曾被用来描述满腹惆怅的背井离乡。现在，尤其是就后二战时代，发生于前殖民地、难民潮以及商业移民中的独立运动而言，它具有新的政治与认识论意义（Braziel and Mannur 2003，4）。克哈奇格·托洛利安（Khachig Tololyan）（1991）指出，离散作为"跨国主义的词汇"，"曾被用来描述犹太人、希腊人以及亚美尼亚人的散布，[但是]现在同移民、流放、难民、客居劳工、流亡社群、海外社群、族裔共同体（ethnic community）等词……有相同的含义"（4-5）。离散已经从不同的出发点得到了研究，包括东亚、东南亚、南亚、非洲、加勒比海、拉丁美洲、中欧，等等。记住以下观点是至关重要的，即离散的理论化不应该同历史与文化特征分离开来；我们需要区分不同的离散形成（diasporic formations）。正如阿弗塔尔·布菈（Avtar Brah）（1996）所述，我们很容易将作为理论概念的离散，同离散话语，以及具体的、作为历史事件的离散相混淆。因此，区分具体的、作为历史事件的离散与作为概念的离散，是举足轻重的（179）。我们还应谨防"不加鉴别、未经考虑，就将'离散'一词用于任何或一切全球性移位或运动的语境中"，因为，"某些形式的移动是旅游"，并且将一切迁移都试图划定为对公民权利的剥夺，是有问题的，也不符合现实情况（Braziel and Mannur 2003，3）。另外一个重要的方面是，要提防某些离散话语，因为它们倾向于将差异与多样性同质化（homogenize），并且在社群之中略去权力斗争，从而形成保罗·吉尔罗伊（Paul Gilroy）（2000）所谓的"种族绝对主义"（ethnic absolutism），而在这种理论下，某一特定离散人群中的所有个体，都被视为与传统、共同历史以及种族出身先天地联系在了一起。吉尔罗伊（1993，2000）、斯图尔特·霍尔（Stuart Hall）（1990，1999）、考比纳·莫瑟（Kobena Mercer）（1994）、莉萨·洛维（Lisa Lowe）（1996）、周蕾（Rey Chow）（1993）以及其他作家，对于某些离散研究中存在的同质化倾向提出批评。离散个体的生活不会超越性属、性征、种族与阶级的差异，其概念也不能脱离开一些其他相关的范畴，成为孑然独立的分析范畴（Braziel and Mannur 2003，5）。认识到离散社群并非固定或前给定的，这一点非常重要："它是受到日常生活物质性的严峻考验而形成的；在平凡的故事里，我们会区分个体的自我与集体的自我"（Brah 1996，183）。一切离散都是异质的、异见相争的空间（contested spaces），并且是根据诸如性属与阶级界限、代际差异性（generational difference）、性取向、语言渠道（language access）、历史经验、地理位置等问题的不同而相异的。离散需要嵌进（embedded）"对权力的多轴（multi-axial）理解"之中（189）。

在某种意义上，离散是每天发生的"国家之外……甚至是语言之外的"经历……及其文本陈述（Lavie and Swedenburg 1996，14）。离散指的是"移居者、外国移民、流亡者以及难民对地理所具有的双重关系与忠诚"，"他们与目前所据空间的关系，以及梦寐萦怀的'归家'之思"（Lavie and Swedenburg 1996，14）。因此，离散状态下的人们拥有双重的视角：他们承认早先在他处的存在，并与当下所在地的文化政治保持批判的关系——二者都嵌进移位的经历之中。对于离散主体（the diasporic subject）来说，家园能够成为"一类阐释性的中间物，作为一种对多个地点负责的形式"（Radhakrishnan 1996，xiii-xiv）。这样，对离散的历史化具有了双重的复杂性，因为人们必须处理时、空两方面的断续性（xiv）。尽管离散主体或许有双重的视野，以及双重的意识，但是正如拉达克里希南（Radhakrishnan）所警告的，重要的一点是要认识到，"离散并不构成纯粹的、渗透着极端反记忆（a radical countermemory）的异托邦（heterotopia）。离散空间的政治的确是矛盾的、具有多重意义的"（173）。

另外，重要的一点是，要去质疑并重新考虑早先带有固定家园、身份/认同以及流亡概念的离散叙事，因为在那里，家园被怀旧地视为"可靠的"归属空间（space of belonging），而居留地则是有点"不可靠"、令人不快的。对于一些在故国有着痛苦与创伤经验的越南难民来说，在他们因越南战争而导致的流亡期间，返乡或是怀乡都不是好的选择。此外，一些离散妇女不会去怀旧，因为故国是文化民族主义与跨国主义父权制和暴力之所。比较离散男性而言，离散妇女更不太可能对家园抱有怀旧式的记忆，因为在"旧世界"会找到对父权制观点、习俗与传统的痛苦回忆。正如辛格（Singh）、斯克莱特（Skerrett）、霍根（Hogan）（1996）所评论的："妇女有理由不那么怀旧，'因为草地更绿、年轻人知道他们所处地位的美好的过去时光，同时也是妇女知道他们所处地位的日子，并且那不是妇女们想要返回到的地位'"（10）。对于怪异（queer）离散主体来说，无论故国家园或者是离散寓所，都不能提供有"安全性"、"真实性"或归属感的空间。其原因是怪异身份、经历以及性征，是书写于国家之外，也书写于离散之外（1997）。正如阿妮达·曼纽尔（Anita Mannur）（2003）所释：

> 对怪异离散主体来说，"家的问题格外令人烦恼"，因为他们中的许多人从这样的空间中被完全驱逐出去。这些主体对于家的概念，经历了痛切的矛盾心理，而不是用一种怀旧式的说法，将其喻为一个安全地带、一个庇护地或向往回到的空间……事实一目了然，或显得有些奇怪，但是在怪异个体或社群看来，想家和对家园的（后）记忆是一个艰难、复杂而且充满矛盾的过程。既然对家的场所/看法，并不允许轻松地进入一个对性别他异性（sexual alterity）来说充分安全的领域，那么在这种语境下，对"那里"（"there"）的回望与对"这里"（"here"）的展望所做出的浪漫化的隐喻，就有待商榷了。（286-287）

拉达克里希南（1996）也警告我们要注意在某些有关故国的离散叙事中发现的、未加甄别的怀旧之情。通常情况下，当我们对寓居地抱有不满，并因它拒绝改变其明显的不公正而愤愤不平时，我们就会回眸家园。然而，正如拉达克里希南所指出的，这种不加甄别的回眸，可能会忽视故国的现实情况。我们可能会产生对一个理想化家园的记忆，而这个家园同当前历史毫无关系；我们还可能去假设，自从离乡之后，那里一切如故（211-212）。拉达克里希南认为："离散者渴望得知自己同故国的亲密关系，但是这种渴望不应该转化为对起源的超历史的、神秘主义的追寻……离散中的隔绝感会是痛苦的，但是起源政治（politics of origins）不能成为治疗的良方"（212）。

因此，离散理论家、作家、电影制片人以及艺术家需要"坚持位置（positionalities）的灵活性与流动性，并瓦解对离散主体形成的线性叙述（linear accounts），因为它们特许了从'家'——一个常常令人困惑的概念——到'非家'（not home）的单一的、不定向的运动"（Dhaliwal 1994，3）。此外，在 2001 年 9 月 11 日之后，人们无论在现实或隐喻意义上，都不应该赞美存在于离散社群与离散话语中的旅行运动。比如，随着纽约世贸大厦的倒塌、接踵而来的伊拉克战争，以及"非典"（SARS）肆虐，对于穆斯林、南亚以及其他亚洲人来说，旅行已经变得更加困难。

如果警记这些要点，离散的理论化依然是紧要并且重要的，因为它容许我们改造（reconfigure）国民、国家以及国家叙事（national narratology）间的关系。正如保罗·吉尔罗伊（Paul Gilroy）所述，离散的理论化通过提供可替代种族、国家与受限的文化（bounded culture）这些传统概念的选择，能够将归属（belonging）诸议题问题化、复杂化。它能够帮助我们理解由移位、迁徙、放逐以及强制移民（forced migration）产生的社会世界（social world）。离散的理论化可用来分析文化间以及跨文化的过程与形式。它也可鉴别强制播散与被迫位移，如奴役、集体迫害（pogroms）、契约劳工、种族灭绝，以及其他形式的社会怖行与创伤。由于离散认同能够存在于现代公民身份之外并与之相对抗，离散可以颠覆民族国家。离散通过承认次国家与超国家的亲族关系（sub- and supra-national kinship），能够向作为国家建筑砌块的家庭发起挑战。离散的理论化能够提供对认同形成（identity formation）的反本质主义的（anti-essentialist）理解，因为离散认同通常是混合的（creolized）、融合的（syncretized）与杂交的（hybridized）（Gilroy 2000，122-132）。归根到底，离散是一个有用的概念，因为它使得女性主义者、文化理论家以及社会科学家完整、彻底地思考一些争论不休的问题，包括认同与凝聚力（solidarity）、归属与地理、空间化与主体位置（spatialization and subject positionality）、再现政治（politics of representation）、根与路（roots and routes）的关系、跨国界与跨文化的形式与产品，以及家的政治（politics of home）。

在下一节中，我将反思记忆的工作过程。我坚持认为，离散理论家与女性主义者需要思考记忆分析可提供的深刻见解。我还会回顾记忆与女性主义间的关系，以及不同的女性主义者在女性主义理论化过程中，是如何利用记忆政治（politics of remembrance）的。

记忆的理论化

没有历史会是纯粹的事件、纯粹的演进；每一个都更像是一种重复，回归到必须要重新讲述的故事，并与从前的讲述区别开来。过去不是一个能以它为基础来创建什么的真理，而是一个被探寻的真理，是要挣扎着跨越过去的再纪念（Matsuda 1996，16）。

马特·松田（Matt Matsuda）（1996）提醒我们说，历史不是纯粹事件的记录，而是返回到一个不同的故事，或是对这个故事不同的重复。过去——或历史——变成一个挣扎着越过个体和集体记忆与纪念的场所。对于离散与女性主义精确的理论化来说，记忆是一个重要的分析术语，因为它同历史与政治斗争紧密地联系在一起。记忆已成为一种性属的、挪用的、政治化的、国家化的、医学化的（medicalized）和审美化的（aestheticized）功能。在记忆研究中，我们应当注意缺席、距离、见证（witness）、证词（testimony）、传统、怀乡和遗忘（6）。在离散研究中，记忆分析能够揭示过去或历史的不完备性，因为记忆与历史都是偏颇的认识论形式。通过唤起那些被遗忘或被压迫的人作证，记忆能够成为一种社会正义的策略。然而，这种策略需要"将过去理解为有冲突的，将证据理解为有疑问的，将所有的立场都理解为令人怀疑的"。它要求阅读历史要远离一种线性、实证主义的叙事，趋向于"作为记忆痕迹的历史，每一个都被不断地详述、重复、重组"（15）。

记忆指的是"保存特定信息的能力"，或是"能够使我们将呈现为过去的印象或信息现实化的一组精神机能"（LeGoff 1992, 51）。记忆是通过精细的、随时间改变的心智映射（mental mappings）而形成，而不是心智印记（mental imprints）或图像类似（iconic likeness）。记忆是对过去实际发生的事情的建构或重建。记忆为需要、愿望、兴趣和幻想所扭曲。记忆是主观的、适应性强的，而不是客观的、特定的；记忆是情感的、概念的、语境化的，不断地经历修改、选择、阐释、扭曲与重建（Bertman 2000, 27）。记忆不是使过去复活，而是要建构它。对记忆的吁求，是寻找某人的历史。记忆的场所是集体的，也是个人的；是活着的，也是死去的；是我们的，也是属于他人的。在作为纪念的记忆（commemorative memory）大量涌现时，记忆闪烁着，变成了陌生之物（Donougho 2002）。在离散研究与女性主义中理解记忆是如何发生作用的，能够帮助我们重写湮没（oblivion）。遗忘（forgetting）比我们所认为的要更为活跃。遗忘是一种行为，一种创造性发明，一种表演，一种选择性的遗失。

个人与集体记忆是可以区分开来的。个人记忆代表了单个个体的记忆，包含于有生之年中，并通常建立在第一手经验之上。文化或集体记忆构成了包括数代的、大众的集体记忆（Bertman 2000, 31）。在莫里斯·哈布瓦赫（Maurice Halbwachs）（1980, 1992）看来，集体记忆是一个群体、阶级或国家成员对共有的过去所留存的记忆。它们能够在口头流传或书写的故事中，在传闻、手势、文化风貌以及制度化的文化活动中找到。集体记忆是以个体未曾经历、但由集体建构的对过去社会事件的共同知识的形式表现出来的（Paez,

Basabe, and Gonzalez 1997, 150)。在马里塔·斯特肯（Marita Sturken）看来，文化记忆是不明确的、多样化的，是通过意象、场所、客体与表现产生与议定（negotiated）的。在《纠缠的记忆》（*Tangled Memories*）中，斯特肯（1997）调查了 20 世纪 80 与 90 年代多种美国文化记忆，包括越战、艾滋病流行、肯尼迪被刺、挑战者号爆炸以及海湾战争。她写道："文化记忆的过程，与复杂的政治利害关系和意义密切相关。它一方面定义文化，同时也是意义——通过这种意义，其分歧与相互冲突的议程得到揭示。从效果来看，将记忆定义为是文化的，能够进入有关记忆意味着什么的讨论。这个过程不会抹去个体，而会涉及在意义创造中个体间的相互作用。文化记忆是一个文化交涉（cultural negotiation）的领域，不同的故事通过它在历史中争得一席之地。"（1）

由于文化记忆是政治性的，同时因为不同的故事和表现在历史中争得一席之地，记忆对于理解一个文化来说就至关重要了，因为它揭示了集体的愿望、需求、自我定义和权力斗争。

对于女性主义者玛丽安娜·赫施（Marianne Hirsch）和瓦莱丽·史密斯（Valerie Smith）来说，文化记忆牵涉到转移行为（acts of transfer），而在其中，个体与群体通过回忆由相互对抗的规范、传统与实践所构成的共有的过去，建构与实行其认同。这些记忆的转移行为包含了一系列的动态交涉（dynamic negotiation）：过去与现在、个体与集体、公众与个人、回忆与遗忘、有权与无权、历史与神话、创伤与怀旧、意识与无意识、畏惧与渴望。这些居间的文化记忆，是个人与集体经验断片，通过各种方法或记忆媒介被传达，完成阐释的作用与影响（Hirsch and Smith 2002，5）。

记忆分析对于离散与女性主义理论化至关重要，因为它既能揭示出后殖民离散女性与男性内心的心理状态，如欲望、狂想、压抑、否认、恐惧、创伤、认同、反感与厌弃，同时也能揭示出离散社群的社会状态。通过将口头与书写历史复杂化为斗争的场所，记忆研究能够揭示霸权记忆（hegemonic memory）与反记忆（counter-memory）。因此，记忆研究不但能够展示权力是如何运作的，也能让被压迫者发出声音并为之提供媒介。记忆研究有助于离散与女性主义的理论化。记忆在历史文献、文学、电影、电视、视觉艺术、剧场、网络、典籍、演讲活动、音乐、国歌、纪念碑、纪念品、博物馆与画廊、广告、期刊杂志与信件、典礼与仪式、狂欢节、建筑以及都市风景中，处处可寻。记忆是传递传统、礼节与群体历史的一种方式。记忆分析还能阐明各种创伤的工作过程，包括跨大西洋的奴隶制（transatlantic slavery）、大屠杀、越战、两次世界大战、"9·11"事件，以及虐待、强奸与乱伦等性创伤。最后，记忆能够引起认同形成、家园与归属的重写、怀旧、哀恸，以及在离散、放逐与移民叙事中常有的迷失感（sense of lost）。

　　文化或集体记忆自身具有一定程度的政治力量。正如米歇尔·福柯（Michel Foucault）（1975）所述："既然记忆实际上是斗争中一个非常重要的因素（的确，斗争事实上在某种历史有意识的前进中发展），如果某人控制了人们的记忆，他就控制了他们的动能（dynamism）。"（25）集体记忆的准确性已遭到质疑，因为各种群体的国家、阶级、宗教与种族记忆，由于不同的政治目标，已被操纵与歪曲（Gross 2000, 1-7）。由于记忆常常在无意识的层面上发生，所以它更具有被时间与社会操纵的危险（LeGoff 1992, xi）。需要特别指出的是，统治阶级经常会为了他们自身的利益，去支配与操纵集体记忆："使自己成为记忆与遗忘的控制者，是统治和继续统治历史社会（historical societies）的阶级、集团与个人的一项急务。为历史所遗忘或没有提及的事情，揭示了操纵集体记忆的这些途径"（54）。但是，由于个体记忆与文化记忆具有高度的选择性和可塑性，重要的一点是要确定选择的原则，去发现它们从某处到另一处、从某群体到另一群体是如何变化的，以及它们是如何随着时间与地点发生改变的（Burke 1989, 100）。由于社会认同与不同记忆——家庭记忆、位置记忆（local memories）、阶级记忆、国家记忆、离散记忆、妇女记忆，等等——所具的多样性，一个多元的记忆模式，对于理解不同的"记忆社群"（memory communities）、不同的社会群体对于记忆的不同用法，是富有成效的。去质问是谁，让谁，去记住什么，以及为什么，是至关重要的。对于过去，谁的版本被保留与记录？我们还需要区分对于过去的官方与非官方记忆，因为非官方记忆能够产生"异议与抗议的地理"（geography of dissent and protest）（107）。

对于像妇女与少数族裔这些被边缘化的群体来说，回忆是颇具价值的。这些主体与社群必须不断提醒强制性的国家男权文化，要去见证和承认妇女与后殖民个体的声音、经历、认识论和记忆。

正如艾姆瑞吉特·辛格（Amritjit Singh）等人（1996）所述："作为历史与记忆之间正在进行的论争的一部分，边缘化群体常常试图将优势集团情愿遗忘的东西，存留在国家记忆的中心。这个过程导致的结果是，集体记忆通常变动不居：在文化空间中，多元记忆（而非单个记忆）为了引起注意而处于经常的斗争之中。"（6）尤其是对妇女来说，记忆是显著的，因为她们通常记日记、日志，保管着家庭相册。由于她们缺乏慰籍与排解渠道，所以很多妇女生活在过去之中，因而很重视个人、家庭和集体记忆（10，亦见 Greene 1991）。

女性主义者对于记忆也感兴趣。有关对妇女的性虐待与性暴力的女性主义文学、自传和回忆录、妇女的口头历史，以及移民与奴役的性别政治，揭示了记忆的重建与传播（Hirsch and Smith 2002，3）。最近，关于记忆人们写了很多，尤其是有关大屠杀造成的创伤，以及目击大屠杀的证词。但是，仅为数不多的研究将性属当作一个分析的范畴。女性主义者已经指出，性属与种族和阶级一道，是记忆与回忆的重要方面。文化记忆居于特定的性属、种族与阶级之中，并且引起特定的性属、种族与阶级身份与认同。由于文化记忆涉及充满斗争的权力要求，还由于权力总是性属化的，所以我们需要考虑记忆中的性属差异。另外，文化比喻（cultural tropes）与表现总是标有性属、种族与阶级记号的。记忆的技术（technologies of memory）、阐释框架（frames of interpretation）、转移行为（acts of transfer）以及作证的方式（modes of witness）都是性属化的。经验和经验的回忆与讲述也是性属化的。相对于男性身体，女性身体更为经常地被给予了哀悼、痛苦、证据与康复等文化作用（cultural work）。因此，女性主义者认为，要理解记忆、回忆、创伤、证据与证词，就必须考虑到性属差异，以及性属、种族与阶级间的相互关系（6-7，11）。一些女性主义者对于波尔德（Bold）、诺尔斯（Knowles）与利奇（Leach）（2002）所谓的"女性主义的反记忆"（feminist countermemorializing）尤其感兴趣。女性主义的反记忆通过将个体的记忆所有权转化为集体记忆，将个人悲伤与哀恸变为对于社会责任、社会变革以及行动主义，能够产生对抗的记忆（129）。在他们对于玛丽安娜的《圭尔夫公园》（*Park in Guelph*）的研究中，安大略作为"对那个夜晚的回忆"集结和纪念在蒙特利尔大屠杀中遇难的14位妇女的女性主义回忆作品的场所，波尔德等人主张，女性主义的反记忆需要将对妇女的暴力问题大白于天下，并使之进入政治议程。女性主义的反记忆能关注"诸多个体行为的集体体现，如个人讲述的记忆、转化成公众愤怒的个人痛苦、因记忆创伤（remembered trauma）而无需盗用其可感的特征（usurping its felt specificity）所采取的并为之负责的行动……以及对未来变化的要求"（138）。女性主义者不仅仅因为怀旧的原因而回忆过去，在更大的程度上，她们对批评的记忆（critical remembrance）更感兴趣，因为它能够使得妇女的个人和集体痛苦与苦难公之于众。她们对能够改变未来的行动主义者也感兴趣。对记忆的女性主义阐释，同下述方面紧密联系在一起，如物质现实（material reality）、与国家与跨国家父权制的斗争、实用主义的变化（pragmatic change）、女性主义的组织策略（organizational strategies）、为了在未来实现终结性别歧视与性暴力以及种族与阶级不平等而作的努力。女性主义者的确拥有她们特定的记忆工作策略。正如玛丽安娜·赫施和瓦莱丽·史密斯指出的那样，女性主义的文化记忆研究，通过将女性主义的质问模式应用到文化记忆与遗忘分析中，来阐释在记忆作品中性属与权力的关系。女性主义文化记忆研究恢复了被男权主义历史记录与档案遗忘或压制的记忆与历史。它们通过承认妇女的知识产品、声音、沉默与生活经历，解构了了解过去的传统模式。女性主义者通过关注选择性的档案材料，如小说与回忆录、视觉形象、音乐、表演、电影、大众文化与口头历史，尝试去找寻"权利常遭剥夺者的证词"（testimonies of the disenfranchised）。女性主义者主张妇女作为对抗的读者与观众，其"格格不入的阅读"有重要的意义，从而向处于主流地位的男权主义意识形态假说发起了挑战。女性主义者也对日常生活经历进行阐释，认为个人的就是政治的。女性主义的记忆工作策略，承认下述方面所具的重要性：积极的倾听、"移情认同"（empathetic identification）、他者认同（nonappropriative identification）、主体间关系、跨越差异的联盟建立，以及实质性、具体化、定位的，并对权利常遭剥夺者做出响应的知识生产模式。最后，女性主义者表示，积极的回忆连同个体与文化记忆，都能成为政治行动主义的形式（Hirsch and Smith 2002，11-13）。

记忆能够为一些女性主义者重构与传播：重写家与归属的概念，发展各种操演性身份/认同（performative identities），复述某人定位的生活历史，承认具体化的记忆与反记忆，记录一部反抗的系谱，获得有关自我成长与自我恢复的知识，将作为怀旧式渴望的回忆同生活的、批评的、有意图的回忆的考古学区分开来。例如，女性主义者 M.杰奎·亚历山大（M. Jacqui Alexander）（2002）认为，有必要将作为怀旧式渴望的记忆，同用以批评的回忆、作为一种意图的记忆区分开来，以期理解我们同过去、历史与时间的关系：

> 我们所有人能否始终记住，作为一种永远不会遗忘的方式，建立一种活的记忆的考古学，使之更少地同生活在过去、唤起过去或剔除它发生联系，而更多地同我们与时间及其目的之间的关系发生联系。在记得何时（when）——期待某种回报的怀旧式渴望——与使得我们能够记得的活的记忆之间，存在着区别（96）。

常常从她个人历史的回忆开始其女性主义理论化的黑人离散女性主义者贝尔·胡克斯（Bell Hooks）（1990）也认为，非消极、非怀旧式渴望的记忆是重要的。在《渴望》（*Yearning*）中，她写道：

> 在《自由宪章》（*Freedom Charter*）这部记录了南非反抗策略的作品中，"我们的斗争也是为了记忆反对遗忘的斗争"这句话，不断地得到重复。记忆不需要是一种消极的反省，让事物成为其老样子的怀旧式渴望；它能够作为了解过去并向它学习的一种方式发生作用，正如迈克尔 M.J.费彻尔（Michael M. J. Fischer）所谓的"为了获得对未来的洞察力而作的追忆"。它能够成为自我恢复的催化剂……黑人集体的自我恢复。我们需要让我们反对种族主义斗争的记忆保持鲜活，这样我们就能具体地标明那些提供方向感的地点、时间、人物。（40）

对贝尔·胡克斯来说，批评的记忆能够作为了解过去并向它学习的一种方式、作为自我恢复和社群建立的催化剂、作为提供反抗系谱的文件发生作用。回忆能够使我们对集体的，反抗种族主义、性别歧视、异性恋主义与全球资本主义剥削的后殖民斗争的记忆保持鲜活。作为被压迫者的一种方法论，记忆能够阻止由有色妇女以及所有妇女创造的审美遗产（aesthetic legacy）被擦除（1990，115）。为记忆而进行的斗争，能够帮助"通过改造当今现实，来为我们创造能够弥补与回收过去、痛苦、苦难与胜利遗产的空间"。记忆不是为简单地记录，而是去建构新事物，"推动我们进入一个不同的发音方式"（147）。"为了记忆而反对遗忘的斗争需要记忆的政治化，将怀旧与记忆区分开来，因为后者能够启迪与改造当下"（147）。对于回顾某人的生命历程、重审他所作的选择以及实现女性主义与离散理论化的目标来说，记忆是必需的。

通过自传书写或女性主义理论化，从而恢复某人对过去的记忆，能够提供"一种重聚感与释放感"（Hooks 1989，158）。依据个人回忆的写作，使得他"重新找到自我与经验的那个方面，虽然它不再是某人生命的真实部分，而是塑造与影响当下的活的记忆"（158）。记下某人的回忆，能够提供明了性与证据，也能将无意识与过去解放并回到当下。最后，记忆书写能够帮助某人理解自己的心灵，以及叙述过程中的不同思考角度，也能够帮助产生新的知识，激发自我成长（159）。

结论

离散建基于异质的历史与文化特性，以及为性属、阶级、性取向、代际差异、语言渠道、历史经验与地理位置所区分的、论争的场所。离散是流动的、随着历史变化的，不是固定的或前给定的。

研究离散的学者已经用材料证明，文化记忆是怎样能被商定的、索取的与发明的。离散作家、诗人与艺术家，已经使用集体记忆，来记录其社群与团体的传统、仪式与历史。这种记忆对于边缘化团体来说尤为重要，比如说在加拿大有被征服历史的中国、南亚、加勒比黑人、厄立特里亚、"穆斯林"等的妇女。在这一卷接下来的章节中，我们能听到离散学者的声音，其欢乐与悲哀使我们从他们的视角了解其家庭、社群与社会。这些叙述展示了过去与现在、个人与集体、权力与无权、怀旧与创伤、意识与无意识、恐惧与欲望之间动态的协商。作家们追忆所遗忘、被压抑的事情，为他们的过去作证；它们是反记忆，是对社会正义的追求。

通过追忆与为记忆提供材料的活动，一些离散妇女已经能够反抗对其个人与历史作为"他者"（Others）的定义。这一卷中所收录的妇女的批评性回忆，展示了边缘化的、族裔的、种族化的社群是如何定义他们自己的，以及记忆是怎样作为催化剂，实现自我恢复与社群建设的。他们的叙述指出了解过去并向它学习的新方法，展示了记忆是怎样帮助收回被征服团体的审美遗产，并使其集体反抗性别歧视、阶级歧视、种族主义与异性恋主义的记忆保持鲜活的。然而，记忆并不是简单地记录过去，而是促使我们拥有新的发音方式，从而将我们从过去中解放出来，因为它已为现在与未来所知。

如果用某物来为记忆、移位以及保罗·吉尔罗伊所谓的离散跨国社群的"根与路"作喻，那就会是银杏树。银杏树是一种叶如扇形、古老的亚洲树种。它被移民带到北美，有时作为一种植物的补充，来增强记忆。在《千高原》（*A Thousand Plateaus*）中，德勒兹（Deleuze）与瓜塔里（Guattari）论述说，存在于进化论和自由进步话语与表现中、为启蒙主义给予特权的"人之树"（The Tree of Man），可为随处可见的"杂草"（weed）所替代。杂草能被用作干涉主义政治理论化（interventionist political theorizing）的象征。同样地，银杏树能够象征记住殖民化历史的一种对抗性方式，以及随之而来的个人、群体与社群的移位。它发言反对社会化的遗忘形式，以及国家的历史记忆缺失。银杏茶饮后渗入我们身体，记忆从而会被铭刻在、铭刻进我们性属化、种族化的身体。

一位亚洲妇女对个人与集体记忆协商感兴趣，并为之魂绕梦牵，而我认为：

记忆是个魔术师，一只会变形的狐狸，或是精怪。

记忆是娇小的巾帼英雄轻轻的足音，

从一个陶瓦屋顶跳向另一个，

在黑夜里偷走了判断力。

你看到她飞翔了吗，

蒸发，易容，变形，

如青烟一般，拂过宁静的湖面？

你被她迷人的召唤吸引了吗，

裹着黑裙，蒙着黑纱，

伪装于魔法之中？

她就是记忆；她就是回忆。

参考书目

[1] Selves：Yearning, Memory, and Desire. In *This Bridge We Call Home：Radical Visions for Transformation*, ed. Gloria Anzaldua and Analouise Keating, 81-103. New York and London：Routledge.

[2] Bakhtin, Mikhail. 1981. *The Dialogic Imagination*. Trans. C. Emerson and M. Holquist. Austin：University of Texas Press.

[3] Bertman, Stephen. 2000. *Cultural Amnesia：America's Future and*

the Crisis of Memory. London： Praeger.

［4］ Bold, Christine, Ric Knowles, and Belinda Leach. 2002. Feminist Memorializing and Cultural Countermemory： The Case of Marianne's Park. *Signs： Journal of Women in Culture and Society* 28(1)： 125-148.

［5］ Brah, Avtar. 1996. *Cartographies of Diasporas： Contesting Identities*. London and New York： Routledge.

［6］ Braziel, Jana Evans, and Anita Mannur. 2003. Nation, Migration, Globalization: Points of Contention in Diaspora Studies. In *Theorizing Diaspora*, ed. Jana Evans Braziel and Anita Mannur, 1-22. Malden, MA： Blackwell Publishing.

［7］ Burke，Peter. 1989. History as Social Memory. In *Memory： History, Culture and the Mind*, ed. Thomas Butler, 97-113. New York： Basil Blackwell.

［8］ Chow, Rey. 1993. *Writing Diaspora: Tactics of Intervention on Contemporary Cultural Studies*. Bloomington： Indiana University Press.

［9］ Clifford, James. 1994. Diasporas. *Cultural Anthropology* 9(3)： 302-338.

［10］Cohen, Robin. 1997. *Global Diasporas： An Introduction*. Seattle： University of Washington Press.

［11］Deleuze, Gilles, and Felix Guattari. 1988. *A Thousand Plateaus： Capitalism and Schizophrenia*. Trans. and foreword by Brian Massumi. London： Athlone Press.

（苏擘　翻译）

美国是后殖民主义吗：跨国主义、移民及种族

珍妮·夏普（Jenny Sharpe）

1987 年我完成博士学业的时候，后殖民主义研究尚未得到清晰界定。我与其他来自第三世界的离散学者一样，在文学领域谋求职位。我们为文学研究领域引入了帝国批评的框架。像他们一样，我开始把自己的研究和教学重心从欧洲文学转移到前殖民地文化上。在没有其他参考框架的情况下，对殖民地的权力结构和知识结构的认同是有限的，我转变自己的研究和教学方向可以说是对这种局面的回应。即使我说我转向第三世界文学方向是教学需求所致，但也必须承认，我无法将我的个人决定和要求离散的第三世界知识分子讲授"后殖民文学"这一体制化的需求分开。

看一眼英语课程就会知道前英国殖民地的英文作品是必修课。收录这些文学作品，表明人们试图重塑英国文学，美国文学经典同样因少数民族文学和文化的引入而发生改变。最新雇佣政策也表明后殖民研究与黑人—种族研究之间的相似性，美国少数民族的"肯定行动政策"已经延伸至后殖民研究领域，离散的第三世界的知识分子也越来越认同他们的祖籍国。1978 年左右开始的殖民话语、权力和控制体制的分析研究是对少数民族话语的重构。

这种重构表明，后殖民研究的关注焦点从前殖民地转向了美国。美国有进口奴隶、契约劳工、大陆扩张以及海外帝国主义的历史，这使得从后殖民角度来研究美国文化也许早都过时了。然而，用"后殖民"一词来描述美国，并非指美国过去曾经是白人移民的定居地

或者美国后来成为新殖民主义大国，而是指美国的少数民族和第三世界移民。例如，最近的一本后殖民理论读本将非裔美国人的作品归到"后殖民"标题之下，它"包括离散群体和过度发展世界与以前殖民文化中的'少数民族'社区"（Williams, Patrick 1994, 373）。

"后殖民"作为离散群体和少数民族的总称，一部分源于把"非殖民化"理解为空前地从前殖民地移民到发达的工业中心。在《文化的定位》一书中，霍米·巴巴把英国来自其前殖民地的移民社区的现状描写为受压制的过去历史的回归，它使民族身份处于分裂状态。相比之下，议员伊诺奇·鲍威尔把黑色英国（Black Britain）描述成"脱离了西方，扎根于英国某些地区的西印度群岛的印巴移民"（Powell 1969, 236）。这种想法是按照 19 世纪民族和帝国的逻辑来理解英国的后殖民身份的。这一逻辑促成了以下这一规定，即英、德、法以及非帝国主义国家，如瑞士，把来自非欧共体的移民看作外来工。在西欧，"移民"这个术语意味着种族政策，这一政策把那些来自第三世界的民族排斥在本国的"想象的社群"之外。把英国称为"后殖民国家"，是对迁出英国的殖民历史和"移民"到来的种族主义的肯定。

欧洲的第三世界移民的状况成为后殖民主义研究中解释所有殖民化的文化、历史与现状的一个理论模型。霍米·巴巴将托尼·莫里森的《宠儿》一书作为"移民、被殖民地、政治难民的跨国历史"的例子（Bhabha 1994, 12），他把非洲奴隶的离散经历写入了战后城市人口迁移的叙述之中，但其讨论框架并未将欧洲的少数民族和美国的少数民族区别开来。欧洲的少数民族在其帝国时期就一直存在，而在美国，种族和国家的历史则复杂得多。

如果"后殖民"一词真有什么描述能力的话，我们需要说明不同国家形成的历史特点，而不是将"西方"一词当作一个单一的、均质的实体来处理，把美国称为后殖民国家，需要一个与战后西欧移民情形不一样的解释。

盖亚特莉·斯皮瓦克为了把美国的后殖民性与迁移性分开，认为只有非裔美国人和美国土著人、墨西哥裔美国人的后民权斗争才可以称为"后殖民"。她认为民权—黑人权利斗争可以看作是具有后殖民性的运动，而把使美国处于北美—中美—南美整个范围内的拉丁美洲人—墨西哥裔美国人的迁移看作是拒绝把自己包括在美国之内而成为美国的内部殖民地（Spivak 1992, 11）。"内部殖民"这一观点同样强化了阿诺德·克鲁帕特的观点，即"美国土著文学应该包括在世界后殖民文学范围之内"（Krupat 1994, 170），尽管他认为美国土著人仍然处于被殖民化的状态。

历史上，用"后殖民"一词专指美国少数民族的先例可以在 20 世纪 60 年代后期的第三世界运动中找到（Liu 1976, 160-168）。第三世界运动是美国非裔、土著、亚裔、波多黎各裔以及拉丁裔学生的联盟，他们模仿第三世界解放运动进行活动。这次运动首发于圣弗朗西斯科州立大学，后波及其他大学，学生明确地认为剥夺少数民族的权利就是殖民主义。学生拒绝先前存在的"移民和同化"的国家发展模式，他们宣布犹太人聚居区、西班牙语居民聚居区、拘留所以及保留区都是美国的"内部殖民地"。属于黑人权力组织、墨西哥裔美国人、波多黎各裔、亚裔美国人的运动和美洲印第安人运动的政治活动家同那些将学术活动与激进政治的好斗性联系在一起的社会学家一起，进一步阐明了美国少数民族是国内被殖民的"民族"的观点。他们认为，这些团体都经历了第三世界经济的发展不充分性和依赖性。1972 年，社会学家罗伯特·布劳纳在《美国的种族压迫》一书中宣布："第三世界的视角让我们想起美国的起源，提醒我们这个国家正是因为殖民主义而存在，伴随着定居者和移民，被征服的人还包括这块土地上的印第安人、黑人奴隶和后来被打败的墨西哥人，即殖民地的臣民。"（Blauner 1972, 52）

作为一个美国种族主义的描述性术语，"内部殖民"更多地与 19 世纪的排斥经历相关。布劳纳把美国的种族主义与欧洲的殖民主义相比，这是一种政治策略，旨在控制非殖民化的语言，因此被评价为"只有政治基础，而无分析基础"（Omi 1994, 50）。内部殖民模式的弱点在于它在自愿和非自愿的人口流动之间划出一条过于清晰的区分线。这样做意味着把移民等同于同化，把殖民等同于种族主义，因此忽略了移民过程中的种族主义。这种划等号的局限性在亚洲人的历史事例中非常明显。这些亚洲人都是自愿移民，但是，他们还是经受了种族主义的影响。这个概念也不能说明少数民族内部的阶级差别。在描述华人成为企业老板并开始剥削同胞的时候，布劳纳不得已将美国的唐人街称为"新殖民地"（Blauner 1972, 88）。最后，这个殖民地同国家种族主义在后民权时代所采用的间接形式没有可比性（比如缉毒战、打击犯罪以及遣返非法劳工）。

我等从事后殖民研究的人很容易迷失视线，把内部殖民等同于少数民族在经济上被边缘化。那些来自第三世界并现居美国的移民很容易成为种族排外的对象。以前的种族主义历史正在以这种方式被改写（甚至更糟，以前的种族主义历史得到了理解和欣赏）。这就是为什么我同意露丝·弗兰肯堡格和兰塔·曼妮的观点，即美国需要的是一个不同的历史时期划分，而非后殖民主义。"后殖民主义"一词并没有完全涵盖白人居住者占领殖民地的历史，这些白人居住者盗占美国土著人的土地，吞并部分墨西哥的国土，从非洲和亚洲进口奴隶或契约劳工，其对东亚、菲律宾、中美洲、拉丁美洲和加勒比海的外交政策也部分地说明了其开辟新移民领地的原因。弗兰肯堡格和曼妮认为后民权运动类似于后殖民斗争，但是，他们承认这个术语不足以解释当代移民和难民的经历（Frankenberg 1993, 293）。

如果少数民族或者第三世界移民的后民权斗争不能冠以美国后殖民主义之名，那么，我们该如何来理解这个术语呢？我建议用新的理论来定义后殖民主义—国内社会关系、国内资本主义和国际劳动分共的交汇点。换言之，我想让大家将殖民主义之"后"定义为美国与非殖民国家进入的一种新的殖民关系。

核心—边缘模式（比如新帝国主义者、独立主义以及世界体系理论）的批评者指出了国家中心主义者界定国际关系的方法的局限性。莱斯利·斯克莱尔在《全球体系的社会问题研究》一书中认为，这些模式不足以解释存在于东西划分两边的不平等发展。日本的存在使得只有西方可以工业化的观点不攻自破。给先进的欧洲工业国提供廉价劳动力的外围国家，比如爱尔兰和葡萄牙，被称为第三世界国家是不恰当的。也许，爱尔兰相对于英格兰可以被称为新殖民地，但是，葡萄牙曾一度是发达的殖民大国。中心—边缘模式也不能解释亚洲资本都市的存在，也不能解释相邻第三世界国家之间，比如印度与斯里兰卡、越南与柬埔寨所谓的"南—南"关系。这就是为什么阿乔恩·阿帕杜莱提议跨国模式的原因，在这种跨国模式中，"新的全球经济必须被视为复杂的、部分重叠的、相互分离的秩序"（Appadurai 1990, 6）。

然而，那些更喜欢跨国主义或者后国家方式而非国家中心主义的方式的人易于忽略持续存在的南北关系和东西关系。例如，斯克莱尔认为西班牙国际网络对美国拉丁语听众的播音扭转了文化帝国主义理论所认为的从北到南的信息流（Sklair 1995, 136）。斯克莱尔没有认识到的一点是这种扭转只是部分的：说英语的听众无法收听西班牙国际网络，而在各国播放的美国电视节目却被翻译成了各种语言。同样重要的是我们也要看到由一些机构（比如国际货币基金组织、美国国际发展资助、世界银行，以及 20 世纪出现的自由贸易区，这些自由贸易区吸引的主要是廉价的第三世界妇女劳动力）所支持的新殖民关系。同时，为了解释权力中心的离散，我们也需要关注新兴的亚洲经济体以及快速增长的跨国资本家阶层。

若要定义后殖民主义的"后"，我们不仅需要关注新殖民关系，还需要关注背靠先进的工业化国家壮大财富和权力的本土精英们。正如斯克莱尔所述，第三世界的精英并没有形成一个服务于第一世界或者与西方文化同化的阶层。相反，他们构成了一个跨国（民族）的资本家阶层，他们为全球体系的利益而服务（Sklair 1995, 117-119）。如同跨国公司一样，他们效忠的不是民族/国家而是全球消费主义，全球消费主义的成功建立在文化杂糅性的基础之上。我们称之为"后殖民的"离散群体的身份与消费者文化的全球化之间的关系是什么呢？把第三世界移民等同于种族边缘化删除了这样的问题。当歧视离散群体的种族主义成为批评家的焦点的时候，跨国资本主义的作用就免于讨论了。

在这篇文章中，我将讨论的是：把"后殖民状态"理解为种族排外说明了历史上的殖民属于"内部殖民"，但是，这一说法却不能解释当下美国作为新殖民大国的状况。尽管将美国称为"后殖民"意在替代属于殖民体系意义的中心/边缘的二元对立，但是，其结果是在城市中心重新构建边缘。将后殖民翻新为少数民族话语不仅让我们远离了殖民话语分析的早期目标，而且冒险涉入了扰乱了种族分类的自由的多元文化主义。

1. 后殖民研究与美国的多元文化范式

在《约翰·霍普金斯自由理论与批评指南》一书中，"后殖民研究"这一词条被认为是后民权和妇女运动所引起的教育改革的一部分。"后殖民研究大大地干预了修正主义者的计划，这一计划自 20世纪 60 年代以来极大地冲击了学术界。同样冲击学术界的还有其他的反正统话语，如文化研究、妇女研究、拉丁文化研究、非裔美国人研究、性别研究以及种族研究。这些研究都获得了学术界和学科界的认可"（Gugelberger 1994, 581-585）。与这一词条所持观点相反，尽管黑人研究和种族研究借用反殖民作品表明它们和后殖民研究拥有共同的源头，但它们还是有所不同。

"内部殖民主义"的概念对于黑人和种族研究的开始非常重要。黑人和种族研究大约 25 年前开始，它是对根植于政治运动的学生激进主义的回应。传统上白人大学开设的课程不包括少数民族文化，白人大学也不接收少数民族学生和教师，所以，白人大学就是种族隔离在美国的缩影。少数民族学生示威游行，抗议把 20 世纪六七十年代的种族歧视带到了大学校园，结果，官方同意设立并赞助黑人研究和种族研究项目，下决心招募课程教师，并开始招收少数民族学生。

另一方面，后殖民研究并不是在学生对种族多样性的要求下而出现，也不是对溢入大学校园的政治激进活动的回应。相反，它是从"内部"进行的体制改革。一般认为，后殖民研究始于爱德华·赛义德 1978 年进行的东方主义的研究。爱德华·赛义德将东方主义作为一种西方思维方式和权力制度，用来控制阿拉伯人和伊斯兰人（Williams）。赛义德的东方主义思想与先前的西亚学术历史研究的不同在于，赛义德的东方主义思想将学术研究运用于殖民主义研究之中。通过建立意象与体制、知识生产与权利保障之间的关系，赛义德对福柯进行的研究为一种新的被称为"殖民地话语分析"的调查开辟了一片新天地。

东方主义思想无法处理欧洲中心话语的内部瓦解和重建问题。因此，对反殖民抵抗的调查不可避免地会将批评从帝国文学转移到非殖民化文学上，从殖民话语分析转移到后殖民理论。与赛义德的"整个东方被局限在东方的舞台之上"的描述相反，反殖民作品记录了非殖民化戏剧是如何瓦解了固定在西方想象中的怪异意象。我们承认弗朗兹·法侬、C.L.R.詹姆斯、艾米·赛萨尔、艾弥尔克·卡布拉尔、恩古吉·瓦·西奥古、阿尔伯特·麦米以及其他人是后殖民研究的学界前辈，但是，我们也知道，他们的作品受地理和历史的影响，被排除在这一领域之外。

非殖民化文学与20世纪六七十年代的民族运动紧密联系，但是，后殖民研究主要是20世纪八九十年代第一世界的理论话语。我呼吁大家关注反殖民的作品与学术作品之间的时空距离，并不是想说后殖民研究应该狭义地用大学的学者们研究的术语定义。我也不认为学术话语没有政治功效。我主张依照后殖民研究的学科要求对非殖民文学进行批判性阅读。这种阅读表明政治斗争乃其源头，它尚未意识到从殖民主义到后殖民主义的变化是对美国多元文化主义需求的回应。

多元文化主义的出现归因于后民权反隔离教育的努力，也可以归因于第三世界移民的到来。这些移民改变了美国的种族和民族结构。1964年通过民权法案之后，1965年的移民和归化法案标志着美国政策的巨大变化。1965年之前，对于阻止非欧家庭团聚的法律来说，种族是个决定因素。首个限制性法律是1882年的排华法案，这一法案的通过是因为发现华人移民只不过是"苦力"劳工，而且他们在文化上难以同化。之后，1907年又出现了与日本订立的"君主协定"来限制移民。1924 年的移民法案只为北欧国家建立了配额，这个移民法案后来受到 1952 年麦克卡罗·沃尔特法案（McCarran-Walter Act）的支持，并且实施了对美—墨边界的控制。1942 年到 1964 年的布兰西罗项目（Bracero Program）以及 50 年代的湿背人计划（Operation Wetback）只不过是美国在不放松其对边界控制的情况下确保廉价劳力持续流入的一个例子而已。

1965 年的移民法案（1967 年 7 月 1 日起生效）消除了之前针对非斯堪的纳维亚的欧洲人的限制。该法案制定出所有东西半球国家的统一配额，给技术移民以最惠待遇且不再考虑其种族的因素。当时政策的制定者并没有预想到这会引起移民的种族构成结构的巨大变化。与之相反，他们将这种改革视为对南欧和东欧天主教信徒和犹太人的补偿。在过去的三十年里，亚洲人、中美洲人、墨西哥人以及加勒比人占美国新移民的 80%。20 世纪 80 年代，经济飞速增长期对移民劳动力的需求达到了顶峰，因此这十年也被称为"移民的十年"（Usdansky 1992, Art.）。

随着 20 世纪 90 年代的全球经济衰退，美国对第三世界移民的到来的反应变成了对其边界设防和再次强调其国家民族性。现在认为，"移民"一词指有色人种，尽管"移民"在数字上包括加拿大人、前苏联犹太人、德国人、意大利人、爱尔兰人以及英国人。奇卡诺（指墨西哥裔美国人或在美讲西班牙语的拉丁美洲人）批评家声称"边界地"是一种文化，它横跨墨西哥和美国，并以此向美国的种族主义和恐外症进行回应。歌罗利亚·安扎尔杜瓦在其双语书《边界地》中提醒我们，边界文化并非始于针对北美的移民。相反，它始于美国吞并墨西哥北部，并将两国边界向南推进 100 英里之时。安扎尔杜瓦指出其后的北美—墨西哥关系历史就是跨国的历史。美国在墨西哥一侧的边境开办工厂就是合法的；而墨西哥人在美国一侧的工厂中工作又是不合法的。

阿帕杜莱同样认为美国作为一个独立自主的自治国家是难以为继的。旅行和远距离交流使移民与他们原来的国家保持紧密联系，那么，这些群体就会成为无法被国家主流文化同化的跨国离散群体。

为了解释后工业时期的全球化现象，阿帕杜莱用能说明当前跨国主义和离散群体状况的术语替代源于国家和帝国研究的理论。跨国主义指在资本、劳动力、技术形象的电子传播中对国界的穿越能力。离散群体指居住于先进的工业国或新工业化国家的人或者城市国家和政治、经济难民、移民或被迫背井离乡的群体。然而，这个术语难分难解地联系在一起。科罕钦·托罗尔耶解释说："离散群体是跨国主义的象征，因为他们体现了边界的问题，这一问题是任何对民族国家中他者充分定义的中心问题。"当阿帕杜莱提及跨国界的离散群体的时候，他将美国描绘为只不过是"后国家离散群体网络中的一个结"（Appadurai 1993, 796-807, 803）。他号召后殖民批评家援引离散群体的多样性，就美国的种族主义、多元文化主义进行辩论。他的目标是防止后殖民研究变成一种将第三世界当作存在于"那里"的奇特文化。

我赞同阿帕杜莱关于我们应该关注美国本土主义以及如同"钟形曲线"的越来越强的种族主义观点的合法性。毕竟，我受雇于一个国家，最近这个国家通过一项剥夺"非法"（意为墨西哥）移民健康、教育和福利利益的提案。一项旨在否定先进"民权"（也被理解为赞助性行动以及妇女运动）的"民权主动权"，目前正摆放在加利福尼亚州的投票决定单上。但是，我也想加上一句警告，缺乏关注这一政策的具体目标同样会损害这一过程中被剥夺公民权的群体的利益。不应对这些特性，我们的民族多样性理论同样轻易地促使美国取消了"种族"作用的多元文化主义。

"马赛克"或"被子"的比喻取代了把这个国家比作"熔炉"的比喻。尽管仍有问题存在，但是，它使得种族优越感显得合理。这种新的民族范式可追溯至 20 世纪 60 年代末到 70 年代初，当时文化多元主义的提议者向"熔炉假说"提出挑战。他们认为，不同社会团体不会融合为一个毫无差别的民族，相反，它们仍然保持明显的种族身份，形成一个"多民族之国"。令人难以置信的是文化多元主义理论从一些军事运动中受益，比如黑人权力、墨西哥裔美国人以及美国印第安人的运动。但是，文化多元主义理论最初感兴趣的是明确表达白色人种的身份。后来，多民族国家范式模糊了种族身份与民族身份之间的区别。种族身份是相对于美国是个移民国家这一观点而形成的，而民族身份是围绕美国是个由无法融合的移民组成的国家这一观点而形成的。这一新的民族范式把六七十年代种族自负运动所提倡的极端种族身份给中性化了。1980年，人口普查第一次提出的祖籍问题表明官方对多民族国家范式的承认，其遗产是自由的多元文化主义。这正是今天流行的对种族理解的特点。

自由多元文化主义冲淡了美国土著人和移民的不同历史，也抹杀了构成这个国家的不同群体的特殊历史。这一观点是源于文化不同而形成的，而不是围绕种族不同或权力的不平等分配而形成。因此，它认为肯定性行动计划不再必要，或者，反过来，它认为肯定性行动计划"不应该仅局限于针对非裔、亚裔、墨西哥裔以及土著美国作家；它必须扩大并包括来自欧洲种族群体的作家，这些作家历史上一直被盎格鲁—美国文学学术机构所忽略或者边缘化"（Oliver 1991, 792-808, 806）。鉴于这种观点，后殖民批评家应在如何清楚有力地表达第三世界离散群体在美国的社会地位方面多加谨慎。

2．跨国离散群体与种族政治

我们不应该将跨国离散群体当作均质的社群，我们需要小心地在具体的种族构成中指出其成员的位置。然而，批评家倾向于忽略当初支配从前殖民地流入不同大都市中心的移民的历史特征。比如，费罗扎·朱撒瓦拉认为汉尼夫·库瑞希对英国的种族主义的表述以及巴拉笛·慕科合耶和韦科拉姆·赛斯对移民在加拿大和美国的生活描述是相同的离散经历的各个方面。尽管她承认南亚人在美国有同化的可能性，但是，在英国却没有这种可能。南亚移民的独特性使费罗扎·朱撒瓦拉认为渴望同化的愿望与保持其"印度性"之间的矛盾是"南亚移民进入新世界的难题——是取得成功、成就、声望，但是同时伴有贬低和歧视的难题"（Jussawalla 1988, 583-595, 584）。

因为印度—巴基斯坦学界在建构后殖民研究所发挥的战略性作用（也因为我属于这一离散群体），我想进一步仔细地分析南亚人在英国和美国的移民模式。我的目的在于展示南亚人在英国的后殖民身份不能延伸至那些离散地居住在美国的同伴身上。

印度人生活在英国的历史至少和英国人居住在印度次大陆的时间一样长。然而，非常重要的第一次移民是在 20 世纪五六十年代战后繁荣时期到来的，当时英国从其殖民地和前殖民地中获取廉价劳动力。那些前往帝国中心的"亚洲人"（这一术语指从印度次大陆来的人）发现自己受到限制，只能在非技术型的工厂工作，并被隔离在工作地周围（Robinson 1986, 55-66）。随后，"东非印度人"加入到他们的行列，这些人是 20 世纪 70 年代从肯尼亚、坦桑尼亚、乌干达流放出来的。从印度次大陆来的人一般是来自贫困农村的经济移民，而从东非来的人主要是政治难民，他们曾从事的职业包括白领工作和技术型体力劳动。他们发现自己是英国的二等公民，属于低工资、没有技术含量的劳力大军。

一旦廉价劳动力不再需要，战后鼓励的移民就对英国民族性造成威胁。英国政府试图通过一系列的法案限制移民。这始于 1962 年对雇用担保人的要求，结束于 1971 年的法案，这一法案有效地将非本国人的移民的身份改变为外来劳工身份。这些法案是英国帝国话语的产物，因为他们不限制来自白人占主导地位的加拿大、澳大利亚和新西兰的移民。1978 年，英国政府试图阻止亚洲家庭的团聚，它要求女性参加移民测试，其中包括阴道检查以证明其为处女（Parmar 1982, 245）。殖民地的刻板形象被媒体激活了，亚洲人被看作是入侵英国的落后的野蛮人。他们被称为"土人"、"黑人"和"阿人"，这些都来自并不遥远的殖民时期的种族诋毁，"巴基斯坦佬"是新发明出来的术语，它用以表达内部形式的种族主义，因为巴基斯坦在 1947 年前并不存在。

亚洲人、西印度人和非洲人构成了拉什迪所称的"英国内部的新帝国"——这一短语指涉英国国内种族主义，它改写了旧的帝国范式（129-138）。亚裔与非裔的回应是围绕黑色英国的概念组织起来的，这个术语既打破了英国是个白人国家的假定概念，又宣布了亚裔与非裔之间休戚相关、团结一致的联盟的建立。亚裔与非裔的团结在 20 世纪 70 年代末到 20 世纪 80 年代中期最为强大，当时极端的种族分类在殖民历史的重压下垮掉了。一些亚洲人具有非洲人和西印度人的刻板形象，反对被人称作"黑人"。最近出现了一个亚洲中产阶层，一些印度人的名字非常显眼地出现在英国最富有的二十个家庭的名单之列（Jacob 1993, 168-174, 169）。然而，由于没有法律保护少数民族的民权，亚洲人仍然没有法律手段与日渐上升的种族偏见作战。

而在大西洋另一边的美国，印度移民一般可上溯至几千人的旁遮普锡克教信徒，他们从 1900 年至 1910 年在美国西海岸铁路工地上工作。这些锡克人最终在加利福尼亚的萨克拉门托、圣华金和帝王谷定居下来，做了农场主，他们受到和中国移民、日本移民同样的歧视。他们不能拥有土地，反种族通婚法不允许他们娶白人女性为妻。结果，他们与说西班牙语的墨西哥裔美国人和墨西哥移民女性结婚。即使锡克族宗教与印度教相去甚远，但他们跨种族通婚的后裔仍被称为"墨西哥印度人"。

在加利福尼亚之外，受过教育的印度人（包括印度教信徒和种姓高的帕西人）向美国移民归化政策的排外做法发起挑战。这些政策将公民权只局限于"白色"移民。他们声称自己拥有雅利安血统，证明他们属于高加索人（白人）而非亚洲种族。他们申诉的成功与否取决于他们居住的地方以及法官从地理范畴还是种族范畴理解"白色"（Jensen 1988, 246-269）。但是，即使印度人在种族上属于白人，他们在文化上仍然被界定为亚洲人。1910 年美国人口普查的编撰者将人口划分为白人、黑人、穆拉托人（黑白混血儿）、中国人、日本人、印第安人（美国），以及"其他"，他们解释说他们将 2545 位印度人归为"其他"类。尽管"纯种印度人"是高加索人（白人），但是，他们的"文化与欧洲文化有着天壤之别"（Jensen 1988, 252）。将南亚人标为"其他"类说明美国当时没有明确的人口归类类别。

1924 年移民限制法案通过，它有效地终止了包括印度人在内的亚洲移民的活动。生活在美国的少数印度人在 1930 年和 1940 年的人口普查中在种族上被归类为"印度人"（Lee 1993, 78）。截至 1940 年，约有 2000 多个印度人，其中大部分居住在加利福尼亚（Takaki 1989, 313-314），因此"印度人"这一类别在之后的报告中被删除了。"亚洲印度人"（这一术语包括印度人、巴基斯坦人、斯里兰卡人、孟加拉人、尼泊尔人以及东非印度人）在 1980 年的人口普查中第一次被用作一个种族类别，当年普查人数为 361531 人。在 1990 年的人口普查中，这一数字达到 815447 人，人口增长率为 125.6%。来到这个国家的大量的没有身份证明的印度工人更使这一数字攀升。

南亚移民数目的突增是由 1965 年颁布的法案，尤其是给有技术的亚洲职业人士最惠待遇这一条款引起的。移民政策从强调移民的国籍转变到强调移民的技术资格，这正回应了不断发展的美国经济对科学家、工程师、医生以及其他高技能的工人的需求。南亚专业——管理阶层的人员非常适应这些工作，因为他们不仅接受了高等教育和专业训练（尤其是在科学领域），而且他们精通英语。从这个意义上来讲，英国对印度的殖民成为 1965 年之后南亚人向美国移民的前提条件，正如英国殖民主义者对旁遮普省实行土地占有制，结果是旁遮普省的锡克族人不得不移居美国。然而，与锡克前辈们不同的是，1965 年后的移民是有技术的工人，他们来自城市而非农村。

把亚洲的印度离散群体的历史追溯到加利福尼亚锡克族人的定居涉及移民模式中的非连续性。排外做法产生的"墨西哥印度人"这样的杂交文化在 1965 年后的移民经历中消失了。相反，最近在加利福尼亚尤巴和帝国河谷定居的锡克人想给"墨西哥印度人"强加新的宗教正统做法，他们指责"墨西哥印度人"不是"纯血统的"（Jha 1992, 48b-48e）。因此，不应该把种族看作一个单一的、静止不变的类别，把种族构成看作是异质性的、历史性生产的，这会更有用。

在 1965 年移民法案的保护下进入美国的南亚人不是经济或者政治难民，这与前往英国的南亚人不同。他们在住房和就业中并没有遭遇以歧视为其主要形式的体制化的种族主义。尽管他们起来反对公司中将高级管理职位留给白种男人的职场"玻璃天花板"潜规则，但是，印度裔的职业阶层能够适应职场中的"盎格鲁文化同步主义"（美国化）（Saran 1985, xii；Bhardwai 1990, 197-217, 209）。南亚人就这样逃脱了美国种族主义，他们经常被标榜为美国式成功的典型例子。有一些轶闻传说，比如一对夫妇在英国遭受种族歧视，但是，他们现在却在加利福尼亚的电脑配件公司每年赚三千万美元。统计数字表明，进入美国大学的南亚学生从 1980 年的 5491 人增加到 1992 年的 16280 人。从这一点上来看，他们是新的模范少数民族。

"模范少数民族假说"的批评者指出，把来自不同历史背景和经济背景之下的人归类，这将有利于媒体把亚裔人口中的成功人士展示为一个更大的社群的代表。看见这些成功人士就会衬托出那些看不见的经济上赤贫的成员。1973 年，83% 的记录在案的亚洲印度移民是技术工人，而所有亚洲移民中只有 54% 的人是技术工人（Jones 1992, 270）。后一个数字显示了亚瑟·胡（Hu 1984, 243-257）提出的亚裔美国社区中的"两极"分布，其中包括专业人士、非技术劳工、已经被同化的第四代华裔和日裔，以及最近来自越南和菲律宾的经济难民和政治难民。1982 年，亚洲印度裔美国人全国协会申请少数民族命名，这样他们就能从"肯定性行动计划"中受益。美国印度人协会反对这一提议，他们害怕因"真正的弱势少数民族"引起强烈反对（Varma 1980, 35；Takaki 1989, 446-447）。

最近对亚洲印度裔美国人的种族攻击就是越来越明显的两极分布的标志。随着第一代职业人士开始资助他们未受过教育、不太富有的亲戚移居美国，越来越多的亚洲印度人找到的是服务型行业中的低工资工作，经营一些小本生意，比如杂货店、汽车旅馆、报摊、电影院以及饭馆。除此之外，还有大量的非法移民从事制衣和饮食产业。亚洲印度人喜欢生活在联系密切的社区之中，这使他们在本土主义情绪和种族主义上升时期更容易被认出是"移民"。1987 年，一个称为"红点摧毁者"（红点是指印度妇女前额上的朱砂红点）的团伙将目标对准了新泽西州的泽西市的 15000 名亚洲印度居民，他们将威胁信投寄给当地报纸，攻击几位居民，一人被打死。在距纽约城 30 英里的米德尔塞克斯县，一个将自己称为"迷失的男孩"的多种族中产阶层团伙恐怖袭击了一个南亚社区。这个团伙的行为受当地原居民的煽动，印度人的企业在经济不稳定时期能获得成功使他们心生嫉恨。1992 年，纽约南亚出租车司机成立了"出租司机联盟"，以抗议对他们进行的种族骚扰，尤其是来自警察的骚扰。

这种出于种族动机的仇恨罪行和警察骚扰事件必须受到谴责。尽管有 1990 年的移民改革法案，我们也必须与这种种族主义抗争。1990 年的移民改革法案增加了三倍的技术移民配额。由于 1965 年法案把以前只保留给北欧人的最惠待遇扩展至非欧洲技术移民身上，建立在种族排外之上的模式并不足以说明第三世界离散群体在美国的地位。不考虑国籍，只注重技术，这表明美国在一定程度上能够接受多样性。正如美籍日本理论家三好将夫所认为的那样，跨国身份不一定导致国家民主的失败，因为跨国公司"至少被官方表面上训练为不考虑肤色，并且多元文化并存的"（Miyoshi 1993, 741）。离散社区可能威胁美国民族的完整性，但是，这并不意味着它威胁到了相互联系的北美、欧洲以及日本的经济（新加坡是他们次一等的合作伙伴）。

公司的投资者不仅依赖友好的第三世界政府，也依赖来自第三世界的离散群体，他们是资本流动、技术流动和人口流动的中介。苏联解体后，美国成为印度最大的外国投资者，在这些投资之中，生活在美国的非定居印度人起了关键作用。同时，为加利福尼亚计算机产业投资的印度人经营高技术血汗工厂，他们从印度带来受过训练的程序员，给他们提供短期就业签证。这些外来务工人员经常会成为他们资助者实质意义上的囚犯。如果他们想在合同终结前辞职的话，这些资助者要么拿走他们的护照，要么让他们赔偿巨额罚款。这些条件不能理解为后殖民性的一个方面，除非它们与复杂的全球体系运作有关联。

3．在亚美研究中表达"后殖民"

对于从事亚美研究的知识分子来说，全球种族政治和种族身份是不可能忽视的。20 年前，亚裔美国人主要生于美国。今天，他们中的大部分出生在美国之外的其他国家。"亚裔美国人"一词不再是包括在美国出生的中国人和日本人、华人技术移民、没有身份证明的血汗工厂的工人、菲律宾和韩国小企业主、越南难民这样的多民族团体。如果不解释美国在夏威夷、越南以及菲律宾的帝国主义活动，人们也无法理解亚洲人移民美国的现象。因此，评论家开始将他们的注意力从假定的亚洲美国人社群的同质性转向亚洲离散群体的异质性上。然而，亚裔美国人的同质性经常被某一离散群体（例如，韩国或菲律宾）的特性代替，因此忽略了亚洲与美国之间的文化、经济活动。

莎利·休恩呼吁扩大亚美研究范围，要有更为全球化的视角，她列举了跨国离散群体理论必须处理的复杂的国际关系：

> 需要发展当代亚洲离散群体在后殖民时期的理论阐释。其政治背景和经济背景与上一个时代在性质上不同。它涉及以下各种影响：新殖民主义，尤其是战争、干涉以及军事政权，民族解放运动，地区冲突，民族主义复兴，发展不足和附庸，冷战，以及近来的逐渐多极化、接受亚洲资本主义的全球权力体系。二战后亚洲的对外移民也与早期有很大不同，其范围之广，规模之大，远超过 19 世纪的移民。（Hune 1989, xix-xiv）

休恩对亚洲离散群体的理解清楚地说明了后殖民与民族研究之间的共同点，这一点我很赞同。同时，我也坚持一个观点——共同目标不能孤立地理解。

为了支持美国多元文化主义，要求加入亚美研究的南亚离散知识分子放弃了后殖民问题。我们可以认为这种要求潜在的动机是要与其他少数民族形成同盟。我个人的观点不是要削弱这种同盟，而是提醒大家要更清楚地认识到我所说的种族政治。因为自身的多元文化角色，来自第三世界的离散知识分子身处矛盾的位置。我不知道我们要不要通过法律途径禁止针对移民问题的离散研究，或是与美国少数民族形成同盟，但我想问问我们的目的何在。如果是要批准边缘化或少数民族身份的要求，我必须提醒大家，来自第三世界的移民并没有构成美国"内部的新帝国"。只有和离散群体内部的各种矛盾相斗争，我们才能把"后殖民主义"转变成对跨国主义和不同权力（而非边缘化和压迫）的研究。正是因为这一点，我们有理由将后殖民主义文化纳入多元文化主义中。

引用文献

［1］ Anzaldua, Gloria. *Borderlands/La Frontera: The New Mestiza.* San Francisco: Aunt Lute, 1987.

［2］ Appadurai, Arjun. "Disjuncture and Difference in the Global Cultural Economy." *Public Culture* 2. 2 (1990): 1-24.

［3］ —. "The Heart of Whiteness." *Callaloo* 16. (1993): 796-807.

［4］ Ashcroft, Bill, Gareth Griffiths, and Helen Tiffin. *The Empire Writes Back: Theory and Practice in Post-Colonial Literatures.* New York: Routledge, 1989.

［5］ Bhabha, Homi K. *The Location of Culture.* New York: Routledge, 1994.

［6］ Bhardwaj, Surinder M., and N. Madhusudana Rao. "Asian Indians in the United States: A Geographical Appraisal." *South Asians Overseas: Migration and Ethnicity.* Ed. Colin Clarke, Ceri Peach, and Steven Vertovec. Cambridge: Cambridge UP, 1990. 197-217.

［7］ Blauner, Robert. *Racial Oppression in America.* New York: Harper, 1972.

［8］ Decker, Jeffrey Louis. "Blood Lines: The 1970s Movement for White Ethnicity." Unpublished essay, 1995.

［9］ Frankenberg, Ruth, and Lata Mani. "Crosscurrents, Crosstalk: Race, 'Postcoloniality' and the Politics of Location." *Cultural Studies* 7. (1993): 292-310.

［10］ Glazer, Nathan, ed. *Clamor at the Gates: The New American Immigration.* San Francisco: Institute for Contemporary Studies, 1985.

［11］ Gugelberger, Georg M. "Postcolonial Cultural Studies." *The Johns Hopkins Guide to Literary Theory and Criticism.* Ed. Michael Groden and Martin Kreishwirth. Baltimore: Johns Hopkins, UP, 1994. 581-585.

［12］ Hu, Arthur. "Asian Americans: Model Minority or Double Minority?" *Amerasia Journal* 15.1 (1989): 243-257.

［13］ Hune, Shirley. "Expanding the International Dimension of Asian American Studies." *Amerasia Journal* 15. 2 (1989): xiv - xix.

［14］ Jacob, Rahul. "Overseas Indians Make It Big." *Fortune* 15 Nov. 1993: 168-174.

［15］ Jensen, Joan M. *Passage from India: Asian Indian Immigrants in North America.* New Haven: Yale UP, 1988.

［16］ Jones, Maldwyn Allen. *American Immigration.* 2nd ed. U of Chicago P, 1992.

［17］ Jha, Ajit Kumar. "A Community of Discord." *India Today* 15 Nov. 1992: 48b-48e.

［18］ Jussawalla, Feroza. "Chiffon Saris: The Plight of South Asian Immigrants in the New World." *Massachusetts Review* 29. (1988): 583-595.

［19］ Kasinitz, Philip. *Caribbean New York: Black Immigrants and the Politics of Race.* Ithaca: Cornell UP, 1992.

［20］ Krupat, Arnold. "Postcoloniality and Native American Literature." *Yale Journal of Criticism* 7.1 (1994): 163-180.

［21］ Lee, Sharon M. "Racial Classifications in the US Census: 1890-1990." *Ethnic and Racial Studies* 16.1 (1993): 75-94.

［22］ Leonard, Karen Isaksen. *Making Ethnic Choices: California's Punjabi Mexican Americans.* Philadelphia: Temple UP, 1992.

［23］ Liu, John. "Towards an Understanding of the Internal Colonial Model." *Counterpoint: Perspectives on Asian America.* Ed. Emma Gee. Los Angeles: Asian American Studies Center, UCLA, 1976. 160-168.

［24］ McClintock, Anne. "The Angel of Progress: Pitfalls of the Term 'Post-Colonialism.'" *Social Text* 31/32 (1992): 84-98.

［25］ Mankekar, Purnima. "Reflections on Diasporic Identities: A Prolegomenon to an Analysis of Political Bifocality." *Diaspora* 3 (1994): 349-371.

［26］ Miyoshi, Masao. "A Borderless World? From Colonialism to Transnationalism and the Decline of the Nation-State." *Critical Inquiry* 19 (1993): 726-761.

［27］ Oliver, Lawrence J. "Deconstruction or Affirmative Action: The Literary-Political Debate over the 'Ethnic Question.'" American *Literary History* 3 (1991): 792-808.

［28］ Omi, Michael, and Howard Winant. *Racial Formation in the United States: From the 1960s to the 1990s.* New York: Routledge, 1994.

［29］ Parmar, Pratibha. "Gender, Race and Class: Asian Women in Resistance." *The Empire Strikes Back.* Centre for Contemporary Cultural Studies. London: Hutchinson, 1982. 236-275.

［30］ Powell, J. Enoch. *Freedom and Reality.* Ed. John Wood. New Rochelle: Arlington, 1969.

［31］ Robinson, Vaughan. *Transients, Settlers and Refugees: Asians in Britain.* Oxford: Clarendon, 1986.

［32］ Rushdie, Salman. *Imaginary Homelands: Essays and Criticism 1981-1991.* London: Granta, 1991.

［33］ Said, Edward. *Orientalism.* New York: Vintage, 1978.

［34］ Saran, Pamatma. *The Asian Indian Experience in the United States.* Cambridge, MA: Schenkman, 1985.

[35] Shohat, Ella. "Notes on the 'Post-Colonial.'" *Social Text* 31/32 (1992): 99-113.

[36] Spivak, Gayatri Chakravorty. "Teaching for the Times." *MMLA* 25.1 (1992): 3-22.

[37] Takaki, Ronald. *Strangers from a Different Shore: A History of Asian Americans.* Boston: Little, 1989.

[38] Tololyan, Khachig. "The Nation-State and Its Others: In Lieu of a Preface." *Diaspora* 1 (1991): 3-7.

[39] Usdansky, Margaret. "'Diverse' Fits Nation Better than 'Normal.'" *USA Today* 29-30 May 1992: A1+.

[40] Varma, Baidya Nath. "Indians as New Ethnics: A Theoretical Note." *The New Ethnics: Asian Indians in the United States.* Ed. Parmatma Saran and Edwin Eames. New York: Praeger, 1980. 29-41.

[41] Waters, Mary C. *Ethnic Options: Choosing Identities in America.* Berkeley, U of California P, 1990.

[42] Williams, Patrick, and Laura Chrisman, eds. *Colonial Discourse and Post-Colonial Theory: A Reader.* New York: Columbia UP, 1994.

（马乐梅、张亚婷　翻译）

离散理论的历史与前瞻

凌津奇（Jinqi Ling）

　　"离散"一词在现当代文学中的用法，主要从《圣经·新约》关于犹太人于纪元前586年被巴比伦人赶出朱迪亚（Judae）和纪元前135年被罗马人驱离耶路撒冷的记述中汲取灵感，强调丧失家园后四海为家，在迁徙过程中创造新生感知和另类文化身份的社会与心路历程。就此意义来说，"离散"与"移民"是两个截然不同的概念，因为后者涉及的迁徙过程往往以落地生根为目的，并带有较鲜明的线性特征；而前者则把注意力集中于离散过程本身，视漂泊为基本生存条件，同时突显离散主体与母国和移居国之间的心理和政治距离。"离散"一词有多种含义，可用来描写"离散"的实际经历，也可用来说明"离散"的文化特征，还可用来指离散中的群体本身，或是探究该群体在其原住国或其文化渊源之外生活时的内心感受。尽管"离散"概念近来已经成为西方创作与批评话语中的一个基本命题，但它本身并不是一个具体和行之有效的表现手法或分析范畴。实际上，"离散"在这些话语中的重要作用主要是通过一些现代主义、后现代主义、后结构主义和后殖民理论视角的普及得到体现的。这些理论视角包括"放逐"（exile）、"游牧主义"（nomadism）、"迁徙"（migration）、介于两者之间（in-betweenness）、"去领土化"（deterritorialization）、关于"移民"（immigrant）的种种比喻以及"跨国状态"（transnationality）等。当代西方文化研究在本质上就是一种后现代批评。出自该语境的"离散"视角与概念因此不可避免地带有这种方法论中的反人本主义（antihumanist）美学和意识形态倾向。本章的目的是要从历史的角度，就"离散"概念在现当代文学与文化批评中的地位、作用和演变进行梳理、综述和评价。

一、与现代主义理念和艺术实践的渊源

"放逐"与"游牧主义"是欧美现代主义文学的两个核心概念，也是使"离散"得以形象化和具体化的两个重要修辞手段。这两个概念的思想基础就是所谓"错置"（displacement）感。这种感知体现在许多现代主义作家的生活经历和美学原则中。而现代主义作家对资本主义社会与文化持强烈否定态度，亦是受到了一些19世纪欧洲哲学思潮的影响。比如，丹麦神学哲学家克尔凯郭尔（Soren Kierkegaard）认为，面对资本主义社会无法挽回的商业化、集群化和非人化倾向，人丧失了起码的内在精神支柱和道德判断力，而成为该社会通过出版印刷业建构起来的的"虚幻公众"（phantom public）的一部分，以及听凭外力摆布和支配的被动群落。对克尔凯郭尔来说，现代社会的人为了保存自我的完整，就必须与堕落的世界保持距离并回避一切形式的社会参与，从而通过自我放逐的方式将被焦虑和负罪感困扰的人造就成一个能体现存在真实性的"孤独个体"[1]。在尼采（Friedrich Nietzsche）的哲学体系中，人是悲哀的，而且与社会处于完全分离的状态，因为人的自由只能来源于其对资本主义肌体的自觉和彻底的否定。尼采一方面肯定生活的悲剧性本质，另一方面又认为忍受悲痛是面对生活的唯一出路。他认为，对孤独的恐惧使人难以克服其与被动群落为伍的本能，而自由的关键则是忍耐分离，拒绝沦为受现代文化与社会习俗规范的芸芸众生。就此意义来说，"孤独是一种美德，也是一种崇高的冲动"[2]。这种尼采式的"英雄"气概可以概括为：尽管自我在资本主义的挤压之下已荡然无存，但它仍可通过一种近乎自虐的方式，使孤独升华为一种美学原则，从而以倒错的方式重新肯定生活。克尔凯郭尔与尼采哲学思想中这些游移在社会—政治放逐与美学—心理放逐之间的批评意识在许多有现代主义倾向的作家的艺术实践中都能见到踪

影，如陀斯妥耶夫斯基（Fyodor Dostoevsky）在《双面人》（1846）中描写的通过恐惧和自我精神分裂症与社会保持距离的小职员，卡夫卡（Franz Kafka）在《变形记》（1915）中塑造的一夜之间变成昆虫却还担心上班会迟到的公司雇员，以及海明威在《太阳照常升起》（1926）中用阳萎（impotence）对现代人贫瘠、龌龊的内心世界的嘲讽。

批评家们有时将"放逐"区别于"移居"（expatriation）。前者指作家迫于外界压力而不得不背井离乡；后者指作家选择一时或永久性地脱离母国或放弃原国籍。乔依斯（James Joyce）本人以及他在《青年艺术家的肖像》（1916）一书中塑造的主人公史蒂芬·迪达勒斯，就是两位自愿切断自我与家庭义务、宗教信仰、阶级属性以及地域从属感等传统纽带之间关系的现代主义式人物。而乔依斯这样做的目的就是要克服他认为阻碍艺术家成长的种种社会因素，并通过自我放逐创造出一种能表现其作品现代性的必要心理和美学距离。包括海明威、菲茨杰拉德（F. Scott Fitzgerald）、斯泰因（Gertrude Stein）和多斯帕索斯（John Dos Passos）等被称为"迷惘的一代"的美国作家，则出于他们面对非理性的战争无能为力的怅惘，自愿流亡到巴黎，透过充满矛盾和暧昧的时空来书写对现代资本主义文明与工业社会的疏离感。斯坦纳（George Steiner）据此将现代主义文学看成是一种"领土之外的"（extra-territorial）艺术[3]。严格地说，上述作家的经历用"移居"来形容似乎更为贴切。相比之下，康拉德（Joseph Conrad）和纳巴科夫（Vladimir Nabokov）的社会与艺术生涯更能体现放逐的某些内涵。比如，康拉德在法国和英国的创作活动，以及他常年在海上漂泊的经历，在一定程度上是他双亲因反对俄国沙皇暴政而被逐出波兰和他本人在放逐中出生并失去双亲的某种存在表征。而有上流社会背景的纳巴科夫从"十月"革命后的苏联先流亡到处于现代主义运动中心的伦敦、柏林、巴黎，随后又在20世纪40年代来到了新批评理念已经占据主导地位的一些美国高等学府任教和写作。尽管其晚期创作的美学风格已经开始具有某些"后设小说"（metafiction）的特征，但他作品中那些迷宫式的难题、双重性和关于性欲的大量描写，都可追溯到现代主义流亡传统通过象征主义（symbolism）手法对丧失语言和社会秩序所作的美学回应[4]。尽管"放逐"与"移居"之间的确存在着某些差异，但它们所传达的断裂与失落感却不约而同地呼应了现代主义对危机四伏的资本主义价值体系，以及对人类生存状况与再现手段的深切关注；它们因此也构成了现代主义美学为使文化形式不断推陈出新而付出非凡努力的重要组成部分。

以犹太知识分子为主体的德国马克思主义者于1923年在法兰克福成立的"社会研究所"（后称"法兰克福学派"）是与现代主义文学创作关系十分密切的一个重要文化现象，可以从另一个侧面说明"放逐"概念的来龙去脉。该所在霍克海默尔（Max Horkheimer）于1931年主持工作之前主要研究社会主义和工人运动史。此后，又转向社会哲学。1933年希特勒上台后采取反犹政策，该研究所于是先迁到日内瓦，后移往巴黎，第二次世界大战后，其成员又陆续来到美国。在某种意义上，该学派的重要代表人物阿多诺（Theodore Adorno）就"放逐"问题所作的一些论述可以说集中概括了都市现代主义"错置"感的政治含蕴。阿多诺在其《最低境界的灵魂：对被损毁了的生活的思考》（1951）一书中认为，放逐对个人的损毁能体现在生活的各个方面：它剥夺了作家的语言能力，背弃了培育知识的文化与地域，并使新世界变得深不可测。他还认为，离散中的知识分子应培养一种能超越哀伤和正视现实的批判意识。也就是说，离散的个体只能在与其母国保持距离的情况下才能获得生活的灵感。就此意义来说，与过去发生决裂固然能使人失去一些实质性的东西，但这种决裂在所难免。阿多诺于是宣称："住所一词，就其本意来说，现在已经失去了一切可能性。我们借以成长的传统住所已变得越来越难以容忍：因为它的每一丝舒适感都是通过对知识的背叛得来的；而它的每一点安全感亦是对家族利益俯首听命的产物。家已经一去不复返了。"[5]阿多诺将距离与隔阂作为产生批判性真知灼见的前提，这是对"错置"感的一种不折不扣的现代主义的回应方式。既然住所已经消失，那么就只能在写作中寻找归宿。阿多诺的这种思路与现代主义者试图通过艺术的"自主性"重新实现自我的说法是一脉相承的。

还值得一提的是法兰克福学派的另一位代表人物本雅明（Walter Benjamin）就放逐所作的有关思考。其中较有影响的是他在《技术复制年代中的艺术作品》（1936）一文中的如下评论：19世纪后半叶不断发展的大众传媒复制技术（尤其是该技术在电影中的运用）使艺术作品的"氛围"（aura）——即艺术的独特性及其具体历史环境——丧失殆尽。这种情况使艺术作品赖以存在的传统发生衰落，并使人本主体陷入了空前的危机。本雅明认为，更新人本主体的潜在希望存在于下面两种倾向的互动之中：一是当代的"大众"运动方式；二是技术复制结构本身。在此，"大众"指的是"共众"，即电影的观众；"技术复制结构"强调的则是其为使电影便于观赏而具有的某种信息"发散"特征。这两者之间互动的实质则是同时被"摆置"和被"错置"的矛盾状态：前者暗示出观看的欲望；后者则构成了对这种欲望的阻碍。此互动过程于是和某种"介于两者之间"的状态发生了联系，从而为探索"缝隙"地带提供了可能[6]。本雅明在这篇文章中的分析深受海德格尔（Martin Heidegger）关于现代性（modernity）往往通过影象化和抹杀距离及差异来征服客体这一论点的影响。而他关于如何在技术复制年代更新人本主体的思考也在一定程度上继承了克尔凯郭尔对科技社会的批判，以及后者为此所建构的游牧意象。尽管本雅明对放逐的论述比较抽象，但他的观点却影响了一些重要的离散评论家的理论视角。比如，肖蕾（Rey Chow）在《写作离散：论当代文化研究中的介入策略》（1993）一书中就伸展了本雅明的上述分析，认为"错置"应当成为当代跨文化批评实践中的一个重要议题。因为与"错置"感密切相关的"离散意识"并不是某种历史的巧合。相反，它是西方人文知识分子为了有效地与东方主义和第三世界本土主义（nativism）同时划清界限所必须面对的一个基本现实[7]。

二、在后现代主义和后结构主义中的应用

如果说现代主义文学中的"放逐"想象是通过挖掘自我潜能和探索非理性领域来实现的，那么，这种想象在部分继承现代主义理念的后现代主义者手中就必须寻找新的出路才能得以延续。因为后现代主义对坚信内在真实性的康德式自我并不感兴趣，对与人本主义纠缠不清、自恃清高的现代主义主体性更是充满了不屑与敌意。反之，他们极力强调人与知识、权力结构之间的纠结与交织，以及人与外部世界不可逃逸的共谋关系。然而，声称回归历史主义的后现代主义者们，如福柯（Michel Foucault）、里奥塔（Jean-Francois Lyotard）、波西亚（Jean Baudrillard）等，并没有将外部世界对人施加的种种限制作为争取自由的一个物质性起点，而是千方百计地以回避这些限制的方式来保护他们认为具有内在颠覆性的所谓"差异"。"差异"是后结构主义通过部分挪用结构主义语言学家索绪尔（Ferdinand de Saussure）关于符号的某些论述而提出的一个重要概念。后结构主义者认为，索绪尔的贡献主要体现在如下两个方面：1）他承认符号中意指与能指之间存在着武断关系，并确信语言学不看重表述内容，而只关注语言系统中符号与符号之间的等差关系。有鉴于此，语言的意义就只能产生于该系统中一些成分与另外一些成分之间的差异性。差异性于是便成了意义生成的源泉，使其不必依赖于任何客观的指涉。2）他指出，传统语言学不仅使言语（speech）凌驾于书写（writing）之上，而且还使语言的历时性（diachrony）从属于它的共时性（synchrony）。德里达（Jacques Derrida）将语言符号系统中的这种层级化关系称为"罗格斯中心论"（logocentrism）。而解构的目的就是要通过"补充式分化"（supplemental differentiation）的程序，在时间和空间范围内不停顿地揭示并颠覆体现这种关系的二元对立思维方式（即男人高于女人，心智高于肉体，内在优于外在，在场优于缺席等）。德里达将这种"补充式分化"的解构运作过程称为"延异"（differnce）。

后结构主义者认为，传统语言结构的压抑性、统合性和排他性，

与资本主义社会对人施加的种种限制和压抑是如出一辙的。因此，它们的一个中心任务就是要突破结构主义通过"文本"（text）所重新设置的形式主义指涉界限，使意义摆脱文本而走向"文本性"（textuality）。后结构主义的"文本性"不存在内在与外在的区别，也不存在能妨碍或阻止"延异"运作的终点或底线。在此基础上，德里达提出了两个对离散研究至关重要的概念。一是"越界"说。他认为，"没有任何意义是一成不变的；所有边界的内侧和外侧都不是天造地设的结果"。其原因很简单，那就是，"文本的互涉性根本就不存在任何形式的极限"[8]。边界是差异的标志，而边界的消失则是差异性得到释放的必然结果。随之而来的，便是后结构主义者对所有局限性的普遍质疑，因为客观指涉已经被其文本化了的"痕迹"（trace）所取代。德里达的"越界"概念在象征意义上与"离散"概念不谋而合，因为前者显示出一种失去中心，能自由穿越变动中的不同形构，并永久性地迁徙、游牧和流动的状况，所以被大量采用到文学批评与文学再现中。例如，非洲裔美国批评家贝克尔（Houston Baker, Jr.）便借助德里达的某些概念提出了一种可以称为"布鲁斯摇摆乐"的批评方法（blues criticism）。该批评方法有两个重要的意象，即铁路调车场的换道室和铁路交叉口的标记。这些意象一方面体现了德里达的越界说，另一方面又使人想起19世纪末和20世纪初成千上万被剥夺土地的非裔美国分成制佃农（share-croppers）从南方乘火车北上求生的情景。在贝克尔看来，这种处于运动状态、不断被错置又不断实现自我建构的过程最能体现德里达的延异理论[9]。二是"散播"（dissemination）概念。这是德里达解构程序中的一个重要环节，即在所有指涉都不复存在的情况下，意义永远不能得到实现的那种状态。处于"散播"状态的语言不断地打破平衡，并以差异的形式无拘无束地永久性流散。一些深受解构主义影响的后殖民批评家喜欢在"散播"的字面上作文章，将dissemination写成dissemiNation，以此来显示"越界"的必要性，以及他们对一切形式的民族主义或民族—国家（nation-state）的批判。而这样做的最佳对策就是象征意义上的离散。

霍米·巴巴（Homi Bhabha）是一位较多论及离散问题的后殖民批评家。他在《文化的处所》（1994）一书中将离散、难民、迁徙与第三世界等范畴看成是受到西方二元对立思维方式错置、贬低和延后的他方（alterity）。在他看来，后殖民批评家借以展开解构运作的文化的处所是一个既能跨越国界又能任意实现表意转换的混杂化的逾越性（transgressive）场域。他认为，在此文化场域中进行文化批判兼有勉强生存和"补充式分化"的特征：它一方面使人感到忧心忡忡，另一方面又总带有一些令人欢愉或顿悟的瞬间时刻。在这种动态的、充满机缘性（contingent）和阈显性（liminal）的补充式空间中，时间是非序性的（discursive）或是延后性的，从而为后殖民批评再现文化差异和建构主体创造了必不可少的居中性（in-betweenness）和分离性（disjunction）。而这种状态也正是巴巴想象中的属民阶级（the subaltern）能在"补充式分化"的中介下实现去殖民化的理想境界。总起来说，巴巴批评语库中的"离散"、"难民"、"迁徙"与"第三世界"等词汇并不具有物质的含义；恰恰相反，它们不过是解构主义理论中所谓"重复式主体际时间性"（iterative intersubjective temporality）的某种语言效应。因为正如巴巴本人所言，他调动这些词汇的目的不是要用社会学的方式介入政治与历史的权力结构，而是想通过对符号的重新铭写（reinscription）来质询现代性的两个基本前提假设，即关于权力和责任的语言，从而达到改写社会时间性的目的[10]。

另一个颇具影响的后结构主义视角是德路兹（Gilles Deleauze）与夸塔里（Felix Guattari）对现代主义游牧主义概念所作的伸展。他们在《反俄狄浦斯》（1972/1983）及另外一些著作中，借助心理分析方法提出了关于"去领土化"的观点，目的是为了摆脱僵化的资本主义社会关系并使反本质化的主体能不受羁绊地自由运作。这种激进的自我错置状态，也就是能使属民阶级争取解放的欲望能同时摆脱指涉牢结（referential interpellation）和任意散播的过程，就是所谓的"去领土化"[11]。德路兹与夸塔里采用了若干隐喻手法描述上述程序。其中较著名的就是他们用植物学中"地下茎"（rhizome）概念所作的比喻。也就是：钻入地下，根须并茂，四处潜行，然后爆发式地分散和传播。德路兹与夸塔里认为，"地下茎的发育既没有开始，也没有尾声。它总是处于一种介于两者之间的状态，一个中强音节。树是依附性的，地下茎则是一种联盟"[12]。作为一个富于政治寓意的意象，地下茎与西方人本主义传统中以树为想象蓝本的系谱学（genealogy）形成了鲜明的对照，因为这种比喻能与国家—社群—家庭的既定空间范畴发生种种非本质化的联系。与此同时，地下茎借以运作的场域则是代表着方言土语（patois）且发育不良的贫瘠、渺无人烟的沙漠。而活跃在这种被西方文明边缘化的地段中的游牧者则是欧洲的吉普赛人和第三世界的"移民"（immigrant）。在德路兹与夸塔里的语汇中，吉普赛人和第三世界"移民"都是遭受错置的象征物，以及自愿置身于现代性之外的"他者"。德路兹与夸塔里将这种"去领土化"的过程叫作"成为弱方"（becoming the minor）。

法国人类文化史学家德瑟托（Michel de Certeau）从社会符号学的角度间接地确认了德路兹与夸塔里关于"移民"比喻的重要性。他认为，移民是错置的"第一受害者"，巨大历史和文化变迁的"清醒见证人"，以及试图走出错置困境的"实验者与创新者"。在此基础上，德瑟托认为应当提出一个"我们全体都是移民"的口号[13]，以突显当代资本主义制度下社会危机的严重后果。比起德路兹与夸塔里的移民概念，德瑟托的有关思考似乎涉及了错置经历的一些物质层面。但他的这种建构在本质上仍然是一种用来批判现代性的文化类比，因此并不能有效地质询西方社会学中关于"移民"的传统定义，以及被"移民、奋斗、适应、同化、落地生根"这一线性分析范式所掩盖的种种社会与历史矛盾。就此，亚裔美国批评家林玉玲（Shirley Lim）借用赛义德（Edward Said）对"认同"（filiation）和"加入"（affliation）两个概念的论述，对"移民"和"离散"之间的关系作了进一步的说明[14]。林玉玲认为，移民一词的传统定义忽视阶级、种族和性别对移民过程的影响，从而间接地确认了欧美文化价值的权威性和政治现实。赛义德的"认同"概念指的是人类具有某种根植于地域感的繁衍后代的本能。但由于人类与其自身劳动成果——包括他们生育的子孙后代——之间存在着异化关系，"认同"于是充满了难以克服的内在矛盾并最终不能实现其物质性。"加入"指的是能自觉意识到上述困境，从而将自我的社会化当成一种与既定家园、宗教和民族—国家保持某种批判距离的做法。林玉玲通过赛义德的上述视角，从社会和文化政治的层面再度肯定了"放逐"和"离散"的政治必要性，同时也指出了传统"移民"定义的意识形态局限[15]。

特别值得一提的是赛义德本人关于"放逐"概念的思考，因为这些思考在一定程度上影响了当代美国少数族裔作家和批评家对"离散"一词的理解和运用。赛义德的"放逐"理念深受其启蒙导师德籍犹太学者奥尔巴赫（Erich Auerbach）的影响，而后者则以精通中古文学和文艺复兴时期德国浪漫主义传统著称。奥尔巴赫于20世纪30年代为躲避纳粹主义的腥风血雨先流亡到土耳其的伊斯坦布尔（Istanbul），战后又辗转来到美国。然而，正是这种艰苦卓绝的放逐岁月和远离家乡的无限怅惘，才使他写出了像《模仿论》（1946）那样的宏篇巨著。赛义德认为，奥尔巴赫的离散经历具有独特的启示意味，那就是，只有脱离习惯性的社会氛围、文化期许和意识形态规约，作家才能将放逐对自我造成的种种负面影响转换为一种激越的批判意识[16]。赛义德的这种观点明显地反映了欧美现代主义错置话语在他身上留下的深刻印记。与此同时，这种观点也为他对民族主义的批判进行了铺垫。他认为，"民族主义声称它与某个地方、某个群体和某份遗产具有从属关系，并由此印证了社群能通过语言、文化与习俗创造出家园的假设。民族主义因此避开了放逐，并极力使自身免受其害"。他进一步指出，"一切形式的民族主义都起源于某种陌生化状况……而功成名就、志得意满的民族主义却总是以回顾与前瞻的方式为它有选择地将历史串联在一起寻找借口。于是，民族主义便有了开国元勋、带有准宗教色彩的读本、归属性的修辞、历史与地理标记，以及由官方认可的敌人与英雄"[17]。赛义德在这段文字中对放逐与民族主义之间关系的论述深刻且发人深省。但它将后者描述成既有同一性又有明确终极目的的做法却忽视了民族主义的不同内部结构及其与霸权千差万别的关系。实际上，某些形态的民族主义根本无法依照既定语言学的修辞范式，按部就班地演化成资产阶级的民族—国家。赛义德对民族主义不同历史和政治内涵的简约化处理，与美国文化批评界近来对法侬（Frantz Fanon）的"第三类空间"和拉康（Jacques Lacan）的"第三类处所"的提法的过分拥戴，是不无关系的。

三、离散的社会性与物质模态

针对离散概念在文化批评中的文本化和美学化倾向，非裔美国批评家胡克丝（bell hooks）指出，这种非历史化的游牧主义实际上是一种西方社会与政治权力的产物。因为离散一词本身并不能用来概括美国历史上大规模贩卖黑奴、逼迫印第安人长途迁徙、迫使中国移民颠沛流离、将日裔美国人强制性地重置，以及对大批无家可归的城市游民不闻不问的本质[18]。美国印第安人批评家克鲁帕特（Arnold Krupat）也认为，现有离散模式善于表现文化的多元性和不确定性，但难以准确描述美国少数族裔的实际错置经历与社会及政治霸权之间的关系[19]。亚裔美国文化批评家圣胡安（E. San Juan, Jr.）从另一个角度指出，后现代主义的去中心化运作将混杂性和居中性的感知神秘化，从而使属民阶级从后殖民领土到商业大都会的过渡变得毫无痛苦[20]。出生于牙买加的英国文化研究学者霍尔（Stuart Hall）的《文化身份与离散》（1994）一文，可以说在某种程度上回应了上述批评家就应当重视离散的历史与文化特殊性所发出的呼吁。在这篇论及黑人在19世纪中后期的环加勒比海大迁徙的文章中，霍尔认为新的文化身份只能产生于文化认同与文化差异的互动过程中。前者指的是寻找共同的历史经历和共享的文化符码，以便为离散群体提供某种能使他们动荡不安的现状变得相对稳定的参照架构。而这些连续性的因素正是反抗殖民压迫的精神与道德源泉。后者指的是离散文化身份不仅是一种历史"现状"，更是一种"呼之欲出的境界"。因为该身份是其在历史变迁、文化形构与权力更迭过程中不断与外界适应又不断被改造的的结果。霍尔确信，只有通过文化的断裂和差异性人们才能深切体会到殖民化的恶果。而试图用某种理想中的家园来界定离散身份的做法则反映了一种过时的、霸权式的"属性"观。换言之，离散的含义只能通过承认并接受多样化和混杂化才能得到充分体现[21]。霍尔关于离散的理论思考也反映在吉尔罗依（Paul Gilroy）就黑人离散问题所作的类似研究。两位理论家都将大西洋作为一个承载人口流动，发生种种意想不到的联系和具有复杂从属关系的场域，同时亦强调离散中互相交叠的对抗性与差异性，以及这种过程中互相纠结的权力关系。

近年来，离散概念在两个新兴的社会科学领域中得到了高度重视：一是迁徙研究（migration studies），一是跨国研究（transnational studies）。前者主要关心的是在全球范围内政治与经济边界松动对民族—国家内人口变迁和社会形构所产生的冲击和影响，以及民族—国家如何采取对策来应对这些冲击和影响。迁徙研究往往将来自不发达国的移民、难民和外劳看成是企业式盘剥与种族歧视的受害者。跨国研究的主要兴趣是将全球化作为资本主义企业不断变换其经营策略的表现形式来分析，同时亦关注个人、政治及族裔身份重组后所带来的局部影响。著名文化人类学家王爱华（Aihwa Ong）认为，跨国研究注重描述影响到跨越国界行为的一些新的文化逻辑及想象，以及民族—国家对这些现象的具体回应方式[22]。王爱华特别强调跨国状态（transnationality）与跨国性（transnationalism）之间的区别。后者主要指全球化状态下的经济、政治及文化过程，以及这些过程的内部机制。而前者则主要指资本主义制度下那种能任意穿越时空且互相联系的文化状态。跨国性概念能使人想起与之相联系的一些表述，如横切（transveral）、交换（transactional）、穿越局部（translocal）及可译性（translational）等，因而具有某种逾越性的暗示作用。另一位文化人类学家阿帕杜莱（Arjun Appadurai）进一步指出，这种崭新的全球化经济应当被看成是一个复杂、交叠和分离性的秩序。此种秩序充满了经济、文化和政治的不平衡，并由此产生出种族、科技、金融、传媒以及意识形态等力场（scapes）之间的失衡与断裂。而全球化正是通过这些在想象中能取代民族—国家疆界的力场之间因摩擦互动而出现的缝隙得以蔓延。就此意义来说，经济全球化也必然是一种不均等与不平衡的过程。阿帕杜莱认为，构成这些分离性力场的个人和群体——一旦他们能意识到自身利益——就有可能在微观的意义上影响全球化的性质或进程[23]。与阿氏这种意义比较空泛的离散主体性形成对照的是王爱华的"灵活公民身份"的说法。王爱华用手持多本护照的后福特主义（Post-Fordist）式企业家的实例想说明，全球化所造成的政治与经济不安定感，催生了一种能巧妙周旋于处于各种矛盾倾向之间的灵活的跨国主体，并由此构成了对全球化的讽刺性批判。

尽管王爱华与阿帕杜莱令人信服地使我们了解到全球化的复杂性、多样性和不平衡性，但他们建构的跨国/离散主体，与现代主义者所想象的孤独游牧人和后现代主义与后结构主义者精心策划的自我放逐一样，都是一些基本上不受阶级与经济地位限制的投射，因此并不能使离散概念从根本上摆脱那种去语境化的文本嬉游性。日裔美国作家凯伦·山下（Karen Tei Yamashita）的两部小说——《巴西商船》（1992）和《兜圈子》（2001）——似乎在这方面提供了一些富于启发性的实例。前者以卢梭（Jean-Jacques Rousseau）的《艾弥尔，或论教育》（1762）一书为喻，记录了20世纪初日本人大量移民巴西过程中一些鲜为人知的历史往事。该书将这些日本人的迁徙写成一种多层次的错置经历：他们的巴西之行不仅是对日本现代化进程的拒斥，以及对美国通过《君子协定》（1918）禁止日本人继续移民美国西岸的回应，而且也是出于他们渴望在巴西重新塑造新生文化身份的需要。这些移民在此过程中受到的深刻教育就是：只有不固守已经脱离原来社会环境且变得日益僵化的日本文化传统和思维方式，才能在离散中求得生存。《兜圈子》实际上是《巴西商船》的续篇，讲的是在巴西出生和成长起来的一代只会讲葡萄牙语的日裔巴西人，于半个世纪后陆续回到经济发达但劳力奇缺的祖地日本，以做苦工来赡养国内的亲属。由于他们的不同文化背景、生活习惯和经济地位，这些日裔巴西人在日本受到了难以想象的歧视、限制和虐待，使他们在精神和肉体上饱受折磨与伤害。但他们既不能马上离开使他们身陷囹圄的祖地，又不愿立即回到仍处于新殖民主义羁绊之下、毫无生气的祖国。他们这种深深打上种族与阶级烙印的存在阈显性突显出"离散"作为一个分析范畴的批判力度[24]。山下还有一部成书于1996年、以洛杉矶为背景的寓意小说《柑橘线》。该书以讽刺的笔法描写了遍布于这座天使之城的无家可归的贫困大军，其中包括一位主动放弃内科医生职位，自愿流落街头，每天站在立交桥上象征性地指挥城市交响乐的日裔美国人。这位医生出生于二战时期关押日裔美国人的重置营（relocation center）；而他加入被剥夺基本生活权利的穷人行列的举动，正是作者通过日裔美国人在战时被自己祖国抛弃的惨痛经历，来展示"离散"在美国当代社会生活中的讽刺与揭示作用。在某种意义上，山下的文学描写令人信服地印证了非裔美国社会学家布劳纳（Robert Blauner）关于美国存在着的内部错置和内部殖民状况（internal colonialism）的论点。

四、结语

综上所述，离散概念在当代美国文学中的应用主要借助现代主义、后结构主义和后殖民视角中的语言学与心理分析模式，强调不受民族—国家约束的越界行为和能与各种宏大叙事分庭抗礼的文化混杂化运作。它所提倡的微观政治使妇女、有色人种、移民和具有不同性欲取向的社会与政治话语受益良多。就此意义来说，离散概念对考察资本主义全球化的过程和后果的确有着重要的揭示作用，对丰富人们的批评语汇并拓展他们的分析视野也有着独特的贡献。但作为一种批判视角，离散立场往往很难彻底摆脱上述反人本主义思潮中固有的美学化特征，以及它们忽视阶级属性和社会后果的非历史化倾向。斯皮瓦克（Gayatri Spivak）在谈到目前美国学术界盛行的离散话语时一针见血地指出，少数族裔在思考其全球性时必须弄清楚这种全球性的受益者究竟是谁和最符合谁的利益。因为离散这个被想当然地看成一种象征着自由和解放的立场定位恰恰标志着它的自我否定。换言之，回避社会化与财产再分配问题的离散经历不过是一种随着当代跨国资本起舞的自由化的文化多元论而已[25]。同样值得注意的是，离散主体往往是在脱离其原住国和远离殖民统治的情况下进行他们反本质化的文本式抗争，他们的感受和文化政治因此不见得一定就能与其宣示的社会语境发生必然的联系。赛义德认为，"对一种理论突破如果不加分析、接二连三和不分场合地使用，这种理论就会成为一个陷阱。因为即使再高明的见解，它一旦成为时尚，就会在流传过程中被简约、被收编和被体制化"[26]。依循赛义德的思路，我们可以说，离散概念对理解当代文学和文化表述的全球性、混杂性和不平衡性至关重要，因而成为文化研究中一个不可或缺的视角。然而，离散视角的重要性并不在于它的新奇（如本文所述，它的渊源其实相当古老），而在于它的历史化运用。离散的批判潜能不应当成为我们低估或忽视现实生活中矛盾冲突的借口。就此意义来说，这种理论视角也不见得一定总是高瞻远瞩的批评立场，因此似乎没有必要无条件地去效法或复制。

注释

[1] Soren Kierkegaard. *Two Ages: The Age of Revolution and the Present Age.* Princeton: Princeton University Press, 1846/1978, 91-94.

[2] Friedrich Nietzsche. *Beyond Good and Evil: Prelude to the Philosophy of the Future.* Trans. R. J. Hollingdale. Hammondsworth, England: Penguin Books, 1973, 195.

[3] Malcolm Bradbury and James McFarlane. "Preface," in *Modernism: A Guide to European Literature, 1890-1930.* Eds. Malcolm Bradbury and James McFarlane. New York: Penguin, 1976, 13.

[4] "Metafiction" 一 词 出 自 Linda Hutcheon 的 *A Poetics of Postmodernism*（1988）一书，用来指后现代小说通过有意识地写作关于小说的小说来回归历史的美学特征（5-7）。象征主义是现代主义文学的一个重要范畴。它主张通过纯粹、武断的象征手法来表达作家的抽象感受或意境，从而与再现主义（representationalism）的客观描写形成了鲜明的对照。象

征主义的主要代表人物有波德莱尔（Charles Baudelaire）、兰博（Authur Rimbaud）、马拉美（Stephane Mallarme）和爱伦·坡（Edgar Allan Poe）等。

[5] Theodore Adorno. *Minima Moralia : Reflections from a Damagesd Life*. Trans. E. F. N. Jephcott. London：NLB，1974，38-39. 该书的题目部分挪用了亚里士多德的 Magna Moralia（即《灵魂论》）一书。

[6] Samuel Weber. "Mass Mediauras: or Art, Aura, and Media in the Work of Walter Benjamin," in Walter Benjamin: *Theoretical Question*. Ed. David S. Ferris. Stanford：Stanford University Press，1996，29-34.

[7] Rey Chow. *Writing Diaspora : Tactics of Intervention in Contemporary Culturtal Studies*. Bloomington：University of Indiana Press，1993，7，15.

[8] Vicent B. Leitch. *Deconstructive Criticism : An Advanced Introduction*. New York: Columbia University Press，1983，118-119.

[9] Houston Baker，Jr. *Blues，Ideology，and Afro-American Literature:A Vernacular Theory*. Chicago: University of Chicago Press，1984，4-8.

[10] Homi Bhabha. *Location of Culture*. New York：Routledge，1994，185-189.

[11] Gilles Deleuze and Felix Guatarri. *Anti-Odipus : Capitalism and Schizophrenia*. Trans. Robert Hurley，et. al. Minneapolis：University of Minnesota Press，1972/1983，II.

[12] Gilles Deleuze and Felix Guattari. *A Thousand Plateaus : Capitalism and Schizophrenia*. Trans. Brian Massumi. Minneapolis：University of Minnesota Press，1980/1987，25.

[13] Winifred Woodhull. "Exile," *Yale French Studies* 82 (1993): 11.

[14] Edward W. Said. *The World, the Text，and the Critic*. Cambridge：Harvard University Press，1983，16-24.

［15］ Shirley Geok-lin Lim. "Immigration and Diaspora." *An Interethnic Companion to Asian American Literature*. Ed. King-Kok Cheung. New York: Cambridge University Press, 1997, 294-297.

［16］ Said. *The World, the Text, and the Critic*. 6-9.

［17］ Edward W. Said. "Reflections on Exile." *Out There: Marginalization and Contemporary Cultures*. Ed. Russell Ferguson, et. al. Cambridge: Mass.: The MIT Press, 1990, 359.

［18］ bell hooks. *Black Looks: Race and Representation*. Boston: South End Press, 1992, 173.

［19］ Arnold Krupat. *Ethnocriticism: Ethnography, History, Literature*. Berkeley: University of California Press, 1992, 122-123.

［20］ E. San Juan, Jr. *From Exile to Diaspora: Versions of the Filipino Experience in the United States*. Boulder: Westview Press, 1998, 191-193.

［21］ Stuart Hall, "Culture, Identity, and Diaspora," in *Colonial Discourse and Postcolonial Theory*. Ed. Patrick Wolliams and Laura Chrisman. New York: Columbia University Press, 1994, 394-396.

［22］ Aihwa Ong. *Flexible Citizenship : The Cultural Logic of Transnationality*. Durham: Duke University Press, 1999, 1-12.

［23］ Argun Appadurai. *Modernity at Large: Cultural Dimensions of Globalization*. Minneapolis: University of Minnesota Press, 1996, 33-43.

［24］ Jinqi Ling. "Forging a North-South Perspective : Nikkei Migration in Karen Tei Yamashita's Novels." *Amerasia Journal* 32.3 (2006): 1-20.

［25］ Gayatri C. Spivak. *A Critique of Postcolonial Reason: Toward a History of the Vanishing Pressent*. Cambridge, Mass.: Harvard University Press,1999, 396-402.

〔26〕 Said. *The World, the Text, and the Critic*. 239.

参考文献

〔1〕 Adorno, Theodore. 1974. *Minima Moralia: Reflections from a Damagesd Life*. Trans. E. F. N. Jephcott. London: NLB.

〔2〕 Appadurai, Argun. 1996. *Modernity at Large: Cultural Dimensions of Globalization*. Minneapolis: University of Minnesota Press.

〔3〕 Baker, Houston A., Jr. 1984. *Blues, Ideology, and Afro-American Literature: A Vernacular Theory*. Chicago: University of Chicago Press.

〔4〕 Benjamin, Walter. 1969. *Illuminations*. New York: Schocken Books.

〔5〕 Bhabha, Homi K. 1994. *Location of Culture*. New York: Routledge.

〔6〕 Blauner, Robert. 1972. *Racial Oppression in America*. New York: Harper and Row.

〔7〕 Bradbury, Malcolm, and James McFarlane. 1976. "Preface," in *Modernism: A Guide to European Literature, 1890-1930*. Eds. Malcolm Bradbury and James McFarlane. New York: Penguin, 11-16.

〔8〕 Chow, Rey. 1993. *Writing Diaspora: Tactics of Intervention in Contemporary Culturtal Studies*. Bloomington: University of Indiana Press.

〔9〕 Clifford, James. 1994. "Diasporas." *Cultural Anthropology* 9.3: 302-338.

〔10〕 Deleuze, Gilles, and Felix Guattari. 1972/1983. *Anti-Odipus: Capitalism and Schizophrenia*. Trans. Robert Hurley, et. al. Minneapolis: University of Minnesota Press. 1980/1987. *A Thousand Plateaus: Capitalism and Schizophrenia*. Trans. Brian Massumi. Minneapolis: University of Minnesota Press.

〔11〕 Derrida, Jacques. 1981. *Dissemination*. Trans. Barbara Johnson.

Chicago： University of Chicago Press.

［12］ Dostoevsky， Fyodor. 1846/2005. *The Double and The Gambler.* Tarans. Richard Devear and Larissa Volokhonsky. New York： Everyman's Library.

［13］ Gilroy， Paul. 2005. *The Black Atlantic： Modernity and Double-Consciousness.* Cambridge： Harvard University Press.

［14］ Hall， Stuart. 1994. "Culture， Identity， and Diaspora," in *Colonial Discourse and Postcolonial Theory.* Ed. Patrick Wolliams and Laura Chrisman. New York： Columbia University Press， 392-403.

［15］ Hutcheon， Linda. 1988. *A Poetics of Postmodernism： History， Theory， Fiction.* New York： Routledge.

［16］ Hemingway， Earnest. 1926/1996. *The Sun Also Rises.* New York： Scribner.

［17］ hooks， bell. 1992. *Black Looks： Race and Representation.* Boston： South End Press.

［18］ Joyce， James. 1916/1993. *A Portrait of the Artist as a Young Man.* New York： Garland.

［19］ Kafka， Franz. 1915/1972. *The Metamorphosis.* New York： Bantam.

［20］ Kierkegaard， Soren. 1846/1978. *Two Ages： The Age of Revolution and the Present Age.* Princeton： Princeton University Press.

［21］ Krupat， Arnold. 1992. *Ethnocriticism： Ethnography， History， Literature.* Berkeley： University of California Press.

［22］ Leitch， Vicent B. 1983. *Deconstructive Criticism： An Advanced Introduction.* New York： Columbia University Press.

［23］ Lim， Shirley Geok-lin. 1997. "Immigration and Diaspora," in An Interethnic Companion to Asian American Literature. Ed. King-Kok Cheung. New York： Cambridge University Press， 289-311.

［24］ Ling， Jinqi. 2006. "Forging a North-South Perspective： Nikkei Migration in Karen Tei Yamashita's Novels." *Amerasia Journal*

32.3：1-20.

[25] Nietzsche，Friedrich. 1886/1973. *Beyond Good and Evil：Prelude to a Philosophy of the Future*. Trans. R. J. Hollingdale. Hammondsworth，England：Penguin Books.

[26] Ong，Aihwa. 1999. *Flexible Citizenship：The Cultural Logic of Transnationality*. Durham：Duke University Press.

[27] Said，Edward W. 1983. *The World，the Text，and the Critic*. Cambridge：Harvard University Press.

[28] —.1990. "Reflections on Exile." *Out There：Marginalization and Contemporary Cultures*. Ed. Russell Ferguson，et. al. Cambridge，Mass.：The MIT Press，357-366.

[29] San Juan，Jr.，E. 1998. *From Exile to Diaspora：Versions of the Filipino Experience in the United States*. Boulder：Westview Press.

[30] Spivak，Gayatri Chakroavorty. 1999. *A Critique of Postcolonial Reason：Toward a History of the Vanishing Pressent*. Cambridge，Mass.：Harvard University Press.

[31] Weber，Samuel. 1996. "Mass Mediauras; or Art，Aura，and Media in the Work of Walter Benjamin," in *Walter Benjamin：Theoretical Question*. Ed. David S. Ferris. Stanford：Stanford University Press，27-49.

[32] Woodhull，Winifred. 1993. "Exile." *Yale French Studies* 82：2-27.

[33] Yamashita，Karen Tei. 1994. *Brazil-Maru*. Minneapolis：Coffee House Press.

[34] —. 1996. *Tropic of Orange*. Minneapolis：Coffee House Press.

[35] —. 2001. *Circle-K Cycles*. Minneapolis：Coffee House Press.

[36] Zheng，Da. 2003. "Writing of Home and Home of Writing：Chinese American Diaspora and Literary Imagination." *Comparative American Studies* 1.4：488-505.

（苏㜤　翻译）

去国家化之再探：理论十字路口的亚美文化批评

黄秀玲（Sau-ling C. Wong）

前言（增加于 2000 年）

《去国家化之再探》首见于 1995 年《亚美学刊》（*Amerasia Journal*）的"思索亚美研究中的理论"（"Thinking Theory in Asian American Studies"）专刊，由 Michael Omi 与 Dana Takagi 合编。当时我写《去国家化之再探》，是为了进行一场有关亚美研究重点与方向（学术上与建制上）的对话，并非有意就族裔、后殖民，或其他有关当代亚美经验的概念，作出什么普遍性的理论宣言。该文对象为美国大学中的亚美研究学者；我认为他们在学术建制中的位置，应激发一些对工作先后缓急安排与选择的考量。然而，该文显然触动了亚美学术界某一条神经，掀起了超出我预期范围的轩然大波。当本书（*Postcolonial Theory and the United States: Race, Ethnicity and Literature*）编辑 Amritjit Singh 与 Peter Schmidt 给我提供修改论文的机会时，几经思忖，我决定放弃进一步详述我观点、就读者的误读进行辩解、修正盲点或调整个人偏见的机会。反之，我选择把原来的版本重印，不过增添了一则简短的前言，好让读者了解与本文相关的亚美研究近期发展。这些发展或按时间排序，或按主题排序。我认为此种组合更能尊重此文首次出版时的历史时刻，以及自出版后该文所被赋予的、几乎脱离了作者意愿的个别"生命"。

"思索亚美研究中的理论"出版后一年，《亚美学刊》紧接着出版专号"跨国主义、媒体、亚美人"。编辑梁志英说:"这专号收录的论文乃利用历史学分析与民族志学以及文学战略,去看待全球与[美国]国内环环相扣的情势,即是形塑 20 世纪末亚裔生活的情势"(梁 1996:iv)。这期专号以 Arif Dirlik 的文章《边上的亚洲人:跨国资本及本土社群与当代"亚裔美国"的形成》("Asian on the Rim:Transnational Capital and Local Community in the Making of Contemporary Asian America")(1996)为首。(作者按:rim"边"是指 Pacific Rim。)该文重新检视新太平洋的构成并提出以下问题:"原先对亚裔美国的了解,也许已无法再容纳形塑该社群的种种新力量,但是,旧看法是否就因而变成不着边际呢?"(15)。他要求有一个"政治性强烈的回应",包括以下的认知:20 世纪 60 年代引发亚美运动的种种问题,重组过后仍旧是存在的。Dirlik 援引《去国家化之再探》,指出亚裔美国有机会担当要角,"通过对本土福祉的再次推动,来对抗跨国资本主义的全球化力量"(18)[1]。

Susan Koshy 在《亚美文学的虚构》("The Fiction of Asian American Literature")(1996)一文中直接了当地反驳"去国家化"的概念。她认为这"根本上就有缺陷的"(340)思考方式将使得本国与跨国、国内与离散等观念产生对立。就连"去国家化"这个词汇也带有新帝国主义的意味,隐含一种令人不安的、有利于右翼政治干预的语气。此外,她指出"某些关键词汇,例如'跨国的'、'国际的'以及'无国界经济',在描述性的与观念性的层次上混淆不清"(341)。Koshy 对于我"忠于所居地"的主张大不以为然,甚至认为令人心寒,因为这说法与冷战时期亚美人于必须"忠诚"那段惨痛的历史遥遥相应(341-342)。因此,Koshy 不仅判定"《去国家化之再探》一文""在结论上保守"(342),更直言此观念会阻碍亚美研究的新发展。她宣称"亚裔美人"一词是"误用"(catachrestic)的,因为它其实没有确定的指涉对象,无论如何定义,提出的意义永远都超过它的字面意义。她预言:"因为 90 年代的政治日益复杂,亚美政治将会越来越以特定的议题为前提,和其他团体构成战略性同盟"(341)。[2](作者按:即是说不像 60 年代那样,打着族裔的旗号结盟。）骆里山（Lisa Lowe）的 *Immigrant Acts: On Asian American Cultural Politics*（1996）从理论上分析亚美种族构成与文化政治，前提是：一开始，亚洲移民到美国这一史实就反映了国家（nation-state）和全球经济的矛盾对立。因美国资本家需求劳工，亚洲人得以置身于美国境内，但同时亚美人却被视为是"外人"。在骆里山的理论架构中，亚美种族构成的定义，与全球化观点息息相关；后者是不可或缺而并非补充性的。"因此，亚美人的解放故事，并非局限于'成为国家[美国]公民'（作者按：即同化）。在目前的社会构成中，与其说主体是被现代国家公民论述所叙述，不如说叙述它的是亚洲战争的历史、移民与全球性经济的动力"（33）。骆里山的论点也强调，在美国，亚洲人的他者化本质上是有结构性的。换言之，"美国由来已久的不平等状况，在经济和政治领域中解决不了，于是有赖于美国国家文化来缓冲和消弭"（29）。她因而提出亚美文化有一种天生对抗性的美学，"一种'不忠'和'反认同'的美学"（32）。

金惠经（Elaine Kim）和骆里山于 1997 年主编了 *Positions: East Asia Cultures Critique* 的一期专号，意在"促进东亚研究与亚美研究先进学者之间的讨论"（viii）。"一旦把亚美构成置入一种辩证的关系中，与国际历史及地域互动，亚美研究与亚洲研究的对象和方法，都不可能再一成不变"（xiii）。专号中收录的论文，基本概念均是"亚美人的形成，同时发生在美国国家框架与全球框架之中"（x）。这些学者尽管风格迥异，但都一致探讨过去三十年来冲击着亚美人的重大转变：后福特主义的全球市场重组、1965 年后的移民潮与随之变化的人口特征、美国殖民与新殖民主义在亚洲国家扮演的角色（如何造成新"亚美人"族群的迁播），以及美国对境内有色种族不平等的公民与民权政策。

另一本由 Kandice Chuh 和 Karen Shimakawa 所编辑的文选，则探讨了亚洲研究与亚美研究间的关联。这本由杜克大学出版社所出版的选集 *Orientations: Mapping Studies in the Asian Diaspora* 探讨的主题包括：这两种研究的规范和主题、亚洲性与亚美性之间的歧异、重新思考论述领域，审视超越学科界限会有什么后果、得益与风险；

印刷文化，特别是期刊类的出版物，如何反映上述的变迁。

R. Radhakrishnan，该选集收录的作者之一，是一位多产的批评家。他把多年来有关种族和离散的文章结集，于 1996 年出版论文集 *Diasporic Mediations：Between Home and Location*。他有些文章集中研究亚裔（特别是印裔美人）的身份认同（如："Is the Ethnic 'Authentic' in the Diaspora?" 203-214）；另一些则从理论层面来思考某些有关亚美人情况的词汇，如国家、混杂性（hybridity）、臣属性或庶民性（subalternity）、后殖民性（postcoloniality）等。Radhakrishnan 把"离散位置"（"diasporic location"）理解为"连字号（hyphen）的空间"；"这个空间，尝试将一个人在原生地的身份与在现居地的身份不停地调节和协调"（xiii）。在"Postcoloniality and the Boundaries of Identity"一文中，Radhakrishnan 建议"离散应正名为族裔"（176）。（作者按：即是说，离散者不应永远与原生地连结起来；迟早都要把他们当作现居地的族裔之一。）少数族裔的当前急务，是学会"住在'连字号空间'内，但同时又能发言"（175-176）。Radhakrishnan 提议："离散社群需要在他们所居的地方／国家／文化内作一些有影响力的事"，并彼此结盟（176）。

不同于 Radhakrishnan，伍德尧（David L. Eng）在"Out Here and Over There：Queerness and Diaspora in Asian American Studies"（1997）一文中提出另一套连字号理论。他主张"冒连字号的风险"（"risking the hyphen"）或将连字号"夸大化"（"hyperbolization"）（37）。伍德尧认为"国"与"家"太容易混为一谈了，需要用连字号冲击一下，提醒人们亚美研究中固有的离散和亚洲因素。伍德尧还检视英文 domestic 一词的双重意义（同时意味"男性（国家 nation-state）的公共空间与女性（家）的私人领域"），并指出早期亚美文化国族主义者企望凭借贬低"[女性与同志的]私人领域"，博取亚裔男性公共身份认同（35），伍德尧有意扩阔"酷儿性"的定义。他认为酷儿性"是一种批判性的方法论，用以评价亚美种族构成如何跨越各种歧异轴心、各种本地性与全球性的情况。"（39），即是一种跨国资本、移民与劳工不停变动的情况。历史上，"亚裔性"与"酷儿性"两者都曾被美国国家机制定义为"异常"或"出轨"。除了伍德尧外，研究"亚裔性"与"酷儿性"交会的学者还包括 Giopinath（1997）与 Puar（1998）。

刘大卫（David Palumbo-Liu）在他的跨学科研究 *Asian /American: Historical Crossings of a Racial Frontier*（1999）一书中，不用连字号，而用"斜划"（the slash or the solidus）来显示亚美身份的复杂性和不确定性。斜划同时连结和分隔"亚"与"美"，同时暗示派斥和包容、两者有别和两者互动。从 20 世纪 20 年代开始，刘大卫分析了亚美身份在国家脉络与离散脉络下的种种具体表现。

李磊伟（David Leiwei Li）的 *Imaging the Nation: Asian American Literature and Cultural Consent*（1998）虽然基本上是一部文学批评著作，却在《歧异和离散》（"Difference and Diaspora"）一章中提出一套亚美人身份认同的批判理论。他的主张包括：亚美构成本身并非国家矛盾问题的解决方式；反之，它是国家矛盾产生及包纳的问题。另外，把亚美观念扩展为区域性的亚太观念，亦可能于事无补。

虽然王爱华（Aihwa Ong）与 Donald Nonini 合编的 *Ungrounded Empires: The Cultural Politics of Modern Chinese Transnationalism*（1997）只研究一个族裔（华人），但在序言中提出跨国性通论，无论是亚美学者，或是一般研究离散情境感的学者，对此都会有兴趣。Nonini 和王爱华"对离散抱持着肯定态度"（18），并提出：离散华人的"流动性"，借着一种"游击战式的跨国主义"（"Guerrilla transnationalism"）表现出来，从而"挑战及颠覆现代帝国主义监控真理与权力的方式"（19）。其他类似的监控方式（如华人家庭、资本家的工作场所以及国家等），试图把可供训诫的臣民限于一地，流动的华人便利用国家空间与身份认同之间的空隙，闪避权力的控制（23）。"引用什么概念、什么价值、什么时候用，要看情形而论，都要看社会关系的组合构成怎样的日常世界"（25）。

在论文中我略为提到"亚美性"的未来研究方向，是和资讯科技有关的。有论者认为网络空间能拉平生理差异与社会差异，是所有"想象社群"（imagined community）的家，同时也带来最终极的去畛域化——"去国家化"。网络空间对亚美人主体性与社群构成的冲击值得加以探索，原因有三。其一，亚美人的"想象社群"基于他们体认到并致力抵抗强加在身上的不平等（包括其被种族化、性别化、性欲化、阶级化以及其他标记身体的方法）。其二，网络促进离散亚裔之间的连结。其三，亚美人与高科技已密不可分，从装配工、工程师到企业家与消费者，扮演着不同的角色。已有多位学者着手分析网络空间内种种错综复杂的事物，如：Amit S. Rai（1995）研究印度身份在电子公告栏上的表现；Lisa Nakamura（1995）、Wendy Hui Kyong Chun（1999）、Jeffrey Ow（即将出版）（作者按：现已出版）等指出，在网络空间中，不但种族没有消失，而且白种（欧裔）美国人的"正常性"再次称霸，对亚洲人的刻板印象也重新出现。舒沅（Yuan Shu）（1998）则举亚裔的跨国知识分子为例，提出以下问题："资讯科技加强了亚洲人与亚美人身份之间的渗透性，这种渗透性可否用以重建美国文普遍定义的'他者'？"（Shu 1998：152）。刘大卫检视投射在流动资金上的"亚太"观念以及"无垠无涯"的网络空间。

　　最后我想探讨两宗时事，它们聚焦了《去国家化之再探》触及的某些论点。1996年的竞选募款丑闻，如同1982年的陈果仁（Vincent Chin）谋杀案，点出了把亚洲人和与亚美人、外邦人与公民混淆，以及"黄祸"的回魂所产生的危险。John Huang和他的合伙人可被视为跨国资本的持有人和代言人，因此可说此丑闻亦衍生出何谓"亚美人社群"以及亚美社群以谁为代表等问题。王灵智（L. Ling-Chi Wang）所著的"Race，Class，Citizenship，and Extraterritoriality：Asian Americans and the 1996 Finance Campaign Scandal"（1996）举出数个分析政治弊案内所含种族成分的方法，并提出我们着重推进民主。刘大卫也曾以文化研究方法分析主流媒体对此丑闻的报道（1999）。

　　第二，1997至1998年间，多个亚洲经济体遭逢灾难性的垮台。事件发生距今并不久，所以尚未反映在亚美研究的学术著作中。然而，"亚洲崛起"在某些有关亚美身份的理论中，担当着相当重要的角色，如今亚洲的前景显然不再灿烂，论者对此须要重新思忖了。

刘柏川（Eric Liu）在 *The Accidental Asian*（1998：115-144）的个人论文集内，有一章名为《恐惧黄色星球》（"Fear of a Yellow Planet"），讨论了"无疆界的中国部族"（123）这个概念如何诱人，以及华裔美人对它如何担忧。

原文（首次发表于 1995 年）

我想在这篇论文里讨论亚美文化评论目前身处的理论十字街头。此处所指的亚美文化评论，包含任何或隐或显的、对亚美主体形构与文化生产的分析。过去好一段时日，亚美文化评论已开始历经巨大的变化，身处亚美研究中者无人能避免其影响力。这些变化不仅左右个别学者的学术实践，更促使亚美文化研究对本身赖以运作的假设进行反省甚至修正。我采用去国家化一词，是为了捕捉这些文化现象的复杂性。以下就其中三项详加探讨。

最先要探讨的是文化国族主义种种关注的日渐舒缓，其原因有二：一为亚美人（Asian Americans）人口的变迁；二为来自从后结构主义到酷儿理论等不同方向的批评，使得 20 世纪六七十年代成型的认同政治（identity politics）更形复杂，并且扩开出新的组织与动员社会力量的轴线（如阶级、性别、性等）。同时，"亚美人"与"亚洲人"之间的边界亦日益模糊，互渗性不断加强。这个边界，正是当日亚美运动号召群众的卖点。不仅如此，互渗性也可见于亚美研究与亚洲研究之间：这两个学科不仅有着相异的历史，在学院中有不同的位置，而且彼此关系颇为紧张，甚至有时公开敌对。足以影响亚、美相对位置的政经新形态，导致这两个领域间交流渐频。亚洲与美洲间的移位，则来自跨国资本广泛的全球性流通；后者的文化后果，包括了多元主体、迁徙与越界的常态化。[3] 在后现代情境笼罩下，将亚美人置放在离散脉络下的做法越发获得接受——这也是我希望研究的去国家化潮流中的第三项。离散观点着重的是将亚美人视为所有分散在全球的亚裔人士中的一群；与此相反，我所称之本土观点则强调亚美人为美国境内的少数族裔／种族。以上这三项变动，在亚美研究中已经形成有如"典范移转"的力量。

《亚美学刊》这期"理论"专号，让我发表我对去国家化的关注，真是最适合不过，因为它的主要读者是亚美研究专家，这个场地能鼓励大家对话。我相信从事文化批评的学者，日常所遭遇到的实际应用问题，其实归根究底都是政治上"效命于谁"以及"使命为何"的问题。当前有股对某些人有吸引力的趋势，似乎能带来新奇的、令人兴奋的学术概念，或者能把族裔研究从"学院贫民窟"救出，甚或有助于申请研究经费。面对这一趋势，上述的问题，是必须集体探讨的。

文化国族主义关注的舒缓

首先，我必须澄清，前文"亚美文化评论"与"亚美研究"二词之互换，并非随意乱来，而是有其道理的。我的着眼点是亚美文化评论，但相信我的分析对亚美研究整个领域也有启发意义。

对于去国家化话题，亚美研究专家社群存在某一程度的内部分歧。专攻历史与社会科学的学者，和从事文学及文化研究的学者，各有不同的看法。后者就美国国界问题争议多端，但前者因为一开始就对移民有兴趣，所以对他们而言越界只是移民研究的先设命题，而非值得争辩的文化论点。

另外（此点尔后再详述），如果把目前有关"理论"的争议（去国家化是其中一环）只形容为外在因素引发的、史前无例的新现象，是会产生误导的。早在种种"后"理论（如后结构主义与后现代理论等）进入亚美研究领域之前——姑且戏称为"前'后'时代"——论者早已对美国本土以外的情况有兴趣。20 世纪 60 年代后期至 70 年代早期那些开创亚美研究的激进学者，不仅受到美国本土的事件（如民权运动或是黑权运动）影响，更受到中国"文化大革命"的影响（Chan 74-75）。另外，反越战运动令亚美人惊觉他们与 gooks（美国人对亚洲人的侮辱性称谓）息息相关，而且亚裔之间也有许多共通点，因此可说是场具有跨国视野的运动。以此类推，"内部殖民模式"同样具有跨国视野。"内部殖民模式"指出第三世界传统殖民地与美国内部种族关系的相似处，令亚美人试图了解自己的历史时，不再受制于四五十年代当道的美国化（同化）论述。如 Sucheta Mazumdar 所言，"亚美研究的创始本身，已是国际性的"（40）。（如此，"去国家化"可算是一种误称，因为此词本身暗示对既成事物的解构，但解构的种子却其实一开头就已存在。即使如此，由于找不到更寓繁于简、更好用的词汇，我仍将继续用"去国家化"。）

然而，亚美运动早期虽然有跨国视野，但一旦吸取了政治教训之后时，注意力往往又转回到国内事务。国外之于国内，是启发和借镜的关系："外国人"的抗争，对美国弱势族裔的政治事业提供鼓舞和合法性。亚美文化国族主义的文化事业（如《唉咿！》编辑群[4] 所表达的），特点是一系列着眼国内的论述；后来的发展，更引起认同政治某一程度的僵化。早期亚美文化评论的先头部队，多为生于美国、以英语为母语的亚裔男性 （Espiritu 50）；如此一来，某些前提，诸如反东方主义、对劳工阶级聚居地的歌颂、"认据美国"（"claiming America"）[5] 等，都或明或暗地阻碍了对亚洲事物的批判性关注，甚至将之排斥。（性别也要考虑，因为亚洲事物被主流社会阴柔化，亚美文化国族主义特别刻意追求一种霸道的、挑衅的男性至上议题。）事实上，似乎是任何威胁到亚裔美国人本土化（即成为"美国人"）的事物都必须被小心翼翼地排除在外。[6]

因此，虽然文化国族主义的文化事业亟于批评和抗拒同化目的论（assimilationist teleology）（即认为美国少数民族最终一定同化），但它同时又相信一种"本土化典型"（indigenization model），即是说，任何有亚裔血统的人想要赢得"亚美人"的称号就必须在"美国"国土上获得"美国"凭证（如：建铁道、用英文写作）。由于害怕被异国化（再加上其他障碍），移民作家用亚洲语言写成的文学作品长期以来备受忽视，亚美文化评论界否认亚洲影响的倾向，直到最近才稍为缓和。如此一来，美国疆界对于文化国族主义者而言极为重要，其实与白人本土论者无异。英文有 Asian America（亚裔美洲）一词，20 世纪 70 年代开始流行，至今仍有一定的重要性。这个词貌似地理词汇，但背后却没有任何领土的主权或完整性作为靠山。依我的看法，这个奇怪的词汇，流露出亚美人对某些东西的渴望：统治社群拥有疆界和疆土，他们有自己的国家（nation-state），亚美人却没有。

以上对文化国族主义的论述难免不足（细节、矛盾与晚近发展等皆未能多谈），然而可以说，自 20 世纪 70 年代中期，前文所述那种强调国内的、本土的观点确实已然减弱，如此便为亚裔美籍人士挪出较为宽阔的文化空间。关于女性主义如何评论文化国族主义，金惠经与张敬珏已提供相当精辟的见解（如：张敬珏 "The Woman Warrior versus The Chinaman Pacific"；金惠经 "Such Opposite Creations"），而《亚美学刊》的大部分读者亦相当熟悉此议题，在此就不再赘述。值得一提的是，不只女性主义，其他理论学派的质疑与挑战亦来自四面八方。例如，黄艳珊（Shelley Wong）曾以阶级考量展开批评，认为亚美文化评论把建铁路的先民推崇为开国英雄，是间接参与了美国资本主义论述，间接附和了工业发展时期资本家对工人的监控。从"同志"研究观点出发，伍德尧（David Eng）指出亚美文化国族主义的"重振雄风"文化诉求，强化了"强制异性恋"，把亚美同性恋者的存在抹杀。Oscar Campomanes 则认为菲（律宾）裔美国文学的存在，使亚美文学某些基本论点看来站不住脚。他提出应将美国的菲裔作品重新定位为"离散与冒现的文学"，而不是"移民与定居的文学"。后者把美国当作一种"移位、悬浮与展望的空间"，这并不符合曾身受美国殖民的菲裔作者的经验（49，51）。Campomanes 并非单为菲裔发言，其他族裔也有相似的怨言。根据近期的亚裔美人人口统计资料，来自东亚的移民已不再是最人多势众的族群。这使得 20 世纪六七十年代形成的族裔结盟变得更为复杂。晚近抵达的移民（如越裔），或是早已在美国建立家园但直到最近才较多发声的族群（如南亚裔），他们各有与东亚移民迥异的文化特质，和与美国帝国主义独特的历史关系。要对此深入了解，就不能把以东亚移民经验为本的身份认同政治作为放诸四海而皆准的典型。

亚美运动表面上有套人皆信服的理论基础，但新一代的论者却动摇了这个理论基础。黄艳珊、伍德尧与 Campomanes 只是这新世代中的几位。他们的论调，未必能将学界的目光完全拉向美国疆界之外的空间，但他们全都对第一意义上的去国家化（即文化国族主义关注的舒缓）做出了贡献。

"亚洲人"与"亚美人"间渐增的互渗性

去国家化的第二种含义不仅放宽了亚美人和亚洲人在定义上的区别，也放宽了亚美研究和亚洲研究间的区别。金惠经为《阅读亚裔美国文学》（*Reading the Literatures of Asian America*，1992；由林玉玲（Shirley Lim）和林英敏（Amy Ling）合编）所撰之导言，是去国家化论战的一份重要文献。（据金惠经自己的说法，该文修正了她为其力作《亚美文学》（*Asian American Literature*，1982）所写的导言。）容我引用她以下精炼的警句："'亚洲人'和'亚美人'一度泾渭分明，这一界线对于身份形构曾经如此地重要，如今却日益模糊了"（xiii）。界线模糊的结果之一，就是亚洲研究和亚美研究之间关系开始慢慢解冻。

去国家化的第二组个组成要素——"亚洲人"与"亚美人"间渐增的互渗性——建立在显而易见的物质基础上，最主要的几个是：亚洲的优势形成一股冲击全球的经济力量；环太平洋诸国凝聚成一个地理经济的整体；以及亚裔跨国资本的流通。[7]是故，亚裔移民并不再是"金色大门"前的恳求者，极度渴望用他们的种族身份认同感来交换一小部分美国的富足。许多今日的亚裔移民，身怀通行全球的资金和技能，美国只是他们可以展拳脚的地方之一。换言之，尽管以前政治动荡与经济萧条通常形影不离，今天"经济小龙"的亚洲却已经将政治和经济分开，造成一种经济成长飞跃能与政治动荡或镇压共存的局面。[8]虽然在亚洲的许多地方，人们仍对美国存有夸张的浪漫想象，但"环太平洋"（Pacific Rim）这个概念（即是说太平洋周围为一个互联的经济单元的概念）突出了这个广大区域内部经济发展的参差，因此移民只是权衡安全和利益的一种合理手段（事实上，人口移动的方向已不一定是由亚洲到美洲；科学和科技领域中许多亚美人正移往亚洲；参见 Dunn）。亚裔专业阶级已有一些人发展出特有的跨太平洋通勤模式，这一现象对亚美族群的身份形构自然会有史无前例的影响。

Christopher L. Connery 扼要地追溯了"环太平洋论述"（Pacific Rim Discourse）在 20 世纪 70 年代中期的崛起过程。此论述已漫布至美国文化中，使美国渐渐面向亚洲（以前则是执意面向欧洲），也使大众意识到亚洲与美国安危与共，息息相关。Connery 列出环太平洋论述崛起的几个主要因素，包括：美中关系解冻；越战结束；认识到日本的经济力量；以及全球经济的衰退，使美国不得不承认其已不再握有霸权。虽然 Connery 指出，20 世纪 80 年代晚期环太平洋论述趋衰退，美国也日渐摒弃国际主义，但环太平洋论述在美国人民的想象中仍有不可忽视的影响力。

当文化事业涉及物质上的跨太平洋合作时，要把"亚裔人"和"亚洲人"一清二楚地划分，便愈加困难，甚至变成没意义的举动。电影导演李安的作品《推手》、《喜宴》和《饮食男女》即提供了绝佳的范例。李安在中国台湾长大，后来接受美国教育，再从太平洋两岸集资、找演员、雇工作人员。他的角色都具有不同程度的双文化性（biculturality）。这样的导演和作品，应该如何精确地归类呢？为争功或角逐奖项而归类倒容易，但严谨地建立有用的概念却很难。

除了归类的问题之外，对亚美人——一个有相当闲钱使用的族群来说，文化的散播、维持和转化，与过往不可同日而语。较早期的移民没有便宜的空中旅行、传真和电子邮件、随身翻译机、竞相争取多国语系顾客的长途电信服务、卫星排版的亚洲语报纸，以及出租亚洲电影录影带或雷射影碟的店铺。尽管"跨太平洋家庭"（H. Liu）早已是亚美族群中存在已久的现象，今日的自愿移民与其后代（尤其是中产阶级家庭）所过的生活，"亚""美"对立比较缓和，不像早期移民那样要费力周旋于两个文化之间。在蒸汽船年代，进入美国往往意味着一去不复返，移民只得单方面地适应美国。今天的亚美人，不再需要遵循这个时代发展出来的身份形构模式。取而代之的是，跨太平洋家庭只要一通越洋电话就可互通声息，亚洲语系的媒体节目，可以直接在自家客厅收看。[9] 有一本关于东南亚裔美国人的书《远东已近》，这一标题正可以借用为以上的写照

（Nguyen-Hong-Nhiem and Halpern）。

事实上，如果我们审视所谓"降落伞儿童"（华语通常称为小留学生[Nina Chen]）的家庭，就会发现亚洲人和亚美人间的严格划分简直完全崩解。许多中产阶级的亚裔家庭，考虑到亚洲经济前景优越但政治态势持续不稳，纷纷将小孩送去美国的学校就读（有时由一位父母陪同，有时独自去），以及／或是让小孩取得永久居留权，而赚钱养家的家长则仍待在亚洲工作。家人的感情，靠着飞来飞去团聚来维系。（因此在华语中有了"空中飞人"或是"太空人"这样的绰号。）除了这些"降落伞儿童"公民身份问题，我们更要认识到他们的感受一方面不同于移民，也不同于持有学生签证的留学生，但同时又与两者都有相似之处。这个现象迫使我们重新检视"亚美人"的定义。就我所了解，在文化国族主义时期删去 Asian-American（亚裔—美国人）的连字符，用意是肯定亚美人的生活经验有其不可分割的完整性；也就是说，要将双边性（bilaterality）的负面含义减至最小。可是，今时今日，对许多亚美人而言，无论在家庭或个人的层面上，双边性已成为可触及的、具体的真实。

另一个不可忽视的因素是，1965 年移民改革后，不但是亚美人口改变，在亚洲出生的亚裔学者更大量流入美国（我自己也是其中之一）。这些学者的观点与研究活动，更导致亚洲研究和亚美研究之间更密切的交流。他们在移民美国前就已接受西化洗礼。如周蕾（Rey Chow）所指出，许多人刻板印象地相信"原生"的本源是纯洁无瑕的，但亚洲人曾接受西方教育这个事实，把这个信念搞乱了（xi-xii）。不同于在美国出生的同行亚裔学者，在亚洲出生的亚裔学者往往能说两种语言，读写两种语文，对于在后殖民脉络下的亚洲文化转变，通常保有热切的兴趣。与早期文化国族主义者所持观点相较，在这些移民学者眼中，亚洲人和亚美人之间的联系更为繁多，断裂也不再那么绝对。这些移民学者尤其明白，以前亚美文化评论四周仿佛有一个隐形藩篱，就是美国国界，现在是把这藩篱解构的时候了。

这些移民学者对于亚美经验中的"亚洲"方面，有能力也有兴趣研究。这恰与亚洲研究学者的注意力移转和自我批判一致：与前者同样受到全球力量的影响，后者必须在他们的领域中重新思考其区域研究（area studies）根源、与冷战的共谋、残余的东方主义式假设，以及学界劳力中的种族分层。（美国亚洲研究系往往由白人学者掌权，并教授文学或其他较高级的课，而华人则教语文或低级课。）Mazumdar 指出："在亚洲研究的标题之下，把边界划分，把移民者的家国历史和文化独断地孤立隔离，只看[移民者]到美国之后受美国影响的生活，这些做法假定理解'美洲'时可以不顾'亚洲'，理解'亚洲'时也可以不顾'美洲'"（40-41）。这两个假设在概念上均失诸偏颇。

最后，在高等教育和学术研究的环境里，亚洲研究和亚美研究有时必须分用同一体制场域，或是要站在同一阵线上对抗冷漠的行政官僚，以争取学术资源。今日的自由教育中，无论"多元文化主义"在说法或实践上有什么问题，它已经让亚裔学者——无论身处何系何院——更加意识到自己在学术领域以及社会的族裔政治之中被逼担当的角色。因此，亚美研究的学者和亚洲研究的学者，在专业活动的合作上有显著的提升，例如两方互相于对方所举办的研讨会中演说，或是在对方的学术期刊上发表论文，等等。[10] 又或者是一人同时受聘于亚洲和亚美研究，因而两个领域集中于一体。我们不应夸大这两个领域间的亲密关系：即使今日，亚美研究仍通常受到自命汉学家之辈的蔑视。但若考虑到两方之间长久存在的相互猜忌，以及亚美研究曾对将亚美混淆如何深恶痛绝，现下这两个领域的解冻是实在令人讶异的。

观点转移——从本土到离散

去国家化的第三方面，是从美国本土观点到离散观点的移转。这个趋势与前述两个趋势当然一致，但亦有其他成因。亚洲人和亚美人间渐增的互渗性只不过是全球潮流中的一环；借用 Salman Rushdie《魔鬼诗篇》（The Satanic Verses）其中一个人物的话："世界正在缩小"（转引自 Hagedorn "Exile" 25）。前文讲到三个现象——跨国资本流通、由商品化（commodification）引发的文化同质化（cultural homogenization），以及先进的通信科技——不仅出现于环太平洋地区，还是漫布全球的：我们可以说全球各区域都正在互相渗透。[11] 此外，如爱德华·赛义德（Edward Said）所言，在我们这个世纪，用武力打压其他民族、逼其流离失所的行径，已到了匪夷所思的地步。"我们的时代充满现代化的战争、帝国主义与极权统治者近乎神权主义的野心，确实是一个难民、流离失所者与大规模移民的时代"（"Reflections" 357）。虽然赛义德不是针对去国家化提出这个论点，但他所提到的大规模迁徙确实勾勒出一个新的局面：身份认同和文化已逐渐和地缘政治脱钩。

Paul Gilroy 主张我们要有超越"国家与国族主义的观点"，首要理由之一是，"国家的边界，不再等同于强势的政治或经济结构"，因为后现代性已经掩盖住近代国家（nation-state）作为一个政治、经济、文化单位的重要性（"Cultural Studies" 188）。尽管我质疑 Gilroy对"种族绝对主义"（ethnic absolutism）的判断，但以跨国观点分析政治、经济、文化关系，肯定是需要的。跨国分析对女性研究尤显重要，因为女性和 nation-state 的关系向来都是充满矛盾的。[12] 正如Chandra Mohanty 所指出，"当代的后工业化社会……应以跨国的与跨文化的分析来解释其内在特征与社经构造"（2；亦可参见 Grewal与 Kaplan）。骆里山（Lisa Lowe）以在美国的亚裔制衣女工（传统上这被归类为亚美研究的对象）为出发点，提出颇有说服力的论点：我们研究亚裔制衣女工时，应用超越本国的观点，将她们和美国国内的其他有色女性、跨国资本主义以及全球的劳工政治连结起来。

走笔至此，让我补充说，亚美去国家化和其他族裔研究领域里发生的变化和争论，是同出一辙的。不仅非美研究逐渐将注意力放在"黑色大西洋"（"Black Atlantic"）和其他离家乡更偏远的离散族群，墨裔研究也早就面临应否纳入其他（即非墨西哥血统的）拉丁裔美籍人士的问题，并修正对于"美国文化"的定义（如 José DavidSaldivar 反对美国霸占 America 一词），而北美原住民研究也从"第四世界"观点来考量和世界各地原住民进行学术及政治结盟。[13]

亚美人必须承认，20 世纪 60 年代以来的归类惯例，即不论出生地，任何拥有亚裔血统且永久居住在美国的人都可称为亚裔，已不能涵盖各种跨国现实。例如，马科斯时期的菲裔美国人、越裔或其他东南亚裔美国人，他们眼中的美国本土色彩必然会较为暗淡：一方面他们流散在外，归国无门，但同时他们的眼光却恒常投向失去的家园。这种心态也许会令他们更容易接受主流社会指派的主体位置（subject position），而也许不会。如果美国帝国主义是导致流离失所的直接原因时，情况便更加纠结不清了。[14]

由于以上讨论的因素，我们可以说，要根据"落地生根"（1992年在旧金山举办的第一届海外华人国际研讨会即以此命名）这样的概念来理解亚美文学与文化，是困难重重的。对某些亚美人来说，在美国扎根的念头与尽快拔根离开美国国土的念头一样强烈，甚至更加强烈。（"望乡"是可以持续一辈子的。）在如此情形下，只有离散观点可以提供所需的概念空间，来容纳不相符的文化面向，并揭露美国外交政策在形塑全球人口迁徙中所扮演的角色。[15] 况且亚裔家庭往往经历多重迁徙，散布各地，也只有离散观点能捕捉其复杂性。这种复杂性，常见于在被称为"亚美人"的族群中。例如越裔美国人在抵达美国之前，可能早已在泰国或法国待过；同样地，在抵达美国之前，印裔美国人可能早已在肯尼亚或英国住过，而华裔家庭可能会在巴西、新加坡或德国等地开枝散叶。根据这一迁徙模式来看，将文化关注局限在美国国土的边界内，似乎是专断且目光短浅的。正是有鉴于此，在亚美研究学会于 1994 年在密西根举办的年会"重新检视离散"（"Re-examining Diasporas"）一个场次上，有位讲者曾批评"亚美人"这词汇太过狭隘。[16] 同一场次里的另一位讲者胡其渝（Evelyn Hu DeHart），在名为"What Is a Diaspora"的论文里指出，移民的概念不仅过于线性也过于受限；此外，族裔研究的方法也背负着太多移民典范的包袱，例如"移民自愿论"（Voluntarism）或"美国必胜主义"（American triumphalism）。（一位同僚曾向我抒发相似的感受，告诉我她对于被归类为亚美人感到愤愤不平；她宁可称自己为世界公民，她觉得这个名称才符合她过去与现时的流动生活。）

去国家化的第三项目，即由本土观点转移到离散观点，不只学者参与研究，作家也以艺术方式提出看法。梁志英（Russell Leong）的诗集《梦尘》（*The Country of Dreams and Dust*），勾绘出华人全球离散的面貌，亦包括了越裔离散生涯的片断。[17] Jessica Hagedorn 形容自己的作品充满着"边缘角色，他们似乎处处无家，却又处处为家"。"处处无家处处家"这句话被她赋予规范性的力量。小说《香肉族》（*Dogeaters*）当中 Joey Sands 这个混血儿同性恋男妓，像变色龙般机敏地适应环境，可作为这句话的例示。Hagedorn 强调她的灵感来自菲律宾混杂文化那"优雅的杂乱"（"elegant chaos"），以及被理解为"美国"文化的全球通俗文化。她主张"处在一个仍旧被西方式思考所掌控的世界中，身为亚裔美人、身为作家与有色人种"，我们应该肯定"一种意欲包含全世界的文学"（"Exile" 28）。于她而言，亚美人的身份形构，与对任何地理或政治实体的归属感，并不需要有什么关系。她所编的文选《陈查理死了：当代亚裔美国小说选集》（*Charlie Chan Is Dead: An Anthology of Contemporary Asian American Fiction*），正是采用这样的信念作为收录文章的标准。

David Mura 也像 Hagedorn 一样，推崇流动多变的主体性与文化世界公民身份。在 1991 年的回忆录《变成日本人》（*Turning Japanese*）中，Mura 将他的"无家感与对一切限制的蔑视"，与一种"玩"的美学连接起来；他引用叶慈的话："总有一天，诗人将会戴上所有的面具。"Mura 的见解显示出，去国家化的做法，并不特属于在国外出生的人，或来自如菲律宾文化那样有着混杂传统的人。Mura 是来自明尼苏达州、成长于犹太社区的第三代日裔美国人（Sansei）。我们可从他早期文章 "Strangers in the Village" 中看出，在成长的岁月里，他与之搏斗的文化问题，正是亚美运动在六七十年代抗争的议题。然而，Mura 最终似乎也觉得亚美身份认同太束手绑脚。Mura 常引用巴特（Barthes）（他曾读文学研究院），后结构主义对他显然是一种影响，但是就算不懂后结构主义，也一样可以感受到不断演化、永不落实的主体性，自有其诱人之处：它动荡不定，变化多端，跨越边界，观点繁多，开创出似乎无尽的可能性。

保留

前文所探讨的种种物质条件和论述实践，促成了新近冒现的亚美族群。这个族群比前更大、更多元、更多见世面，或亦可说是（在理论层次上）更"难搞"。它需要论者寻求新的、关于主体形构以及文化生产的词汇和概念，来切合他们的现实处境。

我很早就提倡拓展亚美文学研究的领域，纳入移民作家的作品，这个做法假设在亚洲人和亚美人之间，有着相当的连贯性，连接着两者的历史经验和文化表现。尽管如此，我对于盲目地参与去国家化有所保留。持有这种心态的论者，仿佛相信去国家化代表了亚美研究中一个更先进、在理论上更高妙（简言之，就是一个更上等的）的阶段（虽然他们很少如此直言）。依我看来，用一套带着发展论意味的叙事，来形容亚美文化评论的重组——即是说，把亚美文化评论说成越来越成熟、越来越进步——都是危险的。为了讨论方便，我将这些风险归为（实际上不可分割的）两类：一类为不自觉的被主宰叙事（master narratives）所吸纳（尽管族裔研究方法以颠覆主宰叙事为己任）；另一类则为被理论上的自我批判所蒙蔽，因而流于去政治化。[18] 固然，去国家化颇能激励我们的心灵或智性；身份延扩的感觉可能很美妙；跨学科的交流会带来不少的助益；甚至可以说，连引发亚裔离散的那些不能逆转的物质力量，都是会令人感到刺激的。但我认为，在这个领域演化的重要关头，把亚美文化评论全球化的冲动，是必须被"历史化"的。就是说，要把它放在历史的脉络中理解。不把这全球化的冲动历史化，去国家化最重要的抱负之一——质疑美国的国家迷思——就会很难达成，甚至会适得其反，无意中符合了强势论述。

首先，让我回到前文所提及的一个论点。一个常见的对比，把心胸狭隘的、本质主义的六七十年代，与更为开明的、解构主义的、国际主义的 80 年代对立起来；但这个对比是言过其实的、去历史化的二元对立。它"遗忘"了泛亚美运动固有的联盟精神。我把"遗忘"一词加上引号，是为了指出"遗忘"本身是由历史决定的，而非仅仅是失误或一时糊涂。当然，我并非暗指"回归基本"的方式可以解决这个领域内部的争执。然而，依我看来，以上的对比（以自我批评形式出现），如果呼应了美国有色人种被指定遵循的"成长"轨迹，并非完全是巧合的现象。美国强势论述也是叫少数族群将他们自己从过时的、内省的执著中解放出来，并参与"人人"都作的、更宽宏的知性探究。

　　同样地，如果太乐观地看待亚美人似乎越来越高的"地位"，也是有问题的。某些环太平洋论述中，重视亚美人的角色，认为他们有助于美国在亚洲和全球市场的竞争力，对亚美人的社会约束也因此被选择性地松绑。从这种论调的字里行间，我们再次看到一个发展论叙事，在勾勒美国由孤立主义至跨国合作的脉络时，隐去了美国国内的种族关系，也隐去了美国剥削亚洲劳工的历史（无论是劳力的工人或是劳心的高科技人才，无论是美国境内或境外）。如同王爱华所言，亚美人通常被视为美国与亚洲贸易战中的突击队。[19] 近年来亚美人的文化生活乍看似乎提升和扩展了，其实这一现象并非全是好事，它的物质基础就是以上形容的现象。举例来说，现在关于双文化知识带来优势的言论广为流传，但这不仅仅代表早期的亚美文化抗争获得了胜利，给亚美人出了一口气，或是去国家化的需求得到了认可。其实这些言论也为使用不同阶级的亚裔劳工（尤其是移民劳工）去为跨国公司谋利，提供了辩词。从这个角度来看，保存语言和文化主要是为了累积经济资产，而非为维系社群。有时我怀疑，如果亚美专业人士在号称用人唯才及"色盲"（无种族成见）的美国经济中从未受挫，他们是否还会热切地拥护推崇文化流动性（cultural mobility）的论述。文化流动性，是否其实就是暗指他们可以用来控制美国装配线上的移民劳工，或是与海外的亚洲企业协商？

　　在此脉络中，我想探讨一下一个常常被引用的身份形构典型。这是骆里山在她深具影响力的论文《异质、混杂、多元：标记亚美人的差异》（"Heterogeneity, Hybridity, Multiplicity: Marking Asian American Differences"）中提出来的。[20] 该文论点很多，其中重要的一个是呼吁我们应重新定义亚美人的主体性，用的原型是王正方（Peter Wang）执导的《北京故事》（*A Great Wall*）中一个华裔美籍家庭。骆里山认为，"王正方的电影技巧和情节设计"呈现了一个跨国流动的"迁徙过程"，"穿梭于不同的文化空间"。她觉得这是"持续建构族裔身份的可能典型"。"看完电影后，观众会觉得文化是有动能而且开放的，这是在众多文化场域来来往往过程中所产生的结果……我们可以把亚美文化的形成和实践构想为流浪的、定不下来的，产生于异质和冲突的立场所造成的纷纷扰扰中"（39）。

我引用这段文字，并不是试图总结骆氏论文中复杂丰富的内容。她藉由解构亚美族群身份认同和揭露这个族群的内部矛盾，严谨地总结我们依然继续需要 Spivak 式的"策略性本质主义"（"strategic essentialism"）。骆里山的主要论点是盘诘（interrogate）20 世纪 90年代对"亚美"所下的定义，同时在持续改革霸权的任务上，打开"与其他族群谛结重要的联盟"的局面。这些联盟可能基于"族裔"，也可能基于"阶级、性别或是性倾向"（39，40）。从这点来看，《北京故事》的例子只印证了骆氏论文中的一个论点。

然而，骆里山的论文既然在当代亚美研究领域中占中心的位置，尤其是她谈论《北京故事》的段落常常被学生、亚美学者或是其他领域的学者引用[21]，我觉得有必要提出骆文中值得商榷之处。第一是脱离历史脉络的危险。如果把《北京故事》中的华裔美籍父亲从他的环境中抽离，以作为文化动力的典范时，便会漏掉了这个角色的社经地位，以及该片拍摄时的历史时刻。电脑工程师（父亲）的中国之行，其实是由他的职场挫折所催生。他在一间有种族歧视的公司任职，是因为他没有获得应有的升迁，才一气之下决定带家人回中国散心。《北京故事》拍摄时，"天安门事件"尚未发生，美中关系处于蜜月期中。在这种大气氛中，主角的职场挫折可以被转化成为一种喜剧机制，触发了整个家庭文化反思和发现的旅程。就算冲突浮现，也可以成为轻松进行跨文化比较的机会。然而，旅程充满希望的色彩，与其说是拜文化流动之赐，倒不如说是因为当时美中关系尚未陷入阴郁。

再者，我想知道在骆里山提出的典型之中，这样的旅行以及跨国流动的权利，是否根本就有阶级成分。我对其他去国家化的论调也会提出相似的问题。我当然明白骆氏文化笔下的"文化场域"不必是地方；然而，《北京故事》选择描述一个富裕的、专业阶级的华美家庭，不是偶然的：尽管父亲辞职了，度假仍是理所当然的事，而且也还有一个舒适的家可以回去。毕竟，如金惠经所言，中产阶级的亚美青年才能够"在首尔或台北过暑假，差不多像过去的美国中产阶级青少年去夏令营一样"（《导言》xvi）。换言之，骆氏所提出的身份和文化形构典型，或多或少都是引申自一个的特定的、选择繁多的社经阶级，但阶级成分通常被抹除掉了。在相似的前提下，E. San Juan 采用较严苛的字眼来批评 Jessica Hagedorn，说她颂扬自己足迹遍天下的家族，以及自夸有自由打造一个流动的、跨国的和见多识广的身份，其实无意中泄露了自己上层阶级优越的出身：以前是消费进口商品，现在则是延伸至消费文化产物和文化实践（"From Identity Politics to Social Feminism" 129-131）。

此外，如果尊崇流亡心态而贬低移民心态，亦会把阶级成分抹杀。中产或中上阶级的知识分子移民，往往宁可自认流亡，因为如此便不需要面对自己有份选择出国定居的责任。[22] 他们可能夸大了"被逼"的程度，渲染了驱使他们出走并归国无门的严峻环境，藉此塑造清高的自我形象。好些年前，我访问了两位知名的华裔移民作家，他们的作品，我的"华美移民文学"课也有采用。尽管他们当初离开中国台湾并非因生命受到威胁，而且作为美国永久居民已有多年，但这两位作家对我称之为移民都大不以为然。（或许"移民"一词对他们来说铜臭味太重了。）他们宁可自称为流亡者，也就是说，中国近代历史剧变中被迫离开多难家国的受害者。我不敢断言这个现象到底有多普遍[23]，但我认为偏爱流亡者身份，就会把"强制迁徙"弹性定义，从而加强去政治化的倾向。当然，美国向来对于亚裔美国人不太热情的欢迎，也会引起持续的流亡感，也时常有人使用这个论点来为亚美人的"寄居"（"sojourning"）辩护。再者，王灵智在他的《华美人身份认同类型研究》论文中（"Root 三"），说明了一个人一生之中，并不是只有一种身份，而是可能有错综复杂的多种身份认同问题。尽管如此，我觉得，在自己的主要居住地，美化自己含糊的、不置可否的政治立场，是一个真正的潜在危机。亚美文化评论家都应该洞察这个危机。

我知道，我这些说法，都可能流于太过坚持"移民"一词的法定意义，或是太过忽视移民的心灵痛苦，但我要坚持"认据美国"的重要性。这一概念曾是第三世界学潮后的十五或二十年内，亚美文化政治的焦点，现在却因去国家化出现而被质疑。我所谓的认据美国为己有指的是将亚美族群的存在建立在美国国家文化遗产和当代文化生产的脉络中。我们现在可以理解离散典范（diasporic paradigm）更有弹性并更有效率地来紧系着挑战霸权的计划，因为在离散典范里，跨国方面优先于国内方面的展现。然而，如果宣告美国为己有变成亚美文化评论的一个次要任务，而去国家化却被不加区别地信奉着，则某部分的亚美族群可能会因不具有可实行的言说空间而被遗漏。Theresa Tensuan 注意到当坎波马内斯将流亡的典型变为"菲裔美国人"书写的规范时，所谓的菲裔作家（the "Flip" writers）——也就是工人阶级的菲裔移民在美国出生的后代——便遭到冷落。[24] 她的论述值得我们认真思考。毕竟，如同刘醇逸（John Liu）于前述的亚美研究学会（AAAS）会议中所提及，"离散"一词通常用来指"第一世代"。在这种情况下，就在美国出生的世代而言，提出偏好离散观点的意义何在？在文化国族主义的时期引起讨论的观点和议题尚未因全球政治、经济、文化力量的移转而变得过时。反而是特定的某些亚裔美国人（individual Asian Americans）——甚至连第一世代也在其中，而又以必须历经美国教育系统的年轻人为甚——时常重述"过时的"抗争。[25] 谓之"过时的"抗争是因为研究亚裔美国人的学者已对它相当熟悉，或是因为这样的抗争已被更顺应后结构和后现代词汇的议题所取代了。但这样的抗争其实一点也不"过时"，尤其是对于要与不同的召唤力量（interpellations）搏斗的主体来说，这些召唤力量其中之一的强制"美国化"的命令（injunction to Americanize）（通常伴随着肢体暴力的威胁）有时是最沸腾的。我要再次说明我质疑的是促进主宰叙事（master narratives）再吸收的发展主义。我认为用模式（modes）比用时期（phases）来想象亚裔美国人的主体性更有益：本地化的模式可以与离散或是跨国的模式共存，或是相互移转。但我们却不能赞美后者是由前者发展到极致而成，不能说后者为一更进步，或是更宽宏的阶段。总之，我们不应以目的论来说明这个世界和亚美研究领域中的转变。

于当前"旅行理论"（traveling theory）自然而然地比只有单一称号的"在地"（located）理论听起来更为时髦的学界风气中，我们应要记得对于亚美的进展缓慢，理由其来有自：亚美是一明确的联盟概念，并且比一般人所认同的更反对本质主义，它发展自美国国内一段抵抗与拥护交织而成的独特历史之中。相反地，尽管斯图尔特·霍尔（Stuart Hall）已严谨地将"离散"重新定义为混杂（《文化认同与离散》，"Cultural Identity and Diaspora" 104），"离散"一词能风行全球正是因为其本质主义的核心。我这么说，绝非建议我们必须使用单一的理论框架来研究任一族群。我也非纯粹主义者，对纯粹主义者来说，文化的转变是藉由文化与其神圣根源的偏差来衡量的。最后，尽管离散研究有着本质主义的核心，我们在进行离散研究时，不必舍弃对压迫的敏感度，也不必掺杂民族优越感和文化沙文主义。茵德波·格雷沃（Inderpal Grewal）提出相当令人信服的论点，她认为在"向亚裔离散研究迈出更为包容的步伐当中"，亚美研究仍然可以继续他们这个领域初始的志业，即"视政府（state）或是美国为一帝国"。我要主张的是，一旦我们忘却美国国界，"亚裔美国人"这个不稳定以及变动的集合体将会被分解到只剩下根据血统来定义的组成分子（descent defined constituents）[26]。因此，我们能进行华裔离散研究，或印裔离散研究，诸如此类的研究。共享的起源是构成任一离散研究不可或缺的，即使必须经过一段遥远的回溯才能找到这个源头：对共同兴趣的诉求激发了团体最初的组成。（事实上这份诉求通常指对"母国"（"motherland"）或"祖国"（"fatherland"）的爱国心。）[27] 然而，"亚裔离散"（"Asian diaspora"）

这样的概念因为涵盖的范围太大，以致于在政治上是毫无立场的。（事实上是无法有政治立场的，因为亚裔族群有着不同的利益考量和相互冲突的历史。）而"亚裔美国人离散"的概念也是完全没有意义的。我使用这样的反证论法，是希望能证明发展自一段抵抗与拥护交织的历史中的亚美研究，以及根据起源来对特定族群进行的离散研究，这二者之间有着根本的紧张局势。

然而，什么样的机会使我们得以建立跨越国家边界的政治联盟？离散研究难道没有提供这样的机会吗？[28]无可否认地，我对于这个问题所做的深入研究尚未如预期般完善，我目前粗浅的观点是：尽管我已见过不同族裔的亚美族群组成政治联盟来声援发生在其他地方的抗争——比如说，帮助为南北朝鲜统一而抗争的韩裔学生——但较为典型的跨国政治结盟似乎仍是奠基在血脉关系上，就好像是"帮助自己"一样。另外，考虑到亚美研究的历史，其中亚美族群与其他美国国内少数民族／族裔（racial/ethnic domestic minorities）的政治结盟使得这个领域得以有存在的可能，我主张这样的联结应持续居于优先的位置。Elliott Butler-Evans 指出，Rodney King 挨打是因为他是美国少数族群的一分子，而非黑人离散的一分子。[29]我想 Butler-Evans 的意思是说，虽然非裔美国人所遭遇的暴力对待可以放在离散的脉络之下，但其实是另一个更直接的情境——即非裔美国人为美国国内的少数族群——提供了更令人信服的解释，以及更有效率的政治介入（至少从短期上来看）。因此，这份建立在少数族群上的认知应优先于建立在非裔离散上的认知。至于后者是否可能在学理上提供更充分的说明，或是在智性上是否能更令人满足，倒不是那么紧急的事了。在同样的考量下，我建议亚美族群和其他美国内部少数民族／族裔的结盟应优先于和其他离散亚裔人士的结盟。

再者，我认为去国家化的概念在亚裔美国人和非裔美国人的两种情境下，似乎有着不同的意义。把观点从美国国内转移到非裔离散，对非裔美国人来说政治性可能很浓厚，对亚裔美国人而言却可能有着去政治性的效应。对非裔美国人来说，研究其他源于非洲而如今散播在世界各地的群体，或可有助于缓解由美国奴隶制度和种族歧视主义所造成的压迫感。追溯非洲起源地，可以有力地消除白人社会企图强加在非裔美国人身上的文化失忆症。可是，去国家化的亚美文化评论，反而可能会加重自由多元主义（liberal pluralism）本来已有的"虚渺化"倾向，而美国内部那套种族化的权力结构则丝毫未损。（作者按："虚渺化"[disembodiment]为现代理论术语，意谓漠视一个人在物质世界和社会层面的特征，如性别、肤色、阶级等，而假平等之名把所有人等同为抽象的主体。）

金惠经曾追溯她自己从 20 世纪 80 年代到 90 年代对于车学敬（Theresa Hak Kyung Cha）作品《听写》（*Dictee*）的反应演变，她声明这个极端颠覆的文本示范了如何"藉由宣认千层万叠无穷无尽的自我和社群来'拥有全部'"（《导言》xvi）。尽管金惠经谨慎地列举了种种所宣认的可能性，但是，如果像她这样一位以投入政治与看重史实而闻名的批评家，也会使用"无穷无尽"这类字汇，这个事实本身已经证明了"虚渺化"说词的诱惑力。我相信"拥有全部"只能在我们主观意识中存在；一旦我们试图将这样的宣认落实为行动时，这个无穷无尽的自我和社群势必缩减。这是因为不仅每个人用以行动的时间和精力都有限，而且不论何种宣认，都必须要以某一政治场域为着力点才能实现——这个场域必然涉及特定的政治结构或国家。假如空谈理论，我绝对可以把隙间的存在（interstitiality）以及主体间的来往穿梭（subjectivity-shuttling）说成极强有力的姿态，说它能帮助我们解构让权力自然化了的事物。然而，从务实的政治角度看来，我实在看不出权力如何能在缝隙间与穿梭中得以发挥和行使。[30]当今绝大多数国家仍然拥有控制子民的权力，公民身份、身份证、护照、签证、投票权、教育和经济机会，等等，到底给谁不给谁，都是国家决定的。就算在由欧盟或是北美自由贸易协定延展出的无国界愿景中，还是有无数政治斗争是以国界定义的（国界之间或国界之内）。一个多数人旅行时还需要护照和签证的世界，根本就还没有奢言"世界公民"的条件。对我来说，在现阶段说"我是世界公民"，就像说"我只不过是一个人（即：我不愿被归类）"

一样空泛。这两个说法听起来都充满理想精神，流露一种想废除所有藩篱、所有对立的渴望。但是，作为政治行动的着力点，两者都没什么用处，甚至可说是令人失望地无关痛痒。

让我们不要忘记，在她申明"无穷无尽的自我和社群"的同时，金惠经特意强调了一个今时今日几乎显得过了时的字眼——根："唯扎根方能高飞"（《导言》xvi）。对亚美人来说，"根"一词唤起两种对立的含意：一为"起源"，即是本人或先祖在亚洲的家乡；另一则为对定居之地的投身（王灵智《根》187）。后者正是亚美研究成立的基础；此关键缘由，在当今甚嚣尘上的去国家化呼声中，望亚美学者切记。

后记

在柏克莱大学亚美研究计划办公室的门上有一块标牌，上面写着："这不是亚洲研究系，或是南亚和东南亚研究系，也不是东亚语言系。"我们的秘书，被糊涂的询问者不停打扰，不胜其烦之下挂出了这个标牌。这是出自实际而非理论上的考量。然而对我来说，这块标牌无意中道出了建制学术的实况，直至今日，亚美研究的运作仍脱离不了它的范围。尽管不同学术领域间的界线愈来愈易穿越，亚洲研究和亚美研究仍然有所区别。若是二者混淆，对"身在亚洲的亚洲人"（Asian Asians）影响不大，但对于身为美国境内少数族群的亚美人却会造成伤害。这提醒了我们亚美研究的论述空间其实岌岌可危。因为把"亚美研究"中的"美"去掉不单是一个普遍的错误——我还不曾听过有人把"亚美研究"去"亚"而误为"美国研究"——这个错误里更潜藏着严重的政治后果。移民学者的出现，是去国家化的因素之一；身为其中一员，我了解自己立场中的矛盾之处。[31] 我知道许多我个人喜欢的研究方向和教学兴趣并不一定是整个亚美研究最需要的。因此，我不能引后现代情状为托辞，以便逃避选择，正如我不能靠堆砌一堆后结构主义术语，凭空唤出一种完美的多元主体（mutliple subjectivity）。

毫无疑问，当前时势险恶。王灵智曾举出四项族裔研究的基础原则：民族自决、美国少数种族团结、结合现实的教育和跨学科的研究方法（原本在 20 世纪六七十年代被挪揄为"无章法、无纪律"（"undisciplined"）的跨学科研究方法，就如"边缘身份"的概念一样，今日已蔚然成风。）（王灵智，《亚美研究／族裔研究》）。虽然这四项原则未必能涵盖亚美研究全部，但我认为没有一项是因为时移世易而失去价值的。早期推进亚美文化批评的政治动力，尚未实现理想，功成身退言志尚早。事实上，保守派对平权法及其他有色人种权益的政策，攻击越来越恶毒激烈；金瑞契（Newt Gingrich）、林鲍（Rush Limbaugh）当道；第 187 号提案（Proposition 187）通过。在这个形势下，我认为亚美学者更需要将自己置于历史脉络下，询问去国家化从何而来以及朝向何处。我们想要把我们所处的领域去国家化到什么样的程度？我们用离散观点来取代本土观点又要做到什么地步？我不是故作惊人，提出些心胸狭窄、非此即彼的论调，而是提出这些问题以供亚美研究同僚思考。

参考文献

［1］ Aguilar-San Juan (ed.) (1990) *The State of Asian America: Activism and Resistance in the 1990s*. Boston: South End.

［2］ Ahmad, Aijaz (1992) In *Theory: Classes, Nations, Literatures*. London: Verso.

［3］ *Asian America: Journal of Culture and the Arts*. Santa Barbara: the University of California.

［4］ Biers, Dan (1995) "Now in First World, Asian Tigers Act Like it." *Wall Street Journal* (February 28): A-15.

［5］ Brotherston, Gordon (1992) *Book of the Fourth World; Reading the Native Americans through Their Literature*. New York: Columbia UP.

［6］ Buell, Frederick (1994) *National Culture and the New Global System*. Baltimore: Johns Hopkins UP.

〔7〕 Campomanes, Oscar V. (1992) "Filipinos in the United States and Their Literature of Exile." *Reading the Literature of Asian America*. Ed. Shirley Geok-lin Lim and Amy Ling. Philadephia: Temple UP.

〔8〕 Chan, Sucheng (1991) *Asian American: An Interpretive History*. Boston: Twayne.

〔9〕 Chen, Nina (1995) "Virtual Asian American Orphans: The 'Parachute Kid' Phenomenon." *Asian Week* 16.22 (January 27): 1, 4.

〔10〕 Cheung, King-Kok (1990) "The Woman Warrior Versus the Chinaman Pacific: Must a Chinese American Critic Choose between Feminism and Heroism?" *Conflicts in Feminism*. Ed. Marianne Hirsch and Evelyn Fox-Keller. New York: Routledge, 234-251.

〔11〕 Cheung, King-Kok (1993) *Articulate Silences: Hisaye Yamamoto, Maxine Hong Kinston, Joy Kogawa*. Ithaca, New York: Cornell UP.

〔12〕 Chin, Frank, Jeffery Paul Chan, Lawson Fusao Inada, and Shawn Wong (eds.) (1972) *Aiiieeeee! An Anthology of Asian-American Writers*. Rpt. Washington: Howard UP.

〔13〕 Chow, Rey (1991) *Woman and Chinese Modernity: The Politics of Reading between West and East*. Minneapolis: U of Minnesota. Chuh, Kandice, and Karen Shimakawa (eds.) (Forthcoming) *Orientations: Mapping Studies in the Asian Diaspora*. Durham, N.C.: Duke UP.

〔14〕 Chun, Wendy Hui Kyong (1999) "Sexuality in the Age of Fiber Optics." Ph.D. diss. Princeton U.

〔15〕 Connery, Christopher L. (1994) "Pacific Rim Discourse: The U.S. Global Imaginary in the Late Cold War Years." Wilson and Dirlik, *boundary 2* 21.1: 30-56.

〔16〕 Deyo, Frederic C. (ed.) (1987) *The Political Economy of the New*

Asian Industrialism. Ithaca, NY: Cornell UP.

［17］ Dirlik, Arif (1996) "Asian on the Rim: Transnational Capital and Local Community in the Making of Contemporary Asian America." Special issue: Transnationalism, Media and Asian Americas. *Amerasia Journal* 22.3: 1-24.

［18］ Dunn, Ashley (1995) "Skilled Asians Leaving U.S. for High Tech Jobs at Home." *New York Times* 144.1: 1, col. 1.

［19］ Eng, David L. (1994) "In the Shadow of a Diva: Committing Homosexuality in David Henry Hwang's *M. Butterfly*." Dimensions of Desire: Other Asian and Pacific American Sexualities: Gay, Lesbian and Bisexual Identities and Orientations. *Amerasia Journal* 20.1: 93-166.

［20］ Eng, David L. (1997) "Out Here and Over There: Queerness and Diaspora in Asian American Studies." *Social Text* 52-53: 31-52.

［21］ Espiritu, Yen Le (1992) *Asian American Panethnicity: Bridging Institutions and Identities.* Philadephia: Temple UP.

［22］ Gee, Emma (ed.) (1987) *Counterpoint: Perspectives on Asian America.* Los Angeles: Asian American Studies Center.

［23］ Gilroy, Paul (1992) "Cultural Studies and Ethnic Absolutism." *Cultural Studies.* Ed. Lawrence Grossberg et al. New York: Routledge. 187-198.

［24］ Gilroy, Paul (1993) *The Black Atlantic: Modernity and Double Consciousness.* Cambridge: Harvard UP.

［25］ Gima, Charlene S. (1998) "'Developing' the Critical Pacific: Epeli Hau'ofa's 'The Glorious Pacific Way.'" Special issue: Asian American Spaces. Ed. Gary Y. Okihiro et al. *Hitting Critical Mass: A Journal of Asian American Cultural Criticism* 5.1: 29-46.

［26］ Gopinath, Gayatri (1997) "Nostalgia, Desire, Diaspora: South Asian Sexualities in Motion." Special issue: New Formations,

New Questions: Asian American Studies. Ed. Elaine H. Kim and Lisa Lowe. *Positions: East Asia Cultures Critique* 532: 467-489.

［27］ Gracewood, Jolisa (1998) "Sometimes a Great Ocean: Thinking the Pacific from Nowhere to Now and Here." Special issue: Asian American Spaces. Ed. Gary Y. Okihiro et al. *Hitting Critical Mass: A Journal of Asian American Cultural Criticism* 5.1: 1-28.

［28］ Grant, Bruce (1994) "Australia Confronts an Identity Crisis." *New York Times.* 143, sec. 4 (March 20): E5, col. 1.

［29］ Grewal, Inderpal and Caren Kaplan (1994) "Introduction: Transnational Feminist Practices and Questions of Postmodernity." *Scattered Hegemonies: Postmodernity and Transnational Feminist Practices.* Ed. Grewal and Kaplan. Minneapolis: U of Minnesota P. 1-33.

［30］ Grewal, Inderpal (1994) "The Postcolonial, Ethnic Studies, and the Diaspora: The Contexts of Ethnic Immigrants/Migrant Cultural Studies in the U.S." *Socialist Review* 4: 45-74.

［31］ Hagedorn, Jessica (1992) "The Exile With/The Question of Identity." *Asian Americans: Collages of Identities. Proceedings of Cornell Symposium on Asian America: Issues of Identity.* Ed. Lee C. Lee. Ithaca, NY: Asian American Studies Program, Cornell University. 173-182.

［32］ Hagedorn, Jessica (ed.) (1994) *Charlie Chan Is Dead: An Anthology of Contemporary Asian American Fiction.* New York: Penguin.

［33］ Hall, Stuart (1994) "Cultural Identity and Diaspora." *Colonial Discourse and Post-Colonial Theory: A Reader.* Ed. Patrick Williams and Laura Chrisman. New York: Columbia UP. 392-403.

［34］ Harris, Nigel (1989) "The Pacific Rim" [review article]. *Journal of Development Studies* 25.3: 408-416.

[35] Hattori, Tomo (1998) "China Man Autoeroticism and the Remains of Asian America." *NOVEL: A Forum on Fiction* 31: 215-236.

[36] Hereniko, Vilsoni, and Rob Wilson (eds.) (1999) *Inside Out: Literature, Cultural Politics and Identity in the New Pacific.* Boulder: Rowman & Littlefield.

[37] Hing, Bill Ong (1993) *Making and Remaking Asian America Through Immigration Policy: 1850-1990.* Standford: Standford UP.

[38] Iwasaki, Bruce (1976) "Introduction." *Counterpoint: Perspectives on Asian America.* Ed. Emma Gee. Los Angeles: Asian American Studies Center. 452-463.

[39] James, Colin (1994) "Bye-bye Britannia: Asia Looms into the National Consciousness." *Far Eastern Economic Review* 157.17: 26-27.

[40] Karin Aguilar-San Juan (ed.) (1994) *The State of Asian America: Activism and Resistance in the 1990s.* Boston: South End.

[41] Kiang, Peter, Nguyen Ngoc Lan, and Richard Lee Sheehan (1995) "Don't Ignore It: Document Racial Harassment in a Fourth-Grade Vietnamese Bilingual Classroom." *Equity and Excellent in Education* 28.1: 31-35.

[42] Kim, Elaine (1990) "Such Opposite Creatures: Men and Women in Asian American Literature." *Michigan Quarterly Review* 29.1: 68-93.

[43] —. (1992) "Foreword." *Reading the Literatures of Asian America.* Ed. Shirley Geok-Lin Lim and Amy Ling. Philadelphia: Temple UP. xi-xvii.

[44] Kim, Elaine H., and Lisa Lowe (eds.) (1997) Special Issue: New Formations, New Questions: Asian American Studies. *Positions:*

East Asia Cultures Critique 5.2.

[45] Koshy, Susan (1996) "The Fiction of Asian American Literature." *The Yale Journal of Criticism* 9.2: 315-346.

[46] Lee, Lee C. (ed.) (1992) *Asian Americans: Collages of Identities. Proceedings of Cornell Symposium on Asia American: Issues of Identity.* Ithaca, NY: Asian American Studies Program, Cornell University.

[47] Leong, Russell (1993) *The Country of Dreams and Dust.* Albuquerque, New Mexico: West End.

[48] Leong, Russell (1996) "To Our Readers: Transnationalism, Media and Migration." Special Issue: Traditionalism, Media and Asia Americans. *Amerasia Journal* 22.3: iii-vi.

[49] Li, David Leiwei (1998) *Imagining the Nation: Asian American Literature and Cultural Consent.* Stanford: Stanford UP.

[50] Liu, Eric (1998) *The Accidental Asian: Notes of a Native Speaker.* New York: Random House.

[51] Liu, Haiming (1991) "The Trans-Pacific Family: A Case Study of Sam Chang's Family History." *Amerasia Journal* 18.2: 1-34.

[52] Lowe, Lisa (1996) *Immigrant Acts: On Asian American Cultural Politics.* Durham, N.C.: Duke UP.

[53] Lowe, Lisa (1997) "Work, Immigration, Gender: Asian 'American' Women and U.S. Women of Color." *Making More Waves: New Writing by Asian American Women.* Boston: Beacon. 269-277.

[54] Mazumdar, Sucheta (1991) "Asian American Studies and Asian Studies: Rethinking Roots." *Asia Americans: Comparative and Global Perspectives.* Ed. Shirley Hune et al. Pullman: Washington State UP. 29-44.

[55] Mohanty, Chandra Talpade (1991) "Introduction: Cartographies of Struggle: Third World Women and the Politics of Feminism." *Third World Women and the Politics of Feminism.* Bloomington:

Indiana UP. 1-47.

［56］Mura, David (1988) "Strangers in the Village." *The Graywolf Annual Five: Multi-Cultural Literacy.* Ed. Rick Simonson and Scott Walker. Saint Paul, Minnesota: Graywolf. 135-153.

［57］Mura, David (1992) "Preparations" [excerpts from Chapter 1 of *Turning Japanese: A Sansei Memoir,* Boston: Atlantic Monthly, 1991]. *Asian Americans: Collages of Identities Proceedings of Cornell Symposium on Asian America: Issues of Identity.* Ed. Lee C. Lee. Ithaca, New York: Asia American Studies Program, Cornell University. 9-24.

［58］Nakamura, Lisa (1995) "Race in/for Cyberspace: Identity Tourism and Racial Passing on the Internet." *Work and Days* 131.1-2: 181-193.

［59］Nguyen-Hong-Nhiem, Lucy and Joel Martin Halpern (eds.) (1989) *The Far East Comes Near: Autobiographical Accounts of Southeast Asian Students in America.* Amherst: U of Massachusetts P.

［60］Nonini, Donald M., and Aihwa Ong (1997) "Chinese Transnationalism as an Alternative Modernity." *Ungrounded Empires: The Cultural Politics of Modern Chinese Transnationalism.* Ed. Ong, Aihwa, and Donald Nonini. New York: Routledge. 3-33.

［61］Ong, Aihwa, and Donald Nonini (eds.) (1997) *Ungrounded Empires: The Cultural Politics of Modern Chinese Transnationalism.* New York: Routledge.

［62］Onis, Ziya (1991) "The Logic of the Developmental State." *Comparative Politics* 24.1: 109-126.

［63］Ow, Jeffrey A. (2003) "Yellowfaced Cyborg Terminator: The Rape of Digital Geishas and the Colonization of Cyber-Coolies in 3D Realm's *Shadow Warrior." Asian America Net: Ethnicity, Nationalism, and Cyberspace.* Ed. Rachel C. Lee and Sau-ling C.

Wong. New York: Routledge. 249-264. [First published in 2000.]

［64］Palumbo-Liu, David (1995a) "The Ethnic as 'Post-': Reading the Literatures of Asian America." *American Literary History* 7.1: 161-168.

［65］Palumbo-Liu, David (1995b) "Theory and the Subject of Asian American Studies." *Amerasia Journal* 21.1-2: 55-65.

［66］Palumbo-Liu, David (1999) *Asian/American: Historical Crossings of a Racial Frontier*. Stanford: Stanford UP.

［67］Puar, Jasbir K. (1998) "Transnational Sexualities: South Asian (Trans)nation(alism)s and Queer Diasporas." *Q & A: Queer in Asian America*. Ed. David L. Eng and Alice Y. Hom. Philadelphia: Temple UP. 404-422.

［68］Radhakrishnan, R. (1996) *Diasporic Mediations: Between Home and Location*. Minneapolis: U of Minnesota P.

［69］Rai, Amit S. (1995) "India On-Line: Electronic Bulletin Boards and the Construction of a Diasporic Hindu Identity." *Diaspora* 4.1: 31-57.

［70］Said, Edward (1990) "Reflections on Exile." *Out There: Marginalization and Contemporary Cultures*. Ed. Russell Ferguson et al. New York: The New Museum of Contemporary Art and Cambridge, MA: The MIT Press. 357-366.

［71］Saldivar, José Davíd (1991) *The Dialectics of Our America: Genealogy, Cultural Critique, and Literary History*. Durham: Duke UP.

［72］San Juan, E., Jr. (1992) "From Identity Politics to Strategies of Disruption: USA Self and/or Asian Alter?" *Asian Americans: Collages of Identities Proceedings of Cornell Symposium on Asian America: Issues of Identity*. Ed. Lee C. Lee. Ithaca, New York: Asian American Studies Program, Cornell University. 129-131.

［73］ Shi, Zhongxin (1993) "Australia 'Merging into Asia.'" *Beijing Review* 36.3-4: 13.

［74］ Shinohara, Miuohei and Fu-chen Lo (eds.) (1989) *Global Adjustment and the Future of Asian-Pacific Economy Papers and Proceedings of the Conference on Global Adjustment and the Future of Asian-Pacific Economy.* Tokyo: Institute of Developing Economies, and Kuala Lumper: Asian and Pacific Development Centre.

［75］ Shu, Yuan (1998) "Information Technologies, the U.S. Nation-State, and Asian American Subjectivities." *Cultural Critique* 40: 145-166.

［76］ Wang, L. Ling-Chi (1993) "Asian American Studies/Ethnic Studies: Politics of Reception and Acceptance." Unpublished paper presented to Columbia University. Graduate School of Education. Nov. 5.

［77］ Wang, L. Ling-Chi (1994) "Roots and the Changing Identity of the Chinese in the United States." *The Living Tree: The Changing Meaning of Being Chinese Today.* Ed. Tu Wei-ming. Stanford: Stanford UP. 185-212.

［78］ Wang, L. Ling-Chi (1998) "Race, Class, Citizenship, and Extraterritoriality: Asian Americans and the 1996 Finance Campaign Scandal." *Amerasia Journal* 24.1: 1-21.

［79］ Wilson, Rob, and Arif Dirlik (1994) "Introduction: Asia/Pacific as Space of Cultural Production." Special issue of *boundary 2* 21.1: 1-14.

［80］ Wong, Sunn Shelly (1993) "Notes from Damaged Life: Asian American Literature and the Discourse of Wholeness." Ph. D. Diss. University of California, Berkeley.

（熊婷惠　翻译　黄秀玲　校对）

语言问题

维基·安格纽（Vijay Agnew）

想象一下多伦多的秋日。如果你从未来过这里，让我来告诉你吧。汽车经过红色、黄色、绿褐相间的五颜六色的叶子散落的路边时，树叶四散飘落，或在空中飞舞，或纠结成簇，缓缓浮起，很快便飘落了下来，堆积在路边。久居多伦多的市民会认为这样的天气温暖而惬意，但是，对于像我这样来自印度的移民来说，这是一个寒冷的秋天。我身上紧裹黑色羊毛外套，脚穿鞋袜，随时准备跳进暖和的汽车里。听着收音机里播放的西方古典音乐，我驱车穿过宽阔而斑驳陆离的林荫大道，但是，在我的心底深处，却潜伏着一种怀旧情愫，我怀念孟买街头的电影插曲、行人、商贩、噪音、烟雾和灰尘，而不喜欢整洁、安静且标志清晰的多伦多大街。

我到了一座教堂，这座教堂只是散布在多伦多住宅区四周的教堂中的一个。我细心地选好位置，把车停好。教堂旁边的入口处有个侧门，门上贴着一张布告。我从容地走进去，来到要进行观摩的入门英语培训教室。教室在一间宽敞、简陋而又实用的地下室里，那里既没有图片和装饰品，也没有任何绿色植物。房间正中央成排摆放着约三十张椅子，一个白板，旁边为老师准备的椅子正对着学生。靠墙的桌子上摆放着铝制的咖啡壶、牛奶、糖、塑料杯和一盘点心。

南亚[1]社区基层组织召集了大约 25 名新移民，在这里对他们进行英语入门教学。在场的女人穿着南亚人的莎丽服[2]。在这个多伦多的地下室里，她们的衣着成为现实需要和传统习惯的奇特组合。在炎热而又尘土飞扬的南亚，人们穿着用薄棉纤维织成的莎丽服，它穿着舒适，且易于存放。通常情况下，女性脚上穿着与衣服颜色搭配的凉鞋。然而，在多伦多，天气寒冷，女人们便在外面套上鲜艳的厚羊毛衫，脚上也穿着袜子和鞋。

这些女人的穿着打扮表明她们是移民，刚来到这个国家。在像我这样的南亚人的眼里，这种东方的薄织物和西方的厚羊毛衫相搭配的款式给人一种大杂烩的奇怪感觉。但是，也许其他对南亚服饰不熟悉的白种加拿大人会以为这种服装与众不同，具有异域色彩，而不会想到这是这些女性为了适应加拿大的天气而做的一种尝试。在加拿大居住并研究移民二十年后，我仍然对这种服饰有着一种矛盾的心理，但是，我又不知道来自南亚的女人在多伦多或者在整个加拿大应该穿什么衣服比较理想。有时候，我想她们应该保留自己的传统服饰，作为她们文化身份的象征，但是，有时候，我又希望她们脱下原有的莎丽服，换上裤子和牛仔服。

我意识到，和过去完全不同的是，现在，所有的理想模式都是为了一个多元文化并存的加拿大而存在，加拿大人不会把某种服饰风格强加于女性身上。移民可以随意选择他们的服饰衣着——或者据说是这样。令人忧郁的是，面对公共场所别人无礼的直视和皱眉头这些对她们的服饰的无声反抗，不知道这些女性是如何应对的。可能是由于对那些无礼的直视感到不舒服，她们才开始考虑换上牛仔服和裤子，这样就不会过于惹眼。不过，也可能是由于缺乏自信，在新环境中没有安全感，她们才满足于在服饰上不得不做一点小的改变。可能，家训和宗教信仰使她们不愿意接受新的穿衣打扮方式。我只希望这些女性感到温暖。她们的行为举止说明她们一直感觉到不安、尴尬，非常不自在。

我感觉到焦虑而又期盼的感觉充斥着整个教室。除了老师，教室里在座的人全部来自南亚。当地社区组织机构的顾问给我简单地介绍了一下到场的女性的身份，并把我介绍给了她们的老师——简。简是一位正为撰写有关加拿大女性移民的书收集资料的教授。简正值中年，满头乌发，肤色白皙。我边和她说着话，边扫视着其他的女性，希望和她们进行眼神交流。但是，她们似乎避免看我们，也没有人看我，也没有人报以微笑。她们互相之间似乎更感兴趣，已经有人开始和旁边的人聊天了，但是，大部分人只是安静地坐着，等着老师上课。这位顾问鼓励女性自己动手取咖啡喝。虽然她们朝着放咖啡的桌子扫视了一下，却没有一个人站起来去取咖啡。我原以为在较大的、加拿大社会这样一个外国的文化氛围和这些看起来相似的人之间形成的对比反差也许会让她们产生一种舒服感和亲切感。然而，习惯上的犹豫不决和陌生人之间的矜持在这里仍然存在。

入门会话英语项目是加拿大政府为安置新移民而出资赞助的。今天是第一节课。参加这个培训课程是免费的（COSTI 2004）。教室设在大部分南亚移民居住的斯卡博罗。20世纪90年代，南亚移民大部分来自印度、斯里兰卡、孟加拉国和巴基斯坦，半数以上来自印度的旁遮普人和来自斯里兰卡的泰米尔人定居在斯卡博罗。和加拿大历史上的南亚移民一样，大部分人都是由于经济原因而移民的，只有一少部分是为逃避斯里兰卡的种族和宗教暴力而来到加拿大。从教室里女性的外表、穿衣风格和装饰品上可以看出，她们来自不同的移民群。

很快，简走到教室前面，开始用日常英语讲课。我退到教室一侧，希望能捕捉到这些女性脸上的表情，如果不能，则希望她们能忘记我的存在。简笑逐颜开，努力使她们放松，但是，她们都不安地看着简，集中注意力注视着她的一举一动，仍然显得非常紧张。简放慢语速，用清晰的英语告诉她们这堂课的两个任务：一是教会她们怎样向公交车司机问路，并告诉司机在哪一站下车；二是学会怎样买一杯咖啡，并要求在里面加牛奶和糖。她把课堂任务分成几个部分，给出相应的词汇，并在讲课过程中时不时插入一些笑话，在座的女性则报以紧张的微笑。

简要求每位女性向全班作自我介绍并说明自己的国籍。她微笑着鼓励每个人，而她们似乎吓着了，轻声咕哝着，我叫哈吉特·路德安娜，来自旁遮普，我叫桑图施·伊鲁伦德，来自印度，我叫沙哈娜兹·卡拉赤，来自巴基斯坦，我叫伊斯瓦纳·克隆穆博，来自斯里兰卡，等等。我对这些人名和地名非常熟悉，从中我也知道了她们的国籍、宗教信仰和使用的语言。我注视着每一位进行自我介绍的女性，与此同时，脑海里自然而然地浮现出她们的社会背景、身份等其他详细信息。

二战以后，移民到加拿大的南亚人大多来自上层社会。1967 年的移民政策规定，移民除满足其他要求外，还必须受过一定的教育，懂英语或者法语，或者有一技之长，或者能够胜任加拿大急需的工作或职业（李 2003，14-37）。这一政策为以后的其他移民政策奠定了基础。当时只有那些经济实力和社会背景雄厚、心理承受能力强的人才敢冒险移民，也只有他们有足够的经济基础去办理申请移民加拿大、离开家乡的一系列复杂手续。

有能力移民到一个新的国家只是一部分人的特权，在南亚格外受到羡慕，人们互相攀比竞争。虽然移民政策有利于中上等阶层，但是，却能让人憧憬家人在加拿大团聚、享受人道主义和慈善事业的益处，因此各种各样的人都加入到移民队伍中来。移民一旦定居下来，就可以资助他的亲属移民，比如他的妻子儿女。妻子一旦定居下来，就可以像她的丈夫一样，资助父母和一定年龄以下的兄弟姐妹。被抚养或资助的亲属移民一般被称为家庭移民者（李 2003，14-27）。除了移民，还有来自斯里兰卡的难民，其中一小部分人来自旁遮普。现在教室里坐着的泰米尔女性就是由男性难民供养的，有的是她们的父亲，有的是兄弟，有的是丈夫。这些移民条件体现了居住在多伦多的南亚人口组成的多样性，有的会讲英语并有一技之长，有的只接受过有限的教育，英语水平非常有限。唯其如此，劳力市场上的最上层和最底层都能发现南亚移民（巴萨瓦拉加帕和琼斯 1999）。

移民的个人地位是很重要的，它决定着能否享受到像英语培训班这样的一些社会福利（博伊德、德维瑞斯、斯姆肯 1994）。一些系统化了的性别歧视影响着女性能否享受到这些社会福利。但是，当地社区组织机构却对此提出质疑，建议政府机关取消它。按照 20 世纪 90 年代的政府财政削减政策，只有那些能进入劳力市场的人才有机会接受英语的高级培训，其他人则只接受一些旨在适应加拿大生活的简单培训。

从教室在座的女性的年龄、着装和首饰上可以看出，有些是新婚不久的新娘，是举行完包办婚姻后来到加拿大的，另一些人则相对年长，是和家人一起来的。这里的女性一部分是男性移民的家庭移民者，一部分是在加拿大的兄弟和姐妹资助的亲属移民。老人也有资格接受免费的英语培训，不过这里没有。这些女性或许掌握了几种有价值的职业技能，但是，由于不懂英语，她们很难找到好工作。另外，由于不会讲英语，她们很难融入整个社会，可能会被孤立，产生异化感。组织这次英语培训的社区机构和团体起着调解女性和社会的关系的作用，并创造各种条件，使她们有机会接触一些具有相同语言和地域特征的人（安格纽 1998）。

所有参加这次英语培训的南亚人在祖籍国都曾居住在多语言环境中。印度占主导地位的国语是印地语，巴基斯坦是乌尔都语，斯里兰卡是僧伽罗语。这些国家都有数不清的方言。比如，印度有 17 种宪法承认的官方语言，35 种语言的使用人口超过百万，同时还有 2200 种方言。人们用这些语言著书、写信、制作电影、创作剧本、印刷报纸、谈话、授课、祈祷、打架、做爱，甚至做梦（库马尔 2002）。那天，教室里的女性能说的语言只有印地语、旁遮普语和泰米尔语。

由于南亚的许多国家都曾经是殖民地，一些欧洲语言已经被地方语言吸收，成为当地文化的一部分。印度、巴基斯坦和孟加拉国曾经是英国的殖民地，现在英语仍然用于政府机关和教育领域中，在很大程度上，也用于政治之中。斯里兰卡曾是荷兰的殖民地，是否懂英语决定着个人的社会和阶层升迁，因此英语在斯里兰卡也得到了广泛应用。在印度，语言问题一直颇受争议，尤其在英语的使用、印地语作为官方语言以及州省之间的边界划分方面分歧很多（何纳尼 1998，175）。和当地语言相比，英语的地位更加复杂，因为英语代表着现代性，能将印度的本土语言返归自然（乔德乎瑞 2001，xx）。然而，英语在历史上曾是印度精英阶层和特权阶层的语言，目前仍然是社会和阶层升迁的必备条件。根据官方统计，讲英语的人占总人口的 2%，但是，有人说现实的估计数字应该接近 15%（库马尔 2002，6）。

我年少的时候曾经使用过印地语、谷歌通语和英语，并能听懂旁遮普语、信德语和乌尔都语。由于许多印度人都熟悉几种语言，我认为这种语言能力没什么特别，从来没有当回事。在多伦多，我所上的大学要求填写表格，当填到"能读、写或说的语言"这一栏的时候，我以为这个问题只涉及欧洲语言，就没有填写。一次偶然的机会，一位白人加拿大教授因为我没有如实说明我的语言问题而恼怒万分。她的话使我意识到，潜意识里我已经接受了加拿大社会的偏见，并自愿否认像我这样的人的双语或多语能力。我的这种行为是种族歧视内化的典型例子。这个英语培训班里的女性都懂两种语言——当地方言和国语，这在南亚几乎是必需的，但是，她们不会用英语谈话。

印度女性在加拿大体会到的社会和文化的异化感主要是由于她们不会讲英语造成的。不过，在记述英语培训班的这些女性的经历的同时，我想说明种族、阶级、性别和不会讲英语诸因素是怎样构建这些女性在加拿大的身份的。

女性主义理论家认为身份是由社会构建的，并随着时间、地点和环境的变迁而改变。从一个国家移民到另一个国家并尝试适应新社会的过程改变了女性移民对自己的看法。然而，不会说英语造成的影响却是她们在印度所没有经历过的。她们对自己的看法和白种加拿大人了解和理解她们的方式并不一致。可是，社会身份主要是由他人来确立和肯定的，因此想方设法否认或回避这种身份是毫无用处的（安德马合、娄维尔、沃克维兹 2000，124）。社会活动和交际变得有意义起来，虽然它们很像文本一样会有许多不同的理解，但是，它们却指引人们怎样去适应社会，并就怎样融入他们所生活的文化氛围提供宝贵意见。社会活动和交际就是通过这种直接而切实的方式影响着个人。

按照惯例，一些少数民族曾被要求同化其经历，消除诸如社会阶层、性别方面的差别。毋庸置疑，他们曾经有过相同的经历，但是，同时也存在着不同身份引起的巨大差异。一个少数民族的社会构建可能主要强调其身份的一个特定方面，比如语言、宗教服饰（比如头巾）等，而这个特定方面不仅掩盖了其他特征，而且成为造成少数民族融入加拿大社会过程中遭遇困境的根源。不过，后殖民女性主义者认为，作为在移民国家进行自我保护的策略，女性不得不在步步紧逼的同化力量和保持自身文化身份的愿望之间徘徊，尝试一种不稳定的平衡（科德 2000，396）。

像其他种族化了的女性一样，印度女性同样遭受种族歧视。白种加拿大人在诸如肤色、服饰和不会讲英语等方面注意到了她们的差别。目光、手势、说话方式和肢体动作无时无刻不在透露出种族歧视的味道。有时候，这种歧视甚至是无意识的，但是受害者马上就能痛苦地感受到——比如，在拥挤的公共汽车上，有色人种身旁空着的座位是最后一个有人愿意去坐的；电梯里稍微移动身体，和有色人种保持距离；商店里对黑人顾客过分关注；不能和有色人种直接进行眼神交流；会议上拿种族主义开玩笑；不礼貌的问话"你从哪里来？"。诸如此类，不胜枚举（亨利等 1995，47）。

传统观念认为女性一向是被动的，但是，印度女性社区机构却证明了这种传统观念的谬误。尽管不断遭到中断资金提供和消减政府支出的威胁，社区机构仍然说服并组织本地区的新移民来参加英语培训（安格纽 1996；1998）。他们希望帮助新移民适应新环境，把她们聚集在英语培训班这种友好氛围中，减轻文化异化感。不会说英语的工薪阶层女性承受着双重压力，一方面不会说英语，另一方面又无法表达她们所遭受的边缘化和压迫的不满。因此，我们可能会问："那她们为什么还要来呢？"我将在下一节回答这个问题。

作为社会实践的想象

"我离开所有的人，轻快地朝飞机走去。没有回头，只注视着眼前我的影子，我的影子像小矮人一样在飞机跑道上舞蹈着"（奈保 2003，78）。奈保描写了他第一次离开特立尼拉岛去牛津上学时的情景。文中所流露出来的希望和激动是移民在离开家乡，开始一段全新而又不同的生活时也能体会到的。背井离乡的过程是艰辛而又痛苦的，不过，希冀、梦想和幻想着要在富裕的加拿大开始新的生活，她们的痛苦就没有那么强烈了。

我们经常认为自己与众不同，拥有独特的希望和梦想，但是，我们的想象深受我们生活的社会环境的影响。我们脑海里浮现的图像来自我们曾经游历过的地方、目睹过的事物以及读过的书籍。尼赫鲁在给他的女儿英迪拉·甘地的信里写道：

> 多年以来我一直在时间和空间的海洋里穿梭……这是一种奇妙的旅行。过去和现在奇异地交叉在一起，未来则四处飘荡，就像虚无的影子或梦中出现的幻境一样。心灵的旅行才是真正的旅行，仅仅身体四处游荡是毫无意义的。因为心灵钟情于图像、思想和印度的各个方面，甚至是光裸的岩石——高山、大河、旧纪念碑、遗址、民谣、老歌、人们的眼神和微笑以及他们使用的稀奇古怪而又意义深远的俗语和比喻——在轻声地讲述着过去和未来，像没有头的线一样将我们连为一体，引导我们走向未来。如果有机会……我会让我的大脑停止工作，来接受所有的这些图像。因此，我尽力去理解、去发现印度，关于她的一些图像也就随之而来，逗弄我，随之又消失得无影无踪。（甘地 1992，121）

阿帕杜莱（1996）认为想象是一种社会活动，处于所有有机体的中心位置，是新的世界秩序的核心组成部分，而想象的东西则是集体渴望构建的景观。阿帕杜莱提出了种族视角、观点视角和传媒视角的概念，来说明媒体和旅行在日常生活中是怎样激发我们的想象力的。他认为，旅行和媒体倡导的图像塑造了我们的身份、环境和社区生活。大批迁徙（无论是自愿的还是被迫的）几乎不是人类历史中的新现象。但是，如果和大众媒体中快速流动的图像、电影脚本和感觉联系在一起的话，我们就会发现，现代主观性的生产中存在着一种新的不稳定秩序。移民深受跨国大众媒体塑造的图像的影响，渴望从一个国家迁往另外一个国家，并在新的国家定居下来。

作为一位讲英语的女性，20世纪60年代，我居住在孟买，1970年移民到加拿大。我想象西方的方式是靠英文书籍和杂志、好莱坞电影及帕特·布恩和猫王埃尔维斯·阿伦·普雷斯利的音乐激发的。当时印度并没有电视，电脑和网络的使用甚至在西方都还是空白。我哥哥会说英语，他在纽约当内科医生，他经常在信中谈到美国。受大众传媒和英文书籍、杂志的影响，我对美国有了一种美妙的向往，同时，潜意识中开始梦想离开自己的家，到北美去学习。在加拿大，我开始重新想象并重新改造自己，不过，这一切都是在不知不觉中进行的。

英语培训班里说印地语、旁遮普语、乌尔都语、僧加罗语和泰米尔语的女性的想象力和主体性肯定和我的不同，因为她们生活在不同时期的印度、巴基斯坦和斯里兰卡，经历过不同的社会环境和政治氛围。到20世纪90年代，对整个南亚中产阶级来说，电视已经成为大家公认的娱乐媒体，甚至在小城镇里也是如此。在印度，不同语言的电视节目（印地语、英语和本地方言）的数量和种类正在不断上升，也经常播放西方的英文电视剧。随着时间的推移，电视节目和广告也被网络和虚拟空间这些产生和散布图像的媒体所取代，影响着人们的想象力。不仅如此，全球化引起各国之间更为广泛、更为频繁的思想和物质的交流，它们冲击着人们的主体性，相对而言，构建了他们的自我意识。

时间的差异和社会环境的不同使这些女性和我不同，但是，她们的身份也和当代那些会说英语、来往于南亚各国的职业移民和企业移民不同。这些人为求学、观光旅游和寻找工作而离开自己的国家，但是他们是流动的，可能会在不同时间居住在不同国家而为自己和家人争取更好的经济、教育和社会机会（奥 1999）。大量的电子图像和印刷品渗透并丰富着他们的想象力和身份，告诉他们目前的所得，预知他们将来的成就和身份。

阿米塔瓦·库马尔是一名德里的学生，非常想在西方成为一名作家。一位从牛津大学回来的印度籍罗氏奖学金获得者满足了他对伦敦生活的幻想：

> 我想象着去参观图书馆和博物馆，去剧院、公园，去听讲座。他给了我一件礼物：一札明信片，上面展示了牛津的生活情景。阳光斜照在狭窄的青砖铺成的街道上；自行车停靠在爬满常春藤的墙上；人们在干净的绿地上打板球……来自伦敦的客人还带来了其他礼物：剃须膏、便携式剃须刀、免税香烟。冬日的早晨，在德里大学印地学院的餐厅里吃着烤面包和煎蛋卷，喝着温热的茶，我从来没有感到这么惬意，因为我知道，早餐结束后，我会抽刚刚收到的进口英国丝鞭香烟。这位牛津大学学生描述的伦敦融入了冬日的早晨，成为我梦境的一部分……我想去那里。（库马尔 2002，81-82）

宝莱坞电影（即主要位于孟买的印度电影工业）的盛行使它们成为南亚民族或者跨民族文化实践中最具影响力的文化形式之一（德赛 2004，35）。"孟买"是以当地一个神——"孟巴德维"命名的，但是，这座城市真正的守护之神却是"拉克什米"，即财富女神。美丽的拉克什米微笑着站在一朵荷花上，身上披挂着丝绸和珠宝，伸出的双手里源源不断地流淌着金币。她光彩照人，魅力四射，引诱着她的忠实信徒，在允诺人以财富的同时又残忍地要求崇拜者做出牺牲（卡姆达 2001，131）。宝莱坞电影展现了居住在缅因街、温哥华和伦敦人的生活，通过能够产生跨民族的、共有的孤独感的情感结构，给本土文化带来了全球化的视角（弥什瓦 2002，238）。

宝莱坞电影、电视节目和广告所传播的图像和价值观渗入到了南亚人和散居国外的人的想象之中，进而使人们开始把所有的事情放在一起进行思考（阿帕杜莱 1996，81）。这些日常的文化实践意味着，虽然人们的身份和所处的社会环境不同，但是，由于接触的是相同的媒体和媒体产生的图像，在某种程度上来说，他们享有相似的社会价值观和准则。这些充斥在大众文化中的图像和价值观对不同地区的人们构建自己的梦想和希望起着很大的作用（德赛 2004）。

莫哈塔认为，电影工业领域中的人是伟大的梦想家，他们出品的电影使十亿人的共同梦想成为现实（莫哈塔 2004，340）。印地语电影和电视节目经常会突显反映物质主义和消费主义的生活。西方就是消费主义的缩影，和西方有关的图像代表着财富、声望和权力。宝莱坞电影有着固定的情节和歌舞传统，观众只需要放下心中的疑虑，就可以走进一个充满爱、浪漫、财富和权力的世界，欣赏一个个主角成功地坚守着他们信奉的理想价值观（库马尔 2002，30；德赛 2004）。比如，一部宝莱坞电影会讲述英俊而富有的男主角和衣着迷人的女主角在瑞士的阿尔卑斯山上欢唱，观众就会产生强烈的幻想和渴望。阿帕杜莱 1996 年写道，这些形象有可能成为电影明星和奇异的电影情节的剧本。

在物质化的西方和精神化的印度之间存在着一种传统的，或者说简单的二元对立。（另一个相似而不无联系的套话称印度是天真无邪的，美国乃是恶魔之穴。）这种分法经常为印度的贫穷和落后进行歉意的辩护。苏尼尔·黑尔纳尼（1997）写道，印度人在 19 世纪已经开始从西方人的镜子里来观察自己。西方人带着东方主义的视角，把印度和印度人界定为他者，也就是说，他们用自己的文化和社会作为评判标准来比较和界定其他文化，认为那些文化不仅是完全不同的，而且是低劣的（赛义德 1979）。

虽然很少提及，但是，印度和南亚的其他国家也在其他文化自我形象的形成过程中起到一定的作用。按照苏尼尔·基尔纳尼（1997）的说法，西方文化曾

多次以印度为陪衬来界定自身的历史事件，去证实或者怀疑自己。印度人有时也尽力去弄清他们自己了解西方的方法。要把这种互相纠缠不清的认识和不了解切断是不可能的，掠夺仍在进行，没有任何一方愿意隐退，去过那种奢侈的隐逸派的生活。因此，任何有关印度的谈论都不可避免地会涉及知识政治的尔虞我诈。像政治活动一样，个人必须凭借自己的智慧才能弄清

这些，没有任何有优势的指引、方法或语言能帮助解决问题（197）。

在后独立时代，印度的中产阶级通过消费物质产品来急切地追求社会和阶层升迁，已经摈弃了传统的社会信仰。一些人认为这些目标由盲目模仿西方的价值观引起，尤其是较年轻的中产阶级一代。炫耀消费已经成为增强个人价值的必备手段。在一些东西很难得到的情况下，周围又有很多人有能力得到它们，能否得到这件东西就会不相称地被用来衡量一个人的个人价值（沃尔玛 1988，136）。在一个贫民占大部分的社会里，中产阶级的这种物质追求似乎是空虚、微弱且不道德的。

去想象另外一种生活，在某种程度上来说，这有同化居住在南亚和散居在其他国家的南亚人的价值观的危险。但是，这种想象在当地受到特殊的理解和运用，用来反对标准化和一体化。而且，对另外一种生活的理解是相对的，不同的背景下会有不同的阐释。对居住在斯卡布罗的中产阶级旁遮普移民来说，一种不同的生活方式意味着能够享受高品位的生活，有丰富的物质，能受到特殊服务，而居住在卢迪亚纳和旁遮普的女性则和他们有着完全不同的想法。

生活富足和快乐的梦想缓和了离开家庭、朋友、家乡而远走他乡的痛心与难过。1967 年下半年，到加拿大的移民通常会有私人联系，而这种私人联系会引起连锁性移民。一旦一个家庭从他们所在的村庄、城镇或城市离开，他们就会回来向亲朋好友宣传，说他们能够找到好工作，接受良好教育，享受经济保障，鼓励他们移民过去。比如，移民到加拿大的旁遮普工薪阶层和中产阶级仍然给卢迪亚纳和旁遮普的亲人写信、邮寄照片，描述他们的孩子受到的良好教育、自己找到的待遇丰厚的工作以及整个家庭拥有的家用家具。他们也会时不时带着礼物返回家乡，送给亲朋好友。回到家乡时，他们就告诉自己的家人和朋友他们拥有自己的房子和汽车。由于南亚社会没有抵押和消费贷款的概念，人们认为这些移民没有任何借贷。与居住在卢迪亚纳和旁遮普等城市的中产阶级相比，回国的移民有充足的资金去消费，去旅行，由此强化了西方的富足形象。

那些曾居住在西方国家、中东或者远东的移民携家带口回国探亲的时候，在南亚的中产阶级中具有一定的经济和社会威望，而且他们的孩子会讲一口流利的英语。由于南亚人的社会阶层和特权划分仍然和英语紧密相连，这种成就显示了整个家庭和社会地位的升迁能力和富足程度。英语培训班的女性们毫无疑问是带着为自己和家人的梦想移民的。她们梦想着去过一种和其他移民相同而又不同的生活。要不是为了梦想，她们怎么会抛弃自己的家园，在异国他乡再重建一个呢？面临离开还是留下的选择，她们根据自身的不足和潜力做出了选择。

我怀疑是否是英语培训班的女性的想象力把她们带到教堂的地下室，然后她们现在坐在一种陌生的环境中紧张不安地学习英语。我想不是。这些新来到加拿大的移民所经历的磨难和折磨，让我这个在大学工作、说英语的移民想起了自己学习语言的经历。阿飒儿·纳菲西（2004）的话让我产生了共鸣：别人的悲欢离合能让我们想起自己的喜忧哀乐，我们一边和他们产生共鸣，一边扪心自问：我呢？我的生活、痛苦、苦恼呢？

印度的英语教育[4]

记忆如同潮起潮落。想象一下，我坐在沙滩上一块五颜六色的毛巾上，几个小时以后，上面已经堆积了许多沙粒。我在全神贯注地看书，身旁放着一听可乐。偶尔，我会将目光从书上挪开，沉思着注视前方，或者环顾四周，看着浪花起伏，轻柔地融入沙滩。浪潮使我的内心变得安详平静。我和自然融为一体，并没有意识到随着夕阳西下，海水正难以觉察地向我涌来，我身上有些地方已经被打湿了。有时候，天气突然出乎意料地变了，冲上岸的巨浪打湿了我。记忆就如同浪潮一样。和南亚女性一起坐在多伦多教堂的地下室里，我的脑海里突然涌起回家的强烈念头。我在想着、思考着、讲述着新移民的经历，但是，在这个过程中，我也重新发现了自己。

我还是10岁小女孩的时候，身穿蓝色棉布束腰外衣和白色衬衫，打着海军蓝的领带，腰上佩戴女式腰带。束腰外衣的左侧绣着一个绿色标记，表明我是旧德里修道院圣·帕特里克的学生。每天，我从姑妈家走路或者坐车去上学。我刚学会走路的时候，母亲就撒手人寰，我就和姑妈住在一起。姑妈是个富有的寡妇，信仰印度教。她告诉我，我能上学，而且上的是用英语授课的学校，实在是享受了特权的。她小时候就没有过如此待遇。

我姑妈的父母和我的外祖父外祖母都非常富有。然而，由于20世纪初盛行于印度教家庭或穆斯林家庭的性别歧视，姑妈没有受过什么教育，更没有学过英语。不过，她能用印地语读写，非常熟悉印度的宗教史诗，如《罗摩衍那》、《摩诃婆罗多》等。我的父亲，即她的哥哥，则接受过英语教育。我的父亲希望我成为一名现代女性，能够从英语教育中受益，不要像我们语言社区和地方的其他女性一样。因此，虽然我出生于印度教家庭，但是我却被送到了一所天主教女子教会学校，实现接受英语教育的梦想。

基督教传教士主要来自英国和美国，他们的主要任务是为印度的女性教育充当先锋（查娜娜，1996）。印度教、伊斯兰教和锡克教中的社会和文化规范在印度历史上曾是女性教育的主要障碍。甚至在现代，女性教育的普及也受到变相阻挠（德雷兹和森 1995，114-116）。许多宗教地区的中上等社会中盛行的规范就是隔离女性，由此产生了对单一性别学校和女性教师的需求。但是，过去几乎没有女性印地语教师。过早订婚的文化传统使许多女孩还在上小学时就离开学校。传教士的介入填补了印度女孩和年轻女性接受教育的需要。传教士有足够的资金和师资，在印度许多地区设立了学校，但是，他们却受到当地社会精英的质疑，认为他们之所以关注女性，主要目的是为了改变她们的宗教信仰，让她们去相信基督福音（查娜娜，1996）。

由于传教士的努力，加之他们对女性受教育比率过低的批评，印度旁遮普和孟加拉等一些地区的社会改革家开始采取强有力的措施改变态度和文化实践，使女性能完成小学和中学教育。在旁遮普，社会改革家们为印度女孩开办学校，用印地语教学，重点讲授他们自己的文化传统。与此相比，基督教教会学校则用英语授课，讲授《圣经》和《福音书》，并要求学生阅读英国经典文学。他们在日常教学活动中采用英国和北美的文化规范，即使没有贬低，但也忽视了当地的习俗、习惯和宗教信仰。结果，由于害怕在教会学校接受英语教育会受到文化隔离，许多家庭在送女孩子上这类学校时都比较慎重。

我小时候的日常生活被分割成几个部分。在学校的时候，我不得不无条件地接受随处可见的修女、课程和教堂。每天上课和每节课开始的时候，我都要背诵基督教祈祷文，和朋友们漫步走入教堂，心不在焉地重复着修女们做的手势和仪式。我读英国人写的书，接受他们的观点，但是，却很少意识到印度人对他们的历史、政治和文化的看法。我把耶稣基督的画像卷到书本里带回家。我的姑妈则时刻警惕着，为了保证我能一直信仰印度教，在书上挨着基督的画像边上贴上印度教的神的画像。她给我读《罗摩衍那》和《摩诃婆罗多》里面的故事，让我接受印度教宣扬的女性道德观。作为孩子，我没有体会到什么文化冲突。基督教和伊斯兰教、锡克教一样，只是一种宗教，是我每天生活的一部分。不过，我能体会到能说英语的优越性，因为英语把我与堂姐妹们和大部分人区别开来。直到我移民加拿大后，我才意识到，英语教育把我与印度历史和文化隔离开了。

英国殖民政府在印度推行英语教育是为政府培养工作人员，目的非常明确，也得到了广泛认可（布朗 1994，78-82）。制定这种英语教育政策时并没有对性别有特别规定，但是，其意图是重点培养男性。在臭名昭著的 1835 年教育备忘录中，托马斯·迈考雷男爵宣称要在中上等阶层开展英语教育："我们现在必须努力建立这样一个阶层，这个阶层会成为我们和成千上万个受我们统治的人之间的翻译。从血缘和肤色上看，他们是印度人，但是，从品位、观点、道德观和思维方式上看，他们是英国人。我们可以让他们净化印度的本国语，从西方的术语中借用科学术语来丰富当地语言，并用恰当的语言向大众传播。"（德赛 2004，11）

整个 19、20 世纪，殖民政府建立了各式各样的学校和大学，推行英语教育，印度的中上阶层男性蜂拥而至来到这些学校。从印度本土语言和文学角度来看，选择英语教育是带有种族歧视的，但是，它能在经济上带来机遇与希望，因此吸引了许多男性（迈特卡夫和迈特卡夫 2002，82-86）。女性教育，无论是用英语或者当地方言，没有这种明确的功利主义目的。不过，社会上有知识的妻子、母亲和有责任心的市民则希望整个社会和家庭都能从社会进步中受益，政府为了达到这种自由主义的理想也支持女性教育。但是，由于女性不愿意让男性医生看病，有时候，传统文化形成的性别隔离会致使人们忽视女性的健康问题。这种状况迫使政府设立了单一性别的女子医学院，采用英语授课。新德里达夫端夫人医学院就是专门为女性开设的。

殖民政府、传教士和印度社会改革家采取的各项措施为一种新的教育体系奠定了基础。1947 年印度独立后，印度政府进一步建立了一系列学院和大学，涉及文学、自然科学、农业、医学、工程、商贸和最新的信息技术等专业，使用英语和当地语言进行教学。不过，这些学院和大学同时也是中产阶级精英的聚集之地（沃尔玛 1998，56）。城市中产阶级利用他们和继任政府的政治关系，说服政府设立更多的高等教育机构，而不是将资源集中利用在小学教育或者农村教育上。因此，印度教育体系中的优先权就体现了印度各种势力的经济实力和社会影响力。虽然印度在女性教育方面作了不少努力，但是传统文化的阻碍仍然存在。

印度整体受教育程度较低，但是，社会上却有过剩的受过英语教育、经过严格培训的技术工人。如果将中国和印度进行对比，就可以看出印度教育体系中的结构性问题。1981 年，中国男性的受教育比率为 87%，女性为 68%。同期，印度男性的比率为 64%，女性为 39%。但是，相对其人口而言，印度送进大学和其他高等教育机构的人数却是中国的六倍。因此，有必要清楚地来说明影响印度教育政策的古今偏见（德雷兹和森 1998，15）。

目前，关于教育的性别差异，其讨论主要集中在地区之间、城乡之间或者社会阶层之间受教育比率的差异上。许多政府政策对清除性别差异给予了特别关注,满足女性在家庭、工作和社会中能够扮演多重角色的需要。印度政府在 1986 年颁布并于 1992 年修订的教育国策中明确承认,为了保证女性平等地接受初等教育、成人教育和职业技术教育,政府应该提供更多的机会(拉加格帕 1999,268;威尔科夫 1998;印度政府 2004)。然而,却很少有人提出为女性提供英语教育,原因在于接受英语教育仍然主要是城市上等阶层的特权。教育不平等既反映了社会差别,也造就了社会差异(德雷兹和森 1998,14)。

目前,在进入各类学校和大学的可能性和可行性方面,仍然存在着地区、城乡、社会阶层和性别上的不平等。因此,当简问英语培训班里的女性"你从哪里来?"的时候,她得到的回答说明不了多少事实,根本没有涉及她们国家中不平等的教育机遇以及由此造成的只有部分人能接受英语教育的现实。不同的回答表明多伦多移民人口的复杂性,这也是整个南亚人的一个特征。这些移民在本国受到的不平等待遇和所处的劣势在加拿大仍然存在,甚至恶化。

加拿大移民政策中的阶级和性别偏向特别欢迎会讲英语的移民。因此,来自印度的女性主要是以丈夫或者男性亲属的家属的身份移民到加拿大的。移民家属这一身份使她们能够享受一些诸如英语培训班的社会福利政策,但是,这却加剧了她们曾在本国经历过的阶级差异和性别劣势。虽然所有不会讲英语的移民都可以接受一些英语入门培训,但是,只有那些被认为有希望进入劳力市场的人才能接受高级培训。由于女性最初是以家属的身份来到这个国家的,一般认为她们是不会进入劳力市场的,因此只能接受英语的基础培训。然而,和来自其他国家的女性移民一样,许多印度女性确实在外工作。她们进入劳力市场,由于英语水平不高,待遇过低,形成了李所说的女性净收入惩罚(李 2003)。大多数情况下,她们在诸如少数民族集中区的服装厂这种最低等的地方工作,工作时间长,工资低,危险性高(奋切等 1994)。而且,这对于她们在本国费尽周折学会并带到加拿大的技术来说,是巨大的浪费,对个人和国家来说都是一种损失。

性别、种族、籍贯、语言能力等劣势累加起来，对女性的生活造成了经济和社会影响。在多伦多，由于不会讲英语，女性无法独自乘坐公交车为家里购买日用品或做其他事情，比如开车、预约诊所和约见医生。一些社区卫生诊所，比如访问联盟会、女性健康之友，专门为使用其他语言的顾客服务。孩子们很快就在学校学会了英语，有时给他们的母亲充当翻译，但是，母亲们却由此丧失了自己的权威。不会说英语使得女性被孤立起来，其自主权也被剥夺，进而更加依赖她们的丈夫。积极地看，这个英语培训班表明了这些女性的决心，她们希望自己成为独立的、有工作能力的、能做贡献的加拿大市民。

英语培训班的女性正全神贯注地听简上课。当要求她们发音时，她们的舌头像打了结一样，读出的单词听着不舒服、不自然。不过，虽然感到尴尬，但她们仍然勇敢地按照简的要求努力重复着词句。她们知道自己的问题，有点犹豫不决，但是，她们仍然在坚持着。

语言和文化之根源

语言包含于文化规范之中。由于不懂英语，许多新移民都能体会到各种各样的文化隔离和不舒适感。但是，尽管他们能流利地讲英语，几乎所有受种族歧视的移民都存在一些微妙的语言问题。一位自印度来到美国的移民的女儿这样描述她的父亲遭遇到的文化和语言问题（当时素食主义还未成为时尚）：

"我想来点蔬——菜，你们有蔬——菜吗？"我父亲问道。（他把第二个字发成"采"，还拖了一个长长的"啦"。）

"什么？"

"蔬—菜。"

"噢，恁想要'素采'？怎么不说呢？我们没有素采，恁要三明治吗？"

"奶酪三明治吗？有奶酪三明治吗？"

"你不要点肉？"

"我不吃肉，我是个素食主义者，只吃蔬—菜。"

"好的，孩子。我来给恁做奶酪三明治。"（卡姆达2001，181）

每个人说的英语都受其出生地方语言的影响和社会阶层与教育水平的局限，但是，从南亚来的新移民在说英语而别人又很费力地理解他们的时候，经常会感到低人一等。维·斯·奈保（2000）就对自己第一次到伦敦时说的蹩脚英语感到非常难过。在给妹妹的信中，他吐露了自己的心声："不过，现在我在出错和窃笑声中提高了我的英语发音水平。"当会讲英语的南亚人被要求重复他们说的单词或者句子时，或者当白种加拿大人为了更好地听懂他们的话而将头伸过去时，他们感到十分不满。后一种行为有时被看作是种族歧视的表现。

在英语培训课上，简在活动挂图上写下"东"、"西"、"南"、"北"四个字，并观察这些女性脸上的表情，猜测她们是否理解这些概念。然后，她讲怎样告诉公共汽车司机她们在什么地方下车，比如在市场前面的西北角。这堂文化课的目的就是让学生学会使用这些术语，因为在南亚，她们使用诸如教堂、杂货店或汽车站等地面标志来辨识道路和确定自己的地理位置。甚至当我刚移民过来时，也会被朋友们要我使用这些术语来确定见面地点而如坠雾里。同样，除非特别要求，茶和咖啡在南亚一般是用牛奶冲制的。因此，在一些咖啡馆把印度奶茶写在菜单上之前，喝白开水冲制的咖啡和茶成了一种全新的体验。这个英语培训班涉及的是语言，但是，社会和文化知识也同时渗透其中。

文化差异，或者说作为局外人或外国人的感觉，会让人有种隔离感，使人更加悲伤怀旧，产生强烈的思乡之情。恰巧是圣诞节前后的几周，奈保住在伦敦，他给在特立尼拉岛家人的信中写道（2000）：

　　我最近越来越想家了……圣诞节对我或家里任何人来说没有任何意义。我们经常能感到在某处弥漫的欢乐气氛，但是，从来没有确切地感到这个地方在哪里。我们经常处于模模糊糊的快乐之外。在伦敦，我的感受也是如此，不过这里更富有浪漫气息。3点半天就黑了，所有的灯都亮了起来。大小商店灯火通明，灯光照耀下的街道挤满了人。走在大街上，我却感到十分孤独，觉得自己完全处于这种盛大的节日氛围之外。

　　不过，我在想家。我可以想象得到我所知道的所有事物的细节——比如剥落了一角的大门、夹竹桃树、凋零的玫瑰等。有时候，街上汽车发动的声音把我从沉思中惊醒。引擎发动时不规则的响声把我带回了26号（他们的家），我闻到了家的气味，感受到了所有的一切。这使我感到伤心。不要误解，这让我想起了你们，就像想起经常不在家的人一样。（43）

　　移民，尤其是那些受到种族歧视的移民，就加拿大人身份的本质提出了许多问题，并就后来者如何成为加拿大人表达了自己的期望。在20世纪早期和中期，思想同化和信仰英国国教是成为加拿大人必要的、唯一的途径。但是，移民对本土文化的持续依恋以及思想同化的过程中所带来的幻灭感使他们产生怀疑，这在政治上反映了出来。最终，双语机制和多元文化政策颁布了，但是，由于这些政策试图将文化和语言分离而遭到批评。由于这些政策的焦点是文化，加拿大各种族和民族之间权力和特权的不平等分布没有得到任何改变（弗莱瑞斯2004）。目前，南亚人和其他受种族歧视的团体越来越将重点放在反种族歧视和争取人权的活动上。拉什迪认为，富有创造性的想象能让我们有足够的能力构建一个更好的世界。他写道，想象能改造并增强我们改进世界的自信心，想象是唯一能够粉碎现实并重构现实的武器（引自尼德汉姆2000，69）。

　　在加拿大历史上，无论会不会讲英语，南亚女性（包括其他受种族歧视的人群）曾经遭遇过各种各样种族、阶级、性别和异性恋的强有力的结构性障碍（安格纽，1996）。虽然受到压迫和迫害，但她们还是凭借智慧生存了下来。莫尼卡·阿里的小说《砖巷》（2003）刻画了充满冲突和紧张关系的移民经历。小说的主人公娜日尼恩是一个从孟加拉国来到伦敦的十八岁姑娘，已经订婚。刚到伦敦时她只会说两个英语短语——"对不起"和"谢谢你"，她连一个人都不认识。她和丈夫查如住在砖巷，那里住的都是自孟加拉国来的移民，盛行的是家乡的道德观和价值观。查如认为娜日尼恩根本不需要学英语，她没有丝毫反抗就接受了他的观点。小说中，娜日尼恩不会说英语很少被描写成会造成什么麻烦。相反，这一状况成为影响并决定她的移民经历的诸多特征之一。娜日尼恩的生活完全局限于砖巷，在这里，她很快乐地结交朋友，建立新的家庭，和远在家乡的妹妹通信，同时，她以局外人的身份小心谨慎地适应新奇的伦敦生活。

孩子夭折后，娜日尼恩很孤独，但是，在内心失望的同时，她表现出了战胜困难的勇气和主动性。查如失业后，她找了一份工作，把零碎的布料做成成衣。她和提供布料的中间商卡瑞姆产生了恋情，通过他娜日尼恩认识了一些年轻的伊斯兰教积极分子。娜日尼恩的视野逐渐开阔，当最后她和查如带着女儿去伦敦观光旅游时，她大声地说出了一个词"正确"。她为自己的大胆吃了一惊。她开始从女儿身上和电视中学习英语。她对滑冰非常着迷，认为滑冰代表着某种令人兴奋的自由、冰冷的虚情假意和充满各种可能性的新世界（玛司琳 2003）。最后，查如想回国，但是，娜日尼恩内心却非常矛盾，不愿意离开。小说结尾处给读者提供了两句话，一个是"人的性格就是命运"，引自赫拉克利特，另一个是"命运残忍无情地引导我们"，引自屠格涅夫。阿里的小说提出了这样一个问题：我们要不要，能不能掌握自己的生活？娜日尼恩应该屈从于命运还是去创造命运？（格拉 2003）

移民就是个人追求自己想象和认为的更好的生活。但是，对于拉什迪（2002）来说，个人所想象的生活细节远不如实现梦想重要。在追求梦想的旅途中，个人会遇到各种各样恐怖的领土守卫者，有怪兽，也有火龙。守卫者命令道：到此为止，不准前进。但是，旅行者必须摈弃别人界定的疆域界限，越过恐惧极限，穿过边界线。打败怪兽就意味着敞开了自我，增加了成功的各种可能性（350-351）。

移民需要穿越身体上和思想上的、看见的和看不见的、认识的和不认识的、流动而不固定的边界。语言就是这样一种边界，它要求个人能自己改变形象，或者自我阐释（拉什迪 2002，274）。学习并使用一门新的语言能改变个人，因为所有的语言允许思想、想象和运用的轻微变化。穿越边界是艰苦费力的，会遇到数不清的危险。但是，在探索和追求的过程中，个人可以得到转变，塑造自己的身份，意识到自己的力量。个人发生了改变，而每个人的存在又改变了社会。边界既塑造我们的性格，又考验我们的斗志（381）。

注释

[1]　南亚包括一系列独立自主的多民族国家——印度、巴基斯坦、孟加拉国、斯里兰卡。斯里兰卡有泰米尔人和僧伽罗人，巴基斯坦和孟加拉国有印度人和穆斯林人，印度有锡克教人、泰米尔人和印度祆教人（这只是其中的一部分）。加拿大的女性移民在社会阶层、文化特征、地域差别、宗教信仰和语言使用等方面有很大差别。南亚女性在加拿大的身份部分地是通过霸权行为在社会上形成的。南亚女性是由于其身体特征（尤其是肤色）而被归为一类的，她们之间的文化差异却被忽略了。（安格纽 1998，118-119）

[2]　全套衣装包括宽松的长衬衫和肥大的裤子。

[3]　移民发起者可为男性，也可为女性，不过相对于他们的妻子而言，通常男性有必需的或者更好的条件获得移民的机会。

[4]　2004 年，新闻媒体经常报道信息工程领域的职位过剩。人们经常习惯性地将印度说英语的工人数量和中国的相比。这些工人使印度在吸引跨国公司在本国投资中处于竞争优势。

参考书目

[1] 安格纽·维基. 抵制歧视. 多伦多：多伦多大学出版社. 1996

[2] 寻找安全之地. 多伦多：多伦多大学出版社. 1998.

[3] 阿里·莫尼卡. 砖巷. 伦敦：斯克瑞布纳出版社. 2003.

[4] 安德马·合费永雅，特瑞·娄维尔，卡罗·沃克维兹. 女性主义术语汇编. 伦敦：阿诺得出版社. 2000.

[5] 阿瑞恩·阿帕杜莱. 细说现代性：文化视野下的全球化. 明尼阿波利斯市：明尼苏达州立大学出版社. 1996.

[6] K. G. 巴萨瓦拉加帕，弗兰克·琼斯. 可见的少数民族收入差异. 1999.

（杨冬敏、张亚婷　翻译）

离散时代的种族特征

R. 拉达克里希南（R. Radhakrishnan）

拉达克里希南（Radhakrishnan）写了一篇交织了个人历史、文学批评与对当代印度政治实践的评论的重要文章，他找到了一系列问题的解决办法，可以让我们将不同年代的印度离散群体对自身种族背景和民族背景的理解理论化、系统化。文章认为种族特征不是静止不变的，而是一直处于不停的变化之中。拉达克里希南认为对种族特征的理解应该因环境而异，例如有连字符连接的印度裔—美国人（Indian-American）与印度人完全不同。

我的儿子今年 11 岁。一天，他问我自己到底是美国人还是印度人。这让我大为激动。我想到在不久的将来，我们可以自由讨论萨曼·拉什迪（Salman Rushdie）、托尼·莫里森、阿米特夫·高希（Amitav Ghosh）、雅买加·金凯德（Jamaica Kincaid）、贝西·黑德（Bessie Head）、谭恩美（Amy Tan）、汤亭亭（Maxine Hong Kingston），也可以自由讨论那些在自己具有多重意义的作品中提及的因认同问题而痛苦不已的作家们。我告诉儿子他既是美国人也是印度人，还给了他一个简单又现实的种族特征的定义，并向他解释了种族特征是如何同国籍与公民权利联系在一起的。他听得很仔细，接着说："噢，我知道了，爸爸（或者他本该叫'阿爸'），我两个都是。"他一边说，一边用手同时在身体两侧做了相同的动作。在说到"两个"一词时，他的声音有一种轻微的颤动，因此这表示他的感情出现了波动。我被儿子说服了，因为我见识过他在自己的名字被朋友、同龄人、老师、教练们满不在乎地拼错时表现出的愤怒和委屈。每当此时，他都会锲而不舍地教他们拼读自己的名字，直到从这些外国人的口中听到正确的读音为止。我也曾听到他带着极大的热情给自己的"主流"朋友讲罗摩衍那（Ramayana）和摩诃婆罗多（Mahabharatha）的故事。他充满感情地讲述着那些情节，小心谨慎地讨论着那些时间和地点的细微差别。儿子回到我身边，问道："那么你和阿姆（或者他说的是妈妈）是美国公民吗？"我告诉他，我们是居住在这里的外籍居民——印度人。"啊，是的，我记得我们的护照不一样，"他说完就走开了。

屠妖节是典型的印度教宗教节日。在印度教狂热分子大肆破坏巴布里清真寺之前，当地的印度团体举行了屠妖节聚会。就在前不久的那次屠妖节聚会上，我听见一位上年纪的印度绅士在给一群第一代印度裔—美国人解释节日的意义。他滔滔不绝地讲述着那位承诺会以人身重返人间、惩恶扬善的克利须那神的现代意义。在他的讲述中，我没有听到任何一句区分印度教认同与印度认同的话，也没有听到任何一句提到印度发生的打着印度教原教旨主义旗号的暴力事件的话，甚至都没有明确地提到发生在阿约提亚的持续不断的冲突。在某种意义上，这些可怕的遗漏与省略都无关紧要，因为他的听众们——第一代印度裔美国儿童们嘴里塞满爆米花，有的在睡觉，有的跑来跑去，有的在跟身边的人聊天。我不知道更应该生谁的气，是那位对种族特征描述不真实的绅士还是那群被同化的、不关心种族起源的年轻一代。

将这两段插曲作为本文开篇是因为它们是与种族特征有关系的多种实践与紧张态势的典型。困扰着我儿子的主要问题是：一个人怎么可能既是这种人，又是那种人呢？一个身份的统一体怎么可能有多张脸或是多个名字呢？如果我儿子既是印度人，又是美国人，那么哪一个才是真正的他？哪一个才是真正的自我？哪一个又是他我？两"我"如何共存，又如何结合为一种认同呢？这种关系有等级差别吗？就如"民族"可以被纳入种族认同的范围，并超越种族认同，还是这种关系仅仅是一个由连字符连接起来的身份，就如非裔—美国人、亚裔—美国人等，而连字符是对话性、非等级的结合的标志？如果这样，那么身份认同就只是种族特征而不是民族特点了？这种认同能在血腥的"种族大清洗"中幸免于难，并被合法化吗？还是被社会理解为不可行的"差异"，即被证实的真实却不值的霸权主义？

那位印度绅士对年轻的第一代印度裔美国听众的演讲引起了几个潜在的有害冲突。首先，在演讲中，宗教（掩藏在印度民族主义之下的印度教）认同操控着美国的印度种族特征。在此背景下，"根与起源"的魅力是什么？它又想达到什么？种族特征会与乡愁一样散发出陈旧的气味吗？它是覆盖在美国认同本质上的一层毯子、一层遮盖物吗？抑或印度性作为优于变化、旅行和移位的基本静止状态而被提倡呢？

在美国，对种族特征的叙述很有可能是这样的：在开始阶段，离散者以实用主义和机会主义为名压抑自己的种族特征。要想在新世界里取得成功，他们必须积极掩藏甚至同化与主流环境不同的种族性。这一阶段与非裔美国人历史中的布克·华盛顿（Booker T. Washington）时期类似，卷入了拒绝将政治、民权、道德革命纳入经济改善的杜博斯阶段。在后来的全面革命的号召下，离散者重申了对种族特征的自主权。第三个阶段追求是在"民族认同"不优于"种族认同"时，"民族认同"与"种族认同"之间有连字符连接的结合。我们必须记住：在美国，用民族术语重新命名种族认同的行为造成了极为荒谬的影响。让我们以印度移民为例。在加入美国国籍的同时，身份认同在此同时就被缩小化，一位美国少数种族公民由此诞生。

这究竟是得到授权还是被边缘化了？这位美国新公民肯定会把印度认同看作民族化美国人的种族认同。居支配地位的印度政治和文化认同如今仅仅是一名合格的"种族认同"者。这种转换暗示着身份与种族性不是笃定不变的认同，而是旅行与再度构建的偶然结果与产物吗？这意味着与地点相关的身份认同的动态平衡吗？如果种族认同是对变化中的时间与地点的策略性回应，它又是如何将种族认同理论置于自然、本土的认同之上的呢？种族性仅仅是指自身具备的功能，而没有其他意义吗？种族认同的终结就在于等到合适时机，再去开创不可避免的"后种族"阶段？鉴于对整体关注的思考，现在来讲述美国的印度离散群体。

这一章从子女询问、父母解惑的一幕开始。孩子提出一个问题，或表现出某种怀疑或担忧，而家长要解答问题。这时，家长集两种权威于一身：传达或维系某个特定模式的为人父母的权威和集知识与信息于一身的教师的权威。因此，我的回答是"你既是美国人，又是印度人"。此时，我既是一名父亲又是一位教师。我（作为一名家长）又是如何明白自己了解此事的呢？是因为我是一名家长所以才知道答案呢，还是答案自身就有教师权威，与是不是家长没有关系？换而言之，我与儿子或女儿的交谈如何与教师和学生的交谈不同呢？知识是与生俱来的，还是对起源的质疑？在另外一种场合，学生有自我表达的空间吗？在学生或者儿童的历史成长瞬间，老师掌握的"可满足好奇心"的知识与父母与生俱来的知识彼此联系吗？我们又该如何判断呢？

现在来看与上文教子一幕对立的序曲。在过去几年中，我与那些印度离散群体中年轻有为的青年人交谈过，也认真倾听过他们的见解，他们的话让我非常震惊。他们出生在这里，"顺理成章"地成为美国公民。这些美国公民告诉我自己是在对身为印度人的排斥感中长大的，原因就是在他们的成长岁月中，虽然得到许诺会成为一等公民，却很少体会到自己是一等公民。他们中的大部分人感觉，自己由于肤色、家庭背景和其他种族特征或未被同化的痕迹，他们被烙上了异类的标志。许多人提到自己过着难以调和的双重生活——个人的种族生活和公开的"美国化"生活。例如，他们成为种族污蔑的目标，成为男性至上的种族主义者侮辱的目标，还无法接受不了解这些的父母的所有看法。的确如此，父母们只能从理论层面上理解他们，也会英勇地追求公民权利和反对种族主义，可事实是他们年幼时不曾经历过这一切。尽管他们的故土也充满着分歧、恐惧、忧虑和不安，可是以肤色作为种族分界线却不是他们幼时经历的困难之一。如果依照常规，应该是"家长也曾经历过这些"。显然，这不适用于此。这与"你既是美国人，又是印度人"的描述性智慧有关吗？

在离散群体中，不同的两代人如何进行沟通呢？建议刚刚开始沟通的人不妨大方承认尤其是在离散群体中，学问与知识只能是双行道。与学生与教师、孩子与家长之间不可避免的"代沟"问题相比，这里的问题远远严重得多。新老家庭之间的紧张态势导致两代经历不同的家庭之间在忠诚方面出现分歧。由于旅行和搬迁而分散的家庭和群体的有机统一性必须重新协调与诠释。两代人的出发点不同，对事实的假设也不同。在"同一"社团中，历史的断裂需要仔细彻底地进行分析。老一代人无法专制地套用印度方式来解决离散问题；年轻一代会受到误导，忘记自己出身何处。两代人都应该设身处地为对方着想，去了解和欣赏对方的经历。

在美国，"做一名印度人"意味着什么？一个人如何在不失去身为美国人的影响力之下成为印度人并以印度人的方式生活？又该如何让所谓的主流美国认同转变为有着众多种族特征的认同形象？我们不应该假装自己不是生活在美国，而是生活在一个理想的"小印度"之中。正如在《女勇士》中，汤亭亭痛苦地讲述了居住国和祖国会变成"鬼魅"之地，而结果也只能是双向非政治化。在书中，她的苦痛是*彼此关联的*，既不是完全针对美国，也不是中国独有的。就其自身而言，祖国是不"真实的"，在阻碍美国化进程时，它却不是虚幻的；而"现在的家"虽然是真实的，却让人感觉不到丝毫真实感。在祖国，你可以仅仅是一名印度人或中国人，在美国就会受到限制而成为印度裔、华裔或亚裔美国人。这导致一系列问题的出现：印度人一词中的"印度"与印度裔美国人中的"印度"是同一个印度吗？二者可以互换吗？二者之中，哪一个才是真实的，哪一个又是策略性的或反应性的？"原先的祖国"作为一种架构，会影响与规范身处离散群体中的我们被移植的身份认同。可这些影响与规范都到了何种程度？原先的祖国应该作为过去的给予而受到尊敬呢，还是作为现在的落脚点的对立面呢？哪一方对印度的诠释是正确的，老一辈人还是新一代人，印度公民还是离散在外的印度人？

这些问题反复强调着一个事实：当人们搬迁时，身份、观点和理解都会改变。如果在印度，"印度人"的概念范畴是正面积极、坚不可摧的，那么当它与起源被强行拆散时，它又被安上了反应性与策略性的特点。因此，这件事就不仅是在某种自然、不证自明的意义上"成为一名印度人"那么简单，而应该出于某些原因去自觉自发地挖掘"印度性"（由于民族主义的溃败，"做一名印度人"自然而然就成为一个饱受质疑的假设，不过这不是我目前所要关注的焦点）。例如，原因可能是一个人不幸遗失了过去，或以无名人士的身份被纳入霸权主义中，或者要求运用自己的"不同"去对抗种族主义。简而言之，个人存在变得很有争议。真正的认同存在吗？可以比那些争议更长久，比那些策略更深奥吗？

在开始分析这个问题之前，我们先简单梳理一下在我看来是错误的，甚至是危险的回应祖国的观点。首先，从被同化一代的角度来看，以向第一代美国公民而开放的"自由个体"为名义，让他们忘记过去、丢掉集体易如反掌。正如马尔科姆·艾克斯、杜博斯和其他人认为的那样，平等自由个体的神话融在了种族主义、资本主义社会的本质之中，这种个体使个人私有化与被孤立，不让人免受集体主义或对过去感想的影响。正如克拉伦斯·托马斯任命（Clarence Thomas Nomination）得到广泛证实的那样："个人成功"是不尊重种族历史的资产阶级的贪欲制造出来的一粒有毒糖果。我们不能忘记自己生活在一个有浓厚反历史渊源的社会里；不能忘记那些代表我们的领导者们，他们认为我们已经把越战的记忆埋在被视为一场愉悦眼睛的高科技游戏——海湾战争的沙尘之中。我们绝对不能低估得到高科技援助的资本主义在创造即在眼前的、诱人的现代现象学和促使人们忘掉过去、着眼于未来的能力。

第二条路就是不可置否地沉醉在混杂的商品化中，即在《密西西比风情画》中提到的方式。在好莱坞式解决历史苦难的方式中，两个年轻恋人走入大雨中。在彼时彼刻的美国，他们已经发现对方是混血儿的事实，刚刚走出各自的"出身背景"，走入纯洁的异性恋爱情中。过去糟糕透顶，父母糟糕透顶，密西西比河糟糕透顶，印度和乌干达也是糟糕透顶。用加亚特里·斯皮瓦克干脆利落的短语表达是：唯一重要的是走出各自的历史背景，在"被认可的无知"中，安然无恙的两个年轻人之间的结合。扰乱"风景画"式解决方式的是它看似是对历史问题的接受，实际上却是对历史的轻视，对现在的无心叛逆的赞扬。想想正在等待着这两位恋人的种族主义吧。电影肤浅地利用"风景画"中的历史因素，要求我们将制造"风景画"的因素视为怪物去摧毁。相应地，"现在的历史"一词指的是同被埋葬的过去的彻底断裂。我的个人观点是：个人逃离可能是情感需要，但无法让人完全理解印度、乌干达或种族主义泛滥的美国南部的历史。

对印度有着深厚感情的那代人又有什么选择呢？首先，最重要的是将对印度的了解与感情区分开来。两代人可以分享的是前者。我愚蠢地希望印度可以感动我的儿子，就如感动我那般。虽然我的印度和他的印度都是一种发明创造，可在某种程度上，我却又以为我的印度比他的更为真实。虽然没有足够的空间一一赘述这些不同版本，但在这里我们的发明和阐释都是历史的产物，而不是具有主动性的历史的组成部分。对印度的发现无法支配视点多样的现实。我们不能从没有经过验证的道德或政治高度上使纯洁性、真实性合法化，并将其传承下去。

第二，在与美国这一少数种族大熔炉相连接的环境下，我们这一代人被迫积极学习去寻找"印度性"。回到我与年轻一代的对话上，我明白他们中的许多人都承认自己发现"印度种族认同"（注意，要同"印度认同"区分开来）并不是孤立的，而是处于和其他少数种族联合的状态。令人欣慰的是，很多学生将自己放在第三世界的大伞之下，还将美国之外的第三世界和美国国内的第三世界联系在一起。我认识到"第三世界"一词制造了许多麻烦，它通常会引起对将许多国家历史包含在内的反分化的强烈反对。不过，当"第三世界"一词被其组成成分——民族或群体用到时，又有潜力去抵抗统治集团分而治之的策略。

随着年龄的增长，我们这一代人倾向于依赖神奇的印度，去处理美国当代种族化和种族细化的问题。相反，我们应该向第一代印度人学习。他们在政治斗争中联合在一起，促进了团结与归宿感。对上了年纪的那代印度人来说，关键是仔细考虑为何我们会在这里，期望自己被归为哪一类美国人，是白人的、男性的、共同的美国还是各种肤色大联合的美国。在那些希望到美国改善自身经济条件的移民中，尤其是在大有所成的移民中，否定我们成为有*种族*和*肤色*标志的美国公民的事实非常简单。正如我写到的那样，有些团体甚至会解雇那些带有"外国"口音的老师。

第三，生于印度却又远离印度的我们这一代人表现得仿佛"外面"还有一个印度，而我们对"印度的理解"就是它。血缘政治应该辩证地、批判地同距离政治协商或谈判。我们可能不喜欢这样，可当子女问我们为什么当时会离开祖国时，我们又有责任严肃对待。与阿米塔夫·高希（指的是他的小说《阴影线》）一样，我相信这些场所既是真实存在的，又是虚幻的，相信我们可以了解那遥远的地方。这份了解就像我们对现居地的误解与误传一般多。阿尔君·阿帕杜莱（Arjun Appadurai）认为：在其他人中，距离或血缘不一定会带来真相或疏离。一个人可以居住在印度，却没有努力去发掘印度；抑或生活在"国外"，对祖国印度抱有细微、不同的历史见解。以前，人们认为人只有身处某个地方，才能更好地了解它。可是，在人口跨国流动日益频繁的时代，这种想法显然已不再合适了。有些人试图通过与故土的"分离"，通过距离来启迪自己而远赴异国他乡，又有些人为缓和与故土文化之间的"冲突"而奔赴他乡，前去体会另外一种文化或地域环境。对那些人来说，这非常典型。有些人已在外国生活多年，经过妥协又回到了之前不曾真正了解的故土文化上，转而又对自己选择的世界进行批评。对这一群人来说，这是自然不过的事情。我们将一个地方或文化坦呈在新标准之下时，它总会有所收获。

我这么说并不是承认个人有权改写决定自身历史的首要因素——集体历史，也不认为离散政治是对"发达国家"和"不发达国家"之间不对称、不平衡的结构问题的漫不经心的回答。我认为离散在外为理解不同国家的历史提供了丰富的可能性。这些历史教育我们：离散、认同、传统和本质可以随着旅行而改变，它们之间不存在渐衰的相互依存关系。我们可以有意去改变这些认同。换而言之，我们需要将"默认值或者抵制之路的改变"和"有意识的定向自我塑造"区分开来。

对我们自身而言，在那些互相依存的动态传统与本质中，我们是谁？无法迈出策略与反制策略的历史认同问题被无望地政治化了吗？从某种抽象的、跨历史的本体论层面而言，我真正理解什么是"成为印度人"以及坚持这一理想认同的策略了吗？还是在遭遇历史环境时，为了保持我的独特性，反对被均化、被无名化，我策略性地践行自己的认同了吗？在这件事上，为什么我不能成为"印度人"，而不是"真正的印度人"？二者有什么区别？又有什么关系呢？在美国的离散环境下，种族特征仅仅为了保护和维系自己的道德地位与历史，被迫套入了纯洁性话语。如果它没有在"白人"主宰下套上反应性模式，"黑人"会必须要求种族纯洁吗？无意识的自我肯定行为是否是追求纯正血统的动力很难判断，纯洁性是否只是对占主宰地位的"自然性"偏执的反应也很难判断。在白人很难被视为一种肤色——纯粹的白色时，为什么"黑人"就必须血统纯正，必须独自去证实自身的纯洁性呢？

现在来看下列问题：如果少数种族与自身和平相处，也没有被迫与占主宰地位的世界或民族秩序形成一种关系，那么这个少数种族还会认为纯洁性是必不可少的吗？它可以继续以自己的方式存在，不必须是纯洁的。我的观点非常简单：当提到"认同"时，我们也要问"谁认同谁？出于什么目的？"在什么权威之下，谁可以核查我们的资格？"纯洁性"是我们为自己而建的家还是为满足主宰的世界而居住的地方？我非常理解和欣赏第一世界对种族纯洁的需要，尤其是在只注重市场和商品的发达资本主义的需要。但是与纯洁有关的比喻有向本质论退化的趋势。它又该如何为自己辩解：用一种声音还是许多关联的声音，是整体的认同还是因为差异的存在而由连字符连接的认同？当有人作为亚裔美国人演讲时，到底是谁在演讲？如果我们都寄居在那个小小的连字符之间，那么哪一方代表连字符：是亚洲人还是美国人，还是不必在亚洲人与美国人之间维持一种不平衡性，而为自己而言？它对关系的恰当表述是什么？

再次回到我儿子的问题上：的确如此，两个组成部分都有自己的地位，可是哪一个有权力和潜力用自己独有的术语去解读和诠释另一个呢？如果亚洲人已被美国化，那美国人会顺从地被亚洲化吗？美国认同会因此而视为对许多构成元素的开放影响的相互性存在吗？抑或"美国性"仅是市场多元主义的一个概念呢？

我们在对市场多元主义以及它不情愿承认与改正主宰的种族主义的不公正行为深感不满后，通常就会把思乡的、不带批评意味的离散目光投向祖国，常会用复仇的眼光去发掘它。这存在着几处危险。我们可以在离散立场上完全无视印度现实，发掘印度。出于这个原因，我们狭隘地认为：真假参半的事实、原形、所谓的传统、仪式等所有的一切都是印度，抑或我们发掘出一个与当代印度没有任何关联的理想印度。当我们再次将记忆中的印度发展为解决美国和印度存在的弊端的方式时，装作自从我们离开后，印度就不曾改变过。这些看法都是与历史没有太大干系的、对个人心理需要的无益投射。作为离散公民，我们担负着双重责任，需要尽可能严苛地理解印度的政治危机，因为我们既与这些危机有关，又有义务去尽可能忠实地代表印度。

为印度而言的能力就是对印度的了解的直接作用。印度非宗教民族主义的冲突、占优势的印度原教旨主义和暴力、对伊斯兰教有计划的迫害、印度当地政府代表整个国家的能力欠缺、政府与在野党对政教分离论和宗教认同的不同意见被夸大、许多当地进步的平民运动不能成功地影响竞选政治——所有这些与其他类似事件都需要我们严肃对待。左翼政府竭力批评了政教分离，试图揭示其他固有的选择，而右翼团体只关注仇恨政治。我们需要将二者区分开来。离散在外的印度人不该将离散当作忽视印度发生的事件的借口。近来一个非宗教的南亚民主离散联盟在马萨诸塞州剑桥成立，它的成立非常令人鼓舞。

离散者渴望了解祖国、亲近祖国，这不应该成为对神秘根源的跨历史追求。确切地说，这是对神圣的个人之根的痴迷，使得人们只去赞颂自己民族的历史，而不尊重其他民族的历史。在流落异乡时，被从祖国抹除的感觉让人非常痛苦，可是根源政治不是疗治的良方。

这是本文的最后一部分。以前在印度，我们曾观看过印度国内的电视剧《罗摩衍那》和《摩诃婆罗多》。美国人彼得·布鲁克重拍了印度史诗之作《摩诃婆罗多》，我和许多背景多样的观众一起观看了这部电影，人们的不同反应让我非常吃惊。大体而言，这部似乎篡改了印度教/印度国际化传奇电影起初扰乱了我儿子这一代人的心神。（在这里，印度与印度教再一次危险地合并在一起。）怎么可以让埃塞俄比亚黑人去扮演毗湿奴，让欧洲白人（我认为是荷兰人）来扮演克利须那神？就在他们刚刚被印度"原版"电视剧影响之后？但是他们很快就因为电影本身而喜欢上了它。可是许多我们这一代的成年人仍然对这部电影很失望。对他们中的许多人而言，这是不真实的，真正的克利须那神不可能是这样的。至于我呢，对此有赞成，也有反对。我欣赏人性化了的、不再那么神秘的克利须那神，基本上同意将一个独特的文化产物全球化，并没有尝试将其做成一种盛典。另一方面，我对电影表现出来的无知大为不满。电影借用一些现代讽刺和理智姿态、美国式的国际主义阴影和非洲黑人演员，回应了特定的黑人男性原型以及最后使不同文化商品化，将其以高度扭曲的、不平等的全球主义去语境化的西方欧洲中心论。

哪一个才是真实的版本？当我的朋友说这不是真的时，他指的是什么？他有一个不假他物就可以接近神圣的事物真相的方法吗？在他的想象中，意识形态的虚构（或是对印度教婆罗门封圣的虚构）比彼特·布鲁克要少吗？他的悔恨和批判与制作一部伟大史诗的事实有关吗？与制作人不是印度人有关吗？如果印度女性主义组织拍摄了一个修正版本呢？印度人的创造与诠释不会比非印度人多吗？

那我们怎样可以将印度人（局内人）与非印度人（局外人）区分开呢？如果印度教教徒的导演接受了将印度教史诗国际化的任务，那它会与作品的起源不同吗，会更容易让观众接受吗，会得到更多的回应吗？另一方面，西方观众能够接受印度化的荷马、维吉尔或者莎士比亚吗？问题，越来越多的问题！我宁愿提出问题，而不是去寻求早已考虑好的、过于武断的答案。在某种意义上，离散在外是一个绝佳的机会，可以仔细考虑团结与批评、归属与距离、局内与局外、创造性身份与自然身份、定位问题关系结构与表现、根与无根的政治。

当我的儿子在考虑自己是*谁*时，他也提出了一个与未来有关的问题。就我而言，我希望他和他们那一代人的未来都有着许多的根与过去，尤其希望在将来他的认同是经过丰富而又复杂的协同之后的事物，而不是某些官方裁决的盲目结果。

（苏孽　翻译）

后殖民主义问题再思考

谢少波（Shaobo Xie）

　　"后殖民主义"（Postcolonialism）一词，一如所有"后"（post）字号术语，让支持者和反对者争论不休。尽管《逆写帝国》（*The Empire Writes Back*）的几位作者主张放宽它的涵盖范围，将美国、加拿大、澳大利亚等国文学也纳入其范围，但西蒙·多林（Simon During）却将"后殖民主义"界定为"深受帝国主义祸害的民族或群体，为了争取自己的身份不受普适主义或欧洲中心论的污染，而作出的必要之举"。然而，林达·哈琴（Linda Hutchin）、加亚特里·斯皮瓦克（Gayatri Spivak）和霍米·巴巴（Homi Bhabha）等批评家对于是否存在一种"纯正的"或"本土的"后殖民理论都持怀疑态度。哈琴认为，"整个后殖民规划通常设定的恰恰是，身份不可能不受'污染'"。因为作为一种颠覆性话语，后殖民主义来自欧美主导文化的内部，而不是产生于其外部。斯皮瓦克提倡一种"词语误用"式策略，去"颠覆、置换和争夺价值编码的机制"，而不是无视数百年的殖民史，一味强调构建本土化理论。与其他后殖民批评家不同，巴巴将讨论的重心由被殖民者/殖民者的二元对立转向这个二元结构以外的第三空间。为了在后殖民领域重新启用德里达的延异概念，他提出了一种新叙事性程式，重点分析迄今为止一直遭到忽视的灰色、模糊的文化空间，与此同时，他凭借"中间立场"这一概念（即居于东方与西方、殖民者与被殖民者之间的立场）为殖民主体和殖民话语重新命名。尤为重要的是，巴巴在反霸权的抵抗过程中，调动、激活殖民话语的不确定因素，使之转化为反霸权抵抗力量。

虽说观点各异，这些批评家都用"后殖民"一词去指称被殖民者的意识和实践，可是，埃拉·肖哈特（Ella Shohat）、安·麦克林托克（Ann McLintock）和阿里夫·德里克（Arif Dirlik）等批评家却指责说，这个术语掩盖了当代全球权力关系。在麦克林托克看来，后殖民大有殖民主义已成为历史的含义，这个术语之所以被广泛使用，部分原因是它在学术界很有市场，与"第三世界研究"或"新殖民主义研究"等词相比，它让大学当局听起来顺耳多了。按照德里克的评价，后殖民主义是后现代主义繁衍的一个结果，后殖民批评家最具原创性的贡献是，他们用后结构主义的语言重新表述了第三世界主义的老问题，可是，他们刻意避免考察后殖民主义与全球资本主义之间的关系。尽管德里克充分表彰了后殖民批评家"对于过去的各种意识形态霸权进行了卓有成效的批评"，他还是责备他们推波助澜，掩盖"当代社会、政治和文化支配问题"。肖哈特对"后殖民"一词持有异议，也是因为它暗示"殖民主义已成过去"，从而因为疏忽而掩藏如下事实：全球性霸权以隐蔽的殖民统治形成继续存在。肖哈特在严厉质询后殖民主义这个术语和新兴话语的同时，还探讨了后殖民主义的起源、矛盾和政治上的失败。在她看来，"后殖民主义"一词未能探讨当代的权力关系问题，无法解释美国在20世纪八九十年代帝国主义行径的政治内容。肖哈特更倾向于"第三世界"这个词，"第三世界"意味着联合一切力量去对抗新旧殖民主义的共同规划，它"卓著成效地让人想到各民族在反抗斗争中所具有的结构共性"。按照她的说法，如果"后殖民主义"一词"被表述为'后第一/三世界理论'或'后—反殖民批判'，超越了对于'殖民者/被殖民者'和'中心/边缘'权力关系的一成不变的描述"，它就比较准确了。

在以上这些批评家看来，把后殖民主义与新殖民主义放入同一时间段，有悖逻辑。不过，仔细研读他们的作品，即会发现，他们的观点实际包含着自相抵牾的东西。他们未能看出，新殖民主义恰恰是后殖民主义出现的前提，可以说，后殖民主义是一种葛兰西式的新型反霸权话语，它是霸权帝国主义肆虐时代的产物。正如吉安·普卡什（Gyan Prakash）所指出的，后殖民主义批评"迫使人们从激进的视角去重新思考和阐述殖民主义和西方统治所制造和首肯的知识形式与社会身份"。就这种意义而言，后殖民是"一种后果，一种以后——一种被殖民主义蹂躏的以后"。后殖民出现在一个殖民主义知识形式有待清理的世界中，它所处的历史时刻，既囿于殖民主义以内，又超越其外。后殖民性所指涉的世界，虽然摆脱了阿布杜尔·简穆罕默德所谓的"殖民主义统治阶段"，但却陷入了他所说的"殖民主义霸权阶段"。解构旧式殖民主义的知识和感觉结构，同时又抵制新殖民主义，这才是历史的当务之急。应该说，新殖民主义导致了后殖民主义的产生，而后殖民主义则将战争由政治和军事领域转向文化领域。针对那些反对后殖民主义话语合法性的意见，我则以为，后殖民主义表现出一种超越欧洲中心论意识形态的焦虑，超越殖民主义设定的"自我/他者"二元对立结构的焦虑，和最终将超越一切种族主义的一种焦虑。后殖民主义的某些基本论断与后现代主义固然有共同之处，然而，如果将后殖民主义贬斥为后现代主义的附属功能，这实在是误导之举。正如简穆罕默德精辟指出的那样，当代的新殖民主义霸权建立在弱势民族或文化积极和直接顺从的基础上，如果情况果然如此，那么，我们也可以认为，那些在新殖民主义统治之下的人们，对于巩固新殖民主义有推波助澜之嫌。有鉴于此，后殖民的反霸权行为敦促新殖民主义统治下的后殖民知识分子，去彻底质询和解构各种帝国主义知识形式，这些知识形式渗透在他们的政治和文化无意识当中，书写在西方对非西方事物的再现当中。

正如普卡什所指出，后殖民话语在很大程度上得益于德里达和福柯于西方思想的解构；他们的解构"有力地批判了殖民地以独特方式所经历的现代性统治"。此言不虚，在一定程度上，这也是德里克等批评家认为后殖民主义是后现代主义后裔的原因。不过，虽说后殖民主义受益于后现代主义，但如果仅仅视后殖民主义为后现代主义的一种表现形式，就大错特错了。因为这种立场体现出一个总体倾向，把后殖民主义削贬为一种以西方为中心的话语，来反抗以西方为中心的普适主义和唯理主义。不错，后殖民主义的许多复杂的概念语言，都来自后现代主义，可是，后殖民主义是作为一种独特话语而出现的，它有一套属于自己的、迥异于后现代主义的议题框架。后殖民主义首先是前殖民地他者的一套反抗式话语，它反对现代西方的文化霸权及其帝国情感结构和知识结构，而后现代主义则主要是现代性内部萌生的一种反话语。后现代主义严厉挑战了柏拉图以来所确立的、为现代主义所推崇的那些有关真理、秩序、符号和主体性的基本论断，与此同时，它又往往将自己的问题框架普适化。后殖民主义将后现代主题置入特定历史语境内，挪用后现代观点去解构世界历史的中心，同时维护和申述前殖民人民的身份属性。因此，把后殖民主义视作后现代主义的一个功能，就是在取消后殖民主义与后现代主义之间的区别，就是将后现代主义的议题和关注普适化，最终忽视了历史的不平衡发展，无视了非西方世界与西方世界的重大差异。正如库姆库姆·桑伽里（Kumkum Sangari）所指出的，"后现代西方全力关注的意义危机，并非其他所有人的危机"，不同的民族"去本质化的方式"是不同的。"新出现的主体形形色色"，他们也包括"并不属于后现代范畴"的后殖民主体（即后殖民化的主体）。在主体和客体被消解的历史情势之下，为表述后殖民主义文化政治而重构主体性，乃是当务之急。与此更为相关的是如下问题：在前殖民地和半殖民地缘政治空间内，怎样才能拯救和如实表述后殖民主体。为了消除殖民主义的污染，这些边缘化的他者需要有"独特的政治议程和一种能动性理论"，而这恰恰是后现代主义要加以取消的。在这种意义上，后殖民主义所表现的是，前殖民地重新评价、发掘和建构自身文化的一种努力，也是一种重新反思世界历史的行为，其目的在于揭露西方所发明的种种术语和概念框架的局限性。

在 20 世纪 80 年代，"后殖民"一词开始取代"第三世界"，可是，如果反过来用"第三世界"取代"后殖民"，就欠妥了。因为"后殖民"是在三个世界的理论发生危机时用来替代"第三世界"的。

以"后殖民"取代"第三世界"的合理性，不仅在于"并不存在一个连贯一致的第三世界文化这样一个理论认知对象"，还在于，全球权力关系发生了彻底的重组，需要一种不同于以往的历史叙事来建构。毫无疑问，"第三世界"令人想到的是，被殖民者"手握钢枪"，奋起与殖民者殊死搏斗，争取自由的那个时代。"第三世界"一词首次在 1955 年的万隆会议上使用，此后，它通行于国际政学两界，它尤指 50 年代至 70 年代反殖民主义的民族主义运动。然而，第三世界的民族主义斗争今天再也不能提供一个有效的思考框架，用以分析 80 年代和 90 年代殖民者和被殖民者之间的冲突。反殖民主义主要是一场争取政治和经济独立的民族主义运动，自从反殖民主义的高潮过后，民族国家开始在这些前殖民地兴起，"就政治方面而言，帝国式结构解体了"。可是，正如许多批评家所指出的，"殖民地国家在形式上获得独立，这并不意味着第一世界的霸权宣告终结"；相反，西方人在撤出这些国家之后，继续在这里施行文化和思想统治。换句话说，这些前殖民地国家正面临着新殖民主义的入侵。新殖民主义是一种改头换面的殖民主义，它借助于西方的经济、科技和意识形态霸权而跻身历史舞台。西方文化凭借经济和科技优势，以其"整套价值、态度、道德和生产方式体系"渗透到整个第三世界或前资本主义的空间。如果说欧洲殖民主义者已经摧毁了这些前资本主义地区固有的生产关系，用资本主义的社会关系和价值观，破坏殆尽它们固有的社会关系，那么，新殖民主义侵略行径则是在这些前资本主义国家和地区制造新的、始料未及的社会政治混乱。这一事实可以充分说明为何这些国家普遍对于民族主义不再抱有幻想。

此外，由于东欧社会主义集团的解体，第二世界不复存在。如果说西方资本和技术正在全球范围内对整个世界进行殖民，那么，以前的第二世界也应属被殖民对象。实际上，由于国外移民进入西方国家，以及跨国资本侵入前第三世界国家，第一世界中出现了局部的第三世界化（third-worlding），而第三世界出现了局部的第一世界化（first-worlding）。事实上，全球的权力关系近年经历了巨变：前苏联这个政治和军事超级大国已经解体；日本作为一个经济超级大国举足轻重；东亚和东南亚"四小虎"日益强锐；中国经济起飞，直追欧美诸国；美国、日本和西欧利用跨国资本对于第三世界前殖民地发动经济侵略。

这就是新殖民主义时代，是跨国资本的文化逻辑盛行的时代。正如弗里德里克·詹明信所指出的，跨国资本主义以国际货币基金组织和农业绿色革命为特征，是新殖民主义的外在表现，它"改变了自己与殖民地的关系，由老式的帝国主义控制转向市场渗透，摧毁了旧有的乡村社会，创造出一个全新的廉价劳动力群体和流民无产阶级"。詹明信的"新殖民主义"就是简穆罕默德所说的"殖民主义的霸权阶段"，它始于殖民主义"统治阶段"结束之际。简穆罕默德评论道，"从欧洲人殖民征服伊始，直至殖民地获得'独立地位'，在整个统治阶段，欧洲殖民者对原住民不断地施加直接行政控制和军事强制措施"。相比之下，霸权阶段的帝国主义在很大程度上依靠的是"被统治者主动和积极的'赞同'，虽说军事强迫手段的威胁依然存在"。如果说简穆罕默德的帝国主义两阶段理论符合历史事实，那么，非西方民族对于霸权帝国主义的抵制一定不同于他们对强权帝国主义的抵制。这一理论无疑是在承认，以前的第三世界民族主义政治议程无法适合当今世界，因为，在当今世界，那些新兴的民族国家是自愿屈居臣属地位的，就这种意义而言，我们不能用"第三世界"一词来取代"后殖民"，以表现当前的国际权力关系。再者，晚期资本主义发明了更复杂有效的策略去压制对立的文化；同样地，以经济和科技形式出现的新殖民主义空前强大，能够更容易和更彻底地征服前资本主义的空间。西方帝国主义从未如此成功地渗透和巩固欧美主导的历史叙事；西方社会也从未如此一致地怀有如下的情感结构：（用赛义德的话说）"我们是天下第一，我们是天生的主宰，我们代表的是自由和秩序，等等"；非西方国家也从未如此敬畏西方世界在经济和科技上的优越地位。霸权式新殖民主义正在通过跨国资本，正在借助于非西方人不加批判地接受西方文化而与其结成的共谋关系，来复制欧洲中心论的意识形态。

透过 80 年代和 90 年代的中国，或许更能看清新殖民主义的面目。从 80 年代开始，跨国资本与后现代主义文化一路长驱直入，闯进了亚细亚生产方式与共产主义意识形态相结合的封闭空间。中国的经济结构和文化生产日益商品化；新的思想观念和社会关系深入偏远的农村地区。美元、电视机、电脑以及各种消费商品进入农村和城市家庭。与此同时，后现代主义也表现在流行文化中：大众文化市场上充斥了摇滚乐、卡拉 OK 和各类畅销书，以及形形色色的模仿之作，这些模仿之作依托的正是先前的中国文化和当今的西方文化。在几年之间，控制论、结构主义、弗洛伊德主义、尼采、精神分析和解构主义，几乎成为思想畅销的标志。近年出现的告别传统意识形态的行为，以及传统价值观的危机，促使人们不假思索地盲目接受"西式"思想和价值观，仿佛西方的一切都很优越。对于此种现象，只有透过新殖民主义以发达科技和后现代文化为手段渗入中国这一历史语境，才能得以正确把握。这是中国在 20 世纪第二次经历民族身份的总体危机。

自 19 世纪末 20 世纪初开始，中国就卷入了西方主控的权力关系当中。从那时起，现代化问题就让每一位有责任心的知识分子牵挂和关注。对于异己的西方力量，国人心态复杂，有恐惧，也有歆羡，带着这种心态，国人开始师法西方，以期借鉴西方的文化、科技和思想意识。五四知识分子们坚信，为了让中国实现现代化，与西方列强分庭抗礼，有必要发动一场彻底的文化革命。在这一代知识分子眼里，欧洲是"现代文明的典范"，步入现代，用阿尔伯特·霍拉尼（Albert Hourani）的话说，"就是要过上与西欧类似的政治和社会生活"。这种欧洲中心论性质的现代化焦虑，最明显体现在，这一代知识分子全盘否定儒家思想，坚信西方的民主和科学（德先生和赛先生）是复兴和再造新中国的最佳手段和步入强国之林的不二法门。这是一个充满焦虑和热情的时代，但也是一个情感胜于理智的时代，它急切地、缺乏深思熟虑地在历史事件与社会生活之间确立因果联系。尽管政治理念和手法不尽相同，但是，这些早期进步知识分子都以民族独立富强、应对西方列强威胁为最高目标。但是，具有讽刺意味的是，其中大部分人都不加批判地赞同欧洲中心论历史主义和西方的现代性理念。这种崇尚西方现代性的态度，又明白无误地重现于80年代（"河殇现象"时代）。苏晓康以及他的合作者，在那部很有震撼性的历史记录片《河殇》中宣告，黄色文明（亚细亚生产方式）已被彻底击败，它必须被蓝色的海洋文明（西式的工业革命）取代。这不是少数人的声音，而是现代化的一个集体宣言。《河殇》向世人发出了一条明确的信息：当代中国知识分子依旧受制于欧洲中心论的意识形态和西方的主导历史叙事。对于《河殇》的作者和五四时代的先辈而言，这个世界只有一种历史，现代性只有一个版本。

我在文中以中国为研究案例主要想说明：西方的现代性主导叙事不仅在世界根深蒂固，而且在非西方也很有市场，包括中国在内的非西方民族，其思想意识和文化依旧处于被殖民状态。民族主义斗争未能使原殖民地人民摆脱帝国主义的掌控；统治世界几百年的欧洲中心论历史主义并没有真正动摇；这种历史主义产生于启蒙时代（或工具理性），在19世纪得到了欧洲优越的科技和军事力量的巩固。正如查卡拉巴什（Diepesh Chakrabarty）深刻指出的那样，直到今天，西方世界"依旧是一切历史（包括第三世界国家的历史）的主宰和理论主体"。欧洲中心论历史主义的统治地位是如此的牢靠，这就促使查卡拉巴什提出一个尖锐的问题："第三世界的社会科学有一个常见的悖论：我们发现，尽管这些西方理论本质上对'我们'一无所知，可是，它们对于理解我们的社会却有着很突出的用途。对于他们毫无经验认识的非西方社会，现代欧洲哲人却有着惊人的洞察力，这到底是什么东西使然？为什么我们不能反过来回敬西方对我们的觑视呢？"显然，这些话中含有自我批评的意味，它督促我们去探讨，在宣扬新殖民主义价值观和思想的过程中，非西方民族到底有哪些合谋行为。1985年，在有关后殖民世界知识分子的一次小组讨论会上，康纳·克鲁兹·奥布莱恩（Cornor Cruise O'Brian）和爱德华·赛义德（Eward Said）抱怨说，非洲和中东的那些学人对于反霸权斗争都很冷漠和消极。奥布莱恩说，在他造访过的非洲国家，那里的学界同行对于质询和批判新旧殖民主义毫无兴趣。赛义德回忆说，1985年，他访问海湾国家的一所国立大学时，非常吃惊地发现，那里的英国文学课程极具正统性，阿拉伯大学里的阿拉伯青年仍然在恭恭敬敬地阅读弥尔顿、莎士比亚、华兹华斯、奥斯汀和狄更斯的作品，就好像英语与殖民主义过程毫无关系，要知道，把英语和英语文学带到阿拉伯世界的，正是殖民主义。这一切都表明，许多第三世界知识分子，似乎不大愿意回敬西方的霸权，没有表现出超越或摆脱殖民主义的态度。这些事例也表明，东方人的西方主义一如西方人的东方主义，对于欧洲中心论具有同样的促动效用。

这就是以反霸权为己任的后殖民主义兴起的历史背景。后殖民主义的目的在于，批判和卸除新殖民主义时代盛行于东西方两边的欧洲中心论知识和情感结构。后殖民主义是反霸权抵抗行为的动力，它出现在反殖民主义的策略和政治议程失效之际。"后殖民"并不表示殖民性已经死亡或成为过去；相反，它表明殖民主义依旧要受到质疑和批判。它承认过去对自己的影响，也承认自己对将来的责任；它试图清算旧殖民主义，抵制新殖民主义。与反殖民主义相比，后殖民主义对殖民主义思想的批判更具形式性和象征性，然而更彻底、更具颠覆性。正如赛义德所言，文化形式在"帝国式态度、指涉和经验的形成过程中发挥了巨大作用"，而考察和废除隐含在文化作品中的帝国指涉结构则是一项更艰巨、更长期的工程。殖民主义一直是西方文明内在的一个推动因素，许许多多的西方思想大师，许许多多的文学杰作，都曾为殖民主义和种族主义推波助澜。正如理查德·瓦斯沃（Richard Waswo）所指出的，欧洲殖民主义思想起源于《埃涅阿斯纪》（*Aeneid*），这部史诗在历史上不断被西方人传诵，为他们打着文明的幌子取代或摧毁原始和野蛮民族的行为辩护。在西方人看来，文明是源于西方的东西。在过去的几百年中，种族主义意识形态和人种分类学在塑造欧洲人的世界观方面发挥了非同寻常的作用。可以毫不夸张地说，现代欧洲的兴起就是殖民主义和帝国主义的兴起。例如，对于白人和黑人的二元对立划分，贯穿于康德和伏尔泰等启蒙运动代表人物的著作中，这让读者颇感困窘；在卡莱尔、罗斯金和穆勒等颇有影响的知识分子那里，帝国主义明显理想化；简·奥斯汀、狄更斯、吉卜林和康拉德，也无不在他们广为流传的文学作品中，有意无意地颂扬帝国主义全球扩张，并为其辩护。最令人丧气的反讽是，所有这些作家，无论在哲学、史学还是在文学领域，无论在西方国家还是非西方国家，无论过去还是现在，都被当作经典大师对待，被读者满怀热忱地接受。

如果说整个一部世界现代史就是殖民主义传播西方文明的一个过程，如果说非西方国家在精神与思想上仍然受到西方世界的统治，那么，后殖民主义话语就必须在文化领域发动一场新葛兰西式的远征。这不仅因为文化一直是反殖民斗争的一个战场，更因为在霸权帝国主义时代，文化已经成为反霸权斗争中极为重要的，甚至是唯一的战场。理查·特迪曼（Richard Terdiman）关于霸权冲突的论述，有助于阐发我这里表述的要点，虽说他论述的是另一个语境下的霸权冲突，即欧洲语境下的话语和反话语问题。特迪曼在《话语/反话语》（*Discourse/Counter-Discours*）一书中描述说，统治阶级施行的社会控制，已经从直接统治阶段过渡到葛兰西所说的霸权阶段，或者沿用阿尔都塞的思路，从压迫性阶段过渡到意识形态国家机器阶段。相应地，当今时代的斗争话语也更具形式性和象征性。特迪曼所说的 19 世纪的文化反霸权与本文的讨论密切相关：

> 当时改造社会结构的力量受到了阻挠和挫败，正是这种被阻挠和挫败的社会革命动力成了文本革命的重要条件。也就是说，社会历史革命的一部分动力通过知识阶层被重新投入到文本革命中。

可以说，特迪曼所说的"文本革命"，预示了后殖民的文化革命。正如 19 世纪欧洲被阻断的社会改造能量，最终导致了一场文本革命，在旧式殖民主义倒台之际出现的新殖民主义霸权，促使了后殖民主义反霸权的出现。后殖民主义的"文本革命"还不是一种羽翼丰满的话语，它依旧处于初步形成阶段。不可能指望它去制止跨国资本侵入第三世界国家，它也无法遏制美国对于拉丁美洲和海湾国家进行政治和军事干预以及经济入侵，但它有助于破解欧洲中心论的意识形态，而欧洲中心论意识形态仍然支撑着过去和当代的文化作品。

后殖民的文本革命敦促人们毫不妥协地质询西方文化的隐藏面，考察在西方与非西方两边都有市场的欧洲中心论帝国主义知识与感知形式。一方面，后殖民批评家严厉批判欧洲中心论对非西方世界的看法，这类看法突出地表现在康拉德、吉卜林、格拉海姆·格林以及罗伯特·斯通的作品中，也突出表现在卡莱尔、罗斯金、奥斯汀、狄更斯和萨克雷等作家对殖民扩张和劣等民族的看法中。另一方面，后殖民批评家必须揭露和破除原殖民地民族头脑中根深蒂固的欧洲中心论思想。用卡瓦米·安东尼·阿皮亚（Kwame Anthony Appiah）的话说，后殖民的"后"（post）"乃是进行空间清理的职责（post）"。在殖民主义肆虐之后，去清理这个世界的文化空间，就是要突破欧洲中心论的历史主义，突破帝国主义式的自我/他者的两极对立、中心/边缘、都市/乡村和现代/传统的两极划分。就这种意义而言，后殖民主义是在帝国主义和殖民主义先前简单粗糙的政治和军事强制手段被文化和经济霸权替代之际出现的一种典型的反霸权话语。在一个几百年来深受殖民压迫的世界，去确立不受普适主义或欧洲中心论叙事和概念"污染"的身份和知识形式，是不可能的事情，但是，如果采取第三条修正道路，不仅可能而且必要。按照霍米·巴巴的说法，这是一种"超越境地"，它既不属于本土的过去，也不属于被殖民的当下。巴巴在《文化定位》（*The Location of Culture*）一书中认为，

> 处在"超越境地"就是占据中间境地，字典上都会这么说。不过，处在"超越境地"也意味着……进入一个修正过去的时空，意味着回到当下去重新描述我们的当代性；去重新书写人类的、历史的共同性；去触摸此岸的未来。

鉴于现代性和殖民主义存在几百年之久，我们的思考和写作是无

法完全摆脱主控话语的。现代性体系，随着其意识形态的四处散播，已经渗透到世界文化的每一寸空间。因此，我们有充分的理由论证，巴巴有关修正性"超越空间"的构想为我们提供了一个有效途径，以打破欧洲中心论现代性无所不在这一事实。在殖民者和被殖民者的交往当中，出现的是第三空间，即混杂的、模糊的、中间性的表意空间。正如德里达为索绪尔的符号增添了第三项——时间的维度，霍米·巴巴也建构了第三空间，那就是意义的间隙所在，处在本土与欧洲之间、殖民者和被殖民者之间。事实证明，这个新兴的文化空间，无论对于西方还是本土，都具有颠覆性，使双方的文化和话语都无法保持其内在延续性。现代性的霸权叙事意欲将其麾下所有主体，纳入它的历史主义叙事句法，铸造他们的意识，构建他们的情感，组织他们的感觉材料。然而，以文化修正为己任的主体，本质上是后殖民的和反霸权性的，他们力图颠覆现代性的等级序列句法。对于后殖民主体而言，处在现代性的殖民空间就是定位于现代性的边界，一脚踩在霸权文化的门槛里，一脚踩在霸权文化的门槛外。巴巴的后殖民反霸权理论及其修正策略，不仅为抵制当下的帝国主义，也为未来的反帝斗争，开辟了重新书写和商讨的新空间。事实上，除了欧洲中心论的种族主义之外，这个世界还出现过其他种族主义和种族中心主义，虽说欧洲中心论的种族主义占据主导地位。如果说世界历史大量记载了各色的帝国和帝国主义，如果说种族中心主义是每一族群和个体隐秘的"家丑"，如果说本土民族之间、本土民族与西方殖民者之间还存在着激烈对抗的话，那么，后殖民的反霸权规划将大力有助于质询和破坏任何一种帝国主义，包括目前占据主导地位的西方帝国主义。

（赵国新　翻译）

离散文化视角下的美国文学及其发展趋势

徐颖果

美国族裔文学的不少作品已经成为经典而进入美国主流文学。族裔文学将如何发展？族裔文学与主流文学将是什么关系？这些问题直接关系到对美国文学的界定，以及美国文学整体的发展趋势等重要问题。[1]

其实，长期以来，美国文学研究一向关注美国文学中离散文化的特点。由于美国独特的建国历史，界定自己民族文学传统这样一个对其他民族并不复杂的问题，一直是美国人一个挥之不去的问题。当杰夫里·鲁宾－多斯吉（Jeffrey Rubin-Dorsky）被邀请以"早期美国文学"为题撰文时，他首先就该题目的三个部分提出质疑：什么是美国"早期"小说？什么是"美国"小说？什么是"小说"？并进而提出"根本就没有'早期美国小说'这回事"。他问道：威廉姆·希尔·布朗（William Hill Brown）、汉纳·福斯特（Hannah Forster）、苏珊娜·洛逊（Susanna Rowson）、休·亨利·布兰肯瑞杰（Hugh Henry Brackenridg）、查尔斯·布朗（Charles Brockden Brown）、詹姆斯·库伯（James Fenimore Cooper）等人的小说在哪种意义上能算作是美国历史和文化的早期产物呢？[2]

事实上，杰夫里·鲁宾－多斯吉不是唯一提出类似问题的学者。1990 年"前哥伦布基金会"的文学组成员被邀请重新定义"美国的主流文学"时，组员之一杰恩·科尔特斯（Jayne Cortess）回答说，她唯一承认的 "主流"是密西西比河，因为它在国家的中央，而且还有一个美国本土的名字。她认为，美国的出版界所出版的都是"少数族裔"的文学作品，而没有出版的才是"主流"。[3] 另一组员 N. 斯格特·蒙纳迪（N. Scott Monaday）指出，对他而言，美国文学已经有一千多年的历史了，在历史长河的近代某个时期，清教徒入侵了美国。[4]

正如大卫·鲍特所说："与今天的大部分民族不同，美利坚不是他们居住地的原住民这个事实，导致了他们永恒的身份危机。" [5] 另有学者指出：很少有国家面临需要如此长时间地证明自己的压力，很少国家像美国那样对民族文学遗产的合法性、一致性和成就感如此焦虑。[6] 今天，在长达数百年的"白人－男性"美国文学理念被颠覆之后，少数族裔和被边缘化的"他者"文学不断出现在美国文学的经典之中。正是族裔文学的不断出现，在某种程度上深化了美国主流文学的族裔性。在多元文化的语境下，族裔文学如何发展，如何理解美国主流文学的族裔性，这些问题直接关系到对美国文学的界定。本文拟从离散文化理论的视角，探讨美国的国民成分如何构成美国文学的文化特质，其国民的文化成分又如何影响美国文学的文化特质，从而对美国文学的发展趋势进行一些探索。

少数族裔的多数化

美国的离散文化始于新大陆的发现。从离散文化的视角审视，美国的每一个移民群体都是少数族裔，包括白人盎格鲁－萨克逊新教徒群体。英语 ethnic 一词在 14 世纪到 18 世纪的基督教文本中经常出现，意思是异教徒（heathen）。直到 19 世纪，该词才开始具有种族和民族的含义，然而在英语语言中该词仍然残留着异教徒的含义。其世俗化的意义通常指"他者"、"不标准的人"，或"不完全是美国人"。[7] 在后殖民批评理论的语境下，该词多用来指少数族裔。事实上，从 ethnic 这个词的演变看，它最初并不指肤色的不同，而是指宗教信仰的不同。由此可见，在美国，族裔问题远远不仅仅是肤色的差异，离散文化也远远不只关系到族群生理上的差异。

美国是个移民国家，有来自世界各地的不同文化背景的移民。

其历史上有过两次移民高潮。第一次是在 1820～1960 年间，在这次移民中大约有 350 万人移入美国，大多数来自欧洲西北部国家，包括英国、爱尔兰和德国。这些人主要在乡村定居，修建铁路（同华人工人一起）、修建矿山、提供国内劳动力和开拓中西部地区的田产。第二次是在 1870～1913 年间，在这次移民中大约有 2500 万人移入美国，包括英国和德国人的后裔，斯堪的纳维亚和波西米亚的自耕农，俄罗斯、波兰、奥地利和罗马尼亚的犹太人，信奉天主教的波兰人，意大利的南方人，斯洛伐克人，塞尔维亚人，克罗地亚人。另外，还有 23000 日本移民和 85000 中国移民，以及西班牙裔墨西哥人、法裔加拿大人，和法国克利奥尔人的后裔，等等。在移民时期，美国的移民多到"每一个工人都是外国人"[8]。移民中有白人、黑人和黄种人，其中黑人的移民规模曾经相当之大。在 19 世纪的前半叶到达美国的非洲人多于欧洲人。从 16 世纪中期到 1837 年期间，到达美国的非洲人每年锐增，但人数仍多于欧洲人。直到 19 世纪 80 年代开始的第二次大规模移民，欧洲移民的人数才开始赶上和超过非洲移民的人数。从移民这个角度来说，在 19 世纪以前，美国是非洲的延伸，而不是欧洲的延伸。[9] 第一次世界大战爆发的时候，用沃纳·索勒斯的话讲，美国已经从一个"英国统治的、由三个民族组成的国家"一跃成为"一个现代的、多民族的国家"。[10]

美国社会有明显的离散族裔特点。据《哈佛百科全书》的定义：族裔群体（ethnic group）的特点主要有：起源、迁移、到达、定居、经济生活、社会结构、社会组织、家庭和亲戚关系，以及个人的族裔承诺。以此来衡量，历史上的白人盎格鲁－萨克逊新教徒群体与其他少数族裔并无分别，都是离散群体。但是白种的盎格鲁－萨克逊新教徒美国人一到新大陆就成了"美国人"，没有被认为是族裔的。白人把其他族裔都视为族裔的、"他者"。黑人从未踏上新大陆之前，就是种族主义压迫的牺牲品。华人移民经历了从 19 世纪末到 20 世纪中叶长达半个世纪的臭名昭著的"排华"运动，甚至到 20 世纪仍然是排挤的对象。汤亭亭描绘说，在哥伦布没有来到这里以前，我们就在这里了，至今还没找到适合自己的名字。[11]

经过几百年的移民经历，今天美国人口的结构正在发生着巨大的变化。非盎格鲁－萨克逊新教白人的人口正在上升为多数。1990年4月9日的《时代周刊》刊登的一篇文章声称："今天出生的人到了2056年就66岁了。到了那个时候，在人口普查统计中所谓的'普通'美国人，需要到非洲、亚洲、西班牙、太平洋群岛、阿拉伯半岛——几乎是除了白种人欧洲以外的全世界——去寻根。"[12] 今天，新教白人美国人在美国的个别州已经成为少数民族。原来的白人主流很快就会成为众多"他者"之中的一个"他者"。"美国少数民族的多数化"（the majorification of America's minority）一词已经被创造出来，用以描述这种情景。美国的少数民族很快就会成为多数。"他们一定会多数化，美国社会已经把他们变成了美国人"[13]。一个少数民族多数化的美国正在形成，它将从各个方面影响美国的政治版图，对美国文学的发展无疑也将产生深远的影响。

主流文学的族裔化

种族问题是美国文学永恒的主题。美国早期的文学批评十分重视民族文学，而这一批评现象又对作家起了导向的作用。可以说早期的文学批评家建立了把美国文学作品当作文化批评的传统。[14] 文学传递文化的声音，这一传统在美国流传至今。

美国有关种族问题的文学发展远远早于20世纪60年代的各种政治运动的启蒙。威廉·德·福利斯特（William De Forest）早在1868年对"伟大的美国小说"进行研究时就指出，哈丽亚特·比彻·斯托的《汤姆叔叔的小屋》是有"民族广度"的，把不同宗教、种族和阶级相提并论的小说。[15] 出版于1880年的乔治·华盛顿·凯布尔（Gorge Washington Cable）的《格兰迪西姆斯家族》就是一部直接探讨民族身份和种族身份问题的文学作品。马克·吐温的《哈克贝利·费恩历险记》中的哈克和吉姆在密西西比河上同筏共游的意象，在今天看来具有深刻的民族内涵。著名批评家卡尔·范（Carl Van）在1922年评论说，亚伯拉罕·卡恩（Abraham Cahan）出版于1917年的《大卫·列文斯基的发迹》是"移民小说中最重要的一部小说"；

艾伯特·哈尔珀（Albert Halper）于 1932 年称该小说为"美国犹太作家作品中第一个也是唯一的一部伟大的作品"[16]。第二次世界大战是美国种族文学的分水岭。来自欧洲西北部国家的移民曾经一度被认为是唯一正宗的美国人，而欧洲南部和东部的移民则是"他者"。第二次世界大战之后，为了体现民主精神，美国开始提倡由新教－天主教－犹太人为主的"大熔炉"文化组合。犹太文学随即步入主流。索尔·贝娄于 1953 年获美国国家图书奖，1976 年获诺贝尔文学奖。二战以后，黑人文学崛起。事实上，20 世纪初以来黑人作家就不断涌现。享有"哈莱姆桂冠诗人"称号的兰斯顿·休斯，黑人小说的先驱理查德·赖特，被视为黑人小说典范的《隐形人》的作者拉尔夫·埃利森，还有詹姆斯·鲍德温，这些作家都有作品成为美国文学的经典之作。黑人文学逐渐渗入美国主流文学。舍伍德·安德森以他中西部盎格鲁美国人的角度评论小说《黑女儿》（*Dark Daughter*）时说，一种"棕色人"的意识正在越来越多地进入美国人的生活"[17]。

在某种意义上，黑人文学在历史上曾经起到引领美国文学的作用，例如"黑人复兴运动"。非洲裔美国黑人是美国最大的移民群体之一。他们在美国的经历以及反抗种族压迫的言说，不但开创了少数族裔文学的先河，而且影响了整体美国文学的发展。从理查德·赖特、拉尔夫·埃利森，到爱丽丝·沃克、托尼·莫利森；从黑人复兴运动到后现代文学，黑人文学言说着"不可言说"之事，呼吁着种族歧视的结束和平等的到来。黑人作家在文学领域是最早发出声音的少数族裔群体之一。黑人作家以黑人独特的种族经历为叙事内容，打破了白人男性作家数百年来的在美国文学领域的话语霸权。黑人作家所聚焦的关于异化、身份、自主、阶级等主题，改变了美国的主流文学潮流。他们在移民经历中遭遇的种族压迫、自我的异化、低下的社会地位等种族问题，构成了美国族裔文学的重要主题。20 世纪 60 年代以后，"种族、阶级、性别"构成了整个美国文学批评分析的三大要素。美国文学也随之发生了巨大变化。种族问题成为美国文学的关键词，一系列问题相继提出。

杜波依斯（W. E. Du Bois）早在 1903 年就指出，20 世纪面临的问题是肤色分界线的问题。他认为："世界历史是群体的历史，而不是个人的历史，不是国家的历史，而是种族的历史。那些忽视人类历史中种族观念的人们忽视了所有历史中的中心思想。"[18]可以说，后殖民理论包含的各种经验的讨论——移民、压迫、抵抗、区分、种族、性别、阶级等内容，从种族主题小说的出现开始，就以不同于后殖民理论的话语和视角在美国文学中被表现着。道理很简单，美国文学从诞生之日起，就以反映美国生活为主旨。而作为美国生活中重要成分的种族问题，不可避免地会反映在文学作品中。

除了非裔美国作家，其他少数族裔作家也对美国文学的发展起着重要的作用。1964 年以后出现的华裔作家群汤亭亭、赵健秀、徐忠雄和谭恩美等，揭开了美国文学史上的新篇章——有色人种移民文学，产生了积极的社会效应；[19]美国现代语言学会即将出版《汤亭亭的〈女勇士〉教学指南》，这意味着他们将汤亭亭与蒙纳迪、肖邦、乔叟、但丁、莎士比亚等文学巨匠相提并论，[20]并再次证明华裔作家汤亭亭已进入文学主流。托尼·莫利森、阿图罗·艾斯拉斯（Arturo Islas）和汤亭亭，被认为掀起了后现代魔幻现实主义小说的第四次浪潮。[21]早在 1949 年，卡彭迪尔（Carpentier）就认识到少数族裔对美国主流文学的影响，他曾提出一个意味深长的问题：美国从非洲人、印地安人和混血人那里学到什么传统？作为文体、意识形态和观点，它将起什么样的作用？[22]少数族裔文学在用文学建构自己身份的同时，影响并发展了美国的文学和文化。美国主流文学出现了族裔化。

少数族裔文学不断成为文学经典，或者说主流文学的经典中充满了族裔文学。如何看待成为经典的少数族裔文学，族裔文学经典化和经典文学族裔化意味着什么，这是我们在研究美国族裔文学时必须关注的重要问题。

去族裔化与多元文化：美国文学的发展趋势

在美国多民族的语境中，各种文化实际上在共生中互相影响，即使是在 20 世纪 80 年代多元文化运动之前同样如此。来自世界各个角落的不同族裔的移民几乎都经历了"移出故国、移入美国、成为美国人"的移民经历三部曲，都经历了离散族裔文化的重构。在文化转译中，少数族裔文化不可避免地受到西方强势文化的影响，"他者"书写的文学不可避免地反映主流的意识形态。这使得少数族裔试图保持纯粹的"根"文化成为不可能。巴斯说，"族裔的分界线定义的是族群，而不是它所包含的文化内容。"少数族裔的文化处在不断的变化中。不同文化的差异在相互影响中融合。融合即意味着新的、复数的文化在产生。美国文化呈现出了后殖民文化典型的杂糅文化的特点。一切社会和文化都处于变化和适应之中，这是事实，而不是理论问题。[23] 文化的流动性是美国文化的特质，也是美国人身份的特质。

随着时代的发展，对身份的阐释也在不断变更，少数族裔在作品中的身份认同变化十分复杂。有评论家对华裔作家的描述颇能说明问题："美国华裔作家在他们的作品中说'ben-'（变——笔者注），改变了历史的惯例、自传文献、神话和文学规则。很难判断美国华裔作家写的历史是真还是假，很难判断他们写的自传是真实的还是虚构的，很难判断他们表现的神话是中国的还是美国的。很难决定美国华裔是中国人还是美国人，还是既不是中国人也不是美国人。他们被赋予了说'ben-'的魔力，因此他们有能力在不同的历史、社会、文化和文学背景中改变他们的身份。"[24] 这个描述也适用于其他少数族裔作家。种族身份是一个复杂而难以捉摸的现象。族裔小说中的族裔符码是流变的、不稳定的。在文学中，人们认识到，外部身份认同的不同背景和身份多样性，不仅仅是明显的，更是切合实际的。种族遗产、地区关系、种族背景、阶级地位、政治倾向、性别身份和性倾向，这些问题越来越频繁地出现在作家的作品中，作家不再把个人身份定位在男性、白人、盎格鲁—撒克逊人、中产阶级与上层阶级这些新教徒曾持的身份上。他们在自由地寻找一个新的、现代的身份。[25] 在今天的美国，身份越来越多地意味着个体的自我。做自己想做的我，就是许多美国人的身份认同。身份认同变成自我发现、自我认定的过程。

文化的多样性、杂糅性和流动性的特质，导致美国文学多样、杂糅、流动的特质。"多元文化"并不是对某种美国作品的描述，而是对美国文学整体的定义。这个整体包括所有的部分，没有哪个部分不是这个整体的成员。美国文化也不是某一种传统，而是所有的传统的集合。[26]少数族裔作家的作品由于入选权威的文学文选而被经典化。而通常的共识是经典的就是主流的。前哥伦布基金会认为对"主流"文化和"少数"文化的定义是一个狭义的观点，重新定义主流是其主题、主旨和使命。[27]

从 20 世纪上半叶至今，少数族裔作家获普利策奖、国家图书奖和其他国家级大奖的不在少数。如何看待少数族裔文学的经典化和主流文学的族裔化的问题，直接关系到对美国文学发展趋势的整体估计。族裔文学与非族裔文学有哪些不同？美国主流文学中有哪些属于族裔文学？族裔文学在多大程度上能从主流文学中剥离出来？美国著名评论家沃纳·索勒斯指出："整体的美国文学可以被读作是祖先的足迹，或解密当今美国的文字。"哈特尼·戈登有一个形象的比喻："族裔符号和族裔话语的踪迹像毛细血管一样，无处不在，与主流文学不可分割。任何试图把美国文学从种族文学中分离出来的努力，只能导致（美国）文学的灭亡。"[28]

如果将经典文学中的非族裔文学归为主流文学，那么主流文学就由两种组成：族裔文学和非族裔文学。然而美国在 20 世纪下半叶的文学史证明，纯族裔的文学越来越不可能。另一方面，种族总是隐形地出现在叙事中。事实上，族裔文学和主流文学一直在互相影响。这些影响显著地反映在近三四十年的美国文学中。无论把这种现象称作"主流文学的族裔化"，还是"族裔文学的经典化"，不可否认的是，两者的区别正在模糊。事实上，少数族裔作家对于将自己定位于族裔作家的做法并不接受。他们更倾向于一种"去族裔"的定位。这种去族裔的创作取向和作家定位取向在族裔作家中普遍存在。

在颠覆欧洲文化中心论潮流的冲击下，在消解帝国主义文化霸权的过程中，宏大叙事正在瓦解，两极对立的文化格局也在被普遍抛弃。多样性、异质性正在取代单一性和同质性。"政治上正确"的游戏潜规则促进了美国的文化政治化。意识形态的多极化给多元文化的确立提供了条件。可以预言，由于美国人口结构的变化、文化多元化、族裔文学的经典化、主流文学的族裔化等因素，未来的美国文学将不以族裔差异分门别类，将呈现出多元文化的特质。杰夫里·鲁宾－多斯吉在质疑"早期美国小说"之说时谈到："缺少对少数民族和族裔的表征的'早期美国小说'，还能是美国的吗？没有各民族的自由结合和一个能展现他们真诚的不同观点的论坛，就没有美国；没有表达无数不同经历的声音的汇合，就没有美国。美国小说应该是多元文化的，而这只是在最近才刚刚产生。"[29]

希尔顿·奥本辛格（Hilton Obenzinger）描述自己语言的一段文字，也许能诠释当今美国文学现状的特点："我用父母亲的波兰语和意第绪语，加上一些希伯来语和阿拉伯语，还有我夫人的菲律宾语写作，这些语言总是在我的耳边响起，这些不同的语言在我这张美国人的嘴中被咀嚼凝结在一起。"[30]美国文学的跨文化特征日益明显。族裔文学已经深入主流文学。族裔文学与非族裔文学在共生中交融。随着族裔文学的经典化和主流文学的族裔化，美国文学将包含不同的声音、不同的文化，以及不同的族裔文学。美国文学将呈现多样性、混杂性和差异性。正如有美国学者指出的：20世纪的最后的10年证明，"美国文学已经不再仅仅是一个主流，美国文学是大海"[31]。美国文学的定义随着时间的变化而发展变化。未来的美国文学将会是什么样的？哈特尼·戈登认为，"可以肯定，未来的美国文学作品将会摈弃现在作家的作品中任何所谓'美国的'范式"[32]。

总之，通过美国文学的离散文化特质、少数族裔的多数化、主流文学的族裔化、多元文化与去族裔化等美国文学的发展趋势等四个方面看，以及从美国"少数族裔文学的经典化"和"主流文学的族裔化"现象看，美国人口的多种族成分决定了美国文化的特质。正如《漂泊者》这部作品想要说明的，一个国家的特质是由组成这个国家的各个种族决定的，一个国家内"各种族及各种族共同参与的历史、传统、文化和语言是为一个国家下定义时首先要考虑的问题"[33]。从离散批评的视角审视美国文学，就能更好地理解当代美国文学的文化认同，进而探讨多元文化语境下美国文学的发展趋势。美国文学的族裔性是不能忽视的特点，离散批评将有助于我们从新的视角审视美国文学，并理解美国文学。

参考文献

［1］ 本章以《美国文化的多元性与文学经典的族裔性》为题目，在徐颖果所著的《文化研究视野中的的英美文学》中发表（人民文学出版社 2008 年出版，详见第 68-78 页）。

［2］ Jeffrey Rubin-Dorsky, *The Early American Novel. The Columbia History of the American Novel*, Emory Elliott, ed., Foreign Language Teaching and Research Press, Columbia University Press, 1991, P. 6.

［3］ Gundars Strads, etc., *Introduction: Redefining the Mainstream*, The Before Columbus Foundation Fiction Anthology, selections from the American Book Award, 1980-1990, Ishmael Reed, etc. ed., New York. London: W.W. Norton & Company 1992, P. xiii.

［4］ Gundars Strads, etc., *Introduction: Redefining the Mainstream*, The Before Columbus Foundation Fiction Anthology, selections from the American Book Award, 1980-1990, Ishmael Reed, etc. ed., New York. London: W.W. Norton & Company 1992, P. xiii.

［5］ Hutner Gordon, *American Literature, American Culture,* New York: Oxford University Press, 1999, P. 444.

［6］ Hutner Gordon, *American Literature, American Culture*, New York: Oxford University Press, 1999, P. 1.

［7］ Ashcroft Bill, Giffiths Gareth, Tiffin Helen, ed., *The Post-colonial Studies Reader,* London: Routledge, 2002, P. 220，P. 453，P. 347.

［8］ Thomas J. Ferraro, *Ethnicity and the Marketplace. The Columbia History of the American Novel*, Emory Elliott, ed., Foreign

Language Teaching and Research Press, Columbia University Press, 1991，P. 384.

[9] Lora Romero, *Romance and Race. The Columbia History of the American Novel*, Emory Elliott, ed., Foreign Language Teaching and Research Press, Columbia University Press, 1991，P. 92.

[10] Thomas J. Ferraro, *Ethnicity and the Marketplace,* P. 381.

[11] Thomas J. Ferraro, *Ethnicity and the Marketplace,* P. 381.

[12] Gundars Strads, etc., *Introduction: Redefining the Mainstream,* P. xii.

[13] Gundars Strads, etc., *Introduction: Redefining the Mainstream,* P. xii.

[14] Hutner Gordon, *American Literature, American Culture,* P. 345.

[15] Amy Kaplan，*Nation, Region, and Empire. The Columbia History of the American Novel,* Emory Elliott, ed., Foreign Language Teaching and Research Press, Columbia University Press, 1991, P. 241.

[16] Amy Kaplan，*Nation, Region, and Empire. The Columbia History of the American Novel,* Emory Elliott, ed., Foreign Language Teaching and Research Press, Columbia University Press, 1991, P. 241.

[17] Thomas J. Ferraro, *Ethnicity and the Marketplace,* P. 410.

[18] Thomas J. Ferraro, *Ethnicity and the Marketplace,* P. 413.

[19] Thomas J. Ferraro, *Ethnicity and the Marketplace,* P. 406.

[20] Amy Ling, *Emerging Canons of Asian Americans: Comparative and Global Perspective,* Shirley Hume, etc. ed., Pullman, Washington：Washington State Univeristy Press, 1991, P. 192.

[21] Jose David Saldivar, *Postmodern Realism. The Columbia History of the American Novel,* Emory Elliott, ed., Foreign Language Teaching and Research Press, Columbia University Press, 1991, P. 522.

［22］Jose David Saldivar, *Postmodern Realism,* P. 524.

［23］Ashcroft Bill, Giffiths Gareth, Tiffin Helen, ed., *The Post-colonial Studies Reader,* London: Routledge, 2002, P. 228.

［24］Chiung-huei Chang，*Transforming Chinese American Literature—A Study of History, Sexuality, and Ethnicity*，Modern American Literature： New Approaches, Yoshinobu Hakutani, General Editor，Vol. 20，Peter Long, P. 181.

［25］Gundars Strads, etc., *Introduction: Redefining the Mainstream*，P. xii-xiii.

［26］Thomas J. Ferraro, *Ethnicity and the Marketplace,*P. 408.

［27］Gundars Strads, etc. *Introduction: Redefining the Mainstream*, P. xii

［28］Hutner Gordon, *American Literature, American Culture*, P. 1.

［29］Jeffrey Rubin-Dorsky, *The Early American Novel*, P. 9.

［30］Gundars Strads, etc., *Introduction: Redefining the Mainstream*，P. xiv.

［31］Gundars Strads, etc., *Introduction: Redefining the Mainstream*，P. xxvii.

［32］Hutner Gordon, *American literature, American Culture*, P. 347.

［33］Castles, Stephen, et al., ed. *Mistaken Identity: Multiculturalism and the Demise of Nationalism in Australia.* Sydney: Pluto Press, 1988, P. 5

第二部分

乘巴士漂零异乡——雷金纳德·麦克奈特、

后现代主义与回归主体

罗兰·默里（Ronald Murray）

雷金纳德·麦克奈特小说《登上巴士》（1990）中的叙述者——埃文·诺里斯，在 20 世纪 80 年代，在一股促成了 20 世纪离散理论产生的重要政治潮流影响下，横跨大西洋，从美国来到了非洲。埃文在女友万达的部分影响下，对这次横跨大西洋之旅寄予了深深期望，希望它能抵制欧洲"阻止漂泊异乡的黑人回到故土寻回家系权力"（165）的企图。万达运用种族特有的语言，阐述了全世界人民对种族团结的英勇追求。这种追求将埃文置于浑然天成的血缘关系和归宿感之中，许诺会再次构建他的身份认同。对埃文来说，这是非常有吸引力的。通过这种对个人主体和民族集体的离散意识的重建，欧洲霸权被有力地撼动了。

万达为了使埃文的身份政治化而付出的努力唤醒了人们从字面意义和象征意义上对回归非洲的双重关注。在离散理论的活动家和审美主义者看来，这些关注大有必要。当广义上的黑色大西洋话语毫无异议地被套上话题各异、自相矛盾的特点时，救赎式归乡跨越形形色色的社会差异，在跨大西洋现代性的框架下以主要意识形态的面貌再现。斯图尔特·霍尔（Stuart Hall）形象地认为传统意义的归乡是一个统一体，可以赋予一个民族以"在真实的历史兴衰变迁中，所指与意义可以稳定不变地延续下去的框架"（《文化认同》，393）。

从多种血统来看，现代归乡的意识形态可以追溯到 19 世纪黑人上层人士亚历山大·克拉梅尔[1]和 E. W. 布莱登倡导的归乡运动。这些大西洋彼岸的名人认为西方黑人回到非洲可以给这片蒙昧的黑色大陆带去西方文明和现代气息。克拉梅尔在演讲中如此描述他们传教士式般的狂热："尽管生在美国……我认为自己有权利、有责任……施展所能……去解救那片蒙昧大陆上与我血脉相连的人"（引自阿德勒克，74-75）。在马库斯·加维的领导下，始于 19 世纪的归乡运动在 20 世纪 20 年代形成了大规模的现代群众运动。但是加维及其前辈们将精力过多地投入到开办资本主义实业（如他那命运多舛的黑星航运公司）上，他的国际主义运动由此破产。不过加维号召人们"拯救故土非洲"和"在非洲建立一个国家，一个强大自主的国家，一个可以保护流落在世界各个角落的黑人的国家"。与前辈一样，他坚持认为将现代主义介绍到落后的非洲大陆的主要领导者应该是生活在新世界里的黑人。他宣称，如果"非洲本土人不能在西方文明的标准下，认识到自己的价值所在，那么，我们作为他们的兄弟，就有责任告诉他们，为了民众，他们应该为民族的发展贡献自己的力量"（67）。尽管罗恩·卡伦加和莫勒菲·阿森特（Molefi K. Asante）等活动家都宣称重拾非洲的文化传统有助于摆脱白人霸权的制约，但后继者中鲜有人能有如此卓越的见识，去回应这些可以使非洲文明开化的计划。在黑人权利运动的全盛时期，卡伦加领导的颇具影响力的美国组织认为只要确认与非洲的语言、服饰和文化之间的纽带联系，就可以将非裔美国人从欧洲霸权统治造成的心理伤害中解放出来。正因如此，他主张，"这不是从非洲借来的，是我们自身固有的，我们要运用它。文化会为革命和民族振兴奠定基础"（7）。[2] 他与追随者们认为这一颇具成效的改革应该在政治上取得成功之后，才能开始推行。在一段非常典型的表述中，卡伦加写道，自己的事业旨在"占领并控制世界，去见识一个由非洲充当主体而非客体的世界的各种可能性"。而且他与阿森特等当代非洲中心主义论者有亲密的血统渊源（豪，215-216）。阿森特的哲学致力于恢复和重建非洲文化传统，借此实现心理、政治、社会、文化和经济的改变。同卡伦加一样，他侧重于黑人心理的改变。这表明身份认同的再次流行必然要先于政治改革和经济改革而出现。

与此同时，亚历克斯·黑利（Alex Haley）、保罗·马歇尔和托尼·莫利森等文学大家也同样认为回归非洲是解放自我的转折点。[3]例如，黑利在谈及自己的回忆录《根》的政治意义时，不加掩饰地提到了自己在非洲寻根过程中感受到的愉悦——"先辈昆特在某个黑人小村落里出生，在那里长大。后来被人抓住，被人用铁链锁在某艘运奴船上，跨越同一片大西洋，来到了某座家传的种植园内，从此开始了追求自由的斗争。他的事迹也成为了所有非裔美国人的象征性传奇。我们不外乎都是昆特那类人的子孙后代"。黑利的归乡以及对祖先昆特·肯特的发现讽喻了对种族历史的再次构建。先辈们经受大西洋中央航线的重重考验，扮演着连接纽带的角色，依靠坚不可摧的血缘关系将黑人种族连接在一起。黑利的论述以强有力的补偿性姿态，替代了由奴隶制引起的、突然断裂的种族联系在离散黑人间的延续。尽管黑利近来遭到了不少质疑，但是他对血统的解释本身就是一种创新，其论述对归乡意识形态的影响不容低估。黑利的作品非常畅销，促使了寻根文本的再现；由此改编的电视剧的收视率也开创新高。[4]然而，黑利等文学大家和阿森特等非洲中心论者取得的巨大成功仅仅证实了在 20 世纪末，寻根理论既存在于审美领域，也存在于政治领域。

尽管埃文·诺里斯的回归非洲与这些意识形态有着明显的联系，但是《登上巴士》一书仍然宣告了与离散传统的分离。在担任了维和部队英语教师不久之后，埃文便辞去了工作，开始在塞内加尔西部旅行。他在失业和前途渺茫的情况下，前去拜访了一位非裔美国人卡尔文·惠特克。惠特克在达喀尔城外经营着一家文化中心。在见到埃文时，他说，"在《根》出版之后，许多人来到这里，试图成为自己不可能成为的那类人"，并问埃文"是否相信来到这里，就能够重拾丢失已久的血缘关系等之类屁话，是不是那些人中的一员"（58），他的问话破坏了《根》中赞颂的共同归属感。小说《登上巴士》虽然引用了黑利的影响甚广的著作，但是只视它为一个无法再利用解救的承诺来引诱他人的陈旧幻想，认为血缘基础是陈腐的商业观点。

实际上，《登上巴士》中的回乡既没有为埃文·诺里斯提供可以解救自我的文化实践模式，也没有肯定埃文与桀骜不驯的离散群体之间的联系。相反，这次归乡之旅将埃文的自我放在了阈限观察者的位置上——他成为了观察自相矛盾的、时而很微妙的、对黑人主体性有所质疑的意识形态的人。埃文带着无休止的疑问，无所寄托地一直在巴士上旅行，最终进入了一种状态。这种状态揭示了自我与政治理想之间的连接，而政治理想则在一百多年的时间里变成了跨大西洋政治理论的一个流派。埃文如鬼魂般在世间游离，常常认为自己既没有存活在本我（自我）之中，也没有生活在现实之中。这种本体论的矛盾就是小说的后现代性的所在。小说《根》取得的商业成功与最后引起的争议的详细叙述，请见泰勒的著述（63-90）。

然而《登上巴士》一文仅仅阐释了麦克奈特向离散主体形成理论的妥协之一。在《他睡了》（2001）一文中，麦克奈特也关注了这种存在状态，但是此文的总体作用却夸大了对后种族隔离之后的离散主体进行适当评论的无可避免的失败后果。小说的主要人物是非裔美国人类学家伯特兰·米尔沃斯。他在白人占统治地位的社会群体中生活多年后，回到了非洲，开始追寻不可能存在的种族纯洁性。和埃文一样，他也固执地陷入了本体论的不确定性状态中，在梦境与现实之间左右摇摆。与《登上巴士》相比，《他睡了》一文更加详尽地追踪了倾向于追求种族团结的离散意识形态和美国民族现状之间的短暂接触。在美国，种族歧视的废除使尚存的黑人集体主义基础破裂。正如霍腾思·斯皮勒斯（Hortense Spillers）说的那样，后种族隔离时代的知识分子们自相矛盾的论述使伯特兰和埃文受到了痛苦的折磨。他们通常渴望建立一个有机的黑人群体，而实际上"那个'原有的'群体既不可能维持原貌，也不可能原地不动"（72）。在《黑人知识分子的危机：后时代》（"The Crisis of the Negro Intellectual：a Post-date"）一文中，斯皮勒斯的创新分析为废止种族隔离创建了一个主要支点，一个可以颠覆美国用于界定黑人群体归宿感的既定基础的支点。在她看来，杰姆·克劳法（赞同种族隔离）的解体使得非裔中产阶级美国人可以跨越社会阶层，"分散"到"以前不熟悉的工作场所和职业"去，充分利用那些以前受歧视的黑人的人力资本和经济资本。恰恰就是这些资本负担了讲述种族团结的小说的开销（72）。在此基础上，斯皮勒斯将黑人对由废除种族隔离制度引起的历史危机的后现代性体验理论化。麦克奈特认为这些转变可以在美国之外顺利进行，拓展了斯皮勒斯的推理思路。斯皮勒斯的小说强调了意识形态在以前的理想主义状态与现在存在之间的不一致性的分歧，认为了解当代离散理论需要严格留意、分析一个国家的历史对全球造成影响的方法。

与此同时，麦克奈特详尽地分析了在自己的非小说中提到的后种族隔离的认同政治。其自传体文章《一位黑人模仿者的忏悔》审视了他作为在"布朗判决"——种族教育隔离终结——后的一代人的生活经历。麦克奈特生活在一个多种族、多阶层混杂的环境中，是军队中的小捣蛋鬼，常和那些质疑自己的黑人血统纯洁性的黑人或白人孩子扭打在一起。他写道："在我的成长史中，我既被当成一个美国人，又被看作一个狭隘、偏执的黑人嬉皮士。"（105-106）随后，他还抨击了在"任何一种特定意识形态的建构中，可以发现某些基本的黑人性"（111）[5]的观点。相反，麦克奈特认为自己是文化意义上的黑白混血儿，是后种族隔离环境的产物。他通过混血儿的比喻，推测了公众对崭新的黑人自我的自相矛盾的反应："结果要么是一个新生事物，仿若新生的、光滑的婴儿，尽管在雾气的遮掩下有些朦胧，还是给人们留下了令人窒息的希望与奇迹；要么是一个变异的杂种、怪物，一个没有声音、没有容身之地、难以辨认、无法解释又不值得信任的怪物；又或者一无是处，只是一个残酷无情、蠢笨不堪的东西，让人既无法对其抱有希望又无法蔑视它"（106）。麦克奈特在乌托邦理想与虚无之间左右摇摆。就如在其小说中发现的一样，道义游说的逻辑是隐晦不明的。麦克奈特含蓄地提出：如果易于领悟的新模式被怪异、模糊的抑或不存在的模式取代，未竟的认同可以合法化。在某种程度上，这可以解释为麦克奈特对徘徊在疯狂、梦境、幻想的边缘的非裔美国人或其他对自我的认识模糊不清的非裔美国人的偏见。这些阈限状态是被麦克奈特视为后种族隔离产物的主体性的体现。正如他在陈述中提及的那样，可以将融入存在模式的怪异之处理解为某一特定旁观者的主体性丧失而产生的后果，这种主体性的丧失超出了既定的对黑人群体认同的理解范围。

因此，麦克奈特的小说提供了一些记叙非裔美国人对后现代性的文学反应的链接点，这些链接点是表述了历史、主体性以及意识形态之间的互相依赖关系而需要阐释的一系列阈限状况。当然，对认同的断裂和移位的评论已经为不同领域的理论家所熟知，如布莱恩·麦克黑尔（Brian Mchale）、朱迪斯·巴特勒（Judith Butler）、霍米·巴巴（Homi Bhabha）和米歇尔·福柯（Michel Foucault）等。分析家们在讨论一个原先团结一致的种族认同的分裂是种族隔离被废除之后的时代中黑人政治的最基本危机之一时，各执一词，互不退让。斯图尔特·霍尔认为，"黑人认同属于文学建构范畴，不能被归为跨文化或先验论的固定领域"（《种族新特征》，166），而斯皮勒斯则宣称，"从表面上看，大部分人属于同一种族。据推测，黑人占百分之六十以上的情况早已显露无遗"（74）。无论是在霍尔的论述中，还是在斯皮尔斯的控诉中，大西洋此岸或彼岸的知识分子都强有力地挑战了"在后现代时代中，黑人政治需要约定俗成的群体认同"[6]的观点。马杜·杜贝（Madhu Dubey）在论述中，明确指出此次知识分子思潮的特征，即"在非裔美国人的文化学习中，后现代主义阶段被"印上了"得到广泛关注的种族团结危机的标记"（《后现代主义》，151）。[7]麦克奈特颇具开创性地提到这些争论是否再次试图对后现代种族政治进行评价。麦克奈特通过自己的努力，发现了一个在这些话语中几乎不曾论及的方面，找到了出现在国内外黑人认同政治的腐蚀与主体的死亡之间的互相作用上的大片领域。

存在、后现代主义与归乡

在小说《登上巴士》中，任何一个叙述主题都能通过埃文无休无止的旅行，将文中涉及的主体后现代性和对离散的描述恰如其分地表现出来。埃文在塞内加尔的巴士上，如此描述自己的状态——头脑发热，精神高度兴奋，仿佛患上了某种未知疾病，出现幻觉。透过车窗，他看到了"一幅印象派拼贴画。在即将落下的夜幕里，油彩斑驳的色泽黯淡，不再柔和如昔。有人在奔跑，有人在大笑，有人在买东西，有人在偷东西，有人蹒跚前行，有人昂首阔步，还有人左摇右摆。我闻到了各种各样的气味。所有的这些味道都是那么陌生、那么难以忍受"（6）。开始之初，他仿佛还享受着身在异域的惊奇与激动。可随着旅途的继续，周围的物质环境与自我之间产生了更多的共鸣：

> 整个世界向我涌来，我却无能为力。窗子打不开。窗子打不开！黏黏的胆汁涌进了我的嘴里。满口的苦涩让我颈部的肌肉紧绷起来。我的呼吸近乎停滞了。我瞅了瞅自己周围，看了看所有的这些脸，却什么也没有看出来，没有故事，没有谎言，甚至没有害怕或者无聊。不，一张脸都没有！有的只是呼啦作响的非洲裙子、廉价的黑市手表、纯金饰品、突出来的肩膀、隆起的胸部、翘起来的屁股、凸出来的膝盖、肘部和头颅！
>
> 我不在这儿！我找不到自己了。

埃文身处的物质环境与自我之间的界限越来越模糊，让他无法抵挡外在世界对肉体和精神的侵犯，甚至无法熟练地运用身体的功能。与此同时，围绕在他身边的塞内加尔人都是模糊不清、难以辨认的。埃文诡异的经历推动了其主体性的移位，使不断增加的客体与行动通过这些陌生的、外在的事物准确地阐述了"自我"。没有了这些外在，埃文也不可能存在；他找不到自己，是因为他无处不在，却又无处可在。在自身借助其他事物存在的状态中，他成了"一个死人，一个聋子，一个鬼魂，一声耳语，一缕青烟"（15）。当然，在这种存在的形成中，叙述者在主体受到种族移位和种族认同的限制时，通常被认为是后现代时代中的通用语——"他者"。[8]尽管如此，除了埃文对存在状态脱节的关注之外，他的主体性与那些让他抱有乌托邦式回乡的意识形态之间的关系将他的状况同仅仅将后现代主义重新搬上舞台区分开来。小说在探索非洲成为种族延续与团结的地理所在的逻辑上，只得出黑人自我融合的结论。而这个结论与雅克·拉康（1-7, 179-225）、路易斯·阿尔都塞与朱迪斯·巴特勒等很多理论家的主张同时出现。当麦克奈特的作品与当代主体建构理论的重叠得到证实时，其小说也延袭了非裔美国作家可能通过一些上述知名理论家都不曾提到的途径，得出了后现代融合的结论。

换而言之，在麦克奈特的小说中，非裔美国人主体一直处于漂泊无根的状态。小说扭转了传统意义上的回归主题，认为回乡之旅不是主体的统一，而是主体毁灭的原因。不幸的是，无论是当代非洲的政治现状、哲学现状还是心理现状，在很大程度上都受到麦克奈特小说中提及的美国游客的意识形态的影响。他的小说考虑到这种无序的现状，谈到一个与主体的后现代定义重合的、非裔美国人的本体论。从对以前黑人精英提及的回乡的描写来看，在这个全新的黑人自我中，历史和政治的外来因素非常明显。

离散理论的终结

埃文希望在塞内加尔旅行的过程中，重新构建自我的想法破灭。恰是如此，小说打破了更多有关非洲和非裔美国人之间的关系的传统政治幻想。当埃文决定踏上旅途时，他在很大程度上希望可以达成万达的请求，为美国、为那些流落异乡的非裔美国人做些事情（163）。可是许许多多的非裔美国人却丢掉了他在塞内加尔苦苦追寻的东西，让他的这些渴望成为泡影。一个非常恰当的例子就是埃文与露丝·巴伦的相遇。露丝是埃文在维和部队担任教师时的同事，自认为是塞内加尔人最忠实的盟友。在就非洲发展的演讲中，她认为从一定程度上看，非洲人与生俱来的无能让泛非主义论者担负的使非洲文明开化的使命成为了荒诞不经的悖论：

非洲无法实现这一目标的原因有三：一是非洲太穷。在这场竞赛中，西方国家将贫穷落后、刚刚起步的非洲远远地落在了后面；二是非洲人曾被殖民统治过，其中有些人不介意再次被殖民统治，他们恐怕已经习惯了生活在他人的庇佑下；第三则是非洲人通常都很蠢钝。

在现代离散归乡理论中，非洲无能论是一个非常普遍的观点。露丝的演讲说明了这一观点的反面的荒谬性，证明了自身的正确性。因此，由于故土的风景无法为加快埃文自我的粘合提供任何的认同，露丝粗俗不堪的、无节制的种族政治挫败了埃文作为黑人代表试图通过个人努力巩固自我的希望。

当埃文不得不面对露丝在种族纯洁性上的虚假做作时，他对国际种族团结的渴望也进一步显现出来。露丝将"黑鬼、小黑鬼、幽灵和黑煤猴儿"（30）之类侮辱黑人的词语介绍给塞内加尔的学生时，依据的就是自己在底特律贫穷的黑人学校任教20多年的那段经历。当埃文抗议她有种族歧视时，她辩解道："这是为他们好，能让他们的小脑瓜清醒。此外，我只知道一件事，那就是如果你生来就是贫穷的黑人，那么你总不能连幽默感都失去，对吧？"（30）在结束争论时，露丝强调了自己对黑人贫困问题的关注，认为埃文的中产阶级背景将他置于黑人种族的真正经历的边缘。埃文也承认自己的出身让"自己对贫穷一无所知"（30）。正是因为露丝打出了埃文的出身背景这张王牌，才成功地让唯一一个敢于挑战其权威的人沉默了下来，并使埃文成为其新殖民主义实践中的一部分。担忧自身种族纯洁的资产阶级主体——埃文和有着平民阶级背景的新殖民主义的代言人——露丝之间的冲突突出强调了他们在帝国主义环境下违心的合作，也让切实可行的国际主义前景背离了正常轨道。露丝作为美国公立学校中没有发言权的黑人儿童的代言人，其征服策略也日趋完善。而后她又将代言人这一角色国际化，其外交手段最终也再次巩固了大西洋两岸的种族霸权与阶级霸权。麦克奈特颇有见识地将种族对立与国际大背景结合起来。政治理论家阿道夫·里德（Adolph Reed）一直认为，在当时的国际环境下，在美国发动广泛社会动员的趋势必然会逐渐减弱。他还认为，在中产阶级黑人中，工人阶级的纯洁性是后种族隔离时代霸权统治的扩展，资产阶级精英作为被迫流落异乡的下层黑人的代言人参与协商。他还详细描绘了 20 世纪 60 年代末的现象：

> 上升的黑人政府官员和公共管理阶层推动了种族授权模式的出现。"种族授权"唯一真正的目标可以被解释为逐渐调整由其负责的常规管理制度，如提高少数民族职员的比例、为少数民族提供参与公共事业合约竞争的机会等，并推进其他形式的内部运作。此解释否认了所有挑战已有的政治优先权的策略的作用，在很大程度上限制了政治活动的范围。"种族授权"模式同样也限制了黑人精英合法参与开创项目的准许范围，直接支持解除对黑人市民发动的动员……
>
> （《诱惑》，210-211）

小说通过埃文和露丝滑稽好笑的表现，将一个既自称是黑人的代言人，又是实际统治者的阶层——管理者阶层讽刺意味十足的地位展现出来。麦克奈特证实了黑人资产阶级面对的种族群体特有的矛盾如何与埃文心中新生的全球团结混淆在一起，进一步阐述了里德[9]的观点。

在埃文追求自身政治地位认同的过程中，可怕的非洲奴隶制历史同样也受挫。正如黑利对小说《根》的政治意义的乌托邦式陈述那样，持有类似想法的学者们和创造力丰富的作家们已经将奴隶制和中央航路诠释为群体情感破裂处。令人啼笑皆非的是，这种断裂同时又将分散在世界各地的离散黑人的后代联系在一起。在写到埃文搭渡船前往从前的奴隶货站戈里岛——这一先辈们"离去"的地方时，小说《登上巴士》证实了奴隶制在离散主体的形成过程中起到了重要作用。在前往戈里岛途中，埃文偶然进入了一个被奴隶制历史深深影响过的物质世界，"田地上破旧的栅栏、河流边的鹅卵石、空气，所有的一切都因为那些早已凝固的鲜血、蒸发到空气中的汗液和干涸的呕吐物而颤动着"（84）。抛开奴隶贸易的普遍存在性不谈，埃文惊奇地发现自己已经脱离了那段历史，感觉到自己"对小岛的过去流露出一种干巴巴的恐惧，仿佛这只是某些画面的影印图片。我到这里来不是因为被某种超强的力量控制，而是因为我没有被这种对过去的情感征服"（84-85）。撇开这段重要历史的影响不谈，对奴隶制历史的揭露并没有让埃文的归乡之旅上升到群体归宿感的状态，反而迫使他去进一步思考自己的主体所在。他承认，"那里有着非常多的苦难，仿佛就是个人独奏的合唱。可是那些苦痛不是我的，我无法感受到"（84）。由此可见，奴隶制只是为埃文的自我与群体历史之间的即席对话提供了一个桥梁。

埃文以前在火车上结识的那个盲人突然出现，打破了他与奴隶制之间的距离。盲人向埃文乞讨了些东西之后，"展开双臂，弯腰向下，仿佛在地上寻找什么东西，然后两臂一伸，跃下悬崖"（87）。与此同时，埃文感觉"自己的身体也在刹那间失去重量，仿佛跌跌撞撞地飞在空中。我听见那个盲人落入了水中"（87）。埃文的存在一度同跃下悬崖自杀的盲人融合在一起，这也是早先当地奴隶贸易的表现。在埃文的描述中，奴隶制历史就像是失去知觉的人说出的不连贯的碎片，散落在小岛的每一个角落、每一处所在中，叫嚷着、威胁着要取代现在的一切。同样，这次神秘的自杀也猛然地挤入埃文当时的状态中，突如其来的不可预测性几乎要将他淹没。小说通过盲人的自杀（无论是确有其事还是埃文自己臆想之中的），将奴隶制定位为历史无意识状态的一部分，定位为一个竭力打断自我阐述整体性的、备受压抑的陌生人。由于小说认为奴隶制是不连贯的、颇具威胁意味的，因此埃文亲身经历过的、令他陌生的自我觉醒起到了协商策略的作用，却没有将断裂的无关紧要性包括在内。

因此，与当代有关当时现状与奴隶过去之间的部分巧思妙想相比，埃文与奴隶制的相遇演绎了一出更为动荡不安的故事。在保罗·吉尔罗伊的《黑色大西洋》等情节曲折的作品和托尼·莫利森的《宠儿》等多元话语的作品中，大西洋运送黑奴之旅与奴隶制被写成一段可以让那些牢记这段历史的人得到救赎甚至是解放的历史。吉尔罗伊认为，从 19 世纪开始，为了创造"桀骜不驯的反种族主流文化"，新世界里的黑人通过"讲故事或者创作音乐"（200），已经重新构建了奴隶制。文化实践的再创造是那些被从黑色大西洋上运来的、被奴役的黑人的精神支柱。在所有离散黑人中推行反种族认同和文化解放实践的过程中，这个观点起着非常重要的作用。对解救的寻求对莫利森的小说《宠儿》的成型有着重要的影响。《宠儿》讲述了一个叫做宠儿的婴儿的故事。宠儿甫一出生，就被身为奴隶的母亲塞思掐死，宠儿的鬼魂附在一个年轻女人的身上。小说的主人公们只有抓住这个奴隶制的化身幽灵，才能真正认识到自己既是独立的主体，又是黑人种族群体中的一员。此逻辑的存在促使了下述事情的出现：一群黑人妇女来到塞思的家，想把宠儿的鬼魂驱走。当她们在屋外开始唱歌时，歌声汇在一起，"仿似大海中汹涌的波浪，浪花拍打海面的声音直入海底。这声音如此有震撼力，仿佛可以把栗子从树上震落下来；又仿似洗礼的圣水将塞思彻底淹没"（261）。对塞思而言，这些女人一起对抗鬼魂的事情证实了解救式的净化。当塞思再次回忆起做奴隶的过去时，她忘却了宠儿带来的精神折磨，最终还是坚持认为宠儿是自己最"宝贝"的人。只有在种族群体中的自我与为奴隶的过去的化身结合在一起时，群体认同才有可能得到巩固，群体的呼声才有可能更大。赋予莫利森和吉尔罗伊的作品以生命，可以促使形成一种有助于解放的政治姿态的潜在回忆。交替来看，麦克奈特的小说似乎对这些策略进行了抵制，因为与奴隶制遗产的遭遇而产生的迷惑仅仅迫使埃文模糊地认识到自身也是一个谜。奴隶制将个人反省放在了一个可以构建自我存在的历史大环境下，却没能从精神上解决过去的危机。

拒绝将奴隶制看作救赎之路促使小说采用某些方法来替换上世纪对离散的质询。在对背井离乡、流落在大西洋上的黑人自我的思考中，还有什么可以概括呢？当寻根之旅接近尾声时，埃文努力去解答一个类似的问题，而付出的这些努力将他带回了大海之中：

　　　　我一路鲜血淋漓地从非洲回到了美国，再也不能及时将每个分子组合在一起。缓缓沸腾的海洋把我一点一点地、一个分子一个分子地分解……我的意识就像水蒸气，慢慢地升到高空，若有若无地弥漫着、卷动着，直到落在高高的云朵上。云朵慢慢充实起来，直到无法承载我的重量，将我变成无声的雨滴抛洒下来。我漂浮着，漂浮在天空和大地之间，漂浮在天空和海洋之间，无声地、破碎地、疯狂地漂浮着。风起了，裹带着这些碎片，呼啸在世界的每个角落。所有人都在呼吸着我的饥饿，他们因为空虚的苦痛而晕眩，彼此啃咬着。无论怎样，这些永远都不会有尽头。小心那些饥饿的人！

这些对正在分解的自我的描述为小说的审美和政治目标提供了精确的推理。从对自身疯狂状态的表述中，埃文感受到幸福和愉悦。这种愉悦与小说接受了取代传统离散主体的思考的愉悦相呼应。小说《登上巴士》构建了一个离散意识形态的作用永久地处于悬浮状态的世界。在这个世界中，人们即使不认同那些为了终止漂泊状态、寻回自己的根而出现的特定意识形态，也能想象出离散主体对落叶归根的渴望。

灵魂食粮与不知满足的主体

如果埃文将注意力转向政治和历史仅是为了强调当代非裔美国主体的破裂，那么他想把自我与离散"家族"权力联系在一起的心愿则沿着另外一条线记录了自我的移位。小说借用埃文对当地一位巫医（智者）的女儿阿米纳塔·盖韦的追求，言辞犀利地对此进行了评述。在辞掉教师的工作不久后，埃文遇到了阿米纳塔。在他遭受不知名疾病的折磨时，阿米纳塔和她的家庭接纳了他。在文中，阿米纳塔被埃文当作可有助于解放的自我塑造的工具时，吉尔罗伊和 E.佛朗斯·怀特等学者们在黑色大西洋民族主义的形成中提到的男权主义观点得到了强化。在埃文对阿米纳塔讲故事的描述中，可以发现不少与母性有关的隐喻，它们强调了阿米纳塔作为埃文与塞内加尔文化之间的媒介地位。埃文激情难抑地描述着，"我听着她轻柔的嗓音，体内嗡嗡作响，有那么一瞬间我以为自己睡着了……她柔软低沉的声音仿佛是枕头一样催人入睡，不过她讲的故事却是可乐果，让人警醒……她一边讲故事，一边不断地揉着自己的脚趾头，慢慢地前后晃动着"（46）。阿米纳塔的声音和缓轻柔，仿佛在哼唱摇篮曲，慢慢变低变小。正因如此，他认为自己将对阿米纳塔和非洲的口头表达视为母性的，就可以实现对家族权力的追求。

埃文对阿米纳塔的感觉一旦从最初的母性依赖转变为性欲需求，他就会认为自己可以借助阿米纳塔在非洲地域和文化上扎根，他在塞内加尔其他任何地方都不曾有过这种想法。埃文享受着阿米纳塔带来的肉体之欢，称她是自己"曾经见过的最能打动人的女子。拥抱着她，就仿佛拥抱着缕缕轻风、柔嫩青草，仿佛拥抱着光和热，拥抱着花朵，拥抱着袅袅青烟，拥抱着肥沃的黑色土壤"（130-131）。当他深深地根植于阿米纳塔的身体——这块坚实的土地上时，起初让他倍感陌生的、取代了其主体性的环境也不再陌生。随着这种生活的继续，他不仅纠正了较早之前经历的移位，还在阿米纳塔身上寻觅到与非洲文化之间的联系。他能感觉得到"她的心脏在胸腔里强有力地跳动着，仿佛就是明格斯、卡特、希斯、克拉克、弗里曼、加里森和赫德等贝司手弹奏出来的低音音符"（131）。埃文之所以提到上述著名的黑人爵士乐贝司手，是因为他把阿米纳塔的身体比喻成一个调谐器，协调他与作为非裔美国人的文化传统的融合。埃文对乐队中的基础乐声——贝司的关注旨在强调他对自身起源的追寻。埃文借助对塞内加尔女人的身体象征的欣赏，一路旅行回到家乡；他借助臆想中的自己同黑人离散文化和故土的再次相连，身份认同的碎片又一次组合到一起。

埃文最初希望借助男性主义性爱倾向，寻回自己的根。与阿米纳塔之间完美的性关系将他的主体性以更复杂的体系标示出来。当他们在当地的沙滩上做爱时，埃文试图"把自己的嘴唇从她的嘴唇上移开，贴近她的耳朵，轻声说些爱意绵绵的话。可是我的头却无法抬起来，仿佛有另外一具躯体压在我身上。我被困在噬人精气的女妖和肉欲之间，能自由活动的只有我的屁股"（133）。埃文移位的主体性最终造成他对自己身体的疏离，引起了他对本体论的困惑。
这种困惑以融入己身的噬人精气的女妖形象，出现在他们肉体的结
合中。在这种自发的三人同居中，灵肉交叠。这次私通破坏了自身
的政治意义，打击了埃文对周遭现实的自信：

> 我通过阴茎感受到了自己的心在跳，它越跳越猛，几乎都
> 能听得到。我的心强劲有力地跳着，仿似推动着血液的海洋……
> 身体嘶嘶作响，仿佛硫酸流淌在没有知觉的皮肤上一般。我能
> 感觉到我的阴茎再一次动起来，它进入了我的身体。那种感觉
> 非常不连贯。我扭动着我的屁股，阴茎从我的喉咙滑落进了我
> 的胸膛。我两次弓起背来。我又能感觉到阴茎沿着我的胸膛落
> 入了我的腹部。我想要再次抽身而出，却未能成功。整个大地
> 都在推搡着我的后背，而阴茎又从我的腹部滑出了我的阴道。

当自我与他者之间的界限变模糊时，这些带有男权色彩的性爱
观作为自我塑造的方式被组合到一起。对小说而言，将"我"与埃
文的声音联系在一起至关重要，借此强调埃文实际上寄居在阿米纳
塔的身体里，转换成为自己以前的性行为客体的主体。在埃文在他
人身体里寻找归宿感的过程中，其主体性变得分散化、多元化了，
陷入了形形色色的现实与存在的领域之中。小说据说会借助埃文来
阐述小说在移位美学方面的投入。埃文在快要攀上性高潮的巅峰时，
称"这个世界在一瞬间破碎了，转而又恢复了原样"（134）。正如小
说写到的那样，在自身消解的瞬间，埃文可能会哀婉那一刻可察觉
的损失，在那摇曳的一瞬间醒悟到自我的形成。在这份悲伤中，流
落在外的男性离散激进分子期待许久的带有男性主义色彩的回乡的
本体论被瓦解。

埃文希望在非洲重新寻回自己的根。如果认识到自我是严谨的、
科学的，他就可以到达一个新高度，也会因此认识到什么是真正的
自我，那么埃文与阿米纳塔的结合就有害而无益了。这种结合的后
果之一就是埃文变成了塞内加尔人称为"demm"的那类人。麦克奈

特对此词的翻译则是"噬人灵魂者"（105），这一译法也得到了人类学家大卫·甘布尔的认同。大卫认为"demm"是"巫师"，是"噬人灵魂，饮人鲜血，让人日益消瘦的巫师。它们可以幻化成猫头鹰或变成将尸体从坟墓中挖出来的鬣狗，甚至还可能化为一阵'阴风'。"[10] 如果埃文作为一名"demm"，可以寄居在他人的灵魂里，并将之吞噬，那么他就会失去本体的土壤去定位一个合理的自我。埃文与非洲本体论的遭遇符合学者约翰·S. 姆比蒂的"肉体与灵魂是同一个世界的两个方面，在一定程度上它们彼此契合。在某些时间和某些地点，从表面上看一个方面可能比另一个更为真实，可它绝不可能排挤掉另一个方面"的观点（74）。麦克奈特的小说运用巧妙手法，引出了非洲本体论的一种意义，意欲使埃文回不了家。埃文的噬人灵魂者的地位成为了模糊不定的唯一存在，这种存在构建起如此之多的跨大西洋现代性的理论，一个科学合理的自我的梦想也因此而变得更加难以捉摸。

小说中可以明显地看到埃文因为体会过非洲和西方现实之间的重合而惴惴不安，但他在吞噬他人灵魂时也发现了一个令他兴奋的潜能。在小说的结尾篇章，埃文发现自己吃掉了视塞内加尔为家的非裔美国侨民阿非利加·马马杜·福特。埃文吃掉了阿非利加（与非洲的英文拼写 Africa 一致），使自己卷入阿米纳塔的前未婚夫拉蒙特和福特的长久争吵之中。埃文吃掉阿非利加后，马上就着手密谋杀死他们两个。实际上，因为埃文偷走了拉蒙特的未婚妻阿米纳塔的全部感情，杀死寄居在埃文身体中的两个人的想法对拉蒙特有着独特的吸引力。拉蒙特给埃文服下了让他麻痹不动的毒药，然后在刽子手去磨刀时把埃文一个人无望地扔在那里。一次预谋好的谋杀就这样发生了。不难想象出埃文内心的恐惧，不过这种恐惧也只出现在拉蒙特没拿起屠刀之前。埃文内心的反应非常不同：

所有这一切和漂浮在大海上的那天晚上的感觉类似，自由，温柔，纯洁，仿佛可以飞起来。身体的每个分子都在向上、向上，爆裂在白天的炎热中。我的意识就像水蒸气，慢慢地蒸腾起来，若有如无地，弥漫着，卷动着，直到，被困在了高空中的云朵上。云朵慢慢地，充实起来，直到无法承载，我的重量，将我变成无声的雨滴，抛洒下来……如果没有弄错的话，我们居然还在微笑着。是的，我们微笑着，即使能清晰地看见拉蒙特正要穿越这一切走过来。（294-295）

　　埃文在自己可能被谋杀时，感受到了一种幸福。这种幸福与他在大西洋上空的离散相呼应。这次死亡看上去是主体即将面对的双重死亡，一重是埃文的另一种存在方式——噬人灵魂者的死亡，另外一重则是肉体的死亡。埃文分散出的所有分子在世界范围形成一场降雨，这表明他对自己的离世并不悲伤，相反从自身份散中看到了更为宽广的再生希望。但是小说并没有详细描述这次再生的确切性，反而更侧重于描述埃文对解脱过程的描述。正如黑色大西洋世界诠释的那样，埃文在自身存在即将终结时，发现了自由。由于埃文的消解而可能出现的化身将得到全面发展。小说围绕着对埃文消解的美学升华和离散主体的分子化，展开了对后现代性的描述。
　　埃文的结局不是小说预期的真正结局。这有着进一步的寓意，使埃文的离世更加扑朔迷离，即在小说结尾的数段中，拉蒙特可能没有成功将埃文杀死。当拉蒙特听到埃文—福特说"我们感觉不错"时，他看上去很烦恼，"眼神中也流露出恐惧"（295-296）。因此，噬人灵魂的埃文与牺牲品福特说："他只会呜咽一声离世而去，而我却在巴士上，要永远留在巴士上。"（296）这些话暗示着他们不但不会变成刀下鬼，反而会吞噬掉拉蒙特。正如埃文了解的那样，他最终处于完全离散的状态，将永远在巴士上飘零异乡，因为他被永久地夹在了多个自我和多种存在状态的中间。

　　离散的另一种结局

　　《他睡了》一文的主人公人类学家伯特兰·米尔沃斯也一路旅行，回到父辈们的家乡，寻求自身种族认同之谜的答案。与埃文一样，伯特兰进入了让人费解的 20 世纪 80 年代的塞内加尔，而他的生命最终也受到这个社会的威胁。伯特兰与黑人性的疏离让他面对的危机更加复杂，而这份疏离远比埃文经历过的要浓重得多。尽管当时美国已进入后种族隔离时代，但伯特兰仍旧是在以白人为主的环境下长大。在言谈举止方面，他无法遵循真正的、已定的黑人行为准则。因此，伯特兰的种族纯洁性受到了肤色分界线两边的黑人和白人的质疑。这些质疑还不算什么，更为凄惨的是他对跨大西洋种族团结的期待预先阻碍了他对后种族隔离时代中跨大西洋种族认同的分析。在后种族隔离时代，成为真正的离散主体就意味着必须寄居在本体之中，这个本体就是一个人在去掉构成其真正身份的物质、政治和社会基础之后剩余的部分。小说沿用此逻辑，描写了伯特兰对真正的离散自我的期望只有在睡眠和梦境中才能实现。与此同时，在主人公伯特兰认真感受到过去的意识形态与当时现状之间的灾难性碰撞之后，小说才虚构出一个效果显著的替代方法。因此，伯特兰在多种存在边缘徘徊的现象并不是需要克服的弊端，而是推动他迈向可能结局的后现代主义因素。

伯特兰到塞内加尔后，并不是十分重视对自己种族之"根"的解救。他称"一直以来，自己就蔑视那些来到非洲寻求精神力量的非裔美国人同伴"（57）。尽管他没有刻意在乌托邦式的回归中投入太多精力，但这种意识形态对他的潜意识动机的形成起到了非常显著的作用。伯特兰在恩戈尔的一个小村落租住了一所房子。时过不久，库尔曼一家十分神秘地出现在这里，宣称房东把部分房子租给他们居住。尽管伯特兰十分不情愿，但还是扮演了第四个库尔曼家庭成员的角色。在库尔曼一家搬进来之后，他几乎一直在睡觉。伯特兰陷入了梦里，有时甚至难以将梦境与清醒时的生活区分开来。他的梦非常多元化，有些与他的美国身份有关，有些又与他和非洲的渊源有关。伯特兰的潜意识揭示了他对凯尼·库尔曼与其丈夫阿莱纳之间的夫妻生活的特殊感觉。伯特兰的房间与库尔曼夫妇的卧房相隔不远，再加上他们缠绵时的呻吟声都为他们侵入伯特兰的潜意识铺就了便捷之路。伯特兰常常"在库尔曼夫妇的缠绵声中进入梦乡。事实上，他们今晚也在缠绵着，像新婚夫妻那般做着爱。凯尼的尖叫声是我从未听过的"（51）。在偷听库尔曼夫妇性生活的过程中，对伯特兰的认同而言尤为显著的是非洲性爱的地位：

> 当他听见库尔曼夫妇缠绵的声音时，尤其是他们进入他的梦境时，伯特兰却没有对黑人在性生活上的迷恋感表现出好奇，反而专注于肉体之外的事情。伊德里萨曾经温柔地笑着，摇晃着他的头，说"克莱特是个不错的女孩子，可惜是个黑人。你会和黑人上床？"
>
> "对你而言有什么不同吗？"伯特兰问道。
>
> "内心的感觉不同，伙计。你不也是这么觉得吗？"（114）

伯特兰重新回忆起和朋友伊德里萨之间的那次对话，它强调了自己对非洲种族认同的渴望。伊德里萨的评论揭示了伯特兰作为黑人大家族中一员，他的真正位置取决于男权主义异性恋的习俗。这种关联为伯特兰侵入库尔曼夫妇的性生活奠定了基础。"我的脑海中浮现出这样一幅画面：阿莱纳在妻子凯尼的身体深处努力地耕耘着，撩拨着那些很少有人能捕捉到的、古老的神经束。这些神经束很难在不经意间捕捉到，它们从库尔曼夫妇的身体中延伸了出来，一直延伸入我的身体里面，接着又钻进了世界的肚脐之中……当我的非洲兄弟姐妹们、表兄表姐们、父母亲人们（不管是谁）在做爱的时候，我坠入了梦乡"（51）。在伯特兰的想象中，黑人性爱不仅是肉体的结合，还是离散群体中种族之根的宗教归宿。库尔曼夫妇对性爱的迷恋承载着伯特兰一直否认却又十分向往的跨大西洋存在。

小说对非洲性爱观的编码将伯特兰的梦境与更为宽泛的种族纯洁的焦虑联系在一起。伯特兰的性爱观的转变与他在美国一直难与黑人女子经营感情一事有直接的关系。他回忆起童年瞬间，解释了疏离产生的原因。小时候，他不小心裸着身子，出现在心仪已久的女孩邦妮面前。她是伯特兰家的朋友，和姐姐应邀周末来他家睡觉。当时他们正在玩游戏，伯特兰忘记了自己在睡袍下只穿着一件紧身短裤。在那刺激尴尬的一刻，他飞快向后退去，心想"他们肯定看见我的屁股和睾丸了"（88）。这次意外给他留下的"不仅仅是羞愧与尴尬，直到今天他每次想起来，仍然能感觉到那份尴尬与难堪"（89）。伯特兰将自己看作诺亚，详细描述了这次裸体事件，解释了自己长久以来与黑人女子之间有隔阂的缘由。但从更广泛的意义上来看，这令人羞惭的一刻只关注了伯特兰与种族认同之间的冲突。事实上，这次意外没有给伯特兰带来耻辱，而造就了一种时常会记起的种族自我厌恶感。童年时代的"尴尬"瞬间与长期以来体会的巨大"耻辱"之间不具可比性，这也表明伯特兰对精神受创的叙述是回忆性的。在伯特兰的自我评估中，一个重要的不足就是他误把这段童年经历当作疏离的原因，而不是更深一层疏离的表征。

伯特兰对童年精神创伤的回忆却不能产生让他倍感疏离的历史基础。伯特兰生在科罗拉多州斯普林斯，是在"布朗决议"（废除种族隔离）之后的时代中长大，因此他的文化和美学认同非常混杂。他与白人女子的婚姻甚至被解读为权利运动推动下的文化融合与种族融合的扩展。这也说明小说为何大加笔墨描写白人女子朱厄尔对伯特兰的深深吸引。他"为她能用简单的一两句话就将阿西莫夫、艾特琳娜·里奇、《极速双雄》、《原子博士》、米歇尔·克里夫、詹姆斯·布朗和芭比娃娃联系在一起而着迷"。朱厄尔大无畏地践行着种族融合带来的文化综合，这让伯特兰"深深地为她的人格力量折服，就如同光线在闪亮夺目的天体面前折服那样"。不过当朱厄尔夸耀她的世界主义时，伯特兰却说"美国音乐想要把他深深地逼入塞内加尔的文化中，自己就把它远远地抛在脑后"（83）。除了揭露多种多样的音乐，如"披头士乐队、惊声回叫乐队、狂暴女性乐队、斯坦利·克拉克、布基"和派西·克莱恩等，伯特兰为了能处在非洲回乡运动的叙述者的地位上，将这种混杂隐藏起来。回归非洲的回乡运动可能消除其自身综合文化背景的矛盾（83）。伯特兰的压抑可以被描述为在离散主体政治中，固有的似是而非的隽语的一部分。肯尼思·沃伦认为，"从其他任何地方，在尚不完全合法的呼吁过程中，仿佛一个人来自这里。无论在何方，人能够意识到自己是离散主体就是对自身的了解"（400-401）。沃伦观点的大意是：想认识到自己是离散群体中的一员，忘记曾经的身份非常必要，只有这样才能确定现在的身份。沃伦尖锐的评论描述了伯特兰试图表现出比出身背景赋予的黑人性更深的文化黑人性的努力。但是麦克奈特的小说依然认为，就本身而言，这些呼吁产生的后果不仅仅会牵扯到合理性问题。在与混杂状态对抗的过程中，伯特兰对待在后现代主义时期，将自己置于个人困境和黑人认同的尴尬境地的历史的态度十分粗暴。当他希望解放自身而达到认同时，受到的重重阻挠远比已知的要多。

伯特兰没能成功适应那段诠释了后现代黑人性的历史，他也因为这次失败而走上了其他的道路。在达喀尔，他遇到了一个叫苏的女子。起初他误以为苏是一个美丽动人的白人女子，不久之后却发现她是混血儿。在这一点上，苏的形象回应了长久以来美国小说中会有混血儿出现的文学传统，而她的出现质疑了基本教育论中以生理特征划分种族的办法。例如，伯特兰仅仅因为苏和白人一致的肤色，就认定自己与苏的亲密是他在与那些"永远都不屑于与之交谈"的黑人女子们的亲密关系中未曾体会过的。他认为这个"白人女子视你为兄弟姐妹般接受你、赞扬你，还会把自己的故事告诉你"（141）。苏最终对混血儿身份的坦白打破了伯特兰对说明性生物学的信奉。

因此，有人也把伯特兰与苏的邂逅解读为种族混杂战胜了狭隘的种族划分，但小说并没有让两人简简单单地在一起。在坦白混血儿身份时，苏是这样解释为什么自己不能帮助伯特兰揭开种族认同之谜的：

"伯特兰，我想告诉你的是在很久之前我就已经放弃黑人的身份了。这也是13年前我为什么会离开美国，永远不再回去的原因。美国白人非常令人讨厌，而黑人呢，又因为愚蠢而怀有戒心……"

"当然还有一些其他原因。其中之一就是当你认真去做某件事时，却因为是混血儿生养的混血女儿而不能得到真正的认可。"

在上面的论述中，苏解释了自己因为无法承受严苛的种族习俗而离开美国，远赴欧洲。她认为混杂的种族血统就是麦克奈特提到的"虚无"。和伯特兰一样，她也否认自己是离散主体的可行性。因此，他们之间的结合就无法达到情欲或知识层面的满足。这一事实揭示了两个入侵了创造了自己的错综复杂的历史环境的后现代主体间的结合的无果状态。

在与自己真正组建家庭的美国白人女子的关系上，他的目光非常短浅。这种短浅继续折磨着伯特兰。由于对自己种族认同的担忧，伯特兰与白人女子罗斯的婚姻常常濒临解体的边缘。在他决定前往塞内加尔时，罗斯在他的随身行李中发现了一盒安全套。这证实了她的怀疑。罗斯怀疑他试图通过这次回乡之旅中的性行为恢复其种族纯洁性。她满嘴讽刺地敦促着："去吧，去找你的非洲女人去吧，把她们全都操个遍！"（21）罗斯充满恶意的双关语将她的感受尽情地宣泄出来。她既嫉恨伯特兰不忠于婚姻的潜在可能性，又担心他的种族群体倾向会使他们的跨种族婚姻解体。伯特兰的回乡之梦仅仅让他从构建身份认同的跨种族社会现实中进一步摆脱出来。

伯特兰在这点上的短浅目光甚至在梦中都有所体现。举个例子，在他的潜意识中出现这样的景象：他和姐姐的两个白人前夫在"坑坑洼洼的、巨石当道的、越来越坎坷的路上"前行。刚踏上旅途时，周围都是茂密的树木。可随着旅程的继续，原先的树木都"变成扭曲的、又粗又短的树。紫黑色的树根湿漉漉的，暴露在外边，像人的血管一样"。当他们来到一个沼泽时，周围的环境变得更恶劣。沼泽里堆满了积攒多年的垃圾、弃物，"散发着阵阵恶臭"，彻底让他们震惊了。伯特兰的两个"白人姐夫深深地陷在淤泥中"，他"能感受到他们的感受，闻到他们闻到的气味，尝到他们尝到的味道"（29）。值得注意的是，在梦的前半部分，那两位身在沼泽的旅伴也是他姐姐与白色美国的联系断裂之后的残余。因此，伯特兰和同胞们引导了一个思潮。在这里，反对种族隔离的主张成为了历史的拒绝。

通往废墟的斜坡和伯特兰对此的反映不过是强调了其进退两难

的种族处境。"似乎在走投无路时"，伯特兰拖着身子"上了岸，找到一条清澈的小溪"。在溪水中刷洗完身子后，他顺流而下，"来到了父亲的花园中"。当他踏上父亲花园的泥土，凝视着"父亲种植的所有果实，红的、紫的、黄的、绿的"时，突然发现两个姐夫不见了踪影（29）。他只不过是确认了与父亲的血缘关系，就摆脱掉了种族杂合带来的污染。坦白来说，伯特兰没有将梦境与自己投入在作为黑人血统纯洁基础的非洲的主要精力联系在一起。在思索梦的含义时，他猜测"是什么哺育了漫山遍野的青草、地狱般的大坑和父亲花园中的小溪"（34）。由于伯特兰无法将两个平行的虚无——非洲性爱观与父亲的花园联系在一起，很难恰如其分地诠释身处后种族隔离时代的他对种族联系的领悟中的意识形态。因此，在他看来，自身的后现代性、留恋梦境的永久性和日益加深的移位感都伴随着模糊不清的归乡渴望。

即使伯特兰对离散群体的追求充满着悲剧色彩，小说却揭示了一个切实可行的替代方法。这在逐渐被破坏的追求过程中显露无疑。小说写到伯特兰将在塞内加尔的感受和那些形形色色的梦记录在日记中。日记被凯尼的丈夫阿莱纳发现。阿莱纳在读到伯特兰以妻子凯尼为对象的情欲描写时，一怒之下把日记交给了伊斯兰教特别法庭。法庭误把伯特兰的梦当作现实，判他犯有通奸罪。在某种意义上，伯特兰发现自己因为对非洲性爱观的误解而受到审判和处罚。他和审判他的人误把非洲性爱观的表现形式当作清晰无误的现实。这伙审判他的人玩忽职守，默许阿莱纳将其阉割。阿莱纳大发慈悲，决定只为伯特兰施行割礼（在勒布族的风俗中，施行割礼意味着青年男子真正地长大成人）。但这个仪式没能让伯特兰成为勒布族的男子，或让其融入离散群体的大家庭中，而是说明了他被村民们撵出村子，揭示出他与离散家庭的关系。

伯特兰通过行割礼，体验到一种成人仪式。不过这份成熟却无法将他与离散群体联系在一起。伯特兰只有在经受割礼之后，才可能与罗斯进行交流。在一封信中，他邀请罗斯读一些他的梦，因为"如果你有时间、有欲望，还想和以前一样做我灵魂的伴侣的话，我和你可以并肩坐在一起，时不时地给你讲讲那些梦"（210）。然而罗斯最终还是选择了离婚。小说设想了这对夫妻对伯特兰种族认同的互相审视和自我反省，为其悲剧模式提供另外一种替代方法。小说还借此将仅仅对离散主体政治的拒绝转变为解读伯特兰主体性的策略，而伯特兰主体性的表现又是一个对创造了自己的种族隔离制度废除之后的遗产从抵制到接受的过程。麦克奈特的小说没有将回乡之旅视为让伯特兰重新融入故土亲缘的旅行，而看作与种族他者的一场必不可少的邂逅。伯特兰最终回到白人妻子的身边可能会被解读为爱德华•格利桑（Edouard Glissant）和布伦特•爱德华兹（Brent Edwards）等离散理论家诠释的"迂回（之路）"的暗示性改写。格利桑将"迂回之路"概念进一步地扩展，将其放在后殖民主义的语境之下，描述了殖民地国家中黑人知识分子和激进分子为了改善在原籍国不甚明显的剥削、发展畸形等被统治方式，而旅行在"他乡"（不管是地理上的他乡，还是象征意义的他乡）的现象。离开自己的国家，离散在外被理解为一种对有着隐秘伪装的西方霸权（自身的权力机构都坐落在偏远的城市）的对抗方式。爱德华兹的著作以格利桑的观点为基础，一方面向美国作家介绍"迂回之路"，另一方面又拓展了如他者之种族的概念范畴等（爱德华兹，22-23）。麦克奈特摆脱了对"迂回之路"的理解，利用其概念对推动埃文归乡的思想意识进行了灵活的批评分析。

麦克奈特修正了"迂回之路"的概念，拒绝了那些令人放松的奴隶制回忆。这些都是他与在当代离散理论中有影响力的潮流的实质区别的进一步拓展。斯图亚特•霍尔、保罗•吉尔罗伊和布伦特•爱德华兹通过恢复在狭隘国家主义、本质论、政治无力感等状态下离散的历史含义，对其概念进行了详尽的分析。毫无疑问，这次恢复的趋势引导霍尔试图将当代离散认同与重视唯一的"真相、黑人经历的加勒比性本质"的意识形态区分开的努力（393）。霍尔开创性地提出黑色大西洋自我的建设性观点作为替代方式。这个观点通过"识别必要的不均衡和差异；通过历经时间考验的、尽管各有差异的'认同'概念；通过种族血统混杂而复兴。离散主体坚持不懈地通过转变和差异来对自我进行创造和再创造"（402）。他对离散群体的革新既证实了黑人群体中的固有社会分歧的存在，也证实了个人在对主体进行再创造的暂行办法上的觉醒。吉尔罗伊肯定在某个层面上受到了霍尔的启发，但也明确地反对霍尔代表的多元建构主义。在《黑色大西洋》一文中，吉尔罗伊反对"以本体论为基础的本质论"，反对"认为黑人性是开放的信号，并试图颂扬"以"阶级、性别、性行为、年龄、道德、经济和政治醒悟"为划分标准的"黑人独特性之多元观点的复杂表现形式"，"将自己的观点视为第三种观点"（32）。他把受到黑人文化表现的翻译形式束缚的大西洋文化放在了对上述观点双重反对的位置上。这些叛逆的文化实践讲述了一个有改造能力的"乌托邦"。在这里，"最基本的渴望就是渴望推翻现代性及西方理性进步与野蛮共存的矛盾所依赖的种族压迫，争取友谊、幸福和团结"（38）。因此，黑人舞蹈与歌曲的难以言喻的乌托邦式表达成为吉尔罗伊认为的离散文化比多元主义者和本质论者的更有可行性的文化。[11]在爱德华兹深受历史相对论影响的课题《离散实践》中，此复兴倾向依旧是朝气蓬勃的。引人注意的是，此书旨在恢复讲法语的人和美国作者之间的丰富联系，重温现代主义阶段黑人国际主义的兴起。此外，还特别关注那些延迟的历史建构，并将之与长久以来思想幻想和政治幻想的不适宜相提并论。例如，其中一个关键的术语就是"滞差"，指的就是跨语言学、政治、文化和地理领域的翻译思想的不均衡性，描述了旨在在翻译文化交流中"填补差距或者修正不平衡"的修辞弥补法（14）。这准确地标示着"无法进行转换或者交流的、被拒绝的偏见。这便是动态区别的核心所在，也是统一之下'略有差异'"的成果"（14）。这个有着细微区别的、煽动意味十足的概念同样要求我们对离散主体是如何转变和代表着离散政治结局的分析性评价进行诠释。换而言之，对高度政治化主体们进行的建设性描述要比对政治号召如何实现其日程评估更为有益。正如爱德华兹认为的那样，"这个目标不会对此假设的功效进行解读，而会去寻找此类活动带来的影响"（14），他的想法转换了评价基础，推动了前身的复兴。同样，对文化表现是如何针对其反对的术语提出另一种说法的定位尚不完全清晰。有人可能会认为吉尔罗伊的解决方法仅仅替代了非洲中心论者在其他地方提到的有关种族本质的一系列实践。吉尔罗伊在黑人文化表达，甚至在承认他们的混血身份等方面投入的精力也仅仅是将离散投射为通过表现而建构起的一种认同模式。

麦克奈特的小说既没有为黑人性的多元化提供一个天堂，也没有为离散主体的归宿感提供建构主义的投射。埃文旅行的乌托邦式潮流在对于离散意识形态主体的阐释中浮现。而波特纳德对自身后现代性的历史和物质基础的领悟能力，一旦在叙事文本有效瓦解了推动黑人现代性的重要回归意识形态之后，也只能阐明自身了。在这两部作品中，只有在后现代主体离开传统离散群体的结局后，后现代性潜能才能被证明。后现代黑人性不是暂时的、在意识形态上晚于跨大西洋回归的主要表现形式。因此，麦克奈特要求读者严肃对待。他的小说虚构了部分情况，在这些状态下离散文学复兴不能被具体为切实可行的方法。我们可以沿着这个假设来构想世界，就可能会回到麦克奈特在《一个游荡的黑鬼的自白》（"Confession of a Wannabe Nigger"）中有些模糊不清的陈述。他在书中提到"形式多种多样、如同七日服丧期的舞蹈那般"的群体归宿感的概念，因为黑人

> 不是一个民族，不是一种文化，不是一个社会，不是一个族群，也不是一个"繁衍群体"或者渐变群，甚至不是个人的组合体。在我看来，我们是一种文明，一个文化、社会、民族、个人、"种族"的结合体……我们有时是主动的"我们"，有时是被动的"他们"，有时是被动的"我们"，有时又会是"他者"。成为一种文明，并不意味着我们将会一直彼此喜欢，观点一致，或者甚至——尽管这不明智——倾听彼此。

针对乌托邦文明的创新可能性会被误认为直接提倡离散多元化。尽管如此，此类对黑人的理解诠释了非常宽泛的群体归宿感的

衡量标准，以致全体成员丧失了随之而来的政治含义。如果归宿感不是以种族、国家或者政治认同的形式出现，那么它的含义基础是什么？于是，麦克奈特放弃了霍尔等多元主义论者认定的基础，他的文章也许以集体主义模式为目标。然而，这超出了他的能力范围，不能全面阐释集体主义的说明范围。由于小说搜集与领悟相关资料的能力更强，因此它可以赋予麦克奈特无法完全在文章中讲述的故事以血肉。硕果更多的当代离散政治的研究要求我们对主体政治过去的魅力和缺点有一个认识，要求我们对支持当代民族和国际认同的动态政治和物质潮流的了解有一个认识。埃文·诺里斯漂浮在生者与死者之间、放弃者与坚守者之间、一者和多者之间时，说"我在巴士上，永远都会留在巴士上"。或许在新千年，我们可以从这句话中找到离散理论中离别的恰当切入点。

注释

[1] 参考摩西 59-82，264 和斯坦 10-12。

[2] 卡伦加与美国的概述，请参考范·德伯格 171-175 和豪 215-216。

[3] 作者在此提及马歇尔，主要指其小说《为寡妇唱赞歌》。在《为寡妇唱赞歌》中，对非洲的回忆与思念促进了离散历史和文化遗产的重接。莫利森的《所罗门之歌》简单地侧重于非洲大陆的改革能力，而《送奶工死了》则再次构建了非洲文化传统。

[4] 小说《根》取得的商业成功与最后引起的争议的详细叙述，请见泰勒 63-90。

[5] 与麦克奈特对"本质先于存在论"的批判类似的论述，请参考《在黑人文明的伞盖下》（430-431）和《实际上，我们就是一种文明》（37，39）。

[6] 贝尔·胡克斯在《后现代黑色性》中做出了与霍尔类似的论述。

[7] 杜贝在自己的著作《符号与城市：黑人文学的后现代主义》

中，详尽地分析了这一观点。

[8] 在许多当代理论家看来，主体的解体是必不可少的，包括一些知名人物，如雅克·拉康（1-7, 179-225）、路易斯·阿尔都塞、珍·鲍德里亚（111-115）与米歇尔·福柯。

[9] 里德在《罐子中的愤怒——后种族隔离时代的黑人政治》中对这些论点进行了一一阐述。

[10] 类似现象在西蒙斯的书中也有描述，请见96-101。

[11] 同样，对文化表现是如何针对其反对的术语提出另一种说法的定位尚不完全清晰。有人可能会认为吉尔罗伊的解决方法仅仅替代了非洲中心论者在其他地方提到的有关种族本质的一系列实践。吉尔罗伊在黑人文化表达，甚至承认他们的混血身份等方面投入的精力也仅仅是将离散投射为通过表现而建构起的一种认同模式。

引用文献

[1] Adeleke, Tunde. *Unafrican Americans: Nineteenth Century Black Naturalists and the Civilizing Mission.* Lexington: UP of Kentucky，1998.

[2] Althusser, Louis. "Ideology and Ideological State Apparatuses." *Essay on Ideology.* New York: Verso, 1984. 1-59.

[3] Asante, Molefi Kete. *The Afrocentric Idea.* Philadelphia: Temple UP, 1987.

[4] Baudrillard, Jean. *Fatal Strategies.* Trans. Phlip Beitchman and W. G. J. Niesluchowski. New York: Pluto, 1990.

[5] Bhabha, Homi. *The Location of Culture.* New York：Routledge, 1994.

[6] Butler, Judith. *Gender Trouble：Feminism and the Subversion of Identity.* New York: Routledge, 1990.

[7] Carby, Hazel. *Reconstructing Womanhood: The Emergence of the Afro-American Woman Novelist.* New York: Oxford UP，1987.

［8］ Dubey, Madhu. "Postmodernism as Postnationalism? Racial Representation in U.S. Black Cultural Studies." *New Formations* 45 (2002): 150-168.

［9］ Dubey, Madhu. *Signs and Cities: Black Literary Postmodernism.* Chicago: U of Chicago P, 2003.

［10］ Edward, Brent. *The Practice of Diaspora: Literature, Translation, and the Rise of Black Internationalism.* Cambridge, MA: Harvard UP, 2003.

［11］ Foucault, Michel. *Discipline and Punish: The Birth of the Prison.* 1977. Trans. Alan Sheridan. New York: Vintage,1995.

［12］ *The History of Sexuality.* 1978. Trans. Robert Hurley. New York: Vintage, 1990.

［13］ Gamble, David. *The Wolof of Senegambia, Together with Notes on the Lebu and the Serer.* London: International African Institute, 1957.

［14］ Garvey, Marcus. *The Philosophy and Opinions of Marcus Garvey.* 1925. Ed. Amy Jacques Garvey. New York: Atheneum, 1970.

［15］ Gilroy, Paul. *The Black Atlantic: Modernity and Double Consciousness.* Cambridge, MA: Harvard UP, 1993.

［16］ Glissant, Edouard. *Caribbean Discourse: Selected Essays.* 1989. Trans. J. Michael Dash. Charlottesville: U of Virginia P, 1999.

［17］ Harley, Alex. *Roots.* Garden City, NJ: Doubleday, 1976.

［18］ Hall, Stuart. "Cultural Identity and Diaspora." *Colonial Discourse and Post-colonial Theory: A Reader.* Ed. Patrick Williams and Laura Christman. New York: Columbia UP, 1994. 392-403.

［19］ "New Etheticities." *Black British Cultural Studies: A Reader.* Ed. Houston A. Baker, Jr., Manthia Diawara, and Ruth H. Lindeborg. Chicago: U of Chicago P, 1996. 163-171.

［20］ Hooks, Bell. "Postmodern Blackness." *Yearning: Race, Gender, and Cultural Politics.* Boston: South End, 1990. 23-31.

［21］ Howe, Stephen. *Afrocentrism: Mythical Pasts, Imagined Homes.* New York: Verso, 1998.

［22］ Karenga, Ron. *The Quotable Karenga.* Los Angeles: US Organization, 1967.

［23］ Lacan, Jaques. *Ecrits.* Trans. Alan Sheridan. New York: Norton, 1977.

［24］ Marshall, Paule. *Praisesong for the Widow.* New York: Putnam, 1983.

［25］ Mbiti, John S. *African Religions and Philosophy.* 1969. New York: Anchor, 1970.

［26］ Mchale Brian. *Postmodernist Fiction.* New York: Methuen, 1987.

［27］ Mcknight, Reginald. "Confessions of a Wannabe Negro." *Lure and Loathing: Essays on Race, Identity, and the Ambivalence of Integration.* Ed. Gerald Early. New York: Lane, 1993.

［28］ Mcknight, Reginald. *He Sleeps.* New York: Holt, 2001.

［29］ Mcknight, Reginald. *I Got on the Bus.* Boston: Little, 1990.

［30］ "Under the Umbrella of Civilization: A Conversation with Reginald Mcknight." Conducted by Bertram D. Ashe. *African American Review* 35 (2001): 427-437.

［31］ "We Are, in Fact, a Civilization: An Interview with Reginald Mcknight." Conducted by William Walsh. *Kenyon Review* 16.2 (1984): 27-42.

［32］ Morrison, Toni. *Beloved.* New York: Plume, 1988.

［33］ Morrison, Toni. *Song of Solomon.* New York: Knopf, 1977.

［34］ Moses, Wilson Jeremiah. *The Golden Age of Black Nationalism, 1850-1925.* New York: Oxford UP, 1978.

［35］ Reed, Adolph. "The Allure of Malcolm X and the Changing Character of Black Politics." *Malcolm X: In Our Own Image.* New York: St. Martins, 1992: 203-232.

[36] Reed, Adolph. *Stirring in the Jug: Black Politics in the Post-segregation Era.* Minneapolis: U of Minesota P, 1999.

[37] Simmons, William S. *Eyes of the Night: Witchcraft among a Senegalese People.* Boston: Little, 1971.

[38] Spillers, Hortense J. "The Crisis of the Negro Intellectual: A Post-Date." *Boundary* 2 21.3 (1994): 65-119.

[39] Stein, Judith. *The World of Marcus Garvey: Race and Class in Modern Society.* Baton Rouge: Louisiana State UP, 1986.

[40] Taylor, Helen. *Contemporary Southern Culture through a Trans-atlantic Lens.* New Brunswick. NJ: Rutgers UP, 2001.

[41] Van Deburg, William L. *A New Day in Babylon: The Black Power Movement and American Culture, 1965-75.* Chicago: U of Chicago P, 1992.

[42] Warren, Kenneth. "Appeals for (Mis)recognition: Theorizing the Diasporic Culture of United States Imperialism." *Cultures of US Imperialism.* Ed. Amy Kaplan and Donald Pease. Durham, NC: Duke Up, 1993. 392-405.

[43] White, E. Frances. "Africa on My Mind: Gender, Counter-Discourse and African-American Nationalism." *Journal of Women's History* 2.1 (1990): 73-97

（苏摩　翻译）

从南亚到南非：后殖民时代的其他离散族群研究

帕拉维·拉斯托吉（Pallavi Rastogi）

印度裔亦属非洲人

2003 年 1 月，海外的印度裔离散族群受邀参加了印度政府主办的一次聚会。与会人员来自 63 个不同的国家，其中包括毛里求斯和斐济总理，诺贝尔奖得主 V.S.奈保尔（V. S. Naipaul）和阿玛蒂亚·森（Amartya Sen），以及来自马来西亚、英国、美国、加勒比地区、斐济、毛里求斯和南非等地的印度裔。在大会发言中，反种族隔离运动活动家、作家法蒂玛·米尔（Fatima Meer）不接受"印度裔离散族群"这个称谓，尤其是在其用作南非国民身份的前缀时。她指出，长久以来南非的印度后裔一直在努力融入当地。"南非人"是他们文化身份中的主要标签，对此他们不会轻言放弃（Waldman）。在米尔看来，认可印度裔离散族群的身份，势必意味着印度裔的身份会凌驾于南非人的身份之上，并因此抹杀其长期以来争取融入南非的努力。由此可见米尔清楚地认识到了渴望归属感的问题，这个问题在全球各地的南亚离散族群中司空见惯，在种族格局两极化的南非，则显得尤为突出。[1]

本文探讨了印度裔如何借助小说构建自身在南非的政治地位。尽管对离散研究的关注在过去的二十年方兴未艾，但研究范围大多局限于该群体从前殖民地到大都市的移民历程。在本文中，笔者采取了有别于以往的离散研究模式。首先，本文会阐述这个群体在 19

世纪和 20 世纪从印度次大陆迁居到南非的情况。其次，分析在南非这个饱受种族和文化冲突、几近支离破碎的国度，该群体对南非国民的精神影响。最后，本文会探讨南非的政治环境对这个在黑白种族格局夹缝中生存的南非第三大种族身份构建的影响。在南非的多元文化土壤中，印度裔作家产出了很多重要作品，[2] 如阿赫麦德·伊索（Ahmed Essop）的《哈吉·穆萨和印度消防员》（*Hajji Musa and the Hindu Fire-Walker*，1978，1988）、法里达·卡罗狄亚（Farida Karodia）的《黎明的女儿们》（*Daughters of the Twilight*，1986）、阿格尼斯·萨姆（Agnes Sam）的《耶稣是印度人》（*Jesus is Indian*，1989）、阿赫玛特·丹格（Achmat Dangor）的《卡夫卡的诅咒》（*Kafka's Curse*，1997），以及伊姆拉兰·库瓦狄亚（Imraan Coovadia）的《婚礼》（*The Wedding*，2001），通过对这些作品的分析，笔者勾勒出生活在南非的印度人的特征并摸索出一条规律，即这些作品所描述的离散族群超越了那些关注从第三世界移民到第一世界的普通作品。在此基础上，笔者希望开创一个全新的离散研究领域，即指出南—北以及东—西这两种离散模式的理论局限性，并经过辩证分析，构建适合由东方向南非移民（东—南）这一离散模式的范本。[3]

　　本文也有助于填补印度裔南非小说批评研究领域的空白。据笔者所知，对于印度裔南非作家的文学研究少之又少。[4] 造成这一现象的原因可能是由于印度裔南非作家只是在近二十年，即在南非的种族隔离政策基本上消除之后，才开始在全球范围内大规模发表作品。然而需要注意的是，文学作品能否发行与作品数量没有必然联系。19 世纪中期，印度人被当作契约劳工从印度运往南非，从那时起他们就开始讲述自身的故事了。尽管他们的创作非常活跃，但在学术研究领域却无踪可寻，或许这同他们在当地相对受排斥的地位如出一辙吧。

　　社会评论是南非印度裔小说的发展基石。要了解社会评论的影响力，就必须谈及南非印度裔公民的历史。艾尔琳·埃尔德（Arlene Elder）在对生活在非洲的印度裔的历史研究中指出，第一批印度劳工于 1860 年被运到英国管辖的纳塔尔省，他们绝大多数都是印度教徒。合同期满后，这些劳工选择留在南非并有了自己的土地。正如罗伯特·格利高里（Robert Gregory）所言，他们"有的成了菜农、鱼贩、蔬果商人，有的从事各种手工行业，还有的靠房贷、开小卖铺和做生意过活"（Elder 116）。离散研究中有一种普遍的误解，即印度人是在 19 世纪中期被当成劳工强制移民至南非的。洛伦·克鲁格（Loren Kruger）在一篇论文中提出了独到的见解，挑战了这个说法。他指出早在契约劳工时代之前，就有印度人以奴隶的身份来到南非，也有很多印度人选择移民到南非是因为在当地做生意能获得丰厚的利润，他们和契约劳工有着本质的不同，但在种族隔离者眼中他们都是同一类人（112）。

　　埃尔德称这些印度商人"大都是穆斯林"，他们来到南非是要来开创他们认为有利可图的事业。随着生意的日渐兴隆，他们开始进军德兰士瓦和开普敦殖民地（117）。当地的白人居民对印度人在经济上的富足颇为忌惮，同时也对自己的地盘受到侵犯耿耿于怀，因此他们颁布了多项歧视法案用以限制印度人的发展。这些法案的影响力甚至持续到今天。[5] 印度契约劳工和印度商人的区别对解读所谓的南非印度裔的集体意识有重要意义，因为这一群体的身份和商业目的、语言、宗教、性别、等级政治以及各不相干却又错综复杂的劳工经历密不可分。定居点也是要进行解读的关键问题。大多数印度裔南非人（大约 75%）居住在夸祖鲁—纳塔尔省，该省所辖的德班市总人口中有印度次大陆血统的人数占到了三分之一，因此德班的印度裔身份问题自然与开普敦和约翰内斯堡等城市所描述的情况不同，因为这两个城市中印度裔人口只占少数。总之，很难用"南非印度裔的经历"这个说法来概括这个群体的生活。

　　印度裔内部有多个种群，他们不仅信仰各异，使用的语言也不尽相同，其中有古吉拉特语、卡纳达语、泰米尔语、乌尔都语、孟加拉语、爪哇语以及马来语等。由此可见，印度人的不同点远远多于他们的相同点。南非种族主义者一直都想把将印度裔归结为某一个类别，但这个群体的多样性让他们无从下手，他们甚至不能将其称为"印度裔"。正如克鲁格所指出的，在印度人到来之前，南非存在着"黑白两股力量以及在此基础上形成的种族隔离和反种族隔离两种话语的对立"（115）。印度裔到来之后，这两股力量的同化趋势被打破了，但学术界很少有人注意到了这一现象，大多数人在研究南非种族隔离问题及其对后殖民时代的南非的影响时主要关注的是对黑人进行种族隔离的后果以及失去政治权利对白人心理的影响。

埃尔德在报告中指出，"根据 1980 年的人口普查数据，有 795000 名印度人在南非生活，这一数字比非洲其他地区印度人的总数还多"（117）。在准备本论文时笔者查阅了 1996 年的人口普查数据，结果显示目前在南非的印度裔人口达 1035363 人，占南非总人口的 2.6%，其中 97.1%的印度裔是在南非出生的。[6]因此，绝大多数印度裔要求依据出生地，而不是依据法律程序更改公民身份。占到南非总人口 2.6%的印度裔为什么没有当作南非公民对待？社会人类学家雷哈娜·伊博—瓦里（Rehana Ebr.-Vally）给出了一些原因。在 1961 年以前，生活在南非的印度人一直被当作居住在南非的印度公民对待。1961 年，南非国民党再也无法抵挡印度人的种族隔离怨言，不得不赋予了生活在南非的印度裔南非公民的身份。现在印度裔只受南非白人的司法管辖，印度政府不再具有抗议"其"公民所遭受的不公正待遇的诉讼资格（Ebr.-Vally 92，99）。而 1961 年正是英国海军舰队"特鲁罗"号将第一批契约劳工从印度的马德拉斯（Mardras）运到纳塔尔的 101 周年，从那时起印度裔才开始被视为法律意义上的南非人。

然而我们不能将印度人在南非遭受忽视的罪名简单归咎于南非当地人。在研究大印度离散现象时，将南非印度裔排除在离散群体之外的人也是有错的。南非印度裔身上也有伊曼纽尔·S.尼尔森（Emmanuel S. Nelson）定义的离散族群共同点——"面临着身份、历史、种族主义、隔代冲突以及难以形成团结的新群体等问题"（xv）。尽管如此，他们仍然积极参与着南非的日常事务。尽管在南非国内相对弱势，但他们毫不含糊地首先认可自己的南非人身份，其次才是印度裔身份。如果说南非印度裔不愿意别人将他们视为印度裔离散族群（上文提及的米尔就是很好的例证），那么也就不难理解为什么南亚裔离散族群研究一直在忽略这个把"印度性"当成次要身份属性的群体。

南非印度裔小说中的重要主题

本章指出了南非印度裔小说的一些重要主题。突出这些主题有助于我们思考生活在南非的印度人的特点，以及东—南模式下离散族群的相互影响。首先，印度裔的到来打破了衍生出种族隔离政策，并在后种族隔离时代依然存在的两极化种族格局。随着研究的深入，我们不禁思索在这块原住民（受害者/黑人/科萨人、祖鲁人/基督徒）和移民者（凶手/布尔人、英国人/基督徒）势不两立的土地上，印度裔非洲人（棕色皮肤、印度教或穆斯林、印度商人或契约劳工的后代）存在的意义究竟何在。[7]

尽管印度裔打破了种族格局，但为了谋求政治权利，不甘于现状的他们会想方设法融入更大的种群，比如黑人族群、有色人种族群乃至白人群体。因此，在印度裔的作品中，如果他们需要对自我身份进行定位，通常情况下他们会把自己定位为南非人，而非印度人。[8]他们的种族和文化身份，即所谓的"印度性"已经摇摇欲坠。[9]就生活在南非的印度裔而言，纯粹的"印度性"已不复存在。这一点在他们必须融入一个更大的非印度裔种群才能取得政治地位时尤为明显。他们一方面对印度身份产生了排斥感，另一方面又不愿舍弃固有的印度性以融入更大的群体中，结果他们的印度性变得极为复杂，而南非人这个身份也相应地复杂化了。如果印度裔能够融入黑人、有色人种，或是白人的群体中，那么按照种族、宗教和文化划分的群体界限也就变得日益模糊了。

南非印度裔小说的特点还包括拷问公共话语对印度裔的全面排除，以及印度文化融入南非社会日常生活等现象。鉴于种族隔离机制无条件压制受其管辖的所有种族群体的思想，印度裔也特别关注政治环境。南非种族隔离政策的暴行使这一题材的作品在印度裔中层出不穷，也使他们在与之抗争的过程中确立了自己的文学意识。由于南非印度裔小说在国内处于相对被排挤的地位，印度裔作者们很清楚这一文类羽翼尚未丰满。时至今日，南非印度裔小说尝试自我表达的星星之火，才呈现出为生活在南非的印度人尽情欢呼的燎原之势，这意味着南非印度裔文学逐渐实现了自我肯定，也意味着历经一个世纪的南非生活后，印度裔的自我意识渐渐苏醒，并开始以文学创作的形式思考和肯定他们在南非的生活历程。

从现实到小说：阿赫麦德·伊索笔下的显性与隐性

笔者将南非印度裔小说置于这样一个背景中：以种族隔离政策的废除为界将文学评论划分为两部分。先是阿赫麦德·伊索的短篇小说集《哈吉·穆萨和印度消防员》。在印度裔南非作家中，生于印度的作家寥寥无几，而伊索就是其中之一。伊索的创作生涯达数几十年，作品众多，成果斐然。他的小说作品包括《君主》（*The Emperor*，1984）、《奴洁汗及其他故事》（*Noorjehan and Other Stories*，1990）和《红心国王及其他故事》（*The King of Hearts and Other Stories*，1997）。伊索的最新作品是 2004 年出版的小说《第三个预言》（*The Third Prophecy*）。

《哈吉·穆萨和印度消防员》创作于 1978 年至 1988 年之间，彼时正值南非反种族隔离激进运动的高峰。虽说常有人批评伊索的作品不像同时代的其他作家那样对种族隔离问题抱以种族批判精神，但如果因此说伊索缺乏政治头脑，那就大错特错了。伊索的小说中鲜有旗帜鲜明的政治内容，但字里行间依然流露出种族隔离政策的深刻影响。罗兰德·史密斯（Rowland Smith）在谈到《哈吉·穆萨和印度消防员》中的故事时，也对这一论断持肯定态度："伊索在他的这些早期小说中表现出了鲜明的特点。他既能刻画出生机勃勃的约翰内斯堡印度社区，又能暗示出对外部大环境的持续威胁，这个寄人篱下的东方种族尽管在保护自我，但依然是饱受屈辱的弱势群体。"（65）史密斯在这部小说集中找出了两个主题——印度裔族群的特殊性以及种族隔离政策的持续威胁。对此，笔者要补充一条：在本故事集中，福特堡这个公认的印度裔聚居区居住着各色人等。在这里居住的非白人种族对彼此有什么影响？

《哈吉·穆萨和印度消防员》的故事以约翰内斯堡的福特堡印度裔聚集区为背景。这部小说集的故事中有形形色色的人物，故事情节也相互交织，但其主要关注的还是印度裔。伊索的作品主题颇为广泛。例如，以流浪为主题的《哈吉》（"The Hajji"）主人公是一个离开福特堡的印度裔男子，他肤白眼灰，因此他能"和一个白人女子同居"；以冒牌预言家为主题的《瑜伽信徒》（"The Yogi"）讽刺了一个自称是印度教圣徒的男子；关注女性性问题的《两姐妹》（"The Two Sisters"）剖析了两地分居对两位印度裔妇女性心理的影响；描写印度裔中的渣滓的中篇小说《拜访》（"The Visitation"）用大幅笔墨描述了苏飞先生和暴徒古尔之间的关系。写到这里，我并不是想复述这部小说集的故事主题，而是想知道，究竟怎样理解印度裔身份才能达到这样的效果——对情节或许无足轻重，但能够体现上文描述的南非印度裔小说的特点。

伊索在作品中描绘了福特堡印度裔内部的种群差异。他笔下的印度裔居民区是一个多元文化交织的社区，在那里不同种族的人们关系密切，你来我往，很难分清他们来自哪个民族。在《哈吉》中，主人公前往白人居住区求职。由于和那里的一切格格不入，他身心俱疲地登上了一列开往福特堡的火车，并进入黑人专用车厢中。因为他认为"和黑人共同乘车没有压力，有归属感。周围都是尊重他的亲切面孔"（8）。对于印度裔而言，如果真存在一个"家"，这个家并不是看不见摸不着的印度，而是南非当地黑人"亲切的面孔"。在《瑜伽信徒》中，伊索进一步强调了这种成为非洲人的渴望。故事标题的同名主人公瑜伽·克里士纳希瓦由于违反了《背德法》而受到迫害，罪名是与一名白人妇女发生了性关系。印度裔民众对此事也怒不可遏，但他们愤怒的原因并不是可怜瑜伽受到的种种非难，而是为他求欢的对象不是黑人而是白人女子："我告诉你，他不喜黑人女孩。他黑人，不喜黑人，却喜欢那些白鹅肉"（30）。这又一次表明了印度裔把自己看成是黑人，而不是抽象的印度人。在《黑与白》（"Black and White"）中，主人公希瑞是一位印度裔年轻女子，她为了奚落自己的白人男友，指着周围来来往往的人们向他声明：

"我属于每一个人……每一个人，你们懂得。我属于每一个黑人，每一个黑人男孩。白人没戏。"（93）标题"白与黑"不仅颠覆了种族隔离者的语言（比如"白人没戏"），也重新建构了和黑白对峙并行的种族关系——不接受种族隔离政策的划分方法，拒绝把印度裔和黑人区分开来。《戈蒂》（"Gerty"）也表现了类似的内容。文中的印度裔叙述者这样描绘瓦雷蒂多普大街："大家都知道，这条街被达拉里大街一分为二，一边是我们黑人的区域，另一边是白人的"（122）。用"我们"和"他们"的对立来表达自己的感情的方式起源于黑人觉醒运动，它一方面号召黑人拒绝与白人联盟，另一方面暗示了印度裔深深眷恋南非的生活，印度裔离散群体和非洲原住民李郭同舟，河同水密。他们都与白人保持疏远，也都深受白人压迫。

尽管作品中的印度裔角色和南非的黑人原住民结成了同盟，我们也必须指出其中的印度裔族群内部也存在着差异性。在一篇题为《多莉》（"Dolly"）的故事中有一个人物名叫碧比（在乌尔都语中意为"妻子"），她"父亲是印度人，母亲是荷兰人"（38）；《两姐妹》中的卡西姆夫人有一半的中国血统，这些都象征着印度裔热切盼望与其他种族相融合。这些细节在故事的主线中并不显眼，对故事情节的推进也无足轻重，但是它们体现出南非的印度裔并非不接纳异族的排外群体，因而不能否认它们的主题和政治意义。

然而印度性在这部小说集中并没有被湮没。有很多故事都展现了印度裔文化在南非人日常生活中的影响。故事中的常客达斯·帕特尔先生（MR. Das Patel）在福特堡开了一家咖啡馆。伊索在描述这家咖啡馆时说，这里"永远飘着肉香、亚热带水果以及辣味小吃的味道"（28）。"永远飘着"这个表达也暗示了印度裔已经把他们的身影、味道和声音永远地留在了南非。例如，故事中的人名索玛、阿齐兹汗和纳西姆在南非的印度裔中也很常见。故事中咖啡馆所在的建筑叫做"东方大厦"。中篇小说《拜访》中住在贫民窟的房东苏飞先生把他要租住的房子叫做涅磐之所。而在《哈吉》中，主人公哈吉也满怀深情地回忆着自己在伊斯兰学院读书时的岁月（8）。《背叛》（"The Betrayal"）可能是伊索的作品中政治色彩最浓的一部。故事中的卡玛尔博士是"东方前线"运动的领袖。他曾在印度接受过教育,"在他的政治生涯中还曾师从甘地,这一点也得到了后者的承认"(20)。在《两姐妹》中,小说中的人物把头发染成了金色,对此叙述者做了这样的评述:"他们的样子变得很怪,因为金发不符合东方人的特点"(40-41)。其他几篇故事包括讲述虔诚的穆斯林教徒群起反对歪曲伊斯兰教行为的《电影》("Film");描写穆斯林妇女的堕落的《阿齐兹汗》("Aziz Khan")及讲述投身甘地领导的消极抵抗运动的《十年》("Ten Years")。在小说《雷德·比尔德的女儿》("Red Beard's Daughter")中,雷德·比尔德"喜欢嚼栳叶,一生中从未穿过西装。要是他穿上西装,再配上身上散发出的玫瑰油的味道,以及头上戴的土耳其毡帽,看上去就活像个小矮人"(99)。

同样,印度的文化身份也融进了南非人民的文化中。在《拜访》中,苏飞先生拜访了瑜伽·克里士纳希瓦。在描写瑜伽的家时,作者写道:"房间光线昏暗,供桌上的泥碗中点着微弱的烛光,泥碗后面供奉着舞王湿婆的铜像。一个小瓷瓶中点着几根香,燃起了缕缕青烟"(201)。在另一篇故事中,"几个印度裔蔬果贩子正在院子里发动卡车,准备去郊外找主妇们开始一天的买卖"(3)。不过,当一个意气风发的印度裔青年创办了一家面向印度裔的杂志《闪烁》(Glitter)时,"东方前线"却斥责小伙子是白人的爪牙;《闪烁》是一份"由白人出资,专门损害和分化黑人的种族主义报刊"(228)。究竟应该怎样处理印度裔文化的特色?是选择融入南非社会,还是保持自己的特色?伊索以冷静的头脑,在这二者的辩证中寻求着平衡点。

伊索的创作期正值南非反种族隔离和黑人觉醒运动的高峰期,他的作品揭示出印度裔拒绝划分种族,并依此抵制种族隔离政策。[10]西奥多·谢克尔斯(Theodore Sheckels)指出,尽管伊索"倡导群体性和宽容度",然而在《哈吉·穆萨和印度消防员》这部小说集中,"很遗憾,人物及其种群都未能体现这两个理念"(53)。在笔者看来,这是对伊索的误读。无论是表现个人的印度属性,还是着力倡导黑人的政治身份,伊索对群体都持肯定态度。尽管伊索的写作思路以情节为重，但从字里行间中流露出政治观点，即印度裔中很少有人放弃自己的印度身份，但他们一直都在和黑人这个弱势政治群体联合并把其当作南非社会中的亲人。伊索作品中的隐和显属于政治策略，一方面强调了印度裔的南非性，另一方面强调了其南非人身份具有的印度性。从这一点来说，伊索为描述非洲印度裔身份问题的后世作品奠定了基础。

搬迁与儿童：《黎明的女儿们》中的迁徙

用隐与显作为谋求政治权利的手段是伊索作品中的主题。在中篇小说《黎明的女儿们》中，法里达·卡罗狄亚也采用了这种方式。卡罗狄亚于 1942 年生于南非，大半辈子都在加拿大飘泊，因此她小说中的主题并不仅限于描写印度裔。例如，1993 年出版的《粉碎沉寂》（*A Shattering of Silence*）是以发生在莫桑比克的叛乱为背景的。《倚靠非洲的天空及其他故事》（*Against the African Sky and Other Stories*，1997）是她 1995 年回到南非之后创作的小说，其中描绘了形形色色的人等。出版于 1986 年的中篇小说《黎明的女儿们》被认为是卡罗狄亚的作品中最具自传性的一部，因此它的主题也是最具印度色彩的。作品以 20 世纪 50 年代为背景，彼时《种族区域法》（Group Areas Act）大行其道并引发了该不该让印度裔迁入亚洲人聚居区的争论。[11] 这部中篇小说有很强的政治色彩，它不仅揭露了南非种族隔离者的残暴，还探究了种族隔离制度的影响，尤其是这次印度裔被迫搬迁对印度裔公民造成的心理影响。

《黎明的女儿们》中有一些儿童角色，用以探索印度裔的渴望感和归属感的含义，特别是他们与土地的关系。南非种族隔离政策对儿童的心理产生了怎样的影响？这是作品关注的重点。儿童代表未来、希望和新生，从他们身上能体现出大人们的焦虑情绪。小女孩米娜是小说的叙述者，她的经历从一个侧面反映了印度裔血统复杂，在南非身处弱势地位。米娜的父亲是一名印度裔穆斯林，母亲则是一名南非黑人妇女。米娜一家志在发扬印度人的传统，他们遵守斋月期间的圣斋传统，此外他们只吃穆斯林教义规定的食物。而米娜自己则回忆了自己曾被一个白人男孩称为"苦力"的经历，这一称呼专门用来指代印度人，带有明显的种族歧视意义（20）。当米娜的父亲考虑其姐雅思敏未来的职业时，却得知在当地非白人女子只能从事教师和护士两项工作。由此可见，印度裔的身份让他们左右为难，一方面他们渴望保持印度性，另一方面他们又在矛盾中融入规模更大的非白人群体中。

是进一步以融入更大范围的群体身份，还是退一步保持自己的印度—伊斯兰身份，这一选择令印度裔摇摆不定，而这部小说中的印度性也被笼罩在这种进退两难之中。这种矛盾情绪通过小说的标题"黎明的女儿们"也进一步予以强调。"黎明"一词指出了在这两个极端之间，印度裔立场模糊。黎明正是处在夜与昼、黑与白之间，用这个词比喻印度裔，生动地表现了这一群体所处的状态。然而，这部小说还讨论了处于黎明状态中的别的孩子们，像南非的有色人种和混血人群。通过探究南非种族隔离制度体系下印度裔和有色人种的弱势地位，卡罗狄亚呼吁印度裔必须要和有色人种团结起来。在送米娜到约翰内斯堡上学这件事上，如果米娜去的是印度学校，那么她就无法得到住处，但如果她去的是黑人学校，她就可以住在莉斯波特阿姨家，因此她的家人就将她归入有色人种这一类人群中了。现实的考虑使他们不得不做出这样的决定，然而这同时也令他们的政治地位有所提高。

米娜和她的母亲都不愿接受被归入有色人种当中，而米娜更是对此心绪不宁，她哭着说"我想做我自己"。在劝说母女俩接受这一身份时，米娜的祖母对米娜说："你的身份是南非人。既然你不能生活在自己的祖国，那么只好退居其次，那就是选择一个能够对你有利的身份。我们不是说你没有保留自己血统的权利，这种权利是你生来就有的。然而政府无视你的这一权利，因此我们能做就是在糟糕的局面中寻找一个最好的结果。"（73）米娜的祖母主张印度裔首先是南非人，这是最重要的一点。既然政府不允许他们成为南非公民，他们只能去寻求其他的身份。政府的残暴统治拒绝承认印度裔的身份，因此这一群体的创作和作品成为了表达自己的身份的重要渠道。笔者想借此细致地研究为什么这一群体渴望就身份问题进行重新分类。对于身份的重新分类这一问题，在儿童身上是最容易实现的，因为儿童的身份观念和成年人相比是比较模糊的。身在南非的印度人在身份问题上向来是比较模糊的，这一点使印度裔儿童的身份处于一种更加不稳定的状态。然而，无论是重新定位身份，还是通过加入有色人群的行列中以谋求地位的提高，都表现了米娜开始从定居者向公民身份的转变，以及从不介入政治到获得政治权利的转变。

　　在约翰内斯堡，米娜第一次遇到了青年抵抗运动的成员，并在和一群青年激进派的交谈中实现了政治上的觉醒。米奇·弗洛克曼（Micki Flockermann）指出："米娜在约翰内斯堡和这一群政治意识强烈的年轻人相遇，尽管相处时间短暂，但他们之间的谈话使她超越了雅思敏（原文如此，原注）那些校园女生做作的话语，为她将来投身政治奠定了基础。"（《非权威人士》"Not-Quite Insiders"43）然而只有融入一个更大的身份群体中才能实现这一点，对米娜而言这个群体就是黑人。米娜一家生活在"亚洲人居住区"，处于与外界隔离的状态，米娜选择了一条和她的家人相反的道路，也摆脱了自己以前的政治观念："过去的我离大城市政治生活的现实太远了"（85）。来到了城市以后，米娜的身份获得了重新的定位。也只有在城市，她才在政治上找到了自我。如前所述，印度裔对自己身份的重新定位也好，融入非洲有色人种或黑人的群体中也罢，这并不意味着他们被同化了。和大多数与她同时代的作家一样，卡罗狄亚通过描述作品中叙述者——女孩米娜的经历，为印度裔的身份问题谋划了一个先隐后显的策略，并以此来发出印度裔自己的声音。

印度人融入南非的日常生活：阿格尼斯·萨姆的《耶稣是印度人》

　　对女童的描写在阿格尼斯·萨姆的故事集《耶稣是印度人》中也非常突出。萨姆生于 1942 年，是契约劳工的后代。和卡罗狄亚一样，萨姆也过着异乡漂泊的生活，她从 1973 年以来一直生活在英国，直到 1993 年才再度登上故土南非。萨姆的故事在多部期刊和杂志上发表，她的两部剧作还曾在英国广播公司的电台中播出。从萨姆的小说中可以看到，天主教信仰和自己契约劳工后代的身份对于她的影响很大。然而在这部故事集里的作品当中，作者多用儿童形象，特别是女孩形象，对南非的公众话语中将印度裔全面抹杀的现象提出了质疑，并重新将印度裔置于南非的文化版图中。印度裔生活在南非的时间相对较短，仅有一百年多一点的历史，因此南非印度裔小说这一文学流派也处于萌芽阶段。印度裔作家小说中使用儿童这一意象既象征了这一文学流派朝气蓬勃，同时也象征着从历史的角度看，在南非生活的印度裔正处于青年阶段，是一个充满活力的群体。由此可见，南非印度裔小说就像一个大吵大闹的孩子一样，它要求人们关注它，绝不会允许人们对他视而不见、充耳不闻，甚至将其边缘化。

在小说集的序言中，萨姆清楚地表达了自己的政治主张："南非社会为什么会忽视印度裔？在南非生活的印度裔是否是一个毫无价值的群体，无需载入南非的历史中？既然廉价劳动力是南非经济的基础，为什么印度裔在这个国家显得无关紧要？生活在南非的印度裔给这个国家带来了什么？为什么关于这一群体的内容在历史书上只字不提？对这些问题提出质疑和研究，在我看来似乎是我的应尽之责。"（2）萨姆通过研究南非印度裔的历史，将他们那段被人们遗忘的过去复原在人们面前。如在《讲故事的人》（"The Storyteller"）和《他们称它为契约劳工》（"They Christen it Indenture"）中，作者再度讲述了契约劳工的故事，并将其发扬光大。作者向广大读者指出，印度裔在南非经历了一段漫长的失败与痛苦的历程，然而他们已经深深扎根于南非的土地上了。

然而这部小说集的主要目的并不在于追溯历史，而是要将印度裔融入当代南非的社会生活中。在小说《高跟鞋》（"High Heels"）中，叙述者一家兄弟几人的名字分别是马太、多马、马可和保罗，由此可见南非印度裔一直谋求在身份上融入基督教的群体中，然而尽管如此，他们仍没有放弃身上的印度特征。小说叙述者的母亲供奉着神龛，里面安放的是一座印度教的神像。她一直把这座神龛藏在一个隐秘的地方妥善保管，这也象征着印度文化在南非的地位。作者强调了面对南非社会要求将印度裔同化的压力，印度裔只得把自己的种族身份藏在心里，不能自由表现出来。同时作者向读者重现了印度契约劳工时代的历史，当时大批印度契约劳工到达南非后被迫改信基督教，因为根据南非法律的规定，他们只有这样做才能获得结婚的权利，同时也只有这样做才能使他们的子女获得遗产继承权（Sam 131）。后来孩子发现了神龛，这也象征着尽管在南非人看来，同化的层层压力也许将印度裔族群身上的"印度性"掩盖了，但这一群体绝不会让"印度性"彻底消失。

此外，故事集标题的文字格式也意味深长："耶稣是印度人"采用黑体，副标题"及其他南非故事"用小一些的字号；将"印度人"和"其他南非人"并列在一起，也是用心良苦。在南非，黑人和白人这两个互不相容的群体形成了一个在种族上两极对峙的局势。在这片土地上，印度裔就是"他者"。作者将这部小说集描述成是"南非故事"，并将主题故事的题目"耶稣是印度人"和"及其他"等限定词放在这个描述的前面，由此这部小说集不仅探讨了耶稣是印度人这一问题，而且它还是在"什么是南非人"这一问题的范围内研究这一问题的。换句话说，这一题目表明了印度裔主题是南非日常生活的重要组成部分。

种族隔离制度强令各个种群隔绝在各自的班图斯坦（Bantustan，即种族隔离区域），这种隔绝不仅仅是地理上的，更是情感上的。萨姆的这部小说集研究了在这种制度下黑人文化对印度裔的身份产生了怎样的影响。印度裔内部的种族、宗教、文化和语言差异原本就非常大，而南非种族隔离者却要求将这一群体进一步分化，并相互隔离。因此，萨姆在小说中明确表示反对种族隔离者的这一政策，她大声疾呼印度裔也是南非人。在同名故事《耶稣是印度人》中，作者通过运用修辞手法再次强调了这一主题。故事中的两个印度裔女孩亨妮和安吉拉一直要剪掉自己印度风格的长发。她们在将头发剪短后立刻感到自己融入了南非社会当中。女主人公安吉拉在学校上学时，她的老师博纳文图拉修女问起她母亲有没有基督教的教名，安吉拉回答道她母亲的教名叫做卡玛奇（Kamatchee）。"小卷心菜？"修女问，"这就是你母亲的名字？"（31）。叙述者继续向老师解释她母亲的名字确实是卡玛奇，而博纳文图拉修女则一再表示"小卷心菜"算不上教名。安吉拉回到家以后，她问母亲为什么没有教名。

> 哈玛笑了起来。她高高地把头抬起，又摇了摇头，说道："修女知道什么，呃？难道耶稣身上围的不是甘地那样的腰布吗？难道哈玛在和耶稣交谈时用的不是我们自己的语言吗？难道我们的祷告没有得到耶稣的回应吗？难道宝贝你就不会得到一个家境富有的丈夫吗？宝贝你那么聪明，你想想这些意味着什么，呃？聪明的孩子，你难道不知道吗？这说明耶稣是印度人，你去学校，把这些告诉那个修女。"（33）

哈玛的这番话没有把耶稣当作一个专属于白人和西方基督教中的概念，而且她把耶稣和甘地进行比较，这一点也很有意义。目前在南非生活的印度裔人数已突破百万，然而对于大多数印度裔而言，一将印度和南非联系到一起，就会令他们想到甘地。甘地正是在南非了解到了种族歧视问题，正是在南非提出了号召公众团结起来进行非暴力抵抗的原则（satyagrada），也正是在南非发现了印度人的意义。甘地和耶稣都主张实现自我的人生价值，并主张反抗暴政。他们都是南非印度裔这一群体的楷模。

哈玛的这段话也揭示出印度裔南非人的抵抗不会像甘地和耶稣那样产生改变世界的效果。他们对于文化霸权的反抗力量是非常微不足道的，像围腰布和说印度语等，然而尽管如此，这一群体毕竟是在反抗。最终孩子领悟了这些抵抗的方式，这段情节也非常有意义。安吉拉在学校里一字不差地把哈玛的那段话背了一遍，本以为会受到老师的责罚。然而老师却说："说得好，安吉拉。"在获得了权威的认可之后，安吉拉回到家中，"抓起我男孩子般的头发，摇来摇去，时而拉到我的腰际，时而又将其推到胸前"（33）。在学校这样的公众场所被看作南非人，在家中这样的私人场所被视为印度人，这样孩子的身份就能够使公众/南非人和私下/印度人这样的二元对立融合在一起。萨姆通过儿童的话语，向我们刻画了大的政治背景下南非印度裔的生活空间。

在这部小说集中笔者最后要说的一个故事有些让人费解，这种费解体现在故事人物的种族身份上。像桑吉塔·雷（Sangeeta Ray）等批评家也曾提出过这一观点（见 Ray 11）。这个故事名为《杰里鼠》（"Jelly Mouse"），故事的焦点是一个南非家庭，家中的成员是一个母亲带着三个儿子，一家四口漂泊异乡，生活在英国。故事中对于这个家庭的情况交待非常少，作者只告诉我们这一家人是南非人。这三个男孩的名字也很像南非黑人的名字，他们分别叫作卢萨尼、希诺瓦和瓦恩德。然而从这家人的文化习惯来看，这家人看上去又像是印度人。他们吃的是咖喱和米饭，谈论的内容也是甘地来南非解放他们的年代。正是这最后一个线索令笔者认为这一家人是印度人，因为甘地当时解放的是印度人。此外，依笔者愚见，对于这一家庭的种族问题交代得非常模糊，这是作者萨姆有意采取的一种叙述策略。她之所以选择认同南非黑人，是为了表达出印度裔和南非黑人之间有着密切的联系，因为他们都是受害者；同时她通过和黑人建立密切的联系，以此强调印度裔和黑人都具有南非人的身份。拥有南非黑人名字的孩子也是一个非常有意义的意象，就像在其他的作品中一样，儿童象征着新生命，在这里儿童象征的是新的南非，这里的人们的名字跨越了种族的界限，吃的是咖喱和米饭，心中的解放者形象是甘地。

后种族隔离时代的印度裔小说

伊索、卡罗狄亚和萨姆都采用了隐藏和编码的叙述策略，并以此来获得政治权利。上述作品均创作于 20 世纪 80 年代。当时非白人种族亟需团结一致以推翻种族隔离制度。在以此为背景的作品中，印度裔选择并融入了其他种群的身份，以反抗南非种族隔离制度的分化政策。此时，印度裔已经不那么确定自身的印度性，而其印度身份也随之消失。1990年南非种族隔离制度废除后，印度裔小说进入了新纪元，但这种转变并没有人们想象中的那样剧烈。尽管曼德拉总统承诺逐渐废除种族制度并建设多种族共存的"彩虹国家"，但很多印度裔南非人认为后殖民时代的南非仍处于黑白对峙的两极格局，印度裔依然被排除在外。在这一时期的小说中，尽管印度裔敏锐地意识到了南非人的种族关系，但他们更加明确地肯定自己的印度性，也不必靠融入一个更大的种群以谋求政治权利。这一时期印度裔南非小说的风格和语气发生着持续的变化。种族隔离时代的印度裔小说遮遮掩掩，篇幅有限；后种族隔离时代则开始出现长篇幅的大型作品，这一方面意味着作家们对于印度裔南非小说的信心增强了，另一方面反映出他们对自身在南非的重要性有了越来越深刻的认识。种族隔离时代的小说作者多记录了种族隔离制度的可怕之处，以及印度裔在种族格局两极化的社会中如何弥合自己的印度身份。相较之下，后种族隔离时代的小说更具"歌颂性"（笔者对于这个词的使用极其谨慎）。时至今日，南非社会中政治变化已趋缓和，因此后种族隔离时代的小说和社会现实主义渐行渐远，他们开始尝试多元化的写作风格。魔幻现实主义和19世纪小说中的喜剧风格成为了这一时期在印度裔南非作家中流行的技法与风格。

纪念印度裔的历史：伊姆拉兰·库瓦狄亚的《婚礼》

伊姆拉兰·库瓦狄亚的处女作《婚礼》通过剖析印度裔在20世纪初建设德班的生活，再现了南非的历史。这部作品行文轻松活泼，与萨姆和卡罗狄亚悲切凄凉的风格形成了鲜明的对比。小说主人公伊斯梅特于19世纪之初移民来到南非，他梦想着能和新婚妻子过上富足的生活："他看到自己缔造了一个商业帝国，开创了一个王朝并睥睨其他文化"（105）。小说虽提及了甘地领导德班的印度裔投身政治活动，但其主要关注的还是当时的政治环境，特别是专横的种族主义法对印度裔政治权利的剥夺。正是这样的环境让甘地下决心把印度裔团结起来，组成一个强大的政治实体。库瓦狄亚笔下的印度历史源于流传已久的家庭故事。他从小在德班听到了很多故事，这些故事是他作品中故事情节的灵感来源。通过这部小说，库瓦狄亚不仅告诉我们个人生活离不开政治，还让我们注意到了一个已遭遗忘的事实——印度裔在南非已经生活了一个多世纪，他们在改变南非的同时，也被南非改变了。

伊斯梅特最初目空一起，野心勃勃。他幻想着自己可以在南非创建"一支儿童团……有成百上千人之众，他们是驻扎在这片广阔土地上的青年巨擘……他们拜在伊斯梅特麾下，在这片热土上出生入死……他们伐木堆石，建起一座座城市，让清真寺遍地开花，吃着血淋淋的牛肉"（120）。伊斯梅特梦想着按照印度的样子来重建南非（让清真寺遍地开花即梦想之一）。与此同时，这部小说本身也促进了这项事业的发展。作品中专门反复强调了印度裔给南非带来的变化：

> 德班……人口多达一百多万，其中黑人、白人和印度人各占三分之一。由于德班是印度本土以外印度人口数量最多的地区，因此它也是除了南亚次大陆以外世界上最具印度特色的城市。【由于德班的种族构成泾渭分明，一目了然，因此当时已经侨居南非的莫罕达斯·甘地极力主张在德班建立印度裔自治区。他提出了一个惊世骇俗的观点：尽管印度裔内部有多个种群，但他们都属于同一个民族。从某种意义上讲，德班成了印度裔的民族国家。】（142-143）

库瓦狄亚指出，在德班，黑白对峙的两极种族格局裂变而成三足鼎立的格局。他还指出，南非的印度裔不仅彻底改变了人们对南非的认识，他们还成立了印度裔的民族国家，实现了他们长期以来的梦想。

在德班，印度裔不仅开始建立民族国家，还宣称要保留自身的印度性。伊斯梅特的邻居维克拉姆让他不要对过去有任何留恋，南非的紧张局势意味着"在这个国家，不论你是印度孟买人、泰米尔人，还是什么古吉拉特人，来这儿之前你必须忘却一切……任何留恋都不要有，我的朋友。我觉得我们只有齐心协力，团结一致才是最重要的"（150）。然而伊斯梅特却对这种凭空强加的印度概念感到愤怒："这个维克拉姆以为这儿的印度人是什么人？他只见过一百万多万印度人为了圈地争论不休，各个种群为了争夺土地闹得不可开交。哪儿来的什么'团结一致'的印度人？"（189）然而尽管伊斯梅特反对整合印度裔的身份，但从他的饮食上看，他自始至终都保留着印度性：

> 从某种程度上讲，印度是一个漂浮不定的国家，它随着印度人飘来飘去，适应新环境的能力很强。但如果外界一开始就在各个方面抛弃它、忘记它，那么它最后的结局会是什么呢？

在伊斯梅特看来，晚餐、周日的正餐、周末的小吃、咖喱、咖喱菜、"甜不辣"、油炸全麦饼等食物是建立事物的新秩序、人际关系的新网络最为重要的一步，它们将预示，并促成这种新秩序、新网络的实现。

从哲学角度讲，如果一家人不能同桌吃饭，那还能算是个家吗？如果饭食中没有甩饼，没有泡菜，那还算是印度裔吗？

在这里，食物发挥了暗喻的功能。它们构建起了伊斯梅特起先断然否定的印度裔社区。伊斯梅特脑海中的精美菜肴所构建起的社区是一个广义的印度，而不是某一个狭义的地方。保留身份中的印度性还有一种方法，藏在伊斯梅特和卡特加的公文包中的东西——《可兰经》就透露了这一点："过去封皮是一张红白方格的沙发皮……（再裹着）一个花边蚊帐……现在他可以在这个新大陆毕恭毕敬地进行适当的祈祷了"（148）。

伊斯梅特和卡特加逐渐融入了南非的政治大环境中。如果不了解政治，他们就觉得自己"在精神上无依无靠"。现在他们和印度的通信往来很少，表示将在南非永久定居。他们被迫在德班市外的"隔离郊区"重新安家，不难想象，在那里种族隔离制度会让他们伤得体无完肤（265）。然而库瓦狄亚指出，讲述他们的故事有着非常重要的意义："她（卡特加）的故事已经超越了个人的范畴，成了我们共同的历史"（267）。"共同的历史"这个说法看似指代不明，实际上是作者有意为之。"共同的历史"一词指的是伊斯梅特、卡特加和其他南非印度裔共同具有的印度传统。尽管这种对应最明显不过，但"共同"这个词的意义还可以扩展，将印度人、非洲人、欧洲人创造的南非历史都包括进去。尽管库瓦狄亚也承认不同种族之间存在着相互联系，但他的政治意图和之前的作家有所不同。他的研究对象不是现在，而是过去，他采用印度裔的形象重构南非的历史。通过回顾尘封已久的印度第一代移民历史，库瓦狄亚揭示了南非印度裔文学乃至整个南非文学的转向："见证"当代社会的暴政已不再是文学作品创作的当务之急。这部小说以史为鉴，预示现在，它宣告了印度裔及其小说作品在南非社会成功地占有了一席之地。

对东—南离散群体相互影响的思考

上述四位作家运用了不同的写作技巧，让印度裔的差异融入南非意识中。他们宣称，殖民主义和种族隔离的历史让全体南非人民相依相偎，不能对他们加以区别对待。他们提出了共同的南非身份这一概念，也阐明了印度裔永远与朝夕相处的南非纽带相连，印度对其而言只是想象中的概念。这两个概念构成了南非印度裔小说中最重要的主题。作为本论文的补充说明，笔者在最后想谈谈东—南离散群体（本文中特指从印度到南非的移民）的相互影响对我们重新理解离散问题有着怎样的帮助。

在南亚殖民地，契约劳工是一种常见的移民方式。印度的契约劳工曾被运往斐济、非洲以及加勒比等地区。然而南非独特的种族隔离制度使针对南非印度裔的研究变得异常复杂。种族隔离制度横行下的南非种族关系错综复杂，少数的欧洲定居者剥夺了非洲黑人的政治权利，这就是印度裔来到的土地。在东—南离散群体的相互影响中，如何推翻白人的霸权一直是印度裔最为关注的问题，与此同时，他们也在思考着一些更具体的问题：如何在保持完整的印度性的同时和黑人建立联系？如何在两极对峙的种族格局中找准自己的位置？如何应对以劳工制和奴隶制为基础的传统移民方式？尽管从全球范围来看印度人与黑人对彼此没有什么好感，然而在非洲这两个种族之间的关系确属独一无二。在 20 世纪，南非并未像非洲其他殖民地一样迅速瓦解欧洲定居者的权利，因此南非印度裔一方面不得不与白人力量进行斗争，就连他们要和黑人联合成一个更大的群体亦要如此。白人定居者、非洲原住民和印度裔离散群体之间三足鼎立是南非特有的种族格局。离散群体的相互影响往往发生在本地白人与非白人移民者之间，而南非的种族格局打破这一常见形式，重新定义了离散群体的相互影响。

对于印度裔而言，先后被殖民主义和种族隔离制度剥夺了权利，这意味着什么？难道意味着把他们归入一个历史和种族多样性不复存在的统一种群中？在解决这些问题时，印度裔南非作家声称，南非身份就是在总体上认同南非，但也几乎不会抛弃自身独特的印度性。对印度裔离散群体而言，回到印度是不可能的，因此对归属感的渴望就成了他们作品中的重要主题。对印度裔而言，尽管祖国是一个能引起共鸣但又神秘莫测的圣地，但从笔者在上文进行研究的几部小说来看，印度裔根本无意回到祖国，甚至连精神意义上的回归都无从谈起。由此可见，印度在他们眼中只是一个空洞的符号。由于印度裔无法回归故土，加之在南非一个世纪之久的生活会继续下去，他们和印度之间无疑不会有任何实质性的联系。一直以来南亚离散研究主要研究移民到西方的亚裔的作品，而南非印度裔对这一研究的主导地位提出了挑战。他们向世人证明南非印度裔也有自己的文学历史，尽管这段历史直到今天才被发掘出来，但毫无疑问它将被载入史册。

注释

笔者在此感谢《现代小说研究》的匿名评论家对本文初稿提出指导性意见。安吉列塔·古尔丁（Angeletta Gourdine）和布莱恩·克雷明斯（Brian Cremins）阅读了全文，并提供了很多有益的建议，在此一并致谢。

[1] 尽管生活在南非的印度人也被称为印度裔南非人（Indian South Africans），然而在本文中笔者将他们称之为南非印度裔，这样做是为了保留他们身份的完整性（主要认可南非人的身份）。参见注解 8。

[2] 尽管法里达·卡罗狄亚和阿赫玛特·凡格都是印度后裔，但将他们视为混血儿才更为恰当。然而由于《黎明的女儿们》和《卡夫卡的诅咒》关注的都是印度裔的身份问题，我认为将其视为印度裔作品也不为过。

[3] 在此笔者参考了洛伦·克鲁格等学者的著作。他们已经开始着手研究离散交流的其他方式。关于南—南移民的模式，可参考克鲁格的作品

[4] 目前笔者只找到了寥寥数篇探讨印度移民文学影响的文章。关于研究印度裔南非文学的学术著作，见 Flockmann 的《亚裔离散》（"Asian Diasporas"），以及 Fleed、Hope、English、Kruger、Munson、Page、 Jones、Ray、Reddy 和 Smith 等人的文章。这些文章都有很高的参考价值，但它们大多都是针对某一位作家的研究（除 Reddy 外），并没有像本论文一样尝试着比较分析南非印度裔小说的主题。

[5] 埃尔德描述了为剥夺印度裔族群权利而颁布的诸多法律：当时南非通过了多个限制亚裔种群权利的歧视性法律，比如 1895 年纳塔尔颁布的《印度移民法》。相较之下，德兰士瓦出台的法规则有过之而无不及。格利高里在报告中曾言道，一直以来奥兰治自由邦对非欧洲移民都有极端的歧视，因此这里对印度裔已经没有吸引力了。"1854 年的宪法明确规定，南非只将公民权利赋予'白人居民'，而印度裔族群则被视为"有色人种"（117）。

[6] 最新的人口普查预测显示，生于于南非的印度裔人口数量达 1007865 人。本文中所有人口数据均源自 1996 年南非人口普查。

[7] 笔者分析的范围只包括印度裔小说。印度裔在南非生活的现状可能与小说中表现的内容有所出入。笔者固然必须要关注他们在南非生活的史实，以及印度裔和非洲原住民时有的冲突，但笔者对研究小说文本范围以外的现实状况更感兴趣。

[8] 伊博—瓦里进行的民意调查证实了这一说法。为进行研究，她采访了 70 位有印度裔血统的南非人。在她设置的问题中，有一个问题是"你用下面哪一个词来描述自己？"，选项包括"印度裔南非人"、"南非人"、"南非印度裔"、"具有印度血统的南非人"等表达。有 34%的被采访者将自己的身份定义为"南非人"，20%的人选择了"南非印度裔"，还有 13%的人选的是"具有印度血统的南非人"。只有 3%的人将自己的身份说成是印度裔南非人。伊博—瓦里指出，"民族感情的得分太低了"（176），但具有深刻意义的一点是，即使参与者用"印度裔"一词来修饰"南非人"时，也是将"南非人"放在第一位。

[9] 感谢苏伦达·布哈那（Surenda Bhana）作品中关于南非印度性流动理论的观点。更多关于印度性如何适应南非不断变化的社会形势的内容，参见布哈那著作。

[10] 黑人觉醒运动与政治活动家史蒂夫·比科（Steve Biko）密不可分，该运动倡导黑人坚决与白人自由主义者决裂，并力主黑人群体实现精神和心理上的解放。

[11]《种族区域法》（1950）为不同的族群强制划分了相互隔离的居住区。

参考文献

[1] Bhana, Surenda. "Indianness Reconfigured, 1944-1960: The Natal Indian Congress in South Africa." *Comparative Studies of South Asia, Africa and the Middle East* 17 (1997): 100-106.

[2] Coovadia, Imraan. *The Wedding*. New York: Picador, 2001.

[3] Dangor, Achmat. *Kafka's Curse*. Johannesburg: Ravana, 1997.

［4］ Elder, Arlene A. "Indian Writing in East and South Africa: Multiple Approaches to Colonialism and Apartheid." *Reworlding: The Literature of the Indian Diaspora*. Ed. Emmanuel S. Nelson. Westport, CT: Greenwood, 1992. 115-139.

［5］ Essop, Ahmed. *Hajji Musa and the Hindu Fire-Walker*. London: Readers International, 1988.

［6］ Flockermann, Miki. "Asian Diasporas, Contending Identities and New Configurations: Stories by Agnes Sam and Olive Senior." *English in Africa* 25.1 (1998): 71-86.

［7］ —."'Not-Quite Insiders and Not-Quite Outsiders': The 'Process of Womanhood' in *Beka Lamb*, *Nervous Conditions* and *Daughters of the Twilight*." *Journal of Commonwealth Literature* 27.1 (1992): 37-47.

［8］ Freed, Eugenie R. "Mr. Sufi Climbs the Stairs: The Quest and the Ideal in Ahmed Essop's 'The Visitation.'" *Theoria* 71 (1988): 1-13.

［9］ Hope, Christopher, and Robyn English. "Good Books: Ahmed Essop's *The Visitation*." *English in Africa* 25.1 (1998): 99-103.

［10］ Karodia, Farida. *Daughters of the Twilight*. London: Women's P, 1986.

［11］ Killam, Douglas, and Ruth Rowe, eds. *The Companion to African Literature*. Oxford: James Currey, 2000.

［12］ Kruger, Loren. "'Black Atlantics,' 'White Indians,' and 'Jews': Locations, Locutions, and Syncretic Identities in the Fiction of Achmat Dangor and Others." *South Atlantic Quarterly* 100 (2001): 111-143.

［13］ Munson, Rita, Burley Page, and Sheridan Jones. "South African Literature in the Seventies and Eighties: A Conversation with Achmat Dangor." *Polygraph* 1 (1987): 48-52.

［14］ Nelson, Emmanuel S. Introduction. *Reworlding: The Literature of the Indian Diaspora.* Ed. Emmanuel S. Nelson. Westport, CT: Greenwood, 1992. ix-xvi.

[15] Ray, Sangeeta. "Crossing Thresholds: Imaginative Geographies in Agnes Sam." *South Asian Review* 18 (1994): 1-14.

[16] Reddy, Vasu. "History and Memory: Writing by Indian Writers." *Apartheid Narratives.* Ed. Nahern Yousaf. Amsterdam: Rodopi, 2001. 81-99.

[17] Sam, Agnes. *Jesus is Indian and Other South African Stories.* London: Women's P, 1989.

[18] Sheckels, Theodore F. *The Lion on the Freeway: A Thematic Introduction to Contemporary South African Literatures in English.* New York: Lang, 1996.

[19] Smith, Rowland. "Living on the Fringe: The World of Ahmed Essop." *Commonwealth Essays and Studies* 8.1 (1985): 64-78.

[20] South Africa. *Population Census, 1996.* Oct. 1998. 11 Dec. 2003. <http://www. tatssa.gov.za/census01/Census96/ TML/default.htm>.

[21] Waldman, Amy. "India Harvests Fruits of a Diaspora." *New York Times* 11 Jan. 2003. Ministry of External Affairs, India. 11 Dec. 2003. http://meaindia.nin.in/bestoftheweb/2003/01/11bow01.htm>.

（孙乐　翻译）

旧离散、新跨国以及全球华裔英语文学

林玉玲（Shirley Geok-lin Lim）

上世纪 70 年代以来，我一直在关注马来西亚、新加坡以及美国的华裔文学和文化作品，以文学作品居多，并写一些评论的文章。年复一年，日复一日，我的研究并没有在时光的流淌中弱化，相反，随着理论问题和社会问题的日益增多和复杂化，我的研究范围也愈加广泛。起先我研究华裔文学，并将其视为华裔以其历经错综复杂的异乡移民和种族变迁史为背景而创作的另类文学。受女性主义认识论的影响，我转而开始研究民族、种族和性别构建的三角关系。接下来，有意思的是，我对东南亚后殖民主义时期作品的文学评论和我最初接触的美国文学发生了有益的交叉。这些经历意味着早前我对华人性（Chineseness）、移民、民族以及种族群体的理解势必会遭遇一些概念、历史以及过程（比如离散史、跨国主义、跨文化以及全球化）的质疑、反击乃至动摇，但同时也会因此更加完善。

通过大量的阅读领悟和思考，研究结构上的不足和差距得以浮出水面，暴露了一直以来我的理论缺陷以及一些关键问题。我对文学作品，如自传、回忆录、短篇故事、长篇小说之类的散文叙事以及诗歌、戏剧等，依然兴趣不减。我的阅读重点仍然是作品的美学价值、结构、创作年代以及读者反映等。再有就是"意义"的问题。这些作品有何意义？为什么呢？这些作品，包括我本人的评论作品，产生的背景是什么？目标读者又是谁？我的问题依然围绕着特定文本的文学性。这些文本的作者来自不同的国家，他们往往被他者化

（otherized），被别人乃至自己视为有中国传统背景的人。这就和他们的社会经历背道而驰——往往被弱化为简单的主题研究或是出于社会政治目的的乏味故事。如此这种文学性如何体现？又如何像那些雨后春笋般复苏的新一代华裔英文作品一般，以其特有的文体、语言、结构经受住时间的考验并成为经典？

在世纪之交的 1999 年至 2001 年间，我旅居中国香港。这使我有机会在美国以外的地方来重读这些作品，并能免受亚裔美国学术圈固有的民族压力和内部压力。香港于我而言不仅是一个不同的场合，更是一个至关重要的空间和时间，供我重新审视那些风格迥异、充满魅力的文学文化作品，尽管这些作品的作者一般在人口普查或进行研究时才被视为一个团体。在本文中，我将讨论我的阅读进展之一，即如果考虑到跨国因素，我们该如何理解涉及种族和民族的文学的复杂性。

正如在主流媒体和现实世界中一样，当前文学界也普遍认为跨国主义与最新的全球化概念的息息相关，是其特征之一。早在 1994年，詹姆斯·克利福德（James Clifford）就曾在一篇关于跨国主义的重要文章中指出，"散布于各地的离散文化不一定非要受限于政治地理"（217）。他试图把传统的离散群体概念同更加现代的跨国者形式区分开来。前者往往"和许多少数民族和移民一样，伴有思念、记忆、身份认同、身份缺失等离散形式"。（217）后者指的是：

> 被抛弃的人们一旦被辽阔的海洋和政治藩篱隔离在家乡之外，就会发现自己和故土的关系越来越疏远。幸好有飞机、电话、卡带、便携式摄像机等现代交通通信技术以及劳动移民等跳槽方式，空间距离得以缩短了，往返的交通更加便利了，通过合法或非法的渠道往返故乡也成为可能。（217）

现代技术让离散的概念摇身一变，成为跨国主义。对此我不敢苟同，我希望在诸多华裔美国人以及华人所著的跨国文学作品中寻找另一种从离散到跨国的转变方式。如今人们普遍认为，后资本主义社会越来越受制于全球化的信息、知识和文化产品流通。作为这种后现代主义现象的一部分，20世纪后期的亚裔作品中对旅行、家和"他者"空间（"Other" spaces）有着特定的描述，且往往被具体化为"东方"与"西方"、"亚洲"和"美国"。解构主义关于文化、种族、自我、国民及其他名词的理论把身份的概念瓦解成了碎片。加之其说不清道不明的形成过程，人们对身份概念的认识也越来越模糊。例如，地点、空间、本土以及全球等概念都被纳入文学分析的范畴，对那些不再局限于单一国家、单一文化和社会领域的文本的分析尤为如此。因此，传统的"国民"身份已不适用于在华人离散作品中越来越为人们所熟悉的角色——往来于至少两个国家的宇宙亚洲人（"astronaut" Asian），新的概念需要应运而生。

有的理论设想全球化和本土化的二元化：全球化以跨境流动的资本为中心（Wilson and Dissanayake 1），而本土化则因差异、冲突、对抗而分裂成诸多竞争体（Wilson and Dissanayake 1）。然而在跨国主题、全球化产生过程以及变化莫测的全球资本流向等因素的影响下，这些理论不攻自破。威尔森和迪萨纳亚克（Wilson and Dissanayake）认识到身份形成的不稳定性和流动性，因而创造了一些新词，如跨国集团（globloc）（《在本土适用全球技术的接触过程》3）和全球本土化（《通过灵活生产跨越国界，细分市场》5）。在思维空间中解读社会和资本结构，让基于领土的司法命令和去领土化身份（deterritorialized identities）的概念更加清晰。但是这种方法将导致不严谨的推论、不纯粹的唯物主义者、马克思主义者、经济学家，以及社会学、政治和文化等领域的无序发展。"跨国"这个概念是在后殖民主义、地理政治学、多元文化及其他关注本土和全球关系的分析理论的综合作用下产生的一个有益的抽象概念。

事实上，一些社会学家、人类学家和文化理论家，比如詹姆斯·克利福德、王爱华（Aihwa Ong）、周蕾（Rey Chow）等人的见解就可以帮助我们理解这些后现代主人翁。和早期的代表人物不同，他们看上去既不像移民，也不像流放者，既不像公民，也不像旅行者。身份的问题就像一个不解之谜，萦绕在许多马来西亚华裔、新加坡华裔、美国华裔的评论文章中。就在 2000 年，评论家张琼惠（Joan Chang）在其作品中名为《对华裔美国人的认识误区》的一章中审视了华裔美国人在过去五十年的身份地位。在第一个声明中她否定了华裔美国人身份等于两种国民和文化身份的说法。在第二个声明中，她否定了既不/也不的说法，即华裔美国人既不是中国人，也不是美国人。换言之，共生也好，分裂也罢，总之这两种身份并非华裔美国人的完整构成。她的第三个声明源自赵健秀（Frank Chin）的意识形态地位（ideological position），即华裔美国人既不是中国人，也不是美国人，他们应该是一个新的群体。"'唐人'（The Chinaman）仍属一个神秘的身份，没有明确的特征能界定 TA 的身份。"（5-7）

然而，这种模棱两可的声明却忽略了一个事实，即历史变革主宰着身份的形成。在全球化的今天，华人移民到异乡、融入当地文化的过程方兴未艾却又变化莫测，充满了未知数。这种声明并未考虑到这些因素，此外，它还忽略了国际外交关系、资本和人口流动、信息和技术交流等关键因素。20 世纪初的一些作品，比如林太乙（Lin Tai-Yee）的《窃听者》（*The Eavesdropper*）开始有意识地探讨有关华裔美国人的跨国主题。20 世纪末的一些回忆录，比如《食蛛者》（*The Spider-eater*）中再次体现了这一主题。香港诗人何露丝（Louise Ho）及梁秉钧（Leung Ping-Kwan）近期的一些作品暗示该主题不仅仅存在于美国本土，而且跨越了国界，呈全球弥漫的态势。跨越国界的全球性和 19 世纪末 20 世纪初的帝国主义全球政策迥然不同，因为它即便不属于后帝国主义时期，也应划入后殖民主义的范畴。以德里克·沃尔科特（Derek Walcott）为代表的作家认为，"殖民主义妄图通过淡化一个种族或民族的话语权来压制第三世界的主体，对此我们要提出挑战。……这种做法……通过课程教育得以实施并强化，用以压制不可预知的反抗声音，结果当代的身份形成一直处于这种无休无止却又不可扭转的胶着状态"（McCarthy and Dimitriadis 240）。尽管如此，把身份的形成简化为种族和民族问题不仅仅发生在美国，实际上大部分也不在美国。在许多新兴国家，或者获得独立不那么久的国家，例如马来西亚、斐济，甚至在印度教基本教义派的印度等，在理论上，人们通常认为亚太美国文学中的渊源、素材、民族和语言传统都不尽相同。无论是 1982 年金惠经（Elaine Kim）开展的早期研究，还是 1996 年罗丽莎（Lisa Lowe）进行的理论研究，又或者张敬珏（King-Kok Cheung）在 1997 年编著的《跨种族亚裔美国文学手册》，所有关于亚裔美国作品的评论中都会强调其多元化的民族和血统，强调其第二乃至第三语言的存在。对其历史、政治、文化、社会、性别以及阶级的描述也是不可或缺的。早在 1982 年，洛杉矶一位成功女商人李丽丽（Lilly Lee）就这样告诉记者，"你们得知道，这里有日本社区、韩国社区、中国社区……但就是没有亚裔社区"（Myrna Oliver B6）。在 1989 年版的《打籽绣：亚裔美国女作家作品选》一书的序言中，我表达了同样的论断："'亚裔美国妇女'这个说法是错误的。我知道在这个统一的异族标签下有着不同的种族、民族、文化以及性别群体。他们中的许多人不拿对方当自己人，就像主流美国对我们的态度一样。"（10）此外，这种多元化一方面问题频现，另一方面又迅速发展。从问题上来讲，多样性让"亚裔美国人"在政治上很难团结，在面临种族攻击和种族歧视时无法保护自己。但是从前途上来讲，它也会有积极的一面，我在其他地方把这种结果称为"炫目的被子"（《打籽绣》，第 10 章），意思是它可能会产生一系列个性化的作品。这些作品源于"30 多个截然不同的民族，有的因为语言、文化而各自为政，有的因为世仇而分道扬镳。由此产生的文化和语言差异让它们充满了生机"（Kang, August 22 2000, B1）[1]。

把多元化作为文学评价的标准并非亚裔美国评论家的首创。主流美国文学是指由诺顿、霍顿•米夫林、希思等商业出版巨擘收入各类选集并用作大学教材的作品——1980 年以前美国民族文学，或者说美国本土文学通常是美国主流文学的代名词，多元化亦是其特点之一。彼时主流美国文学和现在一样，尊重地区差异，尊重不同的声音，尤其是尊重现代主义者和后现代主义美学所带来的差异和新奇。在 20 世纪的最后二十年，这些文选也开始将性别及种族视为美式经典作品中的关键特征。多种族和多文化的包容性虽然根植于 20

世纪 50 年代的民权运动，但在今天，它几乎成为美国学术界的准绳。如今，权威依旧的大学教材出版公司出版的主流文选也不存在种族和性别歧视。[2]

然而，新世纪刚刚到来，美国本土的评论家就开始严肃地审视外语作品和有外国血统的作家对美国文学的贡献。审视的范围不仅包括那些和英裔美国人截然不同的作家，还包括那些在作品中对欧美共有的审美标准，乃至对美利坚民族的审美标准唱反调的作家。最近刚刚出现了一种批评意识，即批评其他形式的美国作品。这些作品超出了主流的欧美标准。它们被看作族裔作品。正如非裔美国文学所取得的巨大成就那样，这种类别通常延伸并扩展了国民经典作品的国内标准。颇具争议的是，和欧美文学相比，兰斯顿·休斯（Langston Hughes）、佐拉·尼尔·赫斯顿（Zora Neale Hurston）和托尼·莫里森（Toni Morrison）等人的作品使用了截然不同的习语，反映了大相径庭的历史和主题，但是直到最近，人们才开始争论它们是否符合国民经典作品的标准。[3]超民族意识的理论使用边界、混合、离散研究和跨国主义等术语，用以解释一度被忽略或被压制的现象。[4]反映了双重民族（墨西哥和美国）历史的墨西哥裔美国文学就是美国族裔写作的评论愈加激进的一个例子，它试图将混合、边界和跨国特色等传统也包含其中。印第安作家的作品也是这种复杂三角关系的一个例子。他们不但根植于互相独立的民族文化和语言，本身也代表了这种差异。用英语写作的印第安作家在本质上仍是"美国"的，因为它表达了原住民的声音。然而在深层次上他们又是非美国的，因为他们宣称自己是最早的居民。弗雷德里克·比尔（Frederik Buell）在其关于多文化美国文学的文章中一针见血地指出，美国的族裔作品已经沦为了提高种族话语权的工具。

在我看来，亚太裔美国文学的民族多样性和语言多元化尽管与来自拉丁美洲、西印度群岛乃至东欧的移民的跨国作品存在相似之处，但它们与美国经典文学的多元化是截然不同的。虽然主流美国文学作品一直以来都会受到诸多质疑和异议，但这些异议包含于一种标准结构之中，这种标准结构把美利坚民族作为其焦点，把美利坚民族作为其文学身份和文学阐释的渊源和基础，把母语是英语的形式和审美作为评估的标准。保罗·洛特（Paul Lauter）和其他学者认为这种结构来源于"一个更加陈旧、本质上属于冷战时期的美国的研究范式"（3）。民族血统、第二语言以及那些有代表性的少数民族文化习惯，大部分都被经典美国文学排除在外。与之形成对比的是，在华裔美国作品中，这些元素和素材依然是它们的中心主题、主旨、暗示和风格元素。在母语为英语的主流美国写作中，美利坚民族、美国本土历史，以及坚定的反对非美国本土主题，是十分重要的。但是华裔美国英语文学融入另一个民族的历史时，往往采用一个更加国际化的角度，而且坚持不懈地采用原始的文化素材，这些素材产生的时间甚至比美国的建国时间还要早。当然这种说法只是描述了华裔美国文学的历史和本质，没有规定什么的意图。这种特点被理解为国际主义、多民族主义和先美国结构（pre-US formation），这在其他的美国民族写作中也可以发现，例如亚历克斯·海利（Alex Haley）的《根》，或者格洛里亚·安扎尔杜亚（Gloria Anzaldua）的《边境》，二者分别向非洲和墨西哥寻找黑人身份和奇卡诺人身份的文化源泉。这些特点是亚太美国文学身上不可磨灭的印痕。就整体而言，它们形成了固有的文学策略和文学特点传统。这种传统更应该属于"跨国的美国"，而非"族裔的美国"的范畴。

在华裔美国人写作中，这种范式正朝着我称为"跨国的美国"的方向转变。这种转变的另一个复杂性在于多语包容性。对这种包容性，一些非常著名且权威的机构最近给它紧急定调。1997 年，现代语言协会成立了美国非英语文学讨论组，它的成立见证了多种族美国文学范式向多语言文学范式的转变。同年，哈佛大学成立了 LOWINUS（当代美国的语言），它是朗费罗研究所的一个项目。随之麻省理工学院成立了双语和双文化研究中心。1998 年，朗费罗研究所所长沃纳·索拉斯（Werner Sollors）出版了一本著作《多语言美国：跨国主义、种族性及美国文学的语言》，在这本书中，他直接呼吁应当让美国文学文化的语言更加多样化。

在序言中，索拉斯引述美国语言协会 1996 年的备忘录，"世界民族的绝大多数至少都使用双语，大多数使用多种语言"，用以批评"当代美国的……单一语言主义的理想"（2）。索拉斯关注"无论是过去还是现在，美国的多语主义一直都存在"，他呼吁人们应当从"唯英语"转变为"英语+……"。这种转变将导致"按照多语言主义，重新审视美国的文学和历史"（7）。索拉斯认为，这种涉及档案资料、方法学和意识形态的学术修正（这项工程的浩大可用全面广泛、详尽彻底、规模宏大来形容），将帮助美国对跨国化的现在和将来做好准备，将帮助美国改正"单语过去……和内部和谐的虚幻假象"（3）。索拉斯试图得到保守派和改革派选民的支持，他指出，美国文学从多种族范式向多语言范式的转变，无论对国家还是对学术都十分有利。通过卷入针对多文化主义的文化战争，他试图鼓励美国人学习不同的语言，从而促成"保守分子和激进分子"之间的和解。从这个立场出发，他很容易得出一个结论，即恢复非英语美国文学。他指出，直到1946年，非英语美国文学才被写进文学史。（5-7）

然而，必须注意的一点是，索拉斯并不是为多文化主义辩护，而是在为多语言主义辩护。的确，索拉斯的观点暗示，由于左派和右派关于多文化主义的斗争，多语文学一度被学术理论所抛弃。他认为，多文化主义的一个"主要盲点"就是语言的多样性，因为"人们在滔滔不绝地谈论'文化多样性'时，怎能不提及语言的多样性？"（4）他指责现代语言协会（MLA）对亚裔美国文学的评注文献是排斥非英语作品的典型例子。非英语作品"只有翻译成英语之后"，才不会遭到排斥。这种排斥意味着"读者的母语为英语，且为单一语言使用者"（6）。对索拉斯来说，他不相信在只用英语写成的作品中，会存在文化多样性。因此，他建议用语言多样性的名称全面替换文化和种族多样性。尽管他没有详细说明语言多样性的概念，但是出现在其著作副标题中的"跨国主义"一词已经突出了他的这种认识。他认为，在美国文学领域，任何承认语言多样性的努力，都将把何谓"美利坚"的范式从狭隘的民族定义，延伸至更加广泛的身份，扩大到跨国身份和多民族身份。

索拉斯在美国文学研究中，大力推动多语化的努力，颇具价值。

由此产生了一门新的学问，专门研究那些从英语美国文学的缝隙中遗漏的作品，而对原作的独创性研究和修订工作也得到了提倡。正如一位评论家所说，"亚洲移民作者用其母语创作的作品也应该被视为亚裔美国文学的一部分"（Feng 61）。扩大"亚裔美国文学"的范围，使其包含其他语言的作品。冯的观点步索拉斯之后尘，他自认为具有革命意义。实际上这种扩大化的观点在麦礼谦（Him Mark Lai）的开创性工作中早就提到了。它已经以独特的方式流传了，例如在天使岛军队拘留所的墙上留下的中国诗译文已经成为了华裔美国文学草创时期的象征。（Lim and Ling 5）

尽管如此，索拉斯认为文化多样性只能存在于语言多样性中的观点还是有局限的，因为这种观点不仅假定了一种极其狭隘的"文化多样性"的概念，对美国种族写作的阐释也比较简单化。我想要指出，华裔美国人的英语写作及其非英语作品的英译本，体现了多文化和多语言恢复的策略，并使它们和非美国种族文学区分开来。换言之，无论在叙述主题、叙述结构这样的重要问题上，还是在语言特点和风格特点这样的细微问题上，华裔美国人的英语作品都呈现出多文化、多语言的差异。问题不在于它们是否和非亚裔美国文学（包括非裔美国文学、本土美国文学、奇卡诺美国文学和欧洲裔美国文学）存在差异，而在于它们如何存在差异。这些差异包括总体特点，产生差异的原因在于天差地别的民族血统、移民历史和亚裔美国作者讲述的社区故事。更重要的是，这些差异包括文学特点，它们在一个又一个作品中被充分描绘，认知度较高。它们汇聚了文本特点、重复结构及如海岸般坚定的华裔美国文学传统的风格。

在20世纪下半叶，作为"多文化"文学及"亚裔美国"文学一部分的华裔美国文学作品，以强有力的姿态登上文坛。充满矛盾意味的是，华裔美国文学作为英语文学在文坛的出现，使人们期望美国文学也应该把非英语文学包含其中。索拉斯在多语文学的呼吁中，也含蓄地提出了同样的观点。在健忘症上的成就，是这个正在显现的传统能被人们想起的一个主要方面，也就是它关注重新回忆的策略和类别。毕竟，记忆、回忆艺术、恢复文学、历史叙事、回忆录、自传等，这些二级类别在许多民族文学和种族文学中都很常见。讲述同化经历和第一代人的奋斗故事的移民文学，需要一些策略，一些重现渐次消亡的材料的策略。在这个更大的民族范式中，人们可以读到华裔美国文学。的确，一些自传，例如，刘裔昌（Pardee Lowe）的《父亲和他的荣耀后裔》、黄玉雪（Jade Wong Snow）的《华女阿五》、汤亭亭（Maxine Hong Kingston）的《女勇士》和《中国人》、李立扬（Li Young Lee）的《长翅膀的种子》，包括我自己的回忆录——1996 年出版的《月白的脸》等，都被人们当作华裔美国人的移民故事来阅读[5]。

然而，包括上述一些重要作品在内的许多华裔美国文学作品，都不能轻易地被划入种族或民族作品的范围。欧裔美国移民的作品大体上都遵循一条线的叙事模式，其结局往往是身份同化，差异消失。但是华裔美国移民故事，例如汤亭亭的《女勇士》和《中国人》，往往摒弃一条线的主题模式。其故事情节跌宕起伏，矛盾丛生，让人难以捉摸。我的回忆录涉及大量美国以外的历史和素材。评论家们在阅读我的作品时，一直都迫切地将其视为"认同美国"，从而将华裔美国文学彻底构建为美国的一部分，这样就能够推翻"外来户"和"硬骨头"的种族主义污名。然而，他们有意忽略了作品中的一部分内容和美国本土无关，也和"美国主宰"的冷战概念无关。许多亚裔美国文学的评论接受了欧米和维兰特（Omi and Winant）合撰的《美国的种族形成》中颇具说服力的观点，却排斥了亚裔公民进入美国社会之前的种族形成史。而正是这种种族形成史在诸多亚裔作家的文本中都有描述，这一方面让文本本身变得更为复杂，另一方面也解释了其存在的原因。然而这种排斥却阻挠并歪曲了读者对华裔美国人离散文学的接受性。华裔美国文学本身就充满了儒家思想和中国民间信仰的意识形态。无论是对本土的"他者"还是华裔"他者"而言，这种意识形态早就成了其民族殖民史的一部分并将一直持续下去。因此，对许多美国读者而言，只有涉及了美式公民权利和民主理想，文本中才会出现政治意识乃至无意识以及对这些意识的质疑。而"差异"和"反抗"之类的问题只会出现在以美国种族史和民权运动为背景的文本中。

我对这种民族框架理论的批评，并不是说它不正确，而是说它存在偏袒。一名一无所知的华裔美国婴儿，对种族和民族形成的意识从他进入美国那一刻才刚刚开始，他不会考虑其他各种复杂因素和历史，尽管这些复杂因素和历史暗示其华裔美国人身份比起国籍更为重要。[6]相反，我认为离散文学的诠释必须考虑先美国（pre-US）的民族素材和文化素材，这些素材不仅能解释华裔美国的主观性，还能加强并影响它，甚至将其推向美国之外。这种双重前景和背景的中心特点就是双重意识的策略、双重编码的策略和变戏法的策略。根据麦卡锡和迪米特利亚迪斯（McCarthy and Dimitriadis）的解释，双重编码指"后殖民主义艺术家在任一指定作品中使用两种或两种以上语言表达习惯的趋势，威尔逊•哈里斯称其为'对立派之间的联姻'。这样，本土的和经典的、传统的和现代的、东西方的文化形象的宝库、第一世界和第三世界、殖民主义奴隶主和奴隶，等等，就可以被后殖民主义作者用来引证或者综合"。这个定义把后殖民主义双重编码和后现代主义"那种充满个人主义或者标新立异的想象的熟练叙事风格的瓦解"作了区分，因为双重编码的后殖民主义策略是用于"集体目的、集体历史和社区的形象化，它们是后殖民主义文学中岌岌可危的中心问题"（McCarthy and Dimitriadis 241）。

在具有代表性的问题上，华裔美国文学和主流的美国英语文学在主题的选择上有所区别。正如所料，除了一些罕见的例外以外，比如张粲芳（Diana Chang）的后期作品，华裔美国作品通常关注本族历史、社区和问题中的一些人物。尽管文学代表作的普世价值广为认可，华裔美国人及其素材很少成为欧裔、非裔、本土美国人及奇卡诺人写作的核心问题，但是它们却是大多数华裔美国人作品中的核心主题。这个看法显而易见，断不会引起人们的好奇和评论。但是，它形成了华裔美国文学传统的根基。这种传统建立于美国英语文学和亚裔美国文学共同的主题基础之上，但是经过仔细的观察，却发现两者鲜有相似之处。

同化或者美国化（Americanization）的主题就是一个明显的例子。

在 20 世纪初至 90 年代的亚裔美国文学中，美国化的主体复制了一个又一个"主导叙述"（master narrative）的故事，但是融入美国机构和社会之后，都难以忘记过去。同化主题的主导叙述看上去存在差别。差别在于其结构的不同是缘于外在形式还是内在动机，在于记忆的结构，还在于在当代美国，对本民族过去的，对亚裔公民、对文化身份和社区身份的坚持、干预或者恢复。

最明显的差异体现在许多策略的复杂聚集水平上。这些策略包括记忆的界面，即强调双文化和双民族想象的结构，对和种族自传文学相关特点的运用，恢复策略的使用，比如史料记忆和虚构记忆、语言文体的使用，比如克里奥尔语、洋泾浜英语、二语标记、中间语域、编码转换等。这些策略在谭恩美（Amy Tan）的《喜福会》和《灶神之妻》中十分突出。劳伦斯·蔡（Lawrence Chua）的《寸金》（*Inch of Gold*）故事场景从泰国辗转到马来西亚，只有偶尔有几个事件发生在美国。由哈金（Ha Jin）创作并获得 1999 年普利策奖的小说《等待》，其故事情景就完全在中国。当然，在众多融入了非美国身份和素材的作品（主要是刚刚移民到美国的华裔美国作家的作品）中，总有一部在美国出生的华裔美国作家的作品，故事情景完全发生在美国，比如任碧莲（Gish Jen）的《莫娜在希望之乡》。但是在许多这样的作品中，超国籍和跨国主义的痕迹相当明显。例如，汤亭亭的《孙行者》就借用了中国古典文学和神话，比如《西游记》和美猴王的故事。

流派和代表作品共同形成了回忆式的写作方法传统，它是上个世纪亚太裔美国人作品的一个标志，这种写法被跨国主义和全球化不断旋转。1992 年，美国公共电视台（PBS）做了一个电视纪录片，称即将到来的世纪为"太平洋世纪"。事实上，早在 1988 年 2 月，《新闻周刊》杂志就提出了同样的观点。美国认识到，亚太地区在世界经济中的主导地位将日益上升，因此早就采取措施试图与之和解，并独享未来。作为保守派的国家利益代言人的罗纳德·里根（Ronald Reagan），使用跨国主义的言词说道，"太平洋是世界的未来"（Wilson et al. 3）。但是正如观察家所警告的那样，要理解这种语言的构成要素和实质就不那么容易了，"在超资本主义流动性的时代，亚太地区是一块未知的土地，其复杂性令人惊异，其混合型各不相同，其流动性如游牧民族"（1-2）。各种变化、转移、不稳定的社会、政治、经济现实，以及通过上述回忆策略得以确定的对社会和领土的认知，不可避免地会融入亚太裔美国的写作和传统中，并根植于其中，对其产生影响，成为其构成元素。

黄秀玲（Sau-ling Wong）警告说，仅仅把亚裔美国文化产品视为一种民族产品，对那些仍然在同反亚情绪斗争以确认美国身份的少数民族群体来说，会带来很多风险。当然，新近出现在高级选举办公室里的亚裔美国人面孔也表明亚裔美国人终于被完全接受了，他们可以以美国公民的身份在政治结构中工作了。[7]2007 年 8 月 27日，由民主党人士、共和党人士和独立人士组成的非党派组织 80-20促进会（The nonpartisan 80-20 Initiative）召开大会，承诺作为泛亚团体组织，他们将致力于获得"政治认可"，并呼吁"联邦采取更加积极的行动打击工作场所的歧视，让更多的亚裔美国人到包括内阁岗位在内的高级政策决策职位任职"（Kang, August 22 2000, B1, 10）。正如《洛杉矶时报》所报道的那样，"让亚裔美国人颇为头痛的是，有人说他们会置外国利益于美国利益之上"（Kang, B10）。黄秀玲准确地指出，如果亚裔美国人强调其他族身份和离散历史，就会招致被划归非美国人的危险。没错，华裔美国人和其他移民到美国的人比以往任何时候都被"成功地同化了"，这是不争的事实。即便是乔治·F. 威尔这样的保守评论家也注意到了同化的三要素——语言、归属感以及通婚。他也认为"移民们正在迅速适应这个共同文化"（68）。在语言习得方面，"1990 年的人口普查显示，'来自移民人数居前 15 名国家的大多数人在美居住十年之后，英语讲得都不错，或者'很好'。他们的孩子往往会讲两种语言且英语十分娴熟。'到第三代的时候，大多数移民家庭不再讲母语'"。威尔还指出，"在美国以外的地方出生的亚洲人和西班牙人'比在美国出生的白人和黑人的跨族通婚率要高'。到第三代的时候，有三分之一的西班牙女子嫁给非西班牙人，有 41%的亚裔美国女子嫁给非亚裔"。

　　这些普查数据或许向我们说明了一个事实——即便抛开约束性的社会和政治力量不谈，"跨国主义"也只是美国民族身份形成中的一个短暂特点。不过我认为，尽管跨国性在个体的家族中十分短暂，但它一直固守在华裔美国作家的作品中。换言之，哪怕个体的南方家族忘却了有关南北战争的历史和文化记忆，被同化为标准的美国人，南方文学依然保存着这段历史与回忆，对其进行重新想象和描绘，从而形成一套辨识度较高的主题、人物、情节和文体。事实上，冷战和麦肯锡主义激发的民族主义不仅影响到了20世纪五六十年代亚裔美国作品中的言辞（写到这里我想起了《父亲和他的荣耀后裔》和《华女阿五》中公开使用的爱国语言），还在这些作品以及其他的作品中制造了紧张空气后若无其事地全身而退，让这些作品不能探讨更深层次的华裔美国身份。 在压力之下，"华人"血统不得不屈尊于原本处于次要位置的美国身份。

　　这些文学踪迹构成了"跨国美国"身份，这种身份和北美白人的美国精神不同，它不是简单的非此即彼——要么是美国人要么是亚洲人，要么是本土人要么是外国人。毫无疑问，这种跨国华裔美国作品构成了美国文学的贡献元素。华裔美国文学的独特烦恼、质疑、审问，是它对美国文学传统的贡献；对公众所理解的美利坚的扩张，使其包含其他民族的故事，乃至包含带有英语语言叙事特征的其他语言的故事，也是它对美国文学传统的贡献。这些作品动摇并扩大了想象中的美利坚社区，使其包含跨国美国人，包含形成新的美利坚民族的美国公民。不仅包括移民和世界主义者，还包括那些因为全球化技术、旅行、金融、商业、信息、文化以及全球化的法律、公民和经济权力结构而得以形成和延续的跨国者。新一代美国跨国者没有追随传统的移民—健忘—美国公民身份的道路，相反，正如在许多华裔美国作家作品中所看到的那样，他们采取了一种相反的路线。

　　在讨论这一路线的过程中，批评家们声称我只关注那些有能力出入境的特权人士。但事实上，在历史上，那些从不同国家移民到美国的人有的已经永久地回到了"故土"，有的曾经也回去过。今天，墨西哥裔的工人阶级、韩裔或华裔的中产阶级也在继续往返于美国和他们的家乡。但他们在文化上和理智上对移民和跨国主义这两种概念的看法已经发生了变化。没有人忽略这种现象或将其置于"美国化"的过程之外，也没有人将其视为不爱国的或是"非美国的"。相反，作为美式想象和表达的一种合法主题，这种现象已成为国民经典中颇受欢迎的一部分并广为接受。史蒂文·敏茨（Steven Mintz）指出，一直以来以欧裔美国人为中心的"美国研究"已经风光不再了。在休斯敦大学进行的关于制定美国研究计划的报告中他就指出：

> 我们的第一个问题是应该遵循已有的模式，还是制定一个能反映我们鲜明的地理位置和学习态度的计划。经过一番激烈的讨论，我们决定从两个方面来考虑美国研究，制定一个能从跨学科和多元文化角度研究美国，从比较的角度研究美国人及其文化的计划。

不过，我认为跨国美国人和敏茨所提到的"多元文化的"美国人明显不同。它更接近于伦道夫·伯恩（Randolph Bourne）1996年提出的把美国看作一个跨国民族的观点，在种族和文化多元化的影响下，美国已不再是19世纪欧洲民族主义的复制品，跨国美国人的主题在大量亚太美国作品中出现，并得到了认可。

最后，"跨国华裔美国文学"的传统逐渐得到认可，这不仅仅是对之前民族主义范例的否定，也是全球化新趋势的一个结果。正如本杰明·R.巴伯（Benjamin R. Barber）所言："新通信技术的特性、信息经济的相互依赖、生态共性和生物共性的现实，国界在资本流动的影响下形同虚设等都是产生这些趋势的土壤。趋势已不可扭转，历史也不能视而不见。"（20）的确，即使反对全球化的人也明白全球化带来的不平等不会 "倒退回民族主义和顽固的保护主义"，相反，一定会"联系得更加紧密……墨西哥的工会和欧洲的宗教团体保持联系；加州的学生们代表越南的工人们进行抗议"（Barbara Ehrenreich, cited in Barber, 21）。同样，尽管一些华裔美国作家迎合了美国大众的口味，以英文和英文作品的风格进行创作，但他们却拒不认可 19 世纪和 20 世纪的正统美国民族身份。相反，他们通过多语意识和情感表达了跨国的美国主体意识。从"跨国美国文学"而非"移民"或是"族裔"美国文学的角度来看待华裔美国文学有助于我们从新传统的角度重读这些作品。所谓新传统，是指华裔离散作家所著的有别于旧离散的新型跨国作品，例如加拿大作家李群英（Sky Lee）的《残月楼》（*Disappearing Moon Café*），从中国香港移居英国的毛翔青（Timothy Mo）所著的《猴王》（*Monkey King*）和《酸甜》（*Sour Sweet*），以及澳大利亚作家贝思·雅普（Beth Yahp）的《鳄鱼的愤怒》等。他们将跨国主体意识和文化这个新事物引入了世界文坛，从而为这幅隽永画卷添上了浓墨重彩的一笔。

注释

[1] Kang 注意到，"亚裔美国人来源广泛，既有五代华裔和日裔美国移民，又有东南亚难民。此外，菲律宾裔、韩裔以及印度裔美国人也在持续增长中。由于每一个亚洲族裔的规模都很小，不足以从政治上进行单列。因此，尽管单个亚裔美国群体在学术、商业及其他专业领域都取得了斐然的成就，政治认可仍是他们一直以来渴望却又得不到的东西"。（B1）

[2] 例如，希斯出版的《美国文学选读》在这些大学教材中就最具"多元文化"修正主义特征。

[3] 保罗·吉尔罗伊的《黑色大西洋》是一部极具影响力的作品。它敦促采用新的方法审视非裔美国文学并将其视为非洲离散文学的一种。

[4] 这些术语最早在对非亚裔美国文学划分范围的争辩中出现。"边陲"以及相关的边界理论和无界身份在墨西哥和拉美裔作家作品以及评论文章中频现。霍米·巴巴推广的杂糅概念是在对殖民和后殖民的研究中形成的理论。亚裔美国评论家发现这些术语有助于理解亚裔美国文学作品中出现的类似历史和文化影响力。

[5] 将亚裔美国文学纳入移民写作范畴受到了普遍的认可。近期的一些研究拓展了"移民"的概念，强调了其和类似的英裔美国文化身份内涵的不同之处（Ling, Ma, Chuh, ampomanes）。然而，尽管这些研究力挺沿用早期的民族身份划分方法，但他们却并没有在理论中提及亚裔美国文学属于全新的"跨国美国"文学范畴，而非"族裔美国"文学。不过莱斯利·保尔在一些新推出的亚裔美国小说中观察到了这一点："海外对《伊洛瓦底江探戈》（*Irrawaddy Tango*）和《鬼香》（*Scent of Gods*）的关注似乎证实了美国研究中的'后民族主义'倾向以及黄秀玲所说的亚裔美国研究中的'去民族化'倾向均已出现。究其原因，是因为研究的重心已经从家族和移民团体与强势文化的联系转向全球移民和后殖民主义。对美国族裔和跨国研究模式区别的研究让人感觉亚裔美国研究的方向已经转变。"（41）保尔称这些作品"揭示出随着跨国性发生变化的并非劳动力或资本，而是语言风格。从 Law-Yone 和 Cheong 对亚洲的描述中，我们可以看出他们在有意倡导个人权利从属于亚裔民族自豪感这个"广为人知的"概念。因此，"如果女性性违法和民族背叛之间都能扯上关系，那么亚裔美国研究中假定的族裔美国和跨国美国观点又何尝不可呢？"

[6] 如果我们只是从狭隘的内部角度理解"美国人"这个概念的内涵，那么只要是进入了美国境内就算是"亚裔美国人"的范围这个说法在法律上是正确的。但是从政治和现象的角度来看，这个概念是不准确的。因为亚洲移民受他国的历史和文化影响更早，他们的美国身份构建是对这些不相干的民族资料的一种妥协，或是挑衅。

[7] 参见有关亚裔美国人在洛杉矶聚集的热门报道。（《洛杉矶时报》，2000 年 8 月 16 日 B1）

（孙乐　翻译）

双重否定的修辞格——加拿大华裔离散文学

黛博拉·迈德森（Deborah Madsen）

近年来涌现出的美国华裔文学经典可以解读为是以"非此非彼"的逻辑为中心的一种结构，文本呈现出既不忠诚于美国（居住国），也不忠诚于中国（祖籍国）的趋向。也就是说，美国华裔文学经典非但没有达到"双重忠诚"的效果，相反却是"双重否定"，一种马胜美冠之以东方主义的"致命拥抱"（the deathly embrace）。在带有连字符的身份语境以及在形成离散社群的语境里，这种逻辑实际上带有残存的民族主义思想的影响。加拿大华裔作家崔维新的小说《玉牡丹》和郑霭龄的家谱小说《妾的儿女》强调了文学在使"海外华人社群"具象化的过程中所具有的经典化能力，以及对华裔与祖籍国和"居住国"关系的描写，其潜在逻辑与当代美国华裔文学经典不谋而合。

这种既不属于遥想的"祖籍国"，又不属于"居住国"的双重排斥的修辞格是有其历史渊源的。我们对华裔离散的理解需更为深入，应该认识到此双重排斥的修辞格的形成是一个逐渐积淀的过程，"塑型"于历史上中国持续不断的移民潮中。

笔者发现一个重要的问题，即很多英语华裔离散文学的代表作都聚焦于19世纪末和20世纪初这段时间来自中国南方的移民，却忽略了更早或更晚时期的移民潮。这使得在汤亭亭、谭恩美、伍慧明、崔维新、李群英以及其他作家"回归叙事"作品中，"中国"仅局限于广东沿海的渔村文化这一狭小的范围内。不论汤亭亭还是崔维新，都特别对其人物使用的"四邑方言"即广东沿海四个县的渔村方言进行了评论。由此可见，他们所声称回归的祖籍国——"中国"，仅仅是存在于自己想象中的一个神秘而古老的帝国，并不是一个移民群体可以回归的地方。

此外，尽管华裔离散文学有声称回归的意图，这在一些离散文学"回归叙事"的文本中得到了戏剧性的表现，其中有华裔老年人回归故乡的故事。例如崔维新的《玉牡丹》、李群英的《残月楼》（*Disappearing Moon Café*）、伍慧明的《骨》（*Bones*）等。那些在有生之年不能叶落归根的人，都寄希望于自己遗骨的回归。但华裔离散文学的"回归叙事"实际上强调的无非是形成移民经历的历史分裂这一效果，即一个人回归的文化，不可能是当年他离开的文化。移民永远无法"回归"。血缘关系和文化认同也无法填平分离的时间鸿沟，一旦分离就再也不能回归了。

于此，笔者想强调一下对这种"无法回归"处境作出有力叙述的故事母题，即在归属关系上"非此非彼"——无法回归祖籍国，又疏离于居住国的离散母题。离散母题反复出现于华裔美国和华裔加拿大文学的经典"回归叙事"文本中。重复率之高，表明这个母题绝不仅仅是个别文本的特点，而是用英语创作的、处于发展之中的华裔离散文学经典一直在形成的观念。应该指出的是，这种观念是一种倒退。这么说，并不意味着笔者否认华人移民主体在定居国美国、澳大利亚、加拿大等地方遭遇了漂泊、排斥、歧视等种种苦难。在最近一次学术会议的论文中，简·弗泽描述了华人被迫从美国太平洋西北沿岸迁徙时的悲惨场面，她恰如其分地称之为"种族净化"，汤亭亭在她的小说《中国人》中则称这种现象为"驱逐"。这类人种清洗的现象所呈现出的是一种单边种族化的地缘政治认同带来的恶果——民族主义：移民要么成为美国人，否则便是中国人；或者要么成为加拿大人，否则便是中国人。如此简单化的对立不但赋予这种非此即彼的民族划分以合法性，同时又使其成为移民归化的路径。问题是，受到经典文学推动的华裔美国作家和华裔加拿大作家，一方面谴责这种从法律和社会层面对华人的公然排斥，一方面又在文本中重复着这种民族主义的排他表达逻辑，笔者对此深感不安。

在加拿大华裔文学中，对"非此非彼"离散母题最明确的运用出自崔维新以大萧条时期温哥华的唐人街为背景的著名小说《玉牡丹》（1995）。紧随姐姐珠亮和二哥忠心的故事之后，第三个讲述的是三弟星朗，这个小名叫小星的男孩不像出生在中国的哥哥们，他出生在加拿大，在小说中，就是他表达了既不属于这里也不属于那里的伤感。例如在想起由于可能患了结核病而被学校排除在外时，星朗说：

> ……即使我出生在温哥华，即使我向英国国旗敬一亿次礼，即使整个自治领我的手最干净，即使我一直做祈祷，我还是个华人。后妈心里清楚，也为我担心。所以唐人街的大人们都为我们这些最近出生在加拿大的小孩们担忧。我们一落地就"不伦不类"，既不是中国人，也不是加拿大人。不明白界线的含义，<u>没有（**mo no**）头脑</u>。

这种"不明白界线的含义"而导致"不伦不类"的判断代表了"没有头脑"的加拿大华裔主体的思想压力。小说中年仅十几岁的保姆美英也不理解"界线"的含义，而她所逾越的是中日之界。她借口带着小星出去玩，离开唐人街到了日本人居住区，与情人私会。后来她受到逾界的惩罚，终因堕胎而丧命。小说于此抛出了一个问题，即最丢脸的是什么事，是未婚先孕抑或腹中胎儿的父亲是日本人。作者并没有在叙事中给出明确的答案。不过，可以推测的是，小说中出现一个中日混血人物（腹中胎儿）的可能性等于零，因为以民族划界的疆界是不可逾越的。理解文本中的这一价值取向非常重要。

小说中，星朗对于自己在民族归属上"非此非彼"的抱怨，实际上表达了自己渴望"既此又彼"的愿望——既想属于居住国，又想属于祖籍国的愿望。只是在文本处，这种愿望背后有着深刻的民族主义情感。需要指出的是，这种民族主义情感正是离散华人这个概念得以形成的思想基础：一个社群身居"此地"——居住国，却力图和"彼地"——祖籍国有着政治和文化上的联系。而在"无法回归"，也就是在政治和文化的实质性内容缺失的状态下，仅仅靠一种神秘的血缘关系来建构离散华人社群与祖籍国之间的关系。矛盾的是，作为离散华人思想基础的民族主义精神却并不能给他们提供完全的归属感和主体的真实性。李磊伟（David Leiwei Li）曾这样描述亚裔美国人的身份状态："亚裔美国人的身份永远处于形成的过程中，作为离散主体，亚裔美国人横跨太平洋，实现了文化、资金和族裔主体的跨越。与此同时，作为执著于美国的民族主义假想的族裔主体，他们仍然需要超越人种的特征和等级。"事实上，离散身份成因的复杂性远甚于此，离散身份的形成主要有三条轴线：居住国、跨民族的本土离散社群和想象中的祖籍国。也正因为离散华人身份构成的多样性，简单的民族主义并不能为建构在多种身份轴线之上的主体提供完整的归属感。

克里斯托夫·冯以及其他一些学者指出，批评家对离散身份形成的复杂动态尚没有引起足够的重视，特别是所居国施加给离散社群的影响。冯解释说：

尤其对华裔来说，虽然很多原因造成了他们的"分裂属性"，然而可以充分肯定的是，离散成员一直和其他社群保持着密切而富有意义的关系。例如，在澳大利亚，人们可能研究澳大利亚英国人和澳大利亚华人身份概念之间的关系，特别是华人面对这些概念（帝国、文明边缘、新边疆等）时做出（不做）反应的方式。研究澳大利亚华人离散身份的构想，需要同时置身于中国和英国两个宗主国的语境之中，并结合澳大利亚英国人的反应。

与澳大利亚华人类似的是加拿大华人的身份构想，在《玉牡丹》中，崔维新的描写同时涉及日本占领的中国和殖民统治的加拿大自治领，这些对小说中的人物看待自身和彼此的方式产生了巨大的影响。小说一开场，哥哥们玩着一个叫做"自由中国之敌"的游戏，他们用玩具剑砍下日本纸人的脑袋。当长子凯表达了想加入加拿大军队的愿望时，他得到的回应是：

> "你还不是加拿大公民，"父亲平静地说："你只是一个在维多利亚注册的暂居侨民……什么时候自治领说我们是加拿大人了，我们就全都去参军！"

凯既不能作为中国人为中国参战，也不能作为加拿大人为中国而战，在这里，战争与"非此非彼"的母题汇聚到了一起。但小说中存在的大量关于英国殖民文化影响的描述却削弱了中国（祖籍国）与加拿大（居住国）之间简单的对立。例如，当二哥忠心要给自己的宠物龟起一个洋名字时，他选择了用加拿大宗主国英国的君主乔治国王的名字；而班里的英国老师则鼓励移民孩子要讲英国皇室成员那样的纯正英语："多莉小姐大声告诉我们：'国王陛下的发音最标准'"。这些描写似乎有一种提倡文化杂糅化的倾向。不过，尽管加拿大社会中复杂的殖民心态构成了影响华人离散身份形成的一个重要环境，但这仍然不能说就是小说提倡文化杂糅化的一个例证。恰恰相反，该暧昧殖民身份的构成（"加拿大特质"）为小说中的华人身份真确性的斗争提供了一个反面的参照点。崔维新的《玉牡丹》和他的记事录《纸影》（*Paper Shadows*），和李群英的小说《残月楼》、郑霭龄的家族演义《妾的儿女》一样，或多或少都以温哥华唐人街为背景——真正的华人特质被这些作家们认为毫无例外地源于中国大陆。

可以看到，在崔氏等作家的"回归叙事"文本中，本质论的离散范式牢牢地占据着统治地位，这种本质论的离散范式建立在忠于祖籍国和对族裔"血缘关系"认同的民族主义基础之上，呈现出"非此即彼—非此非彼"的逻辑结构。所以，尽管经典离散文学的作家们渴望建立一种"既此又彼"的主体建构，亦即一种跨民族的杂糅身份范式，但由于其文本 "非此非彼"的范式倡导单一的忠诚和血缘关系的本质主义神话，与跨民族范式认同指向构成内在冲突，从而不能建立起完全而真实的归属认同感。其实，华裔离散文学根本不必重复如此的错误，笔者于此将举出两个例子说明本土——全球的互动关系和离散身份 "既此又彼"的范式。只有这样，才能用一剂良药来消除 "非此非彼"修辞格的民族主义逻辑的毒害。弗雷德·华（Fred Wah）的诗歌和莱利沙·赖（Larissa Lai）的小说从跨民族主义角度，重新诠释了加拿大离散华人特质，令人耳目一新。笔者对弗雷德·华的散文诗《精英》（"Elite"，此处他专门说明应读作 "ee-light"）作一简要评析。这组诗选自他 1985 年出版的诗集《等待萨斯喀彻温》（*Waiting for Saskatchewan*）。此外，还将分析莱利沙·赖的第二本小说《咸鱼姑娘》（*Salt Fish Girl*），旨在说明移民、离散或跨民族身份的另类修辞模式。

　　弗雷德·华的《精英》是一首包含了 10 首散文诗的组诗。这是当他想起父亲的移民经历，特别是自己的亚欧血统（中国瑞典混血）时，他对故去父亲所说的话。赵琳在她的《打破沉默：英语加拿大华裔文学》（1997）一书中认为，此诗记录了诗人在为融入和寻求她称之为 "主流加拿大人"的接纳时做出的努力。而笔者认为，这组诗是对新出现的 "混杂"移民身份历史的客观反映。题目已经揭示了这一点，弗雷德·华告诉读者要将标题 "elite"读为 "ee-light"，这样一来，读者没法重复这个法语词的英式发音，而是继续了移民社团的读法。这是一个正在逐步创建属于自己的 "第三空间"的移民社群，这个空间既不属于欧洲人也不属于亚洲人，它兼有两者的属性，而又自成一体。在《精英 3》中，诗人真实地描摹了他的父亲："在北美白仍是标准，您却永远不够白。说您是个中国人，您也永远不够纯。您永远不会和族裔社群成员之间处到关系亲密。所以您形单影只，孑然世外……在草原诸省，您不中不西，引人注目。"

　　"非此非彼"的排外主义修辞在这里再次出现。但是这一修辞出现的背景是基于这样一个观点，即所有的移民都是如此："这里种族归属非常明显。中国人总与中国人扎堆，乌克兰人也同样，在酒吧冰岛人讲着冰岛的故事，瑞典人保持着他们的口音，法国人说着法语。"作者的父亲常去白人教堂做礼拜，也是当地冰球队的队员，同时他也有着华人群体的经历——4 岁时被送回中国接受教育，20 多年后才重返加拿大，那时他不会讲英语，还被移民局的官员抓了起来，直到拿出了加拿大出生证才被释放。在作者眼中，父亲既不是中国人也不是欧洲人，但却没有陷入无处可归的境地，而是二者的属性兼而有之，并且在横跨太平洋的旅程中变成了一个跨民族主体。在这个"第三空间"中，两个或多个国家的元素势均力敌，不会一个压倒一个，而且都会发出自己的声音。土生华人文化批评家伊·安（Ien Ang）解释说："杂糅标志着离散群体从'中国'解放出来，因为'中国'一直是'华人性'看不见的主宰。解放出来的'华人性'变成了一个开放性能指，为混合身份的构建提供了无限的资源可能，这也是离散华人能够四海为家、安之若素的基础。"在《精英 8》中，诗人对父亲写道："您超然物外，从不在乎自己身在何处。我想您已经做好了随时出发的准备。太阳带来温暖，你追求阳光，置身户外，你舒展操劳的身体，而内心，在内心您从未露出一丝'人世间'的印迹，您棕色的眼睛却说出了它们的秘密。"父亲的原型就是作者父亲本人，他是中英混血，叙事者儿子又融入了瑞典人的血液。多民族联系的建立一改孤立无根的形象，为跨民族个体创造出了肉体和人格的双重归属。在《精英 10》中，几乎不加标点的诗句使全诗在结尾处达到了高潮：全家庆祝迁入新居，这是一栋专门为他们自己——跨民族个体盖的房子，对父亲一生的叙述也戛然而止："……您让格拉普·埃里克森为我们盖了一栋属于自己的房子铺着大理石地板位于维多利亚 724 号您是那么自豪我们能用壁炉取暖还有两间举办中国筵席的起居室在地下室最后在格兰布鲁斯的赫尔摩斯汽车旅馆在 60 年代初事情结束了咖啡馆房屋车道高楼跑道一应俱全，对你，这正是你想要的。"

　　如果说弗雷德·华的作品呈露的是加拿大华人社群离散归属的跨国形式的历史突现，那么莱利沙·赖在 2002 年出版的第二部小说《咸鱼姑娘》，则刻意塑造了加拿大华裔离散社群的主体性。在《失落的血统：历史缝隙间的叙述》（2002）一文中，赖曾探讨了历史、资本主义和跨民族主义之间的关系。她写道："我想，随着资本力量潮流的变换，需要（由加拿大的少数族裔作家）打破的沉默发生了变化，问题是被种族化了的作家如何才能打破过去的沉默，而不以新的、更为危险（因为加盖了具有确真性印章而获得批准）的形式赋权给媒体机器，使之复制过去的修辞格。"笔者将这段话理解为一种劝诫，它旨在说明加拿大华裔作家应当直面排斥华裔的历史事实，但不是以新近赋权并使之合法化的方式，使过去的排华及其种族化的修辞在华裔作家自己处加以复制。具体到《咸鱼姑娘》中，由于小说中所描写的社群所处地理位置的模糊，这种主体性也非纯地域性的，有可能是加拿大式的，也可能是其他的，文中被称为"飞来好运"的未来公司城市以及其他后现代或"晚"资本主义的社团城市坐落于北美之外且无人知晓之处。在这个反乌托邦故事中，民族身份不是以民族、国家或血缘，而是以对城市公司的忠诚来确定的。

和之前的小说《狐狸千岁时》（*When Fox Is a Thousand*）一样，《咸鱼姑娘》也巧妙地改写了中西文化史料，为自己所用，将魔幻现实主义、科幻、反乌托邦、幻想等各种写作技巧结合在一起。在《咸鱼姑娘》中，来自中国神话传说的女娲形象代表了历史。赖将女娲故事改写，将之与西方的美人鱼变成人类的故事结合起来，并把她的变形与转世的传说联系在一起。在女娲第一次的转世中，她爱上了一个名叫"咸鱼姑娘"的女孩。书中描绘了她们在19世纪末20世纪初中国的经历，与这个故事对应的是未来女孩米兰达的故事，经常神秘地发出榴莲气味的米兰达出生在"飞来好运"公司城。21世纪的飞来好运城和20世纪初的广州都被刻画成两个跨民族的都城，女娲并不是居住在传说中的古老中国，她穿行于资本主义工业化制造的空间；而米兰则居住在不知归属的后资本主义公司化的世界里。作者正是借着对这两个城市的描绘，建立起了过去和现实这两个叙事部分之间的关联。

莱利沙·赖的小说和弗雷德·华的诗歌都不约而同地拒绝了回

归到遥想的"祖籍国"的公式，而这个公式被华裔经典作家们认为能够解决有确真性的民族身份问题。在莱利沙·赖的小说和弗雷德·华的作品中，不存在对华裔"前文化"的幻想，也不认为"我从哪里来"的身份问题较之他们生活于其中的历史社会的发展变化更为重要。应该指出的是，在《玉牡丹》、《妾的儿女》这些经典文本中，"非此非彼"的逻辑将"中国"说成是一个神秘的起源点，但实际上这个"中国"只不过是19世纪到20世纪初清朝年间的一些广东县城和从此地来的人而已。比起强调跨文化离散群体的华人特质与处在无根漂泊的移居者世界之间的"真正的"和本质主义的关系来说，这种将历史文化的特殊细节上升为广泛的、想象出来的起源的做法，并不很重要。这些文本中的"非此非彼"的逻辑，与赖、华和其他作家提出的"既此又彼"的范式存在着分歧，这些分歧使人不得不批评性地评估离散文学经典的创作原则，批评性地评估以下说法：对跨民族的移民社群进行深入的理解，"既此又彼"的文学表征更具合理性。

（丁慧　翻译）

迈向南北视角：凯伦•山下跨国地理中的日裔迁徙

凌津奇（Jinqi Ling）

> "我梦想的北方……是他梦想的南方"
> ——凯伦•山下，《柑橘回归线》

  凯伦•山下的日裔迁徙（Nikkei migration）小说大都成书于 20世纪的最后十年间，并主要以拉丁美洲作为它们的参照架构。这些小说一方面对亚裔美国人与南美洲之间的历史渊源和正在发生的联系加以认可，另一方面又重新铭写（reinscribe）了这种历史与现状。对那些不论是从传统文学还是从新兴学科角度阅读这些作品的读者来说，山下在空间、比喻和语言几个方面对亚裔美国文学进行的大胆改写有着某种振聋发聩的效果，同时也使他们对这种改写的意义颇感迷惑。本文试图通过分析山下书写的三部关于日本与巴西之间关系的小说——《透过热带雨林的彩虹》（*Through the Arc of the Rain Forest*，1990）、《巴西商船》（*Brazil-Maru*，1992）和《K 圈循环》（*Circle K Cycles*，2002）——对这些作品的意义进行评述。以往的亚裔美国文学评论大多借助以美国为中心的史学研究，以及源于爱德华•赛义德东方主义批评的一些前提假设。近来对亚裔美国文学生产的研究虽然有意识地强调了跨国视角的重要性，并突显了亚洲人离散轨迹的多重性、商业市场的超然力量、网络空间的颠覆作用，以及亚洲资本主义日渐增长的影响力，但这种努力并没有超越后国家程序（post-national）的俗套，以及被物化了的东—西方分析（reified East-West analytic）视角的大版图。其结果往往是进一步确认了源于美国经历的关于"流动性"（mobility）的一系列修辞假设，同时却又对仍处于西方新殖民主义羁绊下的南半球的社会困境熟视无睹。

我的分析并不是要确认山下采用南北视角的个人情结，即她个人对巴西的"亲近感"，或者是想说明山下的小说构成了对以往亚裔美国文学批评和文化关注的一种偏离。与此相反，我认为，山下的作品超越地理和意识形态意义上的确切地域观，为亚裔美国人创造了一种能进行自我审视的外部空间，其目的就是要质疑对亚裔美国质素（Asian Americanness）的单一化理解。与此同时，我还想表明，尽管山下的作品从根本上脱离了亚裔美国文学再现的传统轨道，但它们极具创意地录写并回应了受到美国霸权直接或间接支配的那些话语，进而将殖民依附、社会不平等以及阶级特权等问题摆到了她跨国意识的最前沿。我对山下作品的解读不仅借鉴而且超越了一些亚裔美国社会学家的学术成就。其中有阿里夫·德里克通过对亚洲－太平洋周边研究视角对亚裔美国定义的再度历史化；胡其瑜就中国劳工在 19 世纪和 20 世纪初期移民拉丁美洲所作的亚洲－拉丁美洲形构的研究；雷恩·平林从比较研究视角对古巴人类学家弗南德·奥提兹"跨文化移入"概念的挪用；萩原二宫对自 1908 年以来日本移民及其后裔在巴西经历的追踪。这些学者的见解使我受益匪浅。其中与我对山下作品的分析关系比较密切的是他们的方法论，那就是，如何将对日裔迁徙的现象放在交错的时空层次和趋向，以及互相交叠和动态的语境中去考察和研究。就此来说，"亚裔美国"的意义和重要性已经不限于该名词所暗示的亚洲的源头和美国的目的地这种二元对立关系，也不能只透过反东方主义话语的意识形态或再现视角来理解。相反，我们对"亚裔美国"的理解必须还应考虑到美洲大陆中那些不断消长的亚洲人离散群体，因为那些离散群落的运作不断印证、挑战并超越那些关于亚洲－太平洋与亚洲－拉丁美洲形构的构想。

《巴西商船》：乌托邦与跨文化移入

尽管《透过热带雨林的彩虹》早于《巴西商船》两年出版，但其内容却是由后者铺垫的。《巴西商船》讲的是关于几代日本移民兴衰的寓言讽刺故事，并由此记录了 20 世纪初叶大批日本人移民巴西的过程。山下通过她为小说叙事定调的两个警句之一，明确地指出了日本人移民巴西的原因：

> 日本人移民巴西与美国的一系列排斥亚洲移民政策息息相关。当 1908 年签署的《君子协议》开始限制日本人移民美国时，一艘载满 800 名日本人的货船开到了圣保罗的桑托斯港口。当美国政府于 20 世纪 20 年代通过《排外法案》时，涌向巴西的日本移民数量急剧增加；成千上万的日本人到巴西成为咖啡种植园的合同工。到 1940 年为止，19 万多日本人分乘 32 艘轮船在桑托斯港登岸。这些轮船远涉重洋，往返 300 多次。多数移民是以合同工身份来到巴西的，但也有少数人一上来就购置成片的土地或对可耕地进行殖民。

山下将日本人到巴西定居表述为日本人移民美国受阻后出现的一种溢出效应，这种说法非常重要。它强调了亚洲－太平洋和亚洲－拉丁美洲这两个形构之间既包容又互为矛盾的内在联系，同时又使山下在她 1990 年的小说中对一位年轻的日本铁路巡查员（岩田石丸）在当代巴西的遭遇的描写带有鲜明的历史性，从而拒绝使这种描写被解读成后现代主义偶然性或拟象化（simulacra）的某种表征。山下对日本人移民巴西这段重要历史的录写尽管一丝不苟，但她并未复制社群建构过程中那些关于排外、入乡随俗和反抗外在压迫等读者已经熟悉的命题。相反，她笔下多层次的移民传奇故事从构思和哲学的层面徐徐展开，尤其是通过卢梭在《埃米尔，或者论教育》（1762）一书中提倡的受到启蒙运动精神鼓舞的社会试验，即关于埃米尔的教育的隐喻故事，来传达该书的寓意。山下在她书中使用的第二个警句中这样援引卢梭的话说：

> 埃米尔没有多少学问，但他拥有的亦是他的本真……埃米

> 尔具有博学的头脑，不在于其学识的多寡，而在于其学习的能
> 力；一个开放、聪慧，可以包罗万象的头脑……
>
> 埃米尔只有自然和纯物质的知识。他甚至不知道历史这个
> 概念，或什么是哲学和道德……
>
> 埃米尔勤奋，节俭，耐心，坚毅，并充满勇气。他的想象
> 力不会膨胀也从来不会引发更多危险。他能感悟到一些恶的存
> 在，也知道要不断地忍耐，因为他不曾学会同命运争执……
>
> 总之，谈到美德，只要和自身有关，埃米尔都已拥有……
> 他所欠缺的仅是他的头脑随时准备接纳的知识……

山下通过卢梭对他理想中的学生/市民的描写想呼唤的既不是深埋于启蒙传统的笛卡儿主体性（Cartesian subjectivity），也不是卢梭教化程序（pedagogy）中的罗各斯推演逻辑。相反，它是对卢梭式虚幻想象的一种再创造。卢氏的想象强调自然高于社会，道德高于理性，而山下挪用卢梭的目的就是要强调日本移民在巴西遇到各种挑战时所必须面对的抉择，即他们一方面要抛弃日本国内现代性的压抑，另一方面又要去拥抱一个还没有被市场力量完全主宰的社会。山下用埃米尔的教育作为日本移民在巴西社会化的比喻，因此与卢梭对启蒙思想（即理性、进化、文明）的批判，以及后者试图以空想方式回归大自然，从而摆脱社会不平等、贪婪和腐败的思路发生了共鸣。作为对历史计划的一种修辞性建构，山下的埃米尔正是通过卢梭"社会契约"的宏伟论题，被重新铭写成了一个偏爱自然的社会主体（social subject）。山下认为，该社会主体的老师既非柏拉图式的苛刻教长，亦非纯洁高尚的野人（表现在八郎余吴这个人物身上），而是在巴西的有机环境中进行自由联想的能力。

小说中的"日本埃米尔"名叫一郎，一个来自寺田家族的九岁男孩，也是小说前四分之一部分那个天真无邪的叙事人。寺田同宇野与奥村家族一道，都是乘船来巴西的日本移民中的"少数派"；他们移民的目的是建立一个名为艾斯波兰萨（Esperancã，意为"希望"）的自给自足的合作社。山下认为，将这三个家族集结在这同一使命

之下的并不是日本现代化对他们的影响——世袭权力的丢失、高额土地税、四处弥漫的失业或城市暴乱（6），而是他们作为基督徒、专业人士和具有社会主义思想的知识分子的政治视野。也就是说，他们深信自己肩负着去巴西"创造文明"的"天赐"命运（1992，6）。这个理想主义方案的制定者是百濑先生，一位定居美国的日本基督教福音传道士。他考虑到了当时美国一浪高过一浪的反亚洲人立法，深信"（日本人）的未来在巴西"，一个他想象中只有"原始森林"和"无限空间"的国度（6，17）。

小说对艾斯波兰萨社区的描写以繁文缛节著称，其中涉及寺田、宇野和奥村家族中的几代人，后来又涉及 250 个移民家庭。然而，小说中着墨最多的还是清宇野的大儿子——艾斯波兰萨公社里颇具个人魅力的领袖人物勘太郎宇野。勘太郎最初是个年轻的理想主义者，后来却因梦想未能实现而逐渐抑郁消沉。就此来说，他可以说是被物化了的启蒙运动主体性的某种缩影，并且也代表着移民中深受现代性影响的一代日本人文知识分子。艾斯波兰萨建构过程中的这一个侧面在勘太郎从公社中学识渊博的教师周平水丘那里接受到的"高雅"教育（25）中得以体现；周平水丘的哲学思考和午后沉思则是充满了托尔斯泰、卢梭、伏尔泰和莎士比亚等文学大师的浪漫气息（24）。而勘太郎正是透过这些欧洲名著的视镜抒发他对美的感悟，表达他对社会的看法，勾画艾斯波兰萨的蓝图。勘太郎对日本移民目标的宏伟构想，最生动地体现在他时常骑着一匹健壮的白马在艾斯波兰萨的旷野上纵横驰骋的情景（16，33）。该场景曾一度给年轻且充满抱负的一郎留下深刻的印象。勘太郎将日本人移民巴西的目标作唯美化的处理，并以此来投射他个人对公社发展的理想；但他为达此目的所采取的手段却是将体力劳动统统留给他人去做，包括他的父母及兄弟二六（18），而且不计后果地挥霍来之不易的公社积蓄。与此同时，勘太郎又执著地对三位他曾爱恋过的女人进行浪漫化的想象，其中包括粗壮、易怒、固执、常有点愚笨的农家女春奥村（36），脆弱、声音甜美、过分敏感的前银行家之女喜美川越（49-50），还有神秘、善于支配别人的圣保罗女子奈津子（122-129）。

在每一段恋情中，勘太郎都按照"他认为一定是最好和最美"（39）的标准顽固地对所钟爱的女人进行建构，正如他将艾斯波兰萨的日常运作当成一种哲学表达方式和对他个人概念的延伸一样。

勘太郎对艾斯波兰萨理念的这种推崇与他对公社日常事务的疏远于是便成了他和社区之间产生不可调和矛盾的起点，因为他必须通过物质手段才能维持后者的正常运作。而这正是勘太郎与卢梭所抨击的那些导致腐败、堕落和人性缺失的因素发生联系之处，即隐秘诡谲的城市文化和商业市场（Rousseau, 220-221）。导致他走上这一步的人物是农学家清次郎贝夫；贝夫在艾斯波兰萨受到内部冲突和外部干涉压力的时候来到公社。在某种意义上，贝夫的思路是勘太郎在经济与商业领域内所坚持的主观主义的具体化：他试图通过建立既能生产和销售鸡蛋与鸡肉，又能在不断"回收土地资源"过程中使土地保持肥沃的家禽农庄，使艾斯波兰萨独立于它的周遭环境（61）。在这种幻想的诱惑下，勘太郎开始处心积虑地扩大艾斯波兰萨的地盘；同时，贝夫的计划也需要巨资贷款、商业协议和购买昂贵的设备。然而，正如山下所显示，勘太郎的经济利益其实不过是他对超验自我（transcendental self）进行再投资的一种表象，以及他对"我思"的一种再度振兴。不过这种振兴的重点却转移到他曾在巴西商船上见过的一个妓女的女儿奈津子身上。勘太郎后来承认："我花钱如流水，没有拒绝过奈津子；对我来说没有过于昂贵的小东西，也没有不能实现的想法或计划。没有什么是我办不到的。我什么都买过：豪华的酒店套房，一次能招呼来很多汽车司机为我开上好几天的车，乘飞机到里约热内卢和布宜诺斯艾利斯去旅行。谁不记得我曾将真坂的赌场整整包了一个晚上？金钱从我的手指间流走，传奇般地填满了每一个冒险家的口袋……金钱并不重要，它不过是到达目的的一种手段。梦想是一定要实现的。而稻谷永远都属于艾斯波兰萨。"（147）极具讽刺意味的是，勘太郎对无私精神这种充满激情的辩解的另一面恰恰是他痴迷于概念而给公社带来的直接或间接的浩劫：首批到艾斯波兰萨开疆拓土的日本移民先驱丈男奥村被人暗杀（114）；坦率直言的诗人旦鹤子英年早逝（89）。他们都是二战时公社内因无人制止冲突而酿成的悲剧。此外，三郎宇野、水丘、川越家，甚至勘太郎的妻子春这批重要成员都纷纷疏远或离艾斯波兰萨而去；勘太郎的妹妹里津自杀身亡（232-233）；最后农场终于因欠泽田尼布拉银行过多的债务而丧失赎取权。

最后，艾斯波兰萨变成了勘太郎思想的牢笼，也成了公社曾一度要抵制的现代性的意识形态与结构的复制品。曾经在马托格罗索省与印第安人生活过的边陲野人八郎余吴首先注意到了勘太郎领导下的艾斯波兰萨同日本之间的相似之处（27，30）。后来，重色河西的在巴西出生的儿子吉尔赫米进一步证实了这个看法，并将艾斯波兰萨比作一个"日本村"（221）。艾斯波兰萨终于陷入一潭死水，成了对勘太郎死心塌地铸成又丝毫不思反悔的大错的一个讽刺性的意符（ironic signifier）。为了复原日本人移民巴西的社会与历史意义，山下将勘太郎的修辞式为人之道与其他的物质性选择进行了对照，这在小说的下半部分表现尤其明显。平林在论及亚洲人在美洲的经历时，谈到了"跨文化移入"（transculturation）的某些特征，有助于说明这些物质性选择的相关性：有意识地参与少数族裔领地之外的各种社会动态，自觉抵制社区内和社区间对权力的滥用，在社会关系和资源不均衡的条件下，愿意进行身份和地位的文化重构。小说中的跨文化移入策略与实践可通过如下人物的经历得到说明：孩提时在父亲教诲下就懂得如何尊敬巴西及其人民的日本"埃米尔"一郎（71-72）；一郎的在巴西出生的弟弟，即小说中被称为"新世界中真正埃米尔"的功一寺田（138）；还有投身于巴西的社会运动，最终成为传奇性的巴西赞助人弗洛里阿诺·莱蒙多之女加希拉·莱蒙多丈夫的吉尔赫米河西（245）。同百濑先生和勘太郎不同的是，这些人物都认识到艾斯波兰萨并非处女地，并且"很早就有印第安人在那里居住"（67）。这样，他们就有意识地超越了种族社群的界限，并允许自己随着环境的变化而改变。这也使他们能最终抛弃勘太郎人为的智性建构，而积极投身于巴西的政治生活、社会运动以及可能出现的社会变革之中。小说的结尾部分包含的两重信息似乎预示了《透过热带雨林的彩虹》所描绘的场景：艾斯波兰萨移民中一个讲求实际的派别得以幸存到 1992 年；勘太郎在 1975 年与信太郎莺山一起对马托格罗索省的土地进行空中视察时因飞机失事罹难，飞机的残骸中满是一箱箱的违禁电脑残片，而这些箱子中装的本应该是莺山曾答应赠予艾斯波兰萨图书馆的书籍（241）。

《透过热带雨林的彩虹》：批判的时间性

从《巴西商船》中建立的南北动态来看，山下用当代日本作为《透过热带雨林的彩虹》的开篇场景，然后又让岩田石丸通过曾在他儿时击中过他头部的一个虚构的球体（fictive ball）之间的关系来到巴西，就不足为奇了。岩田从后工业时代的日本旅行到巴西，与日本移民半个世纪前乘船前往同样一个目的地之间的关系是我们了解山下 1990 年这部小说下述细节的必要语境：岩田在巴西的女佣露德就她在此之前为一个日本家庭工作的有趣回忆；一位巴西过客向岩田提及他妹妹嫁给了一个第二代的日裔巴西人，有几个日本人长相的孩子的琐事（1990，36）；一位日裔老者进入一家彩票店引起的骚动，原因是他右边脸颊上长了一个球状肿块（39）；以及巴西文件处理员巴蒂斯塔•达潘（Batista Djapan）古怪的姓氏。在两部作品的修辞语境中，这些细节构成了一种能印证当代社会学重要研究成果的文本索引（textual index）。那就是，截止到 20 世纪 70 年代，已经有 70 多万日本移民及其后代生活在巴西；这是当时在日本之外最庞大的日裔人口。我认为，这些在日本人和日裔巴西人之间不断演进、千丝万缕的族裔和情感纽带，是山下构思岩田及其堂兄宏的巴西之旅的主要原因。值得一提的是，岩田的母亲在小说中被描写成最了解这些纽带的家庭成员：她在宏打算定居巴西后细心记录他的行踪，并且在岩田失去在日本铁路部门的工作后催促他到巴西去投奔他的堂兄（10）。石丸夫人在日本与巴西之间关系的母性投入确认了《巴西商船》的历史性，并使岩田加入南北迁徙的举动更多地成为一种物质性的选择而非历史的机缘性。

岩田与球体之间的关系是小说引起读者回应的一个热点；提出

的问题通常是全球资本如何通过无情的市场逻辑将地方所设置的空间与地域阻隔一扫而光。基于这种认识，岩田与球体之间的关系经常被看成是资本主义在后福特（Post-Fordism）时期运作的具体体现，从而印证了大卫•哈维的"时空压缩"论（time-space compression）。我在下面的分析中不会重复哈维的观点，但想指出，哈维的观点其实比较抽象，不能用来设想球体在资本主义全球化过程中的本体论地位问题。我觉得，球更具有揭示意义的功能是它如何穿透小说设定的时间结构（temporal structure），以及它如何作为一种未来的后思考（future afterthought）来撞击岩田的身体和读者的意识。下面是山下通过第一人称的叙事声音在向我们介绍这个球："由于一次古怪的命运，我被回忆带了回来。记忆是个很强大的东西，尽管在使自己重新进入这个世界时，压根就没有注意到这个事实……（不过）被回忆带回来，我已然就是一个回忆，因而，我也就要为您承担起变成一个回忆的职责。"（3）在小说末尾，山下进一步用发问的方式又返回到关于球的这个起始场景："现在回忆已经完成，我要和您说再见了。您会问是谁的回忆呀？确实，到底是谁的呢？"（212）山下在此试图唤起的是一个已然逝去但同时又徐徐展开的历史时刻，但由于该历史时刻的表义具有暧昧性，它又颇令人费解。山下对叙事角度的这种压缩于是将揭示球重要性的任务转到了读者一方。而读者此时不得不面对由球的故事所引发出来的一些关于时间的问题。比如，这个球是在何时与岩田进行了首次接触？它通过什么样的时间框架消亡？它出现与消亡的时间与山下自己在小说创作过程中所占有的批评空间又是何种关系？

这里，我们有必要冒一点简约主义（reductive）的风险，以找出山下通过唤起关于球的命运的回忆所要达到的目的。小说中关于岩田去巴西前经历的一些细节立刻就显得息息相关了。首先，作者在故事一开篇就告诉我们，岩田被球撞击后很快恢复了知觉，并且没过多久就又回校上学了（5）。其次，岩田中学一毕业就去铁路部门上班（6），那时他大约十六七岁。第三，几年后，一正在铁路部门的工作戛然而止，原因是日本铁路系统的解体，而政府允许私营企业签约和投标的做法剥夺了一正和那个球的工作热情（8）。不少公开发表的记录都表明，日本国有铁路系统的私有化发生在 1987 年，那时，岩田刚好二十岁出头。因此，我们可以这样推测一下：岩田在日本海岸与球的初次接触是在 20 世纪 70 年代，大约是勘太郎去世、艾斯波兰萨最终瓦解的时间框架内，也是在西方一系列社会和经济趋势推动下出现我们目前所说的全球化阶段：社会运动高潮中和越战之后在西欧和北美发生的经济危机；1971 年布雷顿森林协议（Bretton Woods Agreement）和凯恩斯关于调控资本主义的主张的寿终正寝；1974 年全球股市的电子联网；资本主义经济大调整和 20 世纪 70 年代保守主义意识形态的抬头，以及同时期由弗朗索瓦·德·埃奥本发起的女性生态主义运动。

按照小说的描写，导致岩田移民巴西的既非该国开阔的空间，亦非那里的日裔巴西人的社区，而是来自马塔考（Matacão）的难以抗拒的引力，也就是在亚马逊河雨林中神秘显现的一堆工业垃圾。小说用很大的篇幅指出，马塔考造成的生态灾难不仅仅是商业资本主义不加以节制的后果，也是无所不在的帝国主义暴行的产物。下面是一些被派往马塔考的科研人员在该地区外围的一个偶然发现：

> 然而，有人在马塔考外约 72 公里处发现了一个类似大型停车场的区域，堆满各种废弃的飞机与车辆。它们几十年前就被丢弃在那里，被掩藏在盘根错节的藤蔓植物之下。在场地另外一端，一些车辆似乎正渐渐被腐蚀成堆堆灰色的粘稠物质，一种胶态汽油的成分。

> 在众多旅行者中，一支由昆虫学家组成的小分队在追逐一种稀有蝴蝶时误入并发现了这块金属墓地。被发现的机械都属于 50 年代末和 60 年代初的产品——F-86 佩刀式战斗机、F-4 鬼怪式战斗机、休伊眼镜蛇攻击直升机、利尔和小熊号喷气机、卡迪拉克、大众汽车、道奇、多种储油装置，以及军用吉普车和红十字救护车。车辆被丢弃在森林中已有多年，开始破碎成锈迹斑斑的金属尘埃。偶尔一声直冲树梢的叮当巨响，吓得鹦

鹉和猴子四散而逃。而这只不过是普利茅斯 63 卡车上的一只车门脱落，碰到停在旁边的雷鸟车上，或是直升机转轮掉落到了伪装起来的吉普车的顶部。（99-100）

历数这些被废弃的现代化武器，全都产自美国；这不得不引起人们对马塔考政治解剖（political anatomy）的关注，同时也激发读者去探究马塔考生态变化——借助化学或有毒金属物质繁衍生息的蝴蝶、老鼠和植物——大有问题的历史渊源。也就是说，二战后美国通过泛美主义（Pan-Americanism）的意识形态工具及相关的军事部署对拉丁美洲实行霸权式的控制。冷战期间，美国向该地区提供了大量现代化军备，条件是拉丁美洲国家承诺扩大其防御能力，为美国输送战略物资，并限制同以苏联为主的国家进行贸易。同时，美国通过外交与军事渠道积极干预这些国家的内政。典型的实例就是美国在 20 世纪 50 年代到 70 年代——通过提供燃料、武器和应急计划的方式——对巴西国内的亲美骚动、镇压和武装冲突加以支持。

随着小说故事的推进，我们得知，那个曾击中岩田头部后来又成为他思想和行动的操纵者的化纤球原来是来自马塔考的一块由聚乙烯合成的垃圾（145）。也就是说，它不过是资本主义全球化之生态后果的一种次级效应（secondary effect）。而球与岩田发生联系的过程，也就是它从环绕地球运行的一大团"飞行残片"中掉落，成为天外飞来的横祸（4），则以明喻的方式体现了波希亚就饱和资本主义固有的"潜灾难"所提出的"轨道运行"阶段（orbital stage）概念。即资本主义过早实现的（hyper-realized）或看起来已经无可挽回的灾难，这种灾难就像地球环行轨道上的卫星一样高悬于人类社会之上并过度决定着（overdetermines）其命运。象征着灾难感的球在时空中自由穿梭，而岩田对它的存在却毫无戒心。该命题通过山下刻画的几个卡通式人物又得到了进一步的强调，而这些人物的命运又都与马塔考息息相关：玛尼·皮纳由一个橡胶树农摇身一变成为"羽毛学"之父（114）及神奇的"羽毛疗法"大师（23）；契科·帕克生长于塞阿拉海岸边一个不知名的小渔村，渐渐发迹成年轻的福音教偶像（25）；乔纳森•特委普为美国一家公司的拼命三郎，长有三只胳膊，性格谦和，致力于寻找他理想中的 9.99 美元产品。这些人物被小说讽喻为后福特资本主义扩张的三位一体（皮纳为圣父，契科•帕克为圣子，特委普为圣灵）；他们最终把生态灾难带到亚马逊雨林带。然而，山下在此的锋芒所向并不限于资本主义道德规范的腐蚀性；它更是瞄准了整个商业资本主义对人类和人类生活环境的"集体性失责"。或许正是出于这种道德关注，山下才拒绝让无情的市场力量体面地谢幕：她用小说的肥皂剧形式和该形式的因果报应逻辑既神奇又有效地惩罚了小说中的坏人。她发明了一种自我蚕食的疾病，从内部摧毁了马塔考和那个球，同时又营造出极端的环境，使皮纳、契科•帕克和特委普的死亡痛苦不堪。

上述分析使我们又回到了与山下小说写作的叙事空间有关的时间性问题。我想要指出的是，有必要对生态灾难发生的年代和山下1990 年小说出版之间的时间差（time lag）加以说明。根据给定的故事线索，位于纽约的 GGG 公司（特委普的雇主）也创建于 1990 年，而且在我们打开这本书的时候已经运营达 5 年之久（21）。在此过程中，公司的创始人乔治亚和乔夫•甘布尔夫妇双双被迫辞职，因为他们提倡的自由市场法则已经超越了他们对自己在公司中扮演角色的最初设想（21）。这个文本细节表明，马塔考和球的毁灭应当发生在山下 1990 年小说问世至少 5 年以后的时间里。那么，讲一个球在毁灭很久以后又"再次来到这个世界"（3）的倒错的故事，将发生在未来的生态灾难以过往的方式描写出来到底有什么重要意义呢？我们对关于球的故事的理解，是否可以成为我们观察和记忆的一种方式，从而使山下小说的读者变成那个记忆的真正作者呢？在这里，我觉得艾伦•利比兹对"未来前的预言"（prediction in the future anterior）的反思很有启发。他这样分析到：如果我们想要得到一个对未来的准确概念——无论是从乌托邦还是从反乌托邦的角度来看——我们就必须对当前的社会和经济发展趋势有一个透彻的了解。反之，只有当我们对未来发展方式所作的理论假设有一个全面、本质的把握，我们才能有效地辨认出当下历史走向的踪迹。利比兹对于未来前的反思表明，他能从人类生存的"总体论"（totality）角度——这里我想借用盖奥格·卢卡奇的一个概念——严肃地面对当下与先前的矛盾以及未化解的问题。卢卡奇在这里不仅用此概念批判资本主义的物化作用，而且还用它强调坚持辩证认识论的某种必要性。换句话说，在我们用过去和现在记忆未来之前，我们必须走过一个以伦理为基准的概念综合过程，并以此来把握我们的全球性时间视野如何同个体思想或经历发生联系。此外，我们还应对未来进行一种"超评价的图绘"，但这样做的基础并不是福柯扑朔迷离的话语，而是雷蒙德·威廉斯文化唯物主义的社会矩阵（social matrix）。

当我们意识到自己对马塔考的形成也负有一份责任时，我们就会感觉到球的记忆的诡谲性。因为自从 20 世纪 70 年代斯大林式的社会主义在全球瓦解以来，人们大多从西方现代性和发展的透镜来设想第三世界的社会转形。这也正是弗朗西斯·福山（Francis Fukuyama）借助尼采观点提出的关于"我们不可能设想出一个从本质上有别于现在，而同时又更加美好的世界"的假设，用以阐发他关于历史已经在新世界的秩序中走到尽头的理论。似乎为了说明这种新保守主义论点的荒谬，山下提到契科·帕克贫穷的家乡到处都是由"美丽的彩色沙粒"堆成的沙丘，就像"蔚蓝色的波浪前一层层移动的彩虹"（24-25）。在移动的沙丘附近住着一个很有才华的男孩；他将彩色的沙粒倒入小瓶中形成各种图案，用这种方式来寄托他对美好生活的向往。但后来"有人说他使用的已不再是真正的沙子，而是他按照自己想象染成的合成物质。有人说他将沙子同黄色和白色的颗粒混合起来"（25）。青年艺术家对瓶中沙粒态度的这种变化，其意义并不在于他将艺术商业化，而更多地在于他决定用这种艺术去追求最大的利润。最初与沙子的视觉效应相联系的彩虹的象征性，就这样失去了它作为一种天真无邪的欲望的载体作用，而成了不可抗拒的马塔考的引力的附属品。山下故意用刘易斯·卡罗尔的儿童故事中的场景来暗示年轻艺术家接受商品拜物主义的危险性，也用沙子的意象做文章：

他们眼泪流不断，
见了沙滩心发抖。
"谁能把黄沙清掉，
堪称为积德添寿！"
海象问木匠，
"七名少女拿笤帚，
半年不停勤打扫，
能否把沙子清走？"

——刘易斯•卡罗尔《镜中奇遇》

山下的字里行间所要传达的是彩虹圆拱所象征的背叛、进退两难和死亡。她故意省去了卡罗尔题目的后半部分，即"爱丽斯在那儿找到了什么？"，以揭示其讽刺力度。

我们可以从宏观和微观两个层面来认识《透过热带雨林的彩虹》的意义。一方面，小说暗示，20 世纪末的人类正在不知不觉之中被引上一条可能会印证黑色预言效果的道路。而只有当我们意识到我们所迷恋的西方的进步和发展理念的破坏性本质时，这种局面才可能得到扭转。另一方面，小说让马塔考及其追随者在亚马逊雨林中被打败，这似乎在暗示：人类幸存下去的可能性并不在马克斯•韦伯所说的成熟的西方商业资本主义体系的"铁笼"（iron cage）之内，而在于像岩田和洛德斯这样具有清廉态度和思想的人们身上。这些人，正如弗雷德•詹明逊所说，是被边缘化但并未精神分裂的第三世界的主体。在小说的前半部分，我们注意到了岩田与具有非凡企业家睿智的堂兄宏之间的不同：前者被描写成一个真诚热爱着巴西的"日本圣诞老人"（61）。这样的品质最终使他赢得了露德的好感和爱情。我们在小说结尾见证了二人结合的场景：岩田被描写成像孩子般围着伸手要拥抱他的露德奔跑；岩田"在巴西的爱情和生活的旧日幸福又回来了"（211）。

小说在开篇和结尾处诉诸纯真（innocence）、怀旧和儿童意象，这不能简单地理解为作者试图用小说回归到卢梭式的田园般的过往，以此来抗拒商业市场的诱惑。反之，我们把握山下这种乌托邦指涉的关键在于——如詹明逊所说——要将其视为一种讽刺性和开放性的意识形态过程。因为讽刺的人还找不到一种社会介体来改变那个他/她所谴责的堕落的世界。潜藏在山下对难以实现的未来所作的乌托邦式的宣誓之下的，是她对现今的严肃评判和机缘性替代。而这种时间上的直接性，在詹明逊看来，是不可能在"只依靠其本身而没有从未来投回的眼光"的情况下被完全理解和评价的。因为任何对未来的可行性选择都必须从根本上不同于对现今的复制。山下的小说并没有提出简单快捷的解决方法，因此只能在暧昧性的修辞建构中结束。我们可以将此理解为她在邀请读者为创造能实现进步性社会变革的条件而进行宣誓。从这个角度来看，小说中关于生与死、毁灭与再生的那种循环往复的描写，不见得一定就是山下对现代主义永恒循环这种比喻常规的怀旧式挪用，而是她在有意识地协商存在困境和思维实践之间的矛盾，以及人类集体解放的迫切需要和企业资本主义对诸如巴西这类第三世界国家实行铁腕控制之间的张力。

《K 圈循环》：熟悉的陌生感

在小说《巴西商船》的结尾处，山下提到了 76 岁的一郎寺田在回顾日本移民自 1925 年抵达巴西以来所取得成就时所流露的一丝忧虑。一郎"担心地说起自己的孙女：她以优异的成绩毕业于建筑学专业，但在巴西找不到稳定的工作，目前是超过 15 万在日本从事体力劳动的日裔巴西人之一"（248）。《巴西商船》中这个不起眼的细节所预示的，正是山下 2001 年的作品《K 圈循环》中直接描写的内容。在这本书中，她将叙事的着眼点从巴西转向了日本——一股朝着相反方向流动的劳动大军的终点站。这股新跨国潮流的主人公就是回日本工作的日裔巴西劳工（dakasegi）；他们为养家活口离开家乡到日本从事体力劳动（2001，14）。小说开篇时，山下为这种移民提供了一个历史背景：

在穿越南北边界时，我们意识到了一个由巴西经济衰退引发的日裔巴西人西进到日本去找工作来养家活口的新动向。

在1990年，日本政府就通过了一条法律，允许第二代日裔巴西人获得签证到日本从事无需技能的劳动。同时，该法律严禁被认为是非法外侨的其他外国工人去日本工作。政府和商界都希望寻求新的途径来补充工厂里的非熟练工人，这样做可以用具有熟悉的日本人长相的日裔后代替代非日裔外国工人，他们认为这批人较能融入并接受日本社会和生活方式。总之，这可能是一个意图不错、但纯粹种族性质的解决方案。（13）

许多日裔巴西人受契约公司"一大堆承诺"的吸引（35），相信他们很容易被"族谱"的根源接受。他们为移民做出了巨大的牺牲：负债或冒家庭解体之险。他们万万没有想到，在日本等待他们的生活与他们听说的情况完全相反：在工厂里无休止地做"最脏、最累和最危险"的工作（32）；不得不加班加点，而且"连续数月都没有假期"（14）；被迫在有日本人的公共场所改变他们的生活习惯（107-111）；因为文化上的差异成为流言、牢骚和排斥的对象。

这些经历累计起来最终导致了他们被日本主流社会完全排除在外，而面对着要榨干他们千辛万苦才赢得的劳动成果的体制，他们却无可奈何：契约公司扣压他们的签证直到他们付清所有旅行的费用；银行从他们每年汇往巴西高达2亿美元的生意中得到巨大好处；代理公司向他们索取中介费；电话公司无情地收取他们为平息思乡之情而打的长途电话费（33-34）。回日本工作的日裔巴西劳工面临的困境在山下对一个年轻美貌的欧亚选美皇后滨松96小姐（根据以生产钢琴和摩托车而闻名的工业城市而命名）的描写中得到了寓言式的延伸。滨松96小姐的工作是非法录制巴西电视节目，然后到日裔巴西劳工中去出租：

她被分成10大箩的150台摇摇欲坠的JVC录像机所包围，电缆和电线犹如意大利空心粉那样散落在地板上。另外，不同

形状和大小的电视监控器被分别安放在正在播放不同或相同节
目的电视荧光屏上方或中间。这样工作 2 年后，除了需要读取
录像带上面的标题，她几乎可以在黑暗中完成工作，同时将 50
个录像带塞进 50 个 JVC 录像机里面，并按下所有电缆按钮。在
录制的间隙，她就忙着倒带，将它们打包准备上船托运，或在
旧标签上贴上新签。旧磁带被循环使用，它们被用箱子装起来
随意放置。到周末，上周的节目必须从原版节目上重新录制，
分类并单独销售。(20)

做工时，滨松小姐常被电视节目中的浪漫情节所打动，这不仅加深
了她的孤独感，而且使她更加渴望美好的生活。有时，工作中的"电
视剧时刻"成了滨松小姐摆脱困惑的唯一方式：在电子"长龙"(21)
中间劳作时，她想象着自己遇到了"一位有权势的日本主管；他同
情她的遭遇并疯狂地爱上了她"(27)。然而，这种从内化的电视节
目中得到的视觉幻想很快就演变成了另一个日裔巴西劳工皮条客佐
真奴对她的性剥削计划：他试图利用她身体的"维纳斯素质"(19)
制作色情影视产品。

　　滨松小姐无意识中对电视节目中故事场景的操演(enactment)，
突显了日裔巴西劳工幻想补偿他们社会挫折的需要。因为与电视屏
幕上闪烁的情节剧相比，他们面临的现实根本没有伤感可言：在工
厂做木工时手指被截断或腿被割破(36)；建造房屋时髋骨断裂或脚
脱臼(47)；工作后瘫倒在榻榻米上的身体(35)；"自杀、攻击、
有伤风化的裸露、过量吸食鸦片，以及酗酒导致各种斗殴和交通事
故"(119)；由孤独、压力和敌视环境所引发的心理和身体上的伤
害(49)。日裔巴西劳工不但被各种社会和经济压力所累，还受到日
本政治体制的压制。在一个名为"三个玛利亚"的章节中，山下叙
述了一个 27 岁的日本移民后代泽•玛利亚•福山的经历。她轻率地选
择一个违反日本法律的女日裔巴西劳工玛丽•玛达莱娜为伙伴，共
同经营一家规模相当的电子零件工厂。然而玛丽•玛达莱娜偷走了工
厂所有的薪水和救济基金，只剩下泽•玛利亚一人面对无情的日本法

律执行机关的起诉。泽•玛利亚这样为自己辩解："我没有偷任何钱。我被指控完全因为我是一个外国人。如果我是一个日本人，没有人会找我的麻烦。一家日本公司会想办法付清欠款，让局势平静下来。相信我，我知道。我劝说他们给其他日裔巴西劳工钱，让他们保持安静。他们这次不干，因为我没有按照他们的规则办事，因为我是巴西人。"（41）泽•玛利亚的经历表明，很多日裔巴西劳工受到歧视待遇而在日本根本没有"家"的感觉。

在此情况下，山下对"萨乌达德"（sudade）一词的探究就显得非常重要了。山下将此概念放在不同历史时期、文化及语言背景中考察，向我们展示了它的多重含义，以及该词如何随着其使用环境的变迁和时间的流逝而发生变化。同时，她也发现人们对"萨乌达德"的下述理解具有某种常态化的主题："来自遥不可及的故人"的一种渴望（135）、"对不可触及的未来和随时都在消失的家园的怀念"，及"在拥抱秩序和发展的过程中对前现代时期的集体回忆"（136）。这些定义微妙含蓄，同时又模棱两可，令人难以捉摸。这也是山下为什么提到"这个词的翻译只能近似而无法作到准确的原因所在"（135）。因为回日本工作的日裔巴西劳工感觉到的迷失既充满了忧伤又深不可及。山下还向我们展示，这些工人对萨乌达德的态度因他们对日本的四家葡萄牙语报纸的依赖而变得更加复杂；他们从报纸中了解巴西的情况："他们想知道巴西现在的经济状况是否有利于回国。报纸上有关于日裔巴西劳工的正面报道，也有家乡血腥犯罪和政治丑闻的报道。报纸的经营主要靠给企业、旅游中介、银行、快递服务代理、电话公司做广告来维持，因此，回国往往是有利的，[而当他们真正回去时]也永远是不利的"（34）。面对实现不了的现今和遥不可及的未来，日裔巴西劳工试图通过捕捉他们记忆中浪漫往昔的短暂"魔幻"（136）瞬间来"消磨萨乌达德"（135）。山下对巴西足球队和新成立的日本国家队之间的足球比赛的描写就是一个明显的例子。比赛中许多日裔巴西劳工"第一次偷偷扔下工作去现场观看冠军巴西队——那个承载着他们对遥远家乡的梦想和自豪感的球队——的表演。损失一天的工作可不是件小事，但这种选择明显是巴西式的；他们完全沉浸在身份、反叛和萨乌达德的混乱之中"（130）。

　　然而，萨乌达德可能会对日裔巴西劳工带来更加严重的后果，这尤其体现在玛丽•玛达莱娜的电话性交易和她的 *Páginas Verde Amarelas* 广告出售策略上。山下在小说中插入了 25 个黑色的页面，从视觉上暗示玛达莱娜远在东京的深夜电话对日裔巴西劳工欲望的摆布。通过这些黑色页面的视觉效果，我们只能听到一些声音，先是讲葡萄牙语，后来是英语译文：首先是个来自马托格罗索多苏尔省的年轻日裔卡林霍斯，他因无法忍受孤独而打电话给玛达莱娜（70-71）；然后是塞尔吉奥从一个边远城市火车站的付费电话机打电话和玛达莱娜进行性谈话（74）；还有正在加班的工厂工人马塞罗，他在厕所里与玛达莱娜的性对话中睡着了，手机却还在一分钟一分钟地计数着话费（75-77）。与此同时，玛达莱娜明白："回日本工作的日裔巴西劳工缺乏的就是信息。他是一头对日本这个国家，及其语言、风俗、背景都一点也不了解的困兽"（72）。此外，"巴西人没有耐心阅读；他们只想聊天。这就是为什么电话生意能赚钱"（78）。巴西人缺乏读书耐心的原因在题为"七月：K 圈规则"的一个章节中得到解释。这一章使用的语言完全是日语（后又应读者需要翻译成英文）。山下解释说，这是一种由三个系统构成的语言：kanji，hiragana，katakana。要掌握这门语言需要有对日本文化相当深入的了解，还需要大量记忆其语音符号和表意符号（53-54）。这些规则的目的是按照日本人的文化品位和期望来约束日裔巴西劳工的日常行动。但具有讽刺意味的是，它们对这些工人的冲击并非来自语言本身，而是将语言作为一种对这些工人的社会惩罚。这是一种对日裔巴西劳工并不高明的歧视手段：它一方面使萨乌达德越来越成为他们社会和文化存在的中心，另一方面又强化了工厂车间对他们赤裸裸的剥削。

　　山下显著地将"K 圈"放在她 2001 年小说的题目中。K 圈是濑户每个街头角落都会有的一种便利店（濑户是位于日本名古屋外的一个城市，山下曾于 1997 年同家人在该地逗留过 6 个月）（11）。山下写道，住在这样的邻里，"我们的日常生活使我们绕着 K 运转"："四个 K 圈。去龙田家时，在每一个 K 圈处向左拐弯。回家时，在每一个 K 圈处向右拐弯。我们绕着这些 K 活动"（16）。在同一个特定区域内根据既相似又不同的路标，环绕和穿越不同路线和地形，这个意象体现了山下地理构想的复杂性。因为这样的环形运动经历，用山下自己的话说，必须是"多样性和可逆转的，即不连贯却又完全相通的"，因而，它使我们对"边缘和前沿区"都非常敏感（17）。对环行概念的描述恰如其分地形容了本文所讨论的山下的三部作品，以及它们分别要讨论的日裔移民的本质特征。在当前跨国研究的大背景下，日本人移民巴西，然后又回到他们出生地的循环路径，可以说是讽刺性地体现了由资本主义生产不断变化的需求所驱动的全球化过程。但是，在强调"迁徙中的日本移民"（Nikkei on the move）这一概念时（2001，147），山下并没有将此移民过程描写成对已经崩溃的民族－国家的一种自由超越或对身份或公民身份的灵活传播。相反，她提请人们关注从福特主义向灵活资本积累（flexible accumulation）过渡时，那些处于不利地位的社会与族裔群体在这个种族化、等级化和不均衡的过程中所承受的后果。通过将日裔移民牢牢定位于社会和历史的支点上，山下突显了常规化的跨国话语中的一个主要疏漏。那就是，它并没有认真地探究掩藏在全球化背后的那些活生生的状况，也没有对某些跨国空间的潜在剥削性给予足够的重视。在这类空间中，全球化的参与者往往被剥夺了他们最基本的权利，因而很少有为自己利益思考和行动的选择。

这就使山下在三部关于日裔移民的小说中所作的描写具有一种特殊的历史感和暧昧性。这种描写记录了作者对不同时间范畴、不同构思角度和不同空间实践的感受。而这些感受只能通过我们对南半球的持续落后和国际上在分工与财富分配的不均衡的理解才能加以把握，其中包括北半球——现在包括日本和东亚——在导致南半球不发达问题中所扮演的角色。通过强调具体时间与具体地域的情感力量——艾斯波兰萨知识分子们大有问题的智性躁动、亚马逊雨林属民阶级对幸福和爱情的企盼、回日本工作的日裔巴西劳工在呼唤萨乌达德时的悲怆声调——山下颠覆了将主体建构置于权力或强制性的再现体系之外的跨国理念俗套。通过将亚裔美国研究摆置在东—西和南—北这两个在全球化运作过程中互相锁结的力场中，山下打破了时空的界限和历史的藩篱，为今后的亚裔美国问题研究搭建起了战略性的联系和相互参照平台。

（马惠琴　翻译　凌津奇　校对）

《唉咿！亚裔美国作家选读》序言[1]

赵健秀（Frank Chin）
陈耀光（Jeffery Paul Chan）
稻田房雄（Lawson Fusao Inada）
徐忠雄（Shawn Hsu Wong）

亚裔美国人并不是指某个个体，它指的是一个群体——华裔美国人、日裔美国人以及菲律宾裔美国人。华裔美国人和日裔美国人分别在七代人和四代人之前脱离了各自的地理、文化及历史根源。他们的文化和感悟几经变化，既不同于中国或者日本文化，也明显不同于美国白人文化。即使是今天仍在美国存在的亚洲语言，也已经变化发展成为他们表达对新经历感悟的语言。在美国，中日两国的历史文化本来就难以辨清，日裔和华裔普遍互相仇视，再加上二战的火上浇油，中国与日本的文化和历史紧紧地联结在了一起。

菲律宾裔美国人和华裔美国人及日裔美国人之间有着极大的区别：首先是族裔历史的区别；再者，菲律宾和美国之间有着文化的延续性；最后，西欧和美国文化对菲律宾有着很大影响。不过这种区别只能体现在各自概念的定义上，因此必须分开讨论。

我们的文选全部选用的是亚裔美国人的作品。他们是在美国出生、成长的菲律宾裔、华裔以及日裔美国人。他们对中国和日本的了解仅限于广播、电影、电视上听到、看到的。此外，美国白人文化的推动者将黄种人描述成在受到伤害、伤心难过、忿忿不平时或者在诅咒、惊愕时会哀鸣、嘶吼或者尖叫一声"唉咿！"的群体。这种形象也灌输到了这些亚裔美国人的脑海中。长期以来，亚裔美国人一直受到忽视，受到强行排挤而无缘以创造者的身份介入美国文化，他因此而受到伤害、伤心难过、忿忿不平、痛下诅咒、惊愕万分，这就是他的"唉咿!!"这不仅仅是哀鸣、嘶吼或者尖叫。这是我们积攒了五十年的完整声音。

美国立法保护种族歧视，这让七代亚裔美国人一直身受压迫，而白人种族歧视者对亚裔人也是表里不一，这让今天的亚裔美国人处于自我轻视、自我贬低以及瓦解四散的状态。种族歧视者鼓励我们去相信我们华裔或者日裔美国人没有完整的文化；我们不是亚洲人就是美国人，或者两者都是。这种不是/就是的神话以及双重身份这种近似于傻瓜的概念蒙蔽了我们的眼睛。结果，无论是亚洲人还是美国人都不承认我们的身份，事实证明，我们既不属于亚洲，也不属于美国。我们也不是亚美混血儿。无论是亚洲文化还是美国文化都无法描述我们，除非用最浮浅的术语。不过美国文化却能够否认我们作为独特的少数族裔的合法性。事实就是这样的，我们在形成和表达我们的感觉的同时，也在抑制对这种感觉的自卑感，然而，这个抑制的过程反过来却招致了华裔和日裔美国人对身在美国的中国人和日本人的全盘否定。1972 年 2 月，日裔美国人公民联盟创办的周刊《太平洋公民》报道：50%以上的日裔美国人女性嫁给了外族人，这个数据每年都在增长。有数据显示，在华裔女性中，尽管这一数字还没有达到 50%，但同样的趋势也在蔓延。这些数字在某种程度上代表了我们的感觉——我们对华裔美国人和日裔美国人的概念以及我们的自尊——一如我们在美国文化中的沉寂一般，亦真亦幻。本书中收录的作品的年限、类型、深度，还有质量都证明了亚裔美国人的文化和感受同亚洲人和美国白人的文化和感受息息相关却又千差万别。美国文化一直致力于保护其纯正的白人特质，它以高高在上的态度来对待我们这些外来者，拒不承认亚裔美国人的文化是"美国的"文化的一部分。尽管亚裔美国人已经繁衍生息到了第七代，但美国当局一直无视亚裔美国人的存在。我们这七代人都已经意识到了自身受到的排挤，于是我们将问题国际化，取得了卓然的效果。

　　有的亚裔美国人在中国或日本出生，他们毫无在亚洲生活的印象。尽管如此，相较美国出生的人，他们还是被区别对待，这一点让他们在感情上很受伤。不过，在作者的实际出生地和感情上的出生地之间，我们把感情上的出生地作为判断他们是否是亚裔美国人的标准。倪志伟（Victor Nee）出生在中国，五岁时来到美国。长篇小说家雷霆超（Louis Chu）九岁时来到美国。他们二人对中国文化和中国这个国家的印象都已经淡漠，只是通过道听途说或是在学习的过程中了解到更多关于中国文化和中国这个国家的事情。在留美华人中，倪志伟和他的妻子布莱特（Brett）已经率先写出了关于留美华人的书：《加州往事：美利坚中国城记录研究》（*Longtime Californ': A Documentary Study of an American Chinatown*，1973）。雷霆超的作品《吃一碗茶》（*Eat a Bowl of Tea*）是美籍华人出版的第一本以留美华裔为原型的小说。不过这一点让我们有点糊涂，因为在美国出生的美籍华人作家出版的第一部小说应该是亚欧混血作家张粲芳（Diana Chang）所著的《爱的边缘》（*The Frontiers of Love*，1956）。张粲芳出生在美国，在她不到一岁时，她们全家来到上海这个有着"欧洲气质"的中国城市，在那里，她是一个美国人。她在书中写到了这段经历。而雷霆超则描述了在纽约的中国城发生的故事。在对他们二人作品的选择过程中，我们斟酌了很多问题，比如，关于美籍华人的内容，哪一部分应该保留，哪一部分不予保留。结果，一方面考虑到鼓励的因素，另一方面因为概念的模糊（对于亚裔美国文学的选择和鉴定，我们并没有一个放之四海而皆准的标准），我们将两人的作品都收录了进来。雷霆超并没有从一个绝对的"中国人或者香蕉人的角度"来构思自己的作品，他从一个美籍华人的角度，真实而又准确地描述了美籍华人的经历。张粲芳笔下的主角是两国混血儿，故事围绕着血统单一的父母与他们的混血子女之间展开，颇富逻辑而又跌宕起伏的情节下暗含了文化间的冲突。女主角西尔维（Sylvia）左右为难，不知道父系血统和母系血统之间哪一个令她更有归属感。其实选择不过是一个虚假的问题，但外界的压力却迫使她去思考这个问题。

　　本书中的亚裔美国作家的感悟力和判断力自成一系，他们的作品同林语堂以及黎锦扬（C. Y. Lee）等美国化的中国作家相比有所不同。林语堂和黎锦扬的经历使他们在感情上更加认同中国文化，写起中国文化，他们也更得心应手。这一点我们美国出生的作家和他们相比不可同日而语。此外，和我们不同的是，他们是主动选择来到美国，他们刻意地以美国人的心态去写作，字里行间流露出白人文化的特质。他们语感良好，尊重事实，文风端正；他们目标明确，行文紧凑，字里行间充溢着文化的气息。他们靠这些旧式文风摇身一变，成为"华裔美国人"。他们从白人的角度，而不是从美籍华人的角度来写作，这不足为奇。因为成为高高在上的白人，是他们长久以来的夙愿的一部分；而成为"美国人"，也是他们发自内心的想法。林语堂写的《唐人街》（*A Chinatown Family*）以及黎锦扬写的《花鼓歌》（*Flower Drum Song*）影响了我们的感情，但是并没有表达我们的感情。他们按照白人的传统来创作中文小说的同时，打着中国作家的旗号，在一些书中写出自己对美国的感受来娱乐美国大众，如《当一个中国佬看见我们》（*As a Chinaman Sees Us*）、《中国佬的机会》（*Chinaman's Chance*）以及《中国佬看美利坚》（*A Chinaman Looks at America*）。这些旅行笔记的风格异于托克维尔的作品或者《格列佛游记》，它们靠搞笑引人，其幽默点在于中国人含混的英语发音以及对他们美国人的习俗和心理的搞笑理解。这些书在 20 世纪初面世，而在此前，关于中国的旅行书籍是由天主教传教士在五十年前所写的，"世界旅行家"据此认为传教士们就是中国通。然而一旦形式发生变化，换作由中国旅行家来写他们在美国的历险记，却不可避免地成了笑柄。在这段时期，挖掘亚洲语言的搞笑潜能成了美国流行文化永久的一部分，如厄尔·德尔·比格斯（Earl Derr Biggers）的连载小说《陈查理》（*Charlie Chan*）、华莱士·欧文（*Wallance Irwin*）写的《桥村多哥的故事》（*Hashimura Togo Story*）等。桥村多哥的故事在《好管家》（*Good Housekeeping*）这本杂志上设有专栏，故事讲述了一个让人琢磨不透却又离不开的日裔家佣在一户美国家庭的历险记。下面的片段摘自《多哥助擒钻石大盗》

（"Togo Assists in a Great Diamond Robbery"），从中我们可以见识到多哥的聪明与智慧（《好管家》，1917 年三月版）。

> 　　她出其不意地潜到我的身边，扯着青蛙嗓子问我："多哥，你偷了我的钻石胸针和长大衣上的羚羊皮系带，你把它们放哪儿了？"

这些书籍和故事所表达的立场、刻画的形象在中国政府官员们纷纷出书立著的影响下得以强化。他们在其大作中以诉苦和道歉的格调解释了中国文化，他们称身在美国以及移民到美国的中国人并无不良动机，对美国而言，他们有百利而无一害。例如，中国驻纽约领事馆秘书，地位排名第十一名的 J. S. Tow 写的《真正的华人在美国》（*The Real Chinese in America*）。一些作品讲述了华人如何转变成拥有白人特权的天主教徒，其中对谦卑恭顺的中国人以及中国政府的描述成为了最重要的主题。容闳（Yung Wing）写的《我在中国和美国的生活》（1909）（*My Life in China and America*）就是描写早期一些有着白人特权地位的黄种人的杰作。

1925 年，厄尔·德尔·比格斯，这个显然不是中国人，也不是美籍华人，还带着一些种族主义倾向的作家，凭空设想出现代一个美籍华人的形象——陈查理（Charlie Chan）。陈查理是一个中国侦探，他首先出现在"没有钥匙的房间"里，他"迈着如女子一般优雅轻快"的步伐。这种从一国游览到另一国的旅行模式，在《陈查理》这部比格斯最受欢迎的小说中摇身一变，成为从一个文化到另一个文化的内部旅行。因此，华裔作家纷纷开始模仿这种写作形式并将其强化。时至今日，亚裔美国人留给人们的形象已是根深蒂固。双重人格以及在文化间穿梭这两个概念也开始出现。

在这个谜一般神秘、花一般多变、笨嘴笨舌又有点女气的矮个子胖侦探的形象诞生十一年之后，第一本由华裔美国人写的关于留美华人的书付梓出版了。这就是梁格仁（Leng Gor Yun）写的《唐人街内外》（*Chinatown Inside Out*，1938）。这本模仿《陈查理》而作的书，是唐人街系列书籍（Chinatown Book）的雏形。这种模式的本质就是"我是美国人，因为我吃意大利面；我是中国人，因为我吃炒面"。陈查理式的华裔美国人在下列小说中频频出现：刘裔昌（Pardee Lowe）写的《父亲和荣耀的后裔》（*Father and Glorious Descendant*）；林语堂的小说《唐人街》（*A Chinatown Family*）；黄玉雪（Jade Snow Wong）写的《华女阿五》（*Fifth Chinese Daughter*）；Garding Lui 写的《走进唐人街》（*Inside Chinatown*）；还有两本书都取名为《美利坚的唐人街》（*Chinatown, U.S.A.*），一本是 Calvin Lee所写，另一本是一个白人伊丽莎白·科尔曼（Elizabeth Coleman）的作品。

《唐人街内外》的内容明显就是抄袭的。作者名曰"梁格仁"，这个名字在广东话中的意思是"两个人"，书中有很多内容都是从纽约和旧金山的唐人街出版的中文报纸上剽窃和翻译的，作者把这些内容同《陈查理》以及《傅满洲》（*Fu Manchu*）中的情节拼凑到一起的同时，又添加了一些逻辑性很强的多疑症和妄想症情节。书中一部分内容曝光华人的负面消息；一部分内容把各种内容东拼西凑到一起，就好像一本菜谱。这本书还奉行至上主义原则，忽视了种族主义对我们心灵的伤害。但是它同时又时刻准备着以陈查理式的言论对白人大加阿谀奉承。也就是说：

> 这个（非官方的唐人街）衙门就像烩菜一样，是美国货。它招摇撞骗，虚伪至极，它只有摸透华人的心思才能苟延残喘，撑住门面。从这一点上来讲，说它靠华人养活更贴切一些。

《唐人街内外》还远远算不上经典的美式幽默，它没能让美国人捧腹大笑，但大家都认为这是美籍华人写的第一本关于留美华人的书。不过没有一个人，甚至连留美华人中的学者都没有注意到这本书在格调和文体上拙劣的变化；也没人注意到赤裸的谎言和稀缺的事实之间的不同。作者借笔名"两个人"逃避了一切责任。《唐人街内外》是林语堂大作《唐人街》的蓝本。1962 年，来自中国的 S.W.

孔（S.W. Kung）出版了《美国生活中的中国人》（*Chinese in American Life*），他将另一个外国人的作品——林语堂的《唐人街》介绍给美国华人。1965 年，前哥伦比亚大学主任助理、《中国菜谱》的作者 Calvin Lee 成功转型，出版了讲述白人特权的作品《美利坚的唐人街》。他的作品借鉴了梁格仁和 S. W. 孔的作品中的内容。1967 年，宋李瑞芳完成作品《金山》（*Mountain of Gold*）。她褒扬了"身在美国的华人"，称他们永远不会"因为受到偏见而牢骚满腹"。在这本书中，她告诉我们，"如果你让你自己变得讨人嫌……就等于你设置了障碍，不让别人接受你"。《金山》引用了 S.W.孔、林语堂以及 Calvin Lee 等人的名言。1971 年，许烺光（Francis L.K. Hsu）在其作品《美国梦的挑战》（*The Challenge of the American Dream*）一书中，仿照了梁格仁的名言，不过他的表达却令人颇感滑稽：

> 身在美国的华人们和其他来自少数种族的人一样，一直面临着双重身份的问题。但是要解决这个问题，最有效的方法是坦然地面对问题，而不是否认它的存在。首先我们要意识到少数种族这个群体面临的问题同职业女性的困扰如出一辙。所谓职业女性，她是女性，但她也身处职场之中。尽管美国的一些职业女性倾向于忽视她们的性别身份，但是大多数人还是会在工作和性别身份之间寻求平衡。这个例子告诉我们，女性的性别身份并不总是意味着缺乏能力，有时这个身份也会成为她们的一个优势。

透过许烺光的作品，也许我们可以洞察到第一代华人移民中那些中上等阶层的学者的心思，也许我们还不能。但是身为一个地道的美籍华人，我们能注意到的只是，比格斯和梁格仁笔下的人物给华人留下一个根深蒂固的形象。他们笔下的美籍华人形象加深了白人种族主义者对华人的固有印象——同为"少数派"，华人的形象尚不及马克西姆 X 组织和黑人。

从 20 世纪 20 年代末到 30 年代期间大量涌现的陈查理、傅满洲们也带动了同时期流行歌曲的一股热潮，舞曲查尔斯顿，以及以穷困潦倒、没有女伴的"中国崽"为主题的狐步舞风靡一时。《再见乌龙茶》("So Long Oolong")(《你要离开多久》)讲的是一个叫 Ming Toy 的女孩渴望与他的心上人"乌龙茶"在一起，但是身在美国的"乌龙茶"却是举步维艰，处处碰壁。1923 年，美国通过了旨在排挤华人女性、限制她们入境的排华法案，让华人女性饱受其害。为庆祝该法案所有的漏洞都被填补，一些类似片打街风格的歌曲应运而生，如《受伤的小蝴蝶》("Little Chinky Butterfly")《香港追梦女郎》("Hong Kong Dream Girl")等。与此同时，也诞生了一系列关于华人男同胞的畅销小说和卖座电影，讲述他们如何消极面对生活，对白人女性心存敬意，不敢和她们打交道。《神的孩子》(*Son of the Gods*)、《东方亦西方》(*East is West*)以及傅满洲、陈查理系列小说都属于这个题材。

在同一时期，日裔美国作家们也是笔耕不辍，厚积薄发。他们在经历了英语文学运动之后，出版了属于自己的诗刊和文学季刊，并一如既往地在假日特刊上开辟专栏，刊发一些创意十足的遗珠式作品。

《走进唐人街》收录的大部分作品都是美国出生的华裔作家所作，但是一些从中国移民至美国的中国作家利用了这次机会，名利双收。这些作家更认同中国身份以及中国文化价值观——按照中国官方的说法，中国身份和中国文化价值观在美国颇受推崇。相较而言，这套丛书的发行对美国出生的华裔作家们的意义影响更大一些，也更能引起他们的共鸣。因为这套书是华裔美国人作家们的宣言，他们宣告自己是已经被美国同化了的华裔美国人。中国作家（并非华裔美国人作家）林语堂和黎锦扬的加入让意大利面—炒面这种形式更加完善。1966 年，Arthur T. S. Chu 出版了《我们要做出最多的烩菜》(*We Are Going to Make the Lousiest Chop Suey in Town*，1966)，将这种不伦不类的形式推上了顶峰。

在二战期间，源自唐人街的作品愈加个性化，也愈加成熟。爱国的华裔作家们在自传中秘密地宣传抗日，首当其冲的是刘裔昌

（Pardee Low）写的《父亲和荣耀的后裔》。《华女阿五》尽管是在1950年才出版，但是这本书也堪称在自传中宣传的典范之作。我们有理由相信这本书实际上是在战争期间开始创作的，因为书中的部分章节在1947年时就出现在杂志上。美国人的抗日运动一直轰轰烈烈地持续到50年代中期，期间发行了大量抗日题材的新电影。此后白人的态度慢慢发生了转变，他们声称日裔美国人一直忠心耿耿，白人从未歧视他们。从此，电视上的抗日电影开始慢慢消失。

美国的旅行书籍和音乐分不清华裔美国人和日裔美国人的区别，总是把二者搞混。美国普遍把中国和日本混为一谈，他们误以为华裔美国人和日裔美国人是来自同一个地方的异族。然而中国和日本、华裔美国人和日裔美国人却用仇恨来划清界限。这种仇恨并不是就文化和政治的角度而言，而是同海特菲尔德家族与麦考伊家族之间的矛盾如出一辙。华裔美国人成了美国的宠物，他们被豢养在狗窝里；而日裔美国人则是一群疯狗，只有用钱才能拴牢他们。日裔美国社区的报纸编辑和写手们同日裔美国艺术家、诗人以及说书人前所未有地走得更近，过去日裔美国人把用英语写作当成一种活动，而现在这些活动已经形成一个运动。

日裔美国作家仿照俳句的形式来写英文诗，这在英语里比较少见，异国风格浓郁。这种风格为野口米次郎（Yone Noguchi）和Sadakichi Hartmann 首创，一经推出，立刻以独特的东方风格风靡了美国写作圈。但是这和亚裔美国人没有一点关系。因为事实上，这些作家并不是正宗的亚裔美国人，他们是像林语堂、黎锦扬等人一样被美国化了的亚洲人。

亚裔作家写的第一部引起轰动的创意性作品是欧古柏（Mine Okubo）的《13660 号公民》。这部图文并茂的自传式叙事小说从一个艺术家的角度描述了个人的移居经历和在收容所的经历。这本书的出版时间（1946 年）给了我们关注它的理由——彼时抗日的情绪仍然高涨。俊夫盛雄（Toshio Mori）的故事集《横滨，加州》（*Yokohama, California*）在 1949 年问世。该书原计划 1941 年出版发行，但是二战中人们抵制日本，不给日裔美国人出版书刊的机会。然而，这也让他们免遭华裔美国作家们的遭遇，没有人影响他们创作，也没有人利用或操控他们的作品。

二战结束后，白人认为让日裔美国人悔过自新的最好方法就是把他们和华裔美国人扯在一起，再次将二者混为一谈。所以在《华女阿五》出版后又有了《华女阿五》的儿子以及莫妮卡·索恩（Monic Sone）写的《二世女儿》（*Nisei Daughter*），尽管出版商认为这本书赤裸裸地仿照了黄玉雪的夸张写作手法，但它是一部彻头彻尾的关于日裔美国人的作品，因而颇受关注。

本书中收录的华裔、日裔以及菲律宾裔美国作家的作品中，都是还事物以本来面目，没有一个亚裔作家像白人一样虚伪，把自己吹嘘成奇迹创造者，比如白人自由主义的拥趸汤姆·沃夫、美国广播公司电视台（"假如明天到来"、"功夫"、"罪恶夫人"）以及诸如冈瑟·巴思（Gunther Barth）、斯图尔特·米尔这样一些披着学者外衣的种族主义党羽。

本书中的亚裔作家，或优雅大方，或惹人厌烦；或横眉怒目，或饱尝辛酸。不管他们抵制白人与否，他们一腔诚意，毫无反常或报复的心态。美式虚伪，即掩盖在白人至上的种族主义思想下的仁爱和接纳，让七代亚裔美国人的声音在大街小巷销声匿迹，而他们还假惺惺地表扬我们亚洲人谦虚礼让，不肯接受我们应得的位置。太多的东西，已经永远弃我们而去。但是几十年来笔耕不辍，让我们找回了七代人曾失去的一些东西。毋庸置疑，我们的生活中充满了酸甜苦辣，我们需要去表达这一切。我们知道我们该如何表达。我们在释放自我。倘若读者被我们的作品惊得目瞪口呆，那是因为他自己忽视了亚裔美国人这个群体。在这里，我们并不是初来乍道者。唉咿！！

在本书的编纂过程中，下列个人和机构给予了我们鼓励和帮助，全体编辑向他们致以特别感谢：凯·博伊尔、美国亚裔资源项目联合会（The Combined Asian American Resources Project, Inc.）、许芥昱（Kai-yu Hsu）、石井大卫（David Ishii）、麦礼谦、岗田桃乐茜（Dorothy Okada）、大松格伦（Glenn Omatsu）、以赛马利·里德（Ishmael Reed）、莱斯利·希尔克（Leslie Silko）、Ben R. Tong、理查德·瓦达（Richard Wada）以及虞容仪芳（Connie Young Yu）。同时，这本文选能够再版，也得到了作者、出版社以及代理商们的许可，感谢他们的支持。

注释

[1] 选自 Frank Chin, Jerrery Paul Chan, Lawson Fusao Inada and Shawn Hsu Wong. *Aiiieeeee!: An Anthology of Asian-American Writers.* Howard Universiry Press, 1974.

《大唉咿！亚裔美国作家文选》序言[1]

陈耀光（Jeffery Paul Chan）
赵健秀（Frank Chin）
稻田房雄（Lawson Fusao Inada）
徐忠雄（Shawn Hsu Wong）

1974 年，我们出版了《唉咿！亚裔美国作家选读》（霍华德大学出版社）。当时我们说："在美国出生长大的华裔和日裔美国人，从收音机中、从银幕上、从电视里或是从连环漫画册里面，所听到的和见到的华人或是日本人，是美国咄咄逼人的白人文化所描绘来的黄种人形象，在他们的描述中，当黄种人受伤、悲哀、愤怒、咒骂、疑惑、哀号、呼喊，或者尖叫的时候，会发出'唉咿！'的叫声。亚裔美国人之所以受伤、悲哀、愤怒、咒骂，并且困惑，是因为这么长时间以来，他们被忽视，被强行排除在美国文化的创作以外，所以他们发出'唉咿！！！'的呼喊。这个'唉咿！！！'，不仅仅是哀号、呼喊或尖叫。这是 50 年来我们全部声音的汇集。"

我们期待着被列入《大唉咿！》之中。所以，开篇我们就用一则语义双关的严肃诗篇，介绍了我们所呈现给大家的作品，这些作品内容丰富，吸引眼球。当时，我们逐读了我们所收集到的所有作品——老作品、新作品以及第一本《唉咿！》与这一本出版之间的作品，它们有小说、诗歌、社会科学、历史学和食谱。我们翻阅了所有的文献。只要是黄种人写的，有关黄种人的，取自黄种人的或者是写给黄种人看的，我们读的时候就更加用心。我们翻阅了大书报摊的杂志，也翻阅了附庸风雅的小杂志；我们看过了电视；我们也阅读了好不容易弄来的从中文翻译成英文的由第一代华裔创作的作品。而且，我们还阅读了印在书的封皮之间当作诗歌来卖的最新的学生习作，他们的写作模式出乎我们的意料。

在美国出生的、完全以英语为母语的亚裔，由于受到基督教徒幻想的影响，认为中国是一个没有历史、没有真正哲学思想的国家。这是因为，我们现在相信的事实与刻板印象，是由世纪之交的社会达尔文主义哲学家与小说作家所教授的，以至于我们以为除此以外没有别的历史可学。

又一年，我们开始发怒！因为，在新的一个十年中，又有一位华裔美国人模仿着白色基督徒老掉牙的同一个幻想讲述着这样的故事：身材矮小的中国人，"原罪的受害者，出生自一种残忍、欺诈、粗野、受虐的文化"，逃到美国来寻找自由，并且寻求白人的认同，但却遭到了愚蠢的种族歧视者的迫害，之后，通过文化适应，获得了重生，脱胎换骨获取了可敬的白人的思维方式。在美国由大出版商所出版的每一本美籍华人的书，都是基督徒的自传或自传体小说。容闳的《西学东渐记》（1909，亨利·霍尔特出版社），梁格仁（"两个人"）的《唐人街内外》（1936，巴罗斯·马西出版社），刘裔昌的《父亲和他的荣耀后裔》（1943，小布朗出版社），黄玉雪的《华女阿五》（1950，小布朗出版社），李金兰的《泰明建造的房子》（1963，麦克米伦出版社），庄华的《跨越》（1968，戴尔出版社），宋李瑞芳自传体表现主义的伪社会学著作《金山》（1972，麦克米伦出版社），汤亭亭的《女勇士》（1976，亚飞诺普出版公司）、《中国人》（1980，克诺夫出版社）和《孙行者》（1989，克诺夫出版社），所有这些书所讲述的故事都和白色种族主义者所钟爱的基督派社会达尔文主义实践者威尔·欧文在他的《唐人街老照片》（1908）里想要讲的一样，描述了"中国人是如何把自己从我们种族的对手变成了我们可爱的臣民"。这些作品所描绘的中国人和华裔美国人形象是白色种族主义者想象的产物。它们不是事实，不是中国文化，不是中国文学，也不是华裔美国文学。

如果说女勇士花木兰，儿童经典读物《西游记》里的美猴王，中国的语言、文化与历史，中国童话故事里的英雄人物，鸭子与天鹅都像基督教作品中所描述的那样，是假的，那么什么才是真的？为什么 20 世纪 60 年代以前，大多数华裔是非基督教的单身汉？没有人质疑这一事实。只有四部华裔作家的作品没有巴结讨好白人基督教徒的幻想，没有把美国华裔描述成理想国的子民。其中两部是大出版社出版的小说——张粲芳的《爱的疆界》（1956，兰登书屋）和雷霆超的《吃一碗茶》（1961，莱尔·斯图尔特出版社）。徐忠雄的小说《家园》（1979，I. 里德图书出版社）和赵健秀的短篇小说集《中国佬与太平洋和旧金山铁路公司》（1988，咖啡厅出版社）是小出版社出版的。然而，单凭这些作品并不能证明基督教徒的作品是篡改的，是白人种族主义的。想要证明这一点，就得关注在白人基督教、西方编年史、西方哲学、西方社会科学以及西方文学中，亚洲中国人与日本人的历史。

　　想要了解第一批来美国的中国人带到美国来的真正的中国文化与历史是什么，又是怎样在美国华人世界将其传承发展的，我们得亲眼见到真正的花木兰是什么样，真正的美猴王是什么样，真正第一人称的中国人怎么说，真正的中国儿童文学与文化中对于"妇女"与"苦工"的描述，中国童话故事与英雄传统中所教授的道德规范，以及它们所表达的情感。

　　20 世纪美国白人文化与基督徒使命的结合构成了基督教社会达尔文主义者的偏见，美国国会的种族主义行为、美国的法令与地方法规强化着虚假的华裔的美国梦，而不是华裔的真实情况，误识取代了事实，赝品取代了真品，直到刻板印象完全按照白人的感受取代了历史的真相。是美国白人如今的自由信念创造了那样的文章，其中的华人们，好的被描绘成陈查理那样女里女气的衣柜王后，差的被描述成傅满洲那样危险的同性恋。难怪黄哲伦的仿作《蝴蝶君》会赢得 1988 年托尼奖最佳新剧奖。里面所描述出来的华人好男人，不过是为了满足白人男同性恋者的幻想，着实是在拍白人的马屁。如今黄哲伦已经和这样的刻板印象密不可分了。

　　要有效地毁掉日裔美国人的历史与文化，就像他们毁掉华裔美国人的历史与文化那样，并且要创造出一代能够讲出他们是如何"把自己从我们种族的对手变成了我们可爱的臣民"这样故事的日裔美国人，第二次世界大战期间白色种族主义者就得把120213个日裔美国人关押在集中营里。而且种族主义者们还得迫使日裔接受大规模的行为矫正与教化项目，以便把他们变成"更好的美国人去建设更强大的美国"。

二战前没有被关到集中营时，日裔作家就已经接触了作为讲英语的黄种人以反黄派美国方式写作的专业性与技术性的问题。那些不是专门写日本人或日裔美国人问题的作者干脆使用了听起来像是白人的笔名，并且以此出版了各种题材的小说。在以英语为母语的第二代日裔编辑以及第一代移居北美的日本人所创办的报纸的鼓励下，其他人发表了诗歌、小说、报道以及探究第二代日裔美国人经历与历史想象的散文——包括基督徒的、世俗的、马克思主义者的以及佛教徒的，就是没有对基督徒的自卑做出附和的，这可是所有华裔作品的基本内容与看点。

直到集中营事件之后，第一部日裔自传才出版。莫尼卡·索恩的著作《二世女儿》（1953，小布朗出版社）相当于日裔美国版本的《华女阿五》。那是一本自传，甚至可能带有基督徒的味道，但是从美国华裔基督徒题材自传的角度来讲，《二世女儿》没有为了获得理解而屈从。这些书虽然改写了日裔的历史与文化，以便迎合基督教社会达尔文主义者的刻板印象，但是仍然是由日裔美国公民联盟（JACL）中的日裔所书写的社会学与历史学书籍。日裔美国公民联盟撒谎说某个军队要执行"应急计划"：在24小时或48小时之内使用坦克与刺刀武力围捕所有日裔美国人，从而欺骗了日裔，把他们骗进了集中营。日裔美国公民联盟将卡尔·K.本德森少校的一次讲话作为唯一的证据。本德森的讲话是1942年8月在旧金山联邦俱乐部门前发表的，其中提到了一项紧急预案：如果诸如日本人入侵西海岸的类似事件发生，将在24小时之内启动此预案，疏散日裔美国人。鉴于当时军队的规模、当时坦克的数量不足以及没有足够的武器以供基本的射击训练之用，而且也没有印发有关在华盛顿、俄勒冈和加利福尼亚的城市、农场以及荒郊野外围捕十万人以上的应急计划，有人推断说本德森所说的实际上是军队没有计划，更没有能力在 24 小时，或 48 小时，甚至 72 小时之内围捕有日裔血统的所有人。

比尔·细川户熙与巴德·吹井所书写的日裔美国公民联盟历史，将西方人的刻板印象运用到日裔美国历史之中，使其产生了特定的邪恶的、破坏性的效果。由于受到日本文化的过度影响，第二代日裔美国人成为他们父母辈受害者文化的被害人，在白人种族主义者奔涌而出的狂怒的恐吓下而退缩；在法庭上缺少抗争的勇气，即便法定权利遭到侵犯也不敢反抗。

集中营成功地向日裔灌输了虚假的历史，以至于第三代美国日裔错把谎言当成史实，所以看不起日裔美国公民联盟。第三代日裔社会学家丹尼尔·冲本写的《伪装的美国人》（1971，韦瑟希尔出版社）一书，第一次将华裔基督教徒自传的形式与内容完全复制于日裔的自传之中。他瞧不起他的父辈——第二代日裔美国人，因为他们太被动、太日本化以至于不能在法庭上强有力地抗辩集中营的合宪性。他瞧不起日本文化，认为这种文化创造了病理学意义上的受害者和容易吃亏上当的人。随着迈克·M. 正冈的自传《他们叫我摩西·正冈》（1987，威廉·莫罗出版社）的出版，日裔美国自传达到了某个顶峰，成为了需要低成本维护、自洁式的、自毁型的白人至上主义火车头。正冈是日裔美国公民联盟的领导者，他策动了他的人民的背叛与行为矫正。

无论是过去还是现在，美国华裔与日裔中的大多数是不信奉基督教的华裔和非日裔美国公民联盟的美籍日裔。然而，在众所周知的华裔与日裔文学中，非基督教徒、非日裔美国公民联盟以及第二代日裔对集中营的反抗的内容根本不存在。在华裔的作品与美国人的文学作品中，那些说真话而非西方刻板印象模仿者的华裔与日裔作家被社会所摒弃；他们的作品几乎都是地下的，并且遭到了文学痞子以及他们的白人保护者的围攻。

这里，我们既给大家讲了美国华裔与日裔文学史中真实的一面，也讲了被篡改的一面。为了能够让读者按照这些亚裔作家的本意来理解他们的作品，在描述真实的一面时，我们从这些作品在亚洲神话故事与儒家英雄传统的根源讲起。我们也从其根植于基督教教义、西方哲学、历史与文学的角度，讲了那些伪造出来的故事，为的是让大家明白为什么那些大家更熟知的作家像黄玉雪、汤亭亭、黄哲伦、谭恩美和林语堂，在这儿没有呈现给大家。他们的作品并不是很难找到。

书写事实的作家，其作品很难找到；不必说，也很难理解。现在，我们做的是《西游记》里美猴王的工作。生活就是战争。每个人生下来就是战士。所有的行为都是战略与战术。兵圣孙武（孙子）说，兵者诡道也。对于军人来讲，取得战争胜利以求自保的关键技术在于能区分真假。我们把真相告诉你。如今，你手上所掌握的真实的亚裔美国历史与文学资料比以往所接触的虚假的故事要多了。

要想了解华人和日本人，小时候一般都会阅读基本的儿童读物。当我们再看粤剧或歌舞伎时，真相的背景与内容就会更好理解，而从小却有人教育我们要把这些艺术形式从我们的感知与记忆中赶走。如果我们没有从记忆中删除那些故事，真相就更容易理解。那些长者，那些餐馆工，那些移民——有人要他们讲圣坛、海报、小瓷器，还有动物或娃娃的泥塑，那些勇士——他们的肖像摆在唐人街、小东京商店和餐馆的佛龛里或贴在这些地方的墙上。我们的儿时已过，要了解"真相的本质"得下点功夫了。我们只好询问、审视、证实、质疑，并且验证那些东西的确切真相与结构及其在亚洲常识中的位置。正如我们怀疑的那样，与刻板印象相反，中国与日本的移民是有文化修养的人，来自有文化积淀的文明。他们的印刷术、戏剧、剧场以及艺术事业的发展与他们的社会和政治制度的发展同样迅速。他们不是少数，他们没有死去，他们并不愚蠢。他们只是等待着询问。

我们想要感谢许多我们咨询过的人，还有许多没有被要求就向我们提供知识与才能帮助的人：电影艺术与科学学院图书馆的弗兰克·艾贝，班克罗夫特图书馆的威拉·鲍姆，美国亚裔剧院的凯·博伊尔与德怀特·胡曼，霍华德大学出版社的杰克·赫齐格、威廉·霍里、戴维·石井、巴巴拉·洛温斯坦、多萝西·律子·麦克唐纳、勒妮·梅菲尔德，现代语言协会的戴尔·美并、亨利·宫武，美国国家档案局的詹姆斯·大村、米歇尔·大田、詹姆斯·保劳斯卡斯，华盛顿大学美国民族问题研究所，华盛顿大学图书馆的罗伯特·西姆斯、S. E. 索尔伯格、戴纳·斯普拉德林、史蒂夫·苏迈达、本杰明·R. 汤、杰克·托诺、霍普·温克。

注释

[1]　选自 Chan, Jeffrey and Frank Chin, Shawn Wong, Lawson F. Inada, eds. *The Big Aiiieeeee! : An Anthology of Chinese American and Japanese American Literature.* NY: Meridian Books, 1991.

（殷茵　翻译）

重读《唉咿！》：写在修订版之前

赵健秀（Frank Chin）
陈耀光（Jeffery Paul Chan）
稻田房雄（Lawson Fusao Inada）
徐忠雄（Shawn Hsu Wong）

　　衡量文学的发展是否方兴未艾、兴旺发达的标准之一，就是评论家的素质高低。到目前为止还没有评论家对亚裔美国文学进行评论。没有园丁来这里开拓荒原，也没有水手在亚裔文学的洪流中劈风斩浪。从饱受打击到发起革命，我们一次次地上当受骗，在与美国人打交道这门课上，我们一次次的不及格。我们委身于亚裔美国文学，救作家们于危难之中，开创我们的历史的新篇章。

　　我们不是评论家。很不幸，我们对华裔和日裔美国作家作品的批判性剖析未得到各评论家、各类亚裔美国作品批评理论、各个学校、各色言论以及各种运动的认可。相反，我们受到了社会学家们和传教士们的责难，他们对我们诗作的结构说三道四，毫不客气地批判我们的散文，简直就是在鸡蛋里面挑骨头。

　　1973 年，在介绍《唉咿！》这本书时，我们绞尽脑汁，写下了我们对亚裔美国文学作品的一些剖析。这些剖析不过是我们灵光一现时写下的只言片语，内容还不尽完善。我们是玩票性质的作家，我们曾在寻找英雄文学的历史印痕，现在我们暂停了这项工作。我们就像优秀的侦察兵一样，同呼吸，共命运。尽管我们收入微薄，条件恶劣，但我们笔耕不辍，然而我们的心血之作却遭到了经典作品的作者们的压制和否定，他们口诛笔伐，把我们的作品批得体无完肤，使之不能面世。我们已经不再像前人一样弄虚作假，我们的作品取材丰富，不拘一格，令人耳目一新，产生强烈的评论欲望，并致力于成为亚裔文学评论先锋；我们不拘于传统，另辟蹊径，关注最后的支那异教徒以及一枝独秀的日本经济；我们将亚裔文学前辈的优良传统——梁志英（Wallace Lin）的神秘莫测、诙谐幽默，卡洛斯·布洛桑的激情澎湃，以及 John Okada 和山本久惠（Hisaye Yamamoto）的豪情万丈发扬光大，并对其加以创新，形成了我们自己的风格。现在，如果不是有人一直来找我们的话，我们不会在杂货铺子的架子上发现 John Okada 的《无所事事的男孩》，也不会在图书馆的架子上找到莫妮卡·索恩的《二世女儿》，我们也不会以 25 美分在二手书店购得俊夫盛雄的《横滨，加州》。

在编纂《唉咿！》这本书的过程中，我们都暂时放下了手头的工作，建议亚裔美国评论家和作家们去研究亚裔美国人的文学和历史。读了这本书，亚裔作家们开始居安思危，他们意识到竞争的重要性——这真不赖；他们也突然想成立俱乐部或小圈子，专门模仿白人、黑人、棕色人或者红种人的言辞。他们中有一些人曾经去过亚洲，他们对亚洲的了解甚于你们读者。还有一些作家朋友想让我们去关注黑人。我们不是在谈论黑人，我们在追思我们自己的历史。

在编完《唉咿！》之后，我们希望评论家们不要辜负我们的期待，重读这本书并给我们提供宝贵经验。然而我们错了，在沉默了 17 年之后，我们出版了《唉咿！》的续本（Meridian, 1991）。过去的 17 年中，我们期待着黄皮肤的评论家们、文化权威以及其他人等能写一些书评。然而让我们百思不得其解的是，亚裔美国作家、思想家、社会学家以及拥趸们为什么不去图书馆和档案馆找找亚裔美国作家们的旧作翻来看看。黄种人的历史仍然是一个巨大的黄色谜团。亚裔美国人不了解的正是他们的过去。我们一直在思考，是什么歇斯底里般地压制着黄种人追思历史的本能，又是什么割断了亚裔美国人对历史的追思？有人对亚裔美国人的历史视而不见，还反复强调忽视与亚裔美国人相关的术语，这些就是抵触历史的证据。黄种人一直都在靠他们辛勤的劳作来争取白人接受他们，成为真正的美国人。然而他们却不愿面对过往的事实，不愿承认成长的过程中一直心存芥蒂，也不愿承认他们生活中一直墨守陈规。

事实就是我们在写作，我们在创造艺术。我们在掘金热潮中立下汗马功劳，我们让加利福尼亚披上了绿装，我们在山高路陡的内华达州大沙漠中胜利完成了铁路修建任务。至于证据，老一辈亚裔美国作家的作品中已经写得一清二楚了。

你可以说我们能言善辩，你也可以说我们口不择言。这就是我们的路。文学道路有很多条，但我们只择其一而行。我们忍不住要抗议的是，我们不得不停下我们手头的工作，去介绍黄种人的文学历史和起源以及我们写作时的心灵感受。这种事情在亚裔美国文学史上还是第一遭。在《唉咿！》这本书中，我们在介绍亚裔美国文学时，粗略地勾勒出了亚裔美国文学的历史。我们预测一些英文专业的亚裔学生将会对这个新的领域产生兴趣，去研究一些还没有人研究过的、没有人读过的不出名的亚裔美国人，就像水仙花（Sui Sin Far）、Wong Sam 的助理之于他们，或者像评论家 Ellmann 之于詹姆斯·乔伊斯、艾略特之于庞德或者庞德之于艾略特。

看不起自己，看不起其他黄种人，也看不起黄种人的历史逐渐形成了一股风潮，并在 1971 年出版的《伪装的美国人》一书中得以体现。社会学家 Daniel I. Okimoto 在此书中否定了日裔美国作家既往的成就，并预言日裔美国文学前景一片黯淡，而亚裔美国社会学家普遍都有这种想法：

> 那些有一定名望的日裔美国作家不像其他少数族裔作家，比如黑人作家或犹太裔作家那样，愿意站出来表达他们下一代的心声。日裔作家不得不借助詹姆斯·米切纳、杰罗姆·查林以及其他有同情心的小说家的声音来表述自己的经历。即使第二代日裔人中出现了像伯纳·玛拉末或詹姆斯·鲍德温那样才华横溢的作家，他也肯定不会讲约翰·奥哈拉不曾讲过的话。

冈本（Okimoto）认为，日裔美国作家没有写出过真正的文学作品。

在我们谈论我们的文学之前，我们有必要解释一下我们的感情。在我们解释我们的感情之前，我们有必要来简要回顾一下我们的历史。在我们简要回顾我们的历史之前，我们有必要摒弃老式做派。在我们摒弃老式做派之前，我们有必要证明老式做派的错误以及我们对我们共有的、曾经名扬四海并且很容易就能接触到的历史的忽略——这是一个疯狂、可耻的、无法完成的任务。打个比方，就好像试图在一个半小时内让一个年界四十的文盲学会字母表、读懂莎士比亚一样。

西方的文明和思想一直以来都在挖空心思地用机械工业来控制个体的行动——无论是古希腊"金色时代"和罗马帝国时期的哲学家，还是黑暗时代隐匿在昏暗灯光下的绝对道德观念和社会等级制度；无论是卡斯蒂格里（Castiglione）、马基雅维里（Machiavelli），还是康德（Kant）；无论是歌德（Goethe）的科学哲学，还是黑格尔（Hegel）都准确地预言到工业时代的到来，他们执意给我们贴上了工业时代的标签，并对我们的道德明码标价，把我们变成了这个时代的消费品。在 20 世纪二三十年代，在流水线设备和广告的带动下，市场消费节节攀升，这个点子是人类学和社会学创始人社会科学家们精心设计并考证实施的。在这一二十年间，电影、戏剧表演以及其他大众媒体都宣传了中国传教士的神话以及基督教科幻故事中善良的中国人——他们性格古怪，思维活跃；他们缺乏阳刚之气，灵活得就像一条鞭子；他们奸诈狡猾，报复心强烈，让人琢磨不透——他们就像失意的白人男子一样无药可救，令人厌恶。传教士们像控制失意的白人男性一样控制着中国人，而他们控制白人男子，就好像在控制达不到公认的、客观的、普遍存在的道德标准和成年男性标准，迷失了自我的人。

在白人眼中，黄种人的道德和文化上与其相反，是异端邪说；黄种人的性格被动却又不乏攻击性；他们缺乏阳刚之气，像机器一般迟钝；他们勤劳肯干，成就非凡；他们缺乏历史，与白人的道德观和文明格格不入；他们从 13 世纪开始就全身心地信奉基督教，到了 19 世纪他们开始本能地对欧洲哲学产生兴趣。到了 20 世纪，社会科学家和广告商们精心策划，以此证明白种人享有特权是受之无愧的。外来户就是有缺陷的人，就是愚蠢的代名词，是社会的累赘。在工业时代，外来户就是社会进步的敌人，他们没有个人身份。华裔美国作家中的基督教徒有《我在中国和美国的生活》（*My Life in China and America*, 1909）的作者容闳（Yung Wing）、《唐人街内外》（*Chinatown Inside Out*, 1936）的作者梁格仁以及《父亲和荣耀的后裔》（*Father and Glorious Descendant*, 1943）的作者刘裔昌（Pardee Lowe）。他们都是基督教中的科学理想主义者，因为他们喜欢研究社会学并为此深感自豪。Pardee Lowe 的名字来源于一位叫 Pardee 的加利福尼亚州州长，他把自己的中文名字翻译成英语，他这种做法就同白人基督教传教士对华人女性（不包括男性）的做法如出一辙。传教士们选择女性作为同化对象，男性则被排除在外。不过男性们并不在乎，因为他们来自一个被动的文化。社会学家接触的大多数关于华裔美国人的历史和文化资料都直接来自华裔美国作家的自传，而这些华裔美国作家的自传直接取材于传教士们的回忆录以及一些教会小说，比如查尔斯·夏泼德写的 *The Ways of Ah Sin*（1923），还有一些是从杰克·伦敦的故事中读到的，比如《芝加哥》（"The Chicago"）和《挡不住的进攻》（"Unparalleled Invasion"）。这些传教士曾在中国发动了人类历史上最大规模的宗教宣传，结果以失败告终，他们怀着报复中国人的心理写出了这些作品。

美国的文明是建立在上帝一神论基础上的。一神论倡导独立，保护隐私，与之相比，中华文明毫不逊色，甚至更胜一筹，中华文明的存在本身就是对一神论最大的威胁。西方文明认为中国人与白人道德观和文化价值格格不入，因此他们教化中国人的戒律中，首当其冲的一句就是："不要在我面前敬拜其他的神灵，因为我这个神妒忌心很强。"道德和文化上的对立让人们不再抱有幻想，却开始轻视自己的出身。马可·波罗做梦都想着一夜暴富，这个贪婪而又斤斤计较的意大利人去了趟中国后，满载着中国人慷慨赠与的财富回到国内并大肆宣扬在中国的见闻，惹得意大利人蠢蠢欲动，都想去中国开开眼界。试问还有哪个人能在异国他乡享受到这么好的待遇？马可·波罗回到意大利后在日记中写下了令他激动万分、惊愕不已的中国见闻。这本日记里他写了很多歪曲的描述，以及小孩子常说的"要是……又怎么样"这样的句子，让人读来颇感费解。在马可·波罗的影响下，海盗、狂人以及商贩们怀着美好的憧憬，离开了意大利这个在精神上让人无法想象、肉体上人无法忍受的基督教国家，前去投奔中国。一直以来白种人都认为去了中国就可以逃离令人畏惧的基督教地盘，从而免遭压迫。马克·波罗日记中描述了一个全新的、加工过的、夸张了的中国。白人对中国人的思维和逻辑模式、性观念以及社会和道德体系一无所知。看了马克·波罗的日记后，他们一边对基督教的道德优越性大加赞赏，一边又渴望着在中国这个在他们的想象中道德沦丧、精神上饱受压抑却又地大物博得让人无法想象的国度过上无忧无虑的生活。

19世纪时，顽固的欧美白人种族主义一方面对性心怀畏惧，另一方面他们又在幻想自己不仅高大威猛、性能力出众，而且儿女成群，魅力四射。19世纪的法国种族主义分子戈比诺（Count Arthur de Gobineau）写过一篇叫《论种族的不平等》（"Essay on the Inequality of Races"）的文章。该文写于欧美传教士在中国大规模传教布道时期，作者根据族裔历史、智商以及性能力对黄种人、白种人和黑人进行分级——黑人性观念最为开放，他们是白人的卑微的劳动力；黄种人最排斥性，但他们智商超群，他们是为白人种地的自耕农。

白人对亚裔以外族裔的性别定型化建立在调查研究的基础上。这个群体包括他们的仆佣、奴隶、敌人以及囚犯。不过白人对亚裔的性别定向却未经过调查，完全由基督教来定义。马可·波罗让教皇首次接触到中国文明。但教皇宣布中国的文化和文明是对历史和道德的颠覆。他将马可·波罗囚禁起来，拒绝了解伟大的东方文明。基督教徒认为没有哪个文明能比肩基督教，如果真的存在这么一种文明，那纯属异端邪说。在基督教徒眼中，政治和宗教是一体的，《圣经》不仅是一本法律文献，还是一本历史和科学巨著。

然而，基督教徒眼中的异端学说——中华文明的存在是不容置疑的。中华文明不仅傲然存在着，而且无论是在科学技术上，还是在物质财富上，没有哪个基督教国家能和中华文明相媲美。罗马教皇曾派信使参见成吉思汗，邀请这个入侵者加入基督教（如果罗马帝国没有被蒙古帝国吞并的话），而成吉思汗对此嗤之以鼻。从那时起，基督教徒就认为中国的存在冒犯了上帝，冒犯了基督教徒的道德观和文明观及其民族和历史。

现代流行文化认为黄种人的性观念保守，究其根本，并不是因为白种人曾经和黄种人有过不愉快亲密接触，从而留下了后遗症，而是因为基督教徒害怕华人威胁到他们的统治地位。数百年前，白人在街上瞥见华人，他们害怕眼前这个活生生的强大无比的纯正异教徒，唯恐这个强势的异端文明会取代他们的统治地位，征服他们的宗教，践踏他们的历史并命令他们白种人："在我面前不要敬拜其他神灵，因为我这个黄皮肤的神嫉妒心很强。"

荒谬的亚洲文明正是这些道德败坏的人——"外来户"建立的。19 世纪白人幻想戏剧和奇幻文学以性变态的白人男子为原型，刻画了很多"外来户"形象。白种人对神话一般的中华文明十分恐惧，他们诅咒中华文明，他们必须要征服中华文明，而傅满洲、陈查理、香格里拉以及赛珍珠（Pearl Buck）作品中的一些人物就这样应运而生了。

在 20 世纪二三十年代的工业化浪潮影响下，早期基督教科幻小说和奇幻文学中的"华人"形象也大量涌现。在这些作品中，华人好像来自东方的世外桃源一般，怎么看都是外人。白人们如饥似渴地传阅那些虚假的旅行札记以及传教士胡编乱造的中国冒险记。这一幕在 13 世纪时也曾经上演过，只不过当时他们读的是马可·波罗游记。除此之外，传教士们还出版了一些自传和基督史，他们大放厥词，声称要征服远离旧金山的亚洲异教徒们，让他们皈依基督教。

在美国，黄种人无论是在精神上还是文化上都让美国人琢磨不透，他们是地地道道的外来户。自淘金热时代起，黄种人一直就是俗文学和流行音乐雷打不动的主角。而 D.W. 格里菲思的一曲《凋零的花朵》又让黄种人成了民歌和电影的中心话题。20 世纪二三十年代，有关华人的故事红得让人不可思议，众明星和年轻女演员掀起一股扮演华人角色的热潮，以前他们也曾扮演黑人和美国印第安人，但却没有如此热衷。在电影《职业杀手》（*The Hatchet Man*）中，爱德华·罗宾逊和洛丽塔·扬扮演的角色怎么看都不像华人。大部分电影都以美国唐人街为背景，讲述了华人的辛酸苦辣。例如，《神的孩子》以及最成功之一的陈查理系列电影。

现代工业社会让种族观念、所有的移民种族群体和文化群体都成了奚落的对象。这些群体来自异国他乡，他们是外来户，他们精力有限，思维过程也跟不上现代社会的节奏。他们是现代人独行时的重点回避对象。外国人就是被嘲弄的对象。在白人眼里这些被嘲弄的对象愚蠢而落后，在现代社会没有用武之地，也不够性感。然而他们丝毫不受影响，他们活出了精彩，活出了自我，让白人自惭形秽。感谢美国（欧洲也一样）的顽固种族主义分子的帮助，在大萧条时期亚裔人得以保全工作，避免了金钱和个人价值的流失。

在大萧条时期的大众娱乐中，外来户即东方人，反过来东方人即外来户。这种印象让东方人自感低人一等，越来越没有踏实感。在20年代，美国首次"允许"华裔和日裔美国人入学接受回炉教育，这种教育形式的目的在于让年轻人具备在工厂工作的技能。美国的瓦斯炉具、洗衣机以及其他家用电器的生产商专门为中学女生开设了"家庭制作"和"家庭经济"这两门课程。

在这一时期，美国的大众媒体对非白人的种族主义顽固分子大加口诛笔伐。在白人种族主义分子看来，种族歧视在每个族裔中都存在，不同的人种和文化都有过种族歧视的历史，爱也罢，恨也罢，他们都有各自的种族歧视形式。黑人歌曲、西班牙歌曲以及华语歌曲都曾红极一时，但这些歌曲的流行纯属商业行为，并没有太大的实际意义。种族主义分子在各类媒体上大肆宣传黄种贱民让人可爱又可恨的形象，并不是因为他们想要重温一下华裔和日裔美国人的历史，而是为了给编纂这段历史的亚裔年轻人们洗脑，让这种形象在他们脑子里面生根发芽，形成定势思维。华人之所以能首次接受美国公立学校的旧式教育，别无其他原因，要么是因为白人憎恨黄种人，要么是因为他们想要嘲弄黄种人。在白人电视或电影中，如果有白人感到自卑的情节，镜头往往会切换到黄种人的面庞。当二世亚裔美国人看到这些镜头时，他们明白自己看到的是白人虚构的假镜头，但他们不否认这些镜头准确地反映了他们的父母以及在国外出生的移民们的生存状况。

对于在20世纪二三十年代长大的黄种人来说，他们别无选择——要么承认自己出身贫贱的外来户家庭；要么就加入基督教，融入大众消费文化。广告和好莱坞电影促进了工业的发展，而工业则是历史的唯一构成。虽说这种说法割裂了历史，但是在某种程度上，历史的确是由广告词堆砌而成的，当下也不例外——你可以在广告中看到乔治·华盛顿在打电话，本杰明·富兰克林则靠在汽车上。而美国英语和俚语本身就是一台高效的工业机器。

在20世纪二三十年代的亚裔年轻人看来，白人种族主义、宗教以及工业品广告的拜金本质三者如出一辙。人的个性一开始并未受到工业的影响。每个人都有自己的性格和个性。时间和历史会带给一个人荣耀，而名气和受欢迎的感觉带给人真实的感受。名气会给你带来钱财，让你得到实惠。无论如何，日出日落，四季流转。农场主看着时钟安排工作——三班轮换，每班八小时。这个时间观念是工业和消费主义无法控制，也无法改变的。时间永恒停止。时间静止，历史消逝，取而代之的是工业艺术和公共关系。

年轻一代的华裔美国人从小就为他们身份的改变而感到自豪，但他们却忽视了一个阴谋——在基督教徒的干涉下，美国法律明文规定黄种人要想结婚生子，只能选择同是黄种人异性基督教徒。20世纪二三十年代，在白人种族主义分子的引导下，黄皮肤的年轻人们接触到来自其他国家、其他文化的移民写的自传及自传体小说。从中他们了解到自从这些外来户移民到美国以后，他们的文化已经慢慢消失。工业革命时期，大多数美国白人力主抛弃乡巴佬式的生活，以工业化来改造落后的农村，提倡消费主义，学习弗洛伊德分析法和布尔什维克思想，普及大众传媒。这样一来，他们就有了固定工作，在为国家纳税的同时，还能保障自己的生活。在给美国带来巨大利益的同时，工业化也引发了一些社会问题，流水线的引进让工作变得枯燥无聊，工人们缺乏消遣和娱乐，而且还需要按时上下班，本地工人、性格孤僻者以及爱发牢骚的人常常会寻衅闹事。人和机器斗争，这是人性回归的表现。但是外国人以及外来户大量涌入不但影响了白人为自身争取权利的人性回归运动，而且还抢了白人的饭碗，威胁到了白人的利益。

为了让美国人能接受外来户，阿达莫夫、萨罗扬以及其他移民作家在其自传作品中改良了外来户的形象，把他们描述成有点怪、有点笨、又有点失败的普通人，他们的孩子来到美国后，不愿意去当工人，也不愿意接受美国的大众文化，而作为父母，他们对此束手无措，无可奈何。这些作品从正面说明了美国少数族裔的母文化和种族特征的消失是不可避免的。凭借这两部作品，阿达莫夫和萨罗扬成为 20 世纪二三十年代第二代亚裔美国年轻人中的成功典范。他们对父辈或者祖父辈的记忆已经有些模糊，但回忆起来还是有几分感伤，年幼时父辈和他们打闹，出差回来给他们带纪念品，到了今天，这一切都幻化成了回忆。尽管这些回忆有些虚构的成分，但它所倡导的家庭观念深入人心，鼓舞着美籍华人和新一代的二世祖们正确认识自己的身份，也让他们在创作社科、自传和历史作品时能坚持自己的原则。这种影响一直持续到至少 1972 年，彼时我们为了出版《唉咿!》，正在苦觅知音。一个出版商拒绝了我们，他对华裔作家作品的理解还停留在 20 世纪二三十年代：

> 光是这本书里的素材就让人无比感动，不管读者来自哪个国家，他们不需有任何文学基础（就是直叙）就能知道这是一本好书，并从……中学习。我们就挑两个有代表的作者——Saroyan 和 Potok 吧，他们的作品取材"广泛"，让我们对社会百态有更全面的了解，你听说过他们吗？

在唐人街长大的孩子们加入了基督教，他们努力地让自己成为一个"美国人"，白人不承认他们的美国人身份让他们感到忿忿不平，但是他们认为只有白人才有资格判断他们是不是美国人。在 20世纪 40 年代，日裔美国公民联盟的 Mike Masaoka 曾说过，日裔美国人集中营提供了"令人难以想象的好处来加速他们接受并认同美国化的进程"。

西方文明就像一个引擎，在堕落和救赎这两个极端中周而复始地循环。信奉基督教的精英、牧师、哲学家和社会学家试图扼住人们的话语权，进而控制人的思维过程。基督社会学版以及流传广泛的白人版华裔和日裔美国人历史中，对基督教堕落和救赎的循环过程都有详细记录。下面是和"中国佬"有关的词条中对堕落与救赎的解释：战争会带来和平，每一小块和平的取得都是以战争为代价，当战争的硝烟散尽，和平就会大面积出现。一直以来，白人以偏概全，费尽心思地把穷困潦倒的黄种贱民形象普遍化。为了改变异教徒黄种人的宗教信仰，他们宣扬神谕，通过教化和救赎的形式接受并同化异教徒。结果，忠诚、背叛以及复仇成了贯穿亚裔美国人的历史和语言的发展进程中的主题。生活即战争，黄种人的和平依然笼罩在战争的阴云之下。

白人基督教徒、哲学家以及教会的社会学家声称黄种人是堕落的异教徒贱民。黄种人则称他们相信历史，相信白人曾集体立下的承诺。

白人基督教徒、哲学家以及教会的社会学家以法律、宗教和科学的名义承诺，只要黄种人肯接受白人统治，白人就会接受他们。结果他们出尔反尔，称服从白人统治的黄种人是皈依者、进步分子，是被同化的人。而黄种人则称白人为欺世盗名之徒。

《三国演义》(The Romance of the Three Kingdoms) 和《忠臣藏》(The Tale of th Loyal 47 Ronin；Chushingura) 之于中国文学和日本文学就像《奥德赛》和《伊里亚特》之于西欧传统文学。他们都是英雄式作品。英雄们简单直率、意志坚强的形象让人难以忘怀，他们是各自文化的典型代表，也是各自文学的经典人物。

在荷马史诗及希腊神话的悲剧中，个人终究逃不出自己的宿命，他们在上帝的面前毫无反抗之力。这些故事不光让白人知道了变革和革命的重要性，还让他们意识到，与个人利益相比，国家的利益更重要。

翻开《三国演义》，首先映入眼帘的一句话是"天下大势，合久必分，分久必合"。中国人的道德观中没有希腊神话、基督教以及白人信奉的"宿命"。《三国演义》中刘关张三兄弟桃园结义的理想在中国久经不衰。三英雄发誓一辈子都要生死与共，拯救中国于危难之中。当时并没有所谓的"法律"，但他们恪守对彼此的诺言，决不背信弃义。黄种人的世界里除了法律，还有各路神魔鬼怪。但是在黄种人看来，他们的力量都在伯仲之间。

《三国演义》以及中国文学史上其他作品中的悲剧同古希腊神话中的悲剧大相径庭。中国的英雄与奥德赛和俄狄浦斯不同，他们不是上帝手中的玩物。《三国演义》里的英雄最终还是逃不过悲剧的命运，但是在这出悲剧中没有涉及个人在命运和自由意志之间的抉择，所以他们并没有背上沉重的心灵枷锁。桃园结义的三英雄中，刘备是皇家后裔，张飞做人实际，看重钱财，关羽是一名逃犯，他们的军师诸葛亮则是一个生活在无拘无束的精神世界里的大隐之士。对他们来说，一个诺言就是一条法律。他们的悲剧源于背信弃义——他们无法信守对彼此或者对其他人的承诺，一次又一次地言而无信。一旦他们这样做了，除了背叛，他们别无选择。

然而对于一个忠诚的人来说，选择背叛是不可能的。

刘备是汉室皇位的继承人，他对一同桃园结义的大将关羽一直信任有加。关羽曾经放过了与刘备争夺皇权的死敌曹操，并背叛对刘备的诺言，效力于曹军。然而刘备并没有把他当成卖国贼或叛徒。在关羽回归蜀国，并甘心接受背叛的处罚时，刘备依然认为关羽是一个品格高尚、忠心不贰的英雄好汉。关羽被刘备的大度和信任感动，为了避免闲言碎语，关羽恳请接受刘备的惩罚。结果，关羽感动了刘备，而刘备也感动了关羽。

桃园结义的三英雄恪守诺言，彼此互忠互信。三兄弟及其军师曾一起立誓一统中国江山，结果却以失败告终。他们相继战死在三国战场，兑现了同生共死的诺言。最后，只有军师诸葛亮还活着，他发誓要么战死沙场，要么会尽心尽责地辅助刘备的傻儿子。战争连绵不断，历史是战争的历史，而不是国家的历史。正如《三国演义》中的描写一样，国家或者一个渺茫的美好社会前途并不能让个人联合起来组建一支队伍，只有理想的个人主义和英雄主义才能让他们走到一起。

中国人的性格区别与地域不大相关，但同荣誉和历史有莫大关系。从这个意义上来说，中国人的历史一如希腊人和基督教徒的命运和宿命一般，无法改变，无法破坏却又生生不息。

亚瑟王从岩石中拔出了宝剑，向所有人证明他是上天的选择。桃园结义的三英雄在铁匠铺中设计了他们的武器并将其锻造打磨出来，他们选择了彼此。在中国的英雄主义作品中，命运或宿命并不是复仇的根源所在，这些作品中没有"主说我自己就是为仇恨而生"之类的句子，所以个人在履行诺言时，并没有顾虑。无论是刘关张还是中国民间故事中的其他英雄，他们都认为，"我就是法律，让我去复仇吧"。

英雄主义传统无论是在唐人街，还是在亚洲语言或者亚裔美国作家的作品中都无处不在，但是在所有与华裔和日裔美国人作品和文化相关的讨论中，从来没有人提及口头传统。

为了了解广东人对英雄主义和个人主义的理解，我们调查了一个二十一岁的香港人，对他的文学知识有了大致的了解：他从儒家思想说到《史记》，从《孙子兵法》谈到《三国演义》以及后来的《水浒传》，再谈到广东人和支那人，稔熟于心，如数家珍。

我们要想重回孩提时代已经来不及了，但我们还是要保持一颗童心。我们正在恶补童年听过的英雄故事，到现在我们知道的故事也越来越多。在我们重新领悟了这些故事后，我们开始理解白人的傲慢和第一代日本移民的心机不仅仅是行尸走肉的异教徒行为。

让我们既恼火又灰心的是自从《唉咿!》这本书 1974 年出版以来，只有 Stephen Sumida 和后来的 Dorothy Ritsuko McDonald 在认真读完全书后对我们的作品作出评论。对于 20 年代后成长起来的一代亚裔美国人来说，从过去到现在，无论是皈依基督教还是陈查理、傅满洲，无论是香格里拉还是赛珍珠，无论是集中营还是亚裔美国人的历史，都如同亚洲人和亚裔美国人一般，只有作为白人科幻和奇幻小说的衍生产品时，才是真实存在的。

我们的黄皮肤批评家们在回顾亚裔美国作家的历史时，全都忽略了我们在历史和文学上曾取得的成就。我们希望我们的评论家们向俊夫盛雄（Toshio Mori）学习，多了解我们的历史、音乐以及文学成就；你们要知道黄种人也有激情的时刻和炽热的感情；除此以外，你们还要了解我们母语的形式和象征意义；你们去听听关公锣鼓的韵律，感受下关公的英雄气概；你们要熟读《三国演义》和《孙子兵法》，要学习满腹经纶的道士，他带着必胜的气势，把手中的战斧挥舞得唯我独尊，舍我其谁（汉字"我"看上去就好像两把战斧交叉在一起厮杀），这个两手皆持斧的道士，一人吃饱，全家不饿，是历史中的一粒尘埃。这个"我"就是第一代以及年长一些的二世日裔美国人。这个"我"也是19世纪中期时，第一批登陆美国的支那人。

如果我们的历史是一部英雄神话，我们就是复仇者，是返巢栖息的雄鸡，是团结一致、立志恢复我们名声的47名流浪的武士。

我们亚裔美国人很久以前就来到美国了。华裔美国人基督教徒在自传中不辨是非，谎话连篇，让越来越多的华人和华人历史受到了污蔑，但多年以来，我们却保持沉默，纵容着他们的行为；二战期间日裔美国人公民联盟背叛了日裔美国人，向白人种族主义屈服，但多年以来我们也保持沉默，纵容他们的行为。

无论是从历史文化的角度，还是从人种、道德以及两性关系的角度来看，我们亚裔美国人都已经渐行渐远。随着时间的推移，我们的历史和文化逐渐消亡，我们互相轻视彼此，异性黄种人之间进行恋爱、发生性关系的人数也越来越少。顽固的白人至上主义者有着道貌岸然的性原则：不和黄种人发生性关系。白人要为文明负责，白人是文明的主宰者。我们认为邪恶文明的主宰者本身就是邪恶之徒。生活在这个邪恶文明中的女性深陷绝望的深渊，她们是不幸的牺牲者，她们从灵魂的深处发出呐喊，渴望逃离这个令人憎恶的文明和文化。当白人文明和他们看不惯的中国人迎头相撞时，他们就会派战斗教会的基督传教士们去瓦解他们想成为"中国人"又或者"日本人"的想法。

倘若我们能放下仇恨，不再有憎恶黄种人的念头，不再对黄种男人抱有成见，也许在过去的 250 年我们已经写出了一两个以爱为主题的故事。在华裔和日裔美国作家笔下的黄种男人——不管作者是男性还是女性——都不够性感，对女性黄种人没有吸引力。亚裔美国作家中，只有欧亚混血的女作家曾用寥寥数语夸奖了黄种男人的性能力。一个是 19 世纪末 20 世纪初的女作家、笔名水仙花的埃迪思·伊顿（Edith Eaton），其父是白种人，母亲是中国人；另一个是小说家、诗人张粲芳，她父亲是中国人，母亲是美国白人。

长达一个世纪的皈依基督教运动，再加上数年集中营般的美国生活，让黄种人纷纷加入了基督教，这样一来白人种族主义者就成功地抹杀了亚裔美国人的历史。历史的缺失意味着身份的缺失，随之而来的是族裔历史和文化的消亡。华裔和日裔美国人的文学不再完整，反映出他们对黄种人的历史和文化的感觉也不再完整。消亡就在我们身边。今天 75%的日裔美国人同外族人结婚。白人原以为我们性格懦弱，会成为他们的替罪羊，背上黄种人历史和种族消亡罪魁祸首的罪名。我们在书中对此做了有力回应。

我们在《唉咿！》和《大唉咿！》中加入了对每一部作品的相关点评。这种模式是亚裔美国文学史上前所未有的。我们讨论了亚裔美国人的生活、亚裔美国作家及其作品，肯定了我们的历史。我们所做的一切说明绝非虚构，句句属实。我们所谈及的是亚裔美国人，而不是全人类的现状。在为亚裔美国人的历史和文学进行正身时，我们没有空凭个人经历和共有的回忆信口开河，也没有刻意将其忽略。相反，我们了解很多相关知识，翻阅了大量文献和文学艺术作品，找到了对我们有用的历史和文学资料，我们是有备而来。部分评论家一开始诋毁我们，说我们是失败的空想家，最后，他们终于承认我们没有造假，但他们认为我们做的一切再正常不过，没什么可以自豪的。但我们认为我们值得自豪，我们创造了历史，我们的历史完全真实，如假包换。

美国白人从未放弃，也没有拒绝或者否定过基督教、抑扬格诗、英格兰和西欧历史以及他们的殖民地。他们这样做是想未卜先知，发挥他们的想象，探索美国文学的前进之路。文学的涵义不是由神灵指示的，文学就像语言一样，只有不断使用，才能发现自身的涵义。我们如何更好地发挥文学的作用？又由谁来参与其中呢？这些问题令人难堪，我们之所以把它们提出来，是想找到亚裔美国文学的读者和作者，没有你们，就没有一个完整的亚裔美国文学。

华裔和日裔美国文学简介

在亚裔美国人过去的 140 年的历史当中，只有不到 10 部小说和诗歌是由在美国出生的中国、日本或是菲律宾作家创作的。这个事实仿佛是在说，在过去的六代亚裔美国人中并没有一种文学或艺术的自我表达欲望。可事实上，亚裔美国人从 19 世纪其就开始认真进行文学写作，不仅如此，他们写得还很好。

水仙花是一名在英国出生的欧亚人，她在 19 世纪写作并出版短篇小说。她是世界上第一位为亚裔美国人的情感说话的人，这种情感既不属于亚洲人，也不属于美国白种人。不过有意思的是，在她的文学作品中却并没有东西方文化的冲突。因为其他族裔的作家们只有征得白人督工同意，才能使用英语，所以这是一种在白人和他们的黄种人雇佣工之间产生的现代发明。1896 年加州的一本杂志《阳光大陆》是这样描述她的故事中的人物的："……都是生活在加州或太平洋沿岸的中国人；他们或许拥有一种很独特的洞察力和同情心。在其他人看来，外星天体最多只算得上是'文学材料'；在她的这些故事里他（她）则是一个活生生的人。她笔下的约翰和妓女、苦力以及洗衣工、走私贩等打交道。人物本身不仅是一个喜剧角色，也是对作者自己的某种写照。

美国眼中的"东方人"的类型不外乎就是中国佬和日本佬，这些人会告诉美国人，他们的家乡是美国，而不是亚洲，而且英语才是他们的语言，不管好还是不好，这种类型的东方人，多少有些冒犯的意思。不过罕见的是，美国人出版的东西，不仅对华裔或日裔美国人不怀好意，而且对白人的情感没有丝毫冒犯之意。

第二次世界大战标志着对日裔美国人的写作风潮压迫的开始。

这一风潮在 19 世纪 20 年代晚期兴起，而那一时期还伴随着华裔美国作家越来越流行的鼓励美国人去"同化他们的忠实的少数民族（指华裔美国人）"，这一说法就像是刘裔昌（Pardee Lowe）的小说《父亲与荣耀的后裔》的封皮上所说的那样。这第一代华裔美国人的作品能够大量印刷并受到一定程度的欢迎，其中一个隐含原因就是他们有一种爱国的美德而不仅是文学修养，而这更加容易应用。刘裔昌和晚一些的黄玉雪等人的自传更多不是被看成一种艺术作品，而是被看成一种人类学的发现。事实上，刘裔昌在作品的封皮上就写道："我把这本书的原稿一拿出来就被招入美军了"，就好像这种爱国情调影响到了它的文学价值。

大多数亚裔美国文学作品史都是描写这样一段故事：亚裔美国人被塑造成了一个好人，从而使美国其他少数民族看起来很坏。在二战的时候，华裔美国人被用来对比出日裔美国人的坏。而到了今天，华裔和日裔美国人都被用来对比 50 年代的白种人极端分子，这可以被《新闻周刊》（1971.6.21）最近的一篇文章来证明，文章题为《日裔美国人的成功史：比白人更地道》，同样的例子还有 Daniel Okimoto 的《伪装下的美国人》和宋李瑞芳的《金山：中国人在美国的故事》。

宋李瑞芳的《金山》（1967）进行了两次印刷，总计 7500 册，在 1971 年还以《中国人在美国的故事》的书名发行了精装版。这是唯一一本至今还在印刷的华裔美国作家的书，更重要的是，它还享有被学者引用作为权威出处的待遇（在由杰拉德·哈斯莱姆编著的《被遗忘的美国文学》中）来支持其观点，即标准的老一代华裔美国人在文化上是很中国的，只不过他们花的是美元而已。

"自传没有错"，作家许芥昱在他的《亚裔美国作家》的简介中写道，"只不过人们意识到从这些作品反映出来的现实就是它们并没有改变，反倒是继续着中国人和他们的文化的类型化的老面孔"。李金兰（Virginia Lee）的小说《泰明建造的房子》的第一部分基本上都是在述说"泰明建造的房子"这个传说。这种叙述应当是从中国人的观点出发的，但我们却惊奇地发现这个观点很"西

方":

> 邝爷爷继续说道:"要想知道为什么泰明有辫子,我们必须追溯中国历史到元朝的时候,那时蒙古皇帝忽必烈和他的继任者从公元 1230 年到 1368 年统治了中国一个多世纪,直到汉人夺取了皇位。"

李金兰是一个受害者,她被洗脑得非常之彻底,以至于没看出中国老人述说中国和白人基督教历的区别。当然,如果约翰·韦恩(John Wayne)打算说亚伯拉罕·林肯是在猪年解放的黑奴的话,她也会是第一个出来反对的。在早期的小说中,确定白人读者的受教育程度开始变得让人很着迷,以至于像李金兰这样的作家不得不花大量的时间去研究中国历史、华裔美国人历史、中国艺术以及中国戏曲,只不过这些研究都是从白人的观点出发的,而白人的观点就是中国在文化上更为优越。从李金兰和黄玉雪的作品中很明白地看出来,这种文化的优越感通过使中国人留在他们的地盘上来为白人主人服务。他们对种族歧视的反应往往是沉默和私下的,不是通过行动而是通过一种不置可否的文化优越感来对应种族歧视,而这种反应是没有效果的。李金兰在《泰明建造的房子》一书中陈述了这个观点:

> 林踏进海耶斯太太的房子后,注意到的第一件事情就是大厅里的墙纸。那是一种浅黄色的可爱的奖章式的设计。他想知道海耶斯夫人是不是知道是古代中国人发明了墙纸,并且直到 14 世纪墙纸才被介绍到欧洲。

这不算是关于中国文化的第一手资料,但却是这样流传下来的。正如很多西方和中国学者所说的那样,李金兰重新演绎了中国历史。

许芥昱一针见血地指出:"如同鉴赏家手册中的中国玉器和乌龙茶一样,这种大量出现的自传体的作品更倾向于呈现中国文化的模式化的类型。同时，中国移民的类型是，或者应该既不要保守地完全照搬中国文化，也不要成为美国大熔炉的理想模型，以至于被美国文化同化而变成一个彻底的美国人。"

一个在美国出生的亚洲人以亚裔美国人的身份来写作，既没有中国传统文化的底蕴，又没有能抓住美国流行文化来安抚他心中的中国文化，这种人往往被看成是怪胎、模仿者或者骗子。但是令人不解的地方就是，亚裔美国人像亚洲人一样，保持了文化的完整性。这就是说，在美国出生的亚洲人和在他们身上消失了近 500 年的伟大的中国文化之间存在着某种奇怪的连贯性。Gerald Haslam 在《被遗忘的美国文学》中提出了这个看法：

> 普通的华裔美国人至少还知道中国诞生了很多"伟大的哲学家"，因为这一点，在他们身上有一种道德自豪感。举个例子来说，和被强迫剥离了自己文化的非洲后裔相反，亚裔美国人有一个内在的资源宝库，那便是他们的祖先所创造的伟大而复杂的文明，而在那个时候，不列颠群岛上的居民还是身上涂满油彩的原始部落。

因此，第四代、第五代甚至第六代亚裔美国人仍然被看成是外国人，因为他们身上的双重文化遗产或者双重性格。这种性格是指亚裔美国人可以被分成美国人部分和亚洲人部分。这种观点说明了亚裔美国人的同化和适应，但是却缺乏美国文化的深度。这种持久的内在文化资源使得亚裔美国人在他所出生的国家里成为一个陌生人。他们理应比那些黑人感到更优越，而那些黑人在美国的成就就是他们创造了自己的美国文化。美国英语、时尚、音乐、文学、烹饪、图案、肢体语言、道德以及政治，无一没有受到黑人文化的深刻影响。尽管白人有自己的主流文化，黑人依然是文化的创造者。而与此同时，亚裔美国人的名声却成就了另一项白人文化——种族主义艺术作品。

满清政府的推翻、侵华战争、第二次世界大战、共产主义革命的胜利以及"文化大革命"是近一百年对中国人影响最大的几个事件，也是第四、五、六代华裔美国人的祖先从来没有预见到并且也不能理解的。这种在中国人和华裔美国人之间的区别的界定既不是对中国文化的摒弃，也不是对于像白种人和唐人街这样的东西的藐视。这应该叫作实事求是。无论是在美国的唐人街里还是在整个世界范围内，中国都发生了变化。但是为了保留流行的种族歧视者捏造的关于东方的类型特征的"事实"，中国的这种变化被忽视和压制了。

一个有关种族的事实是，一些非白人的少数民族，大部分是亚洲人，受到的待遇要好过其他有色人种。大部分人都会认同亚洲人在美国是受爱戴和欢迎的，因为他们已经被同化了，并且他们也对美国的主流文化做出了贡献。当然了，种族主义者也有爱恨之分。也就是说，如果这个系统可行，而且各个种族也在事实上接受他们被赋予的类型，那么种族主义者就会喜欢他们的统治地位。这时，这些少数民族对种族主义者的政策也会感到满意和欣然接受的。社会秩序就是这样被保持下来的，世界在没有非白人干扰的情况下顺利地运转。一个用来衡量白人种族主义成功的标准就是少数民族的沉默或者白人用来维持或加深那种沉默所需要的能量。华裔美国人被告知，重要的不是被忽视和排除在外，而是保持安静，默认外来人的身份。直到最近我们才感知到那种可怕的沉默所带来的恶果，所以我们开始从磁带上搜集华裔美国人口口相传的历史，因为我们并没有关于华裔美国人的书面记录。沉默，成了华裔美国人在一个不喜欢他们的国度生存所付出的部分代价。这个问题是语言不通造成的，它充满了仇恨。而沉默反而成了一种关爱。

种族主义的失败可以用种族反抗的声势大小来衡量。事实上，整个国家的注意力都被转移到了种族主义失败的身上。种族主义者所做的所有事，包括政治方面的、政府以及教育方面的，都被看成是对白人种族主义失败的回应；与此同时，反种族主义者所做的一切努力则被看成是更正错误，重新设计，使种族主义重新运行。白人种族主义者没能让非洲人相信他们是牲畜，也没能让印第安人相信他们是活化石。三K党、骑兵、肥胖的地方警官，这些所有的种族主义的爪牙们，都迫害了大量的少数民族成员，并给他们留下了至今仍挥之不去的创伤。但是他们并没有消灭这些少数民族对文化完整性的追求。这些少数民族越过了其语言障碍，创造了他们自己的种族，这个种族会努力工作来巩固白人的统治地位，但却不会被白人监管或做他们的看门狗。

美国人由于考虑到对文化差异方面的认识不足，导致整体意义上的身份认同得到破坏，而对亚裔美国人进行心理上和文化上的绝对压制，使得中国人和日本人的族系成为白人种族主义者胜利的象征。这种破坏的隐蔽性存在于对现代成规的破坏和新的白人种族主义政策的发展。

任何种族歧视成规的总体功能是建立和保存不同社会成分之间的秩序，保持其延续性和西方文化的成长，用最小的付出、关注和代价来换取白人利益的最大增强。最理想化的种族主义成规就是用低维持成本换取白人权益的最大化，而且这种效益随着时间的推移而增强，并逐渐变成一种权威，且得到历史的检验。这种成规操作起来就像是一套行为规范，而且还是以社会大众的接受和期望作为条件。只有在现有的规矩范围之内，社会大众才会接受那些已有的少数派。他们以此为生活常规，经常谈论，深信不疑，并且用他们的方式来衡量群体和个人的价值。当这种常规前进的动力、常规长存的条件环境和被臣服的种族成为一体的时候，这种常规就会运行得更加高效，代价就会越低。当这种常规的运行达到这样一个地步，被臣服的种族将白人至上现实的愿景具体化和长久化，并且对深植于社会大众中的被臣服的族人漠视不理。这种成规运行的最成功的结果就是使被臣服的种族作为一种社会的、具有创造力的和文化的力量在社会运行中保持中立。这些种族对白人至上主义并不构成威胁。他们现在是白人至上主义的维护者，依赖它并对此心存感激。在莫妮卡·索恩的第二代日裔美国人的女儿身上，这种成规的运行得到清晰的印证。

尽管我有自己的想法，但是我无法克服自我潜在的意识，我无法使自己开口。有些人把此解释为一个极端的青春期叛逆，但是我同时很清楚还因为我是一个日本人。绝大部分日裔在讨论的时候静静地坐在那里。有些东西迫使我们日本人觉得安静地坐在那里看上去有点愚笨，但是比大声地犯一个错误要好得多。我开始觉得日本人是安静的人，而且还羡慕我的同学们大声嚷嚷。他们所讲的并不总是深刻或者是相关，但是他们并不担心这些。只有经过一段长时间的斗争，我才能够不用脸红地在班里发表我自己最简单的看法。

作为白人至上主义的工具，那些被臣服的人高效地运行着，他们已经习惯于接受，而且生活在一种委婉的自卑状态中。这种自卑本身并没有什么，重要的是那些对白人客观的、审美的行为和成就标准的接受，在道德上的绝对接受。他们认为，因为他们不是白人，所以他们永远达不到白人的标准。在《伪装的美国人》（1971）中，这种自卑感在 Daniel I. Okimoto 对日裔美国人文学潜力的评估中显得更加清楚。

那些有一定名望的日裔美国作家不像其他少数族裔作家，比如黑人作家或犹太裔作家那样，愿意站出来表达他们下一代的心声。日裔作家不得不借助詹姆斯·米切纳、杰罗姆·查林以及其他有同情心的小说家的声音来表述自己的经历。即使第二代日裔人中出现了像伯纳·玛拉末或詹姆斯·鲍德温那样才华横溢的作家，他也肯定不会讲约翰·奥哈拉不曾讲过的话。

这种在少数民族内部自身存在的成规通过其成员个体或集体性的自卑而得到增强。从成规的角度来看，这种自卑或自我毁坏通常被委婉地认为是成功的同化、适应和文化融入。

如果这种自卑的源头是明显地产生于少数族裔外部，种族之间的敌意就会不可避免地产生像历史上黑人、印第安人和墨西哥裔的那些事例展示给我们的结果。最好的情况就是使这种自卑看起来根源于少数族裔内部。这种美好幻觉的传播是通过教育和法规。只有五位在美国出生的华人发表过认真尝试之后的文学作品。我们已经提到过刘裔昌、黄玉雪、李金兰和宋李瑞芳。第五个人是张粲芳，是唯一一位迄今为止发表过不止一部作品的作家。她发表过四部小说，还是一个有名的诗人。在这五位作家中，刘裔昌、黄玉雪、李金兰和宋李瑞芳都相信那些在华裔美国人中流行的成规是真实的，并且发现华裔美国人对此抱排斥态度，不愿意承认和面对它。他们是能证明那些规则但并不被包括在内的人。1970 年在对赵健秀的录音采访中，李金兰说："也就是换句话说，你希望白人开始思考华人，而不是把他们看作是安静的、谦虚的、被动的或其他的什么。这就是你们所想要的，是吗？"

"我不想自己被那些墨守的陈规来衡量，"赵健秀回答道。

"但是，"她说，"你已经承认你所谓的那些墨守陈规弥补了大多数华裔美国人的不足，现在我在学校也看到了这些情况。（李金兰是一位教员。）我想这些陈规对所有的少数民族后裔有益，像黑人、华人等，而不是敏锐地感觉到受到了侮辱。这几乎是一种条件反射。"

赵健秀问她是否愿意继续写关于华裔美国人的故事。她讲道，"我不想再继续写华裔，你知道，我并不想写和美国人的冲突。我并不想再写那样一部作品。"

"为什么呢？"他问。"那样很难吗？"

"那并不困难，"她说，"现在我可以坦率地说，这甚至不太……"她深吸了一口气。"我只是觉得那并不有趣。"

关于华裔美国人，黄玉雪曾经写道："我和那些美籍华人一起长大，在中学里面，直到四五十岁……他们中没有一个人进大学读书。我们现在已经不再是朋友了。"

黄玉雪、李金兰、刘裔昌和宋李瑞芳是第一代完整读完了所有公立教育体系的华裔。他们之前的那一代，法律禁止他们进入公立学校读书。他们的父母亲如果愿意读书的话，则是去那些被隔离的教会学校读书。张粲芳从她出生到快二十岁则是一直居住在中国。

在他们五个人中间，四个人很明显地受到了白人出版商的操控，从那些陈规出发写一些关于他们的故事。在这四个人中间，三个人并没有把他们自身考虑成严肃的作家，而是一味地迎合编辑的胃口，就像黄玉雪在她的采访中描述的那样：

"伊丽莎白·劳伦斯是邀请我写作的一个人。另外一个人是爱丽丝·库柏，现在已经去世。她是我在城市大学时的英文教师。"

赵健秀问道，"她们对你都有些什么帮助？"

"伊丽莎白·劳伦斯说，'我只要一个故事'，或者其他什么的。接下来，我前后三次努力，终成其稿。我把书稿送给她，看完之后她说，'十，二十，三十页，对于作者来说是有必要写的，但是对于读者也许就没有那必要去读那么多。'接着，她删掉了一部分。我拿着剩下的手稿，去洛杉矶找爱丽丝·库柏，她又帮我把它订在了一起。"

"你认为这是正确的吗？你为你的书感到快乐吗？"

"最终，我决定再次读我的书是在两三年前。它读起来依然没有什么问题。但是其中一些我想要的东西已经缺失，就像是卖给了傻瓜或是送进了博物馆。每个人读它的时候都抱有自己的目的。而你却需要同他们合作。如果这就是你想要付之印刷的，我想这就是事实。我想他们是不会保留任何他们所不认同的东西在里面。"

"这是我和一个成功的女商人的对话，而不是和一个严肃或十分敏锐的作家交谈。"赵健秀说，"但是你觉得有些内容被抛弃了？"

她实事求是地表达了一种对她自卑地位的接受，就像是她自身的一个优点一样。"哦，也许她们太自我了，我算什么？那时我26岁，人需要成熟了才能对自身有客观的认识。"

这些老规矩的形成自黄玉雪、李金兰、刘裔昌和宋李瑞芳他们出生前的很长一段时间就开始了，通过教育而逐渐被完善。它从华裔和其他族裔的基本冲突开始。白人族裔的成规是接受和不接受亚洲人完全没有男子汉的气质。不论好坏与否，典型的亚洲人仅是个人种而已。最可悲的是，亚裔美国人遭到蔑视，因为他们太女性化，生性柔弱，完全没有那种传统的原始的阳刚气质、果敢、勇猛和创造性。仅有的事实就是五分之四的美国出生的华裔美国作家都是女性，都强化了这种成规的女性主义色彩。这四位作家，四个自传作家，已经完全地融入了这个社会，把她们在书中所描写的性格的痕迹彻底根除了。宋李瑞芳通过写《我所听说的事》和《老相识》，黄玉雪通过第三人写了她自己，都进一步增强了华裔美国人不阳刚的一面。李金兰的小说《泰明建造的房子》描写了一个华裔美国女孩，受够了唐人街那些优柔寡断的中国男人，而爱上了一个"美国人"，也就是"一个白人"。

黄玉雪、李金兰和刘裔昌笔下的唐人街完全不同于那个死气沉沉的唐人街，完全不同于雷霆超的小说《吃一碗茶》中的那个甚至有些令人厌倦的唐人街。《吃一碗茶》是第一部华裔美国人写的与中国特色的唐人街相对立的小说，一个大批中国移民居住的唐人街的复制品。那里基本上是一个单身汉的社会，到处充斥着妓女和赌博。唐人街就像是一个国中国，周围像是被官方所规定的白人的世界围绕，唐人街和那里的居民就像是面对着一个冷漠无情的宗主国的附庸。这部小说发表于1961年，但是可以想象人们是如何接受这部小说的：是通过那些深深根植于家庭组织和漂亮姑娘的诡计之中的公共意识，因此对中国的怀旧之情就荡然无存了。从林语堂对唐人街的委婉描述到黎锦扬引进的卖人参的药房、肺痨病人，白人读者沉浸在裹着糖衣的唐人街文化庇护中。

雷霆超对唐人街的描写对于白人读者来说是令人讨厌的。书中的这些人物并没有通过我们在黄玉雪和李金兰的自传和虚构的短篇故事所看到的像唐人街那样广泛的影响而得到信任。人在那样的唐人街里是感觉到安全的，因为那里没有白人。那是我们所熟悉的唐人街，到处充满了粗俗和白人妓女，她们弥补了华裔女人的不足。同样，雷霆超笔下的唐人街使白人读者敬而远之。其笔下的人物操着一口令人讨厌的话，既不是英语也不是白人所认为的中国话的概念，就像是 Master Wang 所作的伪劣诗作《花鼓歌》或者是陈查理所见证的。

"去卖你的屁眼吧，你这条臭死蛇，"Chong Loo 对理发师破口大骂。"不要再说了，如果你想搞笑，就说点别的，你这个捣蛋，真是多嘴。"

这种说话的方式和形式以及机灵的回答在唐人街是真实的。雷霆超把川滇方言翻译成了这样的习语，而就这样的表达对雷霆超的华裔美国读者的影响来说，是喜闻乐见的和得到认可的。雷霆超耳聪目明，避免那些陈词滥调、敷衍之语和老生常谈。他了解唐人街那里的人及他们的毛病和焦虑，因此立刻就抓住了他们的褊狭性和人性弱点。

这幅由男性主宰的唐人街的情景在华裔美国文学上并不是孤立的。早在 1896 年，水仙花就写了关于在太平洋沿岸居住的中国人。和雷霆超一样，她准确地描绘了唐人街的单身汉社会。在小说《中国式斗争》（*A Chinese Feud*）中，她写道：

> 在那里他看见世界上最娇小美丽的女人向他的家走去，为他沏茶，准备饭菜。他看到一间小屋，一个脑袋油光蹭亮、眼神迷离的小男孩在那里叫喊着踢着什么东西。他看到他自己受到了唐人街那些没有老婆、没有母亲、没有姐妹、没有子女的中国老乡们的祝贺。

唐人街在历史上受到了男性的主宰。像黄玉雪、李金兰、刘裔昌书中描写的那样的中国家庭少之又少。在那些有名气的作品中，唐人街里受挫的单身汉构成了唐人街人口的绝大多数，他们象征着被拒绝或彻底遗忘。

与华裔美国文学不同，日裔美国作家最近刚接受了双重性格的概念。Daniel Okimoto 的小说《伪装的美国人》（*American in Disguise*），像所有日裔美国作家写的书一样长的作品，毫无疑问地接受了双重性格，并使它处于中心地位。意味深长的是，尽管忽略了双重性格概念的稻田房雄在 1971 年也出版了自己的作品，但是 Okimoto 的小说受到了美国国内出版界的好评，而稻田的诗集《战争之前》（*Before the War*），第一本由在美国出生的日裔美国作家的诗集，却被人们所遗忘，就连投在大都市报纸上的关于诗集的书评也被拒稿。日裔美国作家俊盛雄夫（1949）、冈田（1957）、欧古柏（1946）和稻田房雄的作品都看透了双重性格的虚假并拒绝了它。莫妮卡·索恩拒绝接受这种说法。虽然出版商极力劝说她借着华裔作家黄玉雪的《华女阿五》（1950）成功的东风，在创作《二世女儿》（1953）时模仿一下那部成功的作品，但是仍然遭到了拒绝。

　　"虽然这是一部以第一人称口吻讲述的小说，但是从中国人的传统习惯看来，这部小说是从第三人称的口吻写的。"黄玉雪在注释中这样解释道，她认为自己是有双重身份的人。从书封面上的话中可以看出，George Sessions Perry 在接受双重身份的同时，也无意中暗示，这对个体造成了消极作用，如果这些话不是伪造的：

> 作为一个非常"美国化"的年轻女性，当她分别以自己和其他中国人的视角来看自己纯粹的中国式家庭生活的时候，分歧是很大的。

　　其中暗指的是，"分歧"是由于她只是"非常"而不是纯粹的美国化的"年轻女性"造成的。分歧被引入了双重人格这个控制着 Perry 对于亚裔美国人的理解的概念当中，它使 Perry 激动、困惑，但又陶醉其中。双重人格的概念并不是由于亚裔美国人的经历而自发形成的，莫妮卡·索恩对于白天在公立学校上学，傍晚在日本学校学习的生动描写充分印证了这一点：

> 逐渐地，我向双重的课程学习屈服了。日本学校与美国的语法学校差别太大了。每天自己的人格来回颠倒变化，就像变色龙一样。在 Bailey Gatzert 学校我是个到处瞎跑、大喊大叫的美国小孩儿，但是当三点学校的钟声敲响的时候，大门突然打

开，学生们就像从破袋子里洒出来的软糖一样冲了出来，我突然间变成了讲诚实、懂礼貌、说话细声细语、胆小的日本小女孩儿了。

双重人格从外部强压着她。社会压力和教育环境使她既是美国人又是日本人。从她自己的经历来说，她其实哪个都不是：

大桥先生和松井女士以为他们可以说服我，使我逐渐成为他们理想中的日本乖乖女——一个气质优雅、安安稳稳、思想纯洁、彬彬有礼、恬静温和、严于律己的年轻女士。但是他们并没有取得多少进展，因为我是个 skidrow（失业者和酒徒聚集的破烂肮脏的街道）的孩子。

她说自己"出身贫苦"，是"东西方的结合体"。从后来《二世女儿》这本书的销量和传播性看来，她在当时说这些话是个致命的错误。因为双重人格和两种人格之间不可调和的矛盾不仅是黄玉雪书中的核心，也是除了张粲芳以外，所有华裔美国作家的作品的核心。《华女阿五》已经在美国和英国再版了很多次了。它被译成很多种语言，无论从专家的评论还是从销量上，这部书都堪称华裔美国作家的巅峰之作。

和华裔美国作家不同，日裔美国作家组成了文学知识分子社团。早在 20 世纪，日裔美国作家就拒绝接受双重身份的说法，坚持自己的"第二代日裔美国人"的身份——既不是日本人，也不是欧裔美国白人（引自 Toyo Suyemoto 在《Hokubei Asahi》一书一篇写于 1934 年的文章）。

在三四十年代，日裔美国人创立了他们自己的文学杂志。即使他们被扣押，他们的文学杂志也会在新的地方兴盛发展起来。这是日裔美国人历史上最艰难、最令人困惑的时期之一。正是在这段时期，他们的文学繁荣起来了。在 Trek 和 All Abroad，以及关于野营的杂志和报纸上，日裔美国作家的作品得到发展，他们的经历的标志被像 Toshio Mori、Globularius Schraubi、诗人 Toyo Suyemoto、艺术家 Mine Okubo，以及最优秀的亚裔美国短篇小说家 Hisaye Yamamoto 这样的作家记录下来。虽然日裔美国作家的作品具有更加成熟的文学技巧，而且很多作品都是由日裔美国人组织委托撰写的，但是却有更多的华裔美国作家的书得到出版。

《无所事事的男孩》（1957）是冈田的第一部小说，不幸的是，也是他的最后一部小说。在 1971 年临死前，他正打算写一部关于第一代美国日本移民，以及他们从日本移民美国全过程的书。事实上，这是美国文学史上第一部日裔美国人写的书，也将是 50 年代第二部由住在西雅图的第二代日裔美国人创作的小说（第一部是《二世女儿》）。一些亚裔美国文学的学者曾说过《无所事事的男孩》没有任何文学价值，但是作为那一特定时期的日裔美国人在思想上和心理上的真实写照，它还是值得一读的。这些评论家认为冈田作品的可读性在于这是一部描写社会历史的小说，而不是其文学性。社会历史和文学的界限很难界定，尤其是当作品是描写一种日益浮现的情感的时候，就更难界定了。从定义上来讲，少数民族文学描写的对象就是社会历史。并没有什么资料可以参考，也没有什么标准来衡量。所以，从它自身来讲，冈田的小说促进了日裔美国小说的兴盛，他的小说是由其自身引起的，骄傲地订立了他自己的标准。

对于少数族裔的作家所处的文学环境，白人作家不了解，也不理解。白人作家写作很自如，因为他们知道，美国社会是白人控制的。有的时候少数族裔的作家会被问道，"你是以什么身份写的？"在回答的时候，作家就得做个选择。拿冈田来说，他要么选日本人，要么选美国人，但是他两个都不选，提出了"第二代日裔美国人"的概念——既不是日本人也不是美国人。冈田作品的主人公代表着他眼中的日裔美国人，是不能被称为双重人格的，因为双重人格的概念会使二者找到结合点。双写的，并用连字符连起来的两个"不"的这本书的主人公，再次拒绝了"日裔美国人"的概念——既对日本人说"不"，也对美国人说"不"。

观点的疑问只是少数族裔作家的作品的体裁特点之一。他有着直接而又戏剧化的对于社会和道德方面的寓意。在社会历史层面，日裔美国文学意义深远。接着，问题出来了，那就是，什么力量在驱使、影响着作家？他是如何察觉到这些力量的呢？他是如何明确处理并反映这个时代的白人和有色人种的态度的？他是如何被双重人格影响的？怎么被基督教同化的？他是如何看待自己种族与其他少数族裔以及白人的关系的？作家在写作过程中的专业程度有多少？他的观点又是什么样的？如果按照以往的情况，当这些问题的答案趋于明朗后，作家会说自己根本就不是真正的作家，他要按照白人出版商和编辑的意愿来写作，这时又当何论呢？

所以那些严肃的亚裔美国作家们，就像其他少数族裔的一样，对他们少数民族的经历进行必要和全面的记录，并将此创作进自己的作品中去，他们被看作是庸医、巫婆、疯狂的预言者、可笑的同伴和在马路上为了几枚硬币而高度紧张严肃的舞者。在那段完全没有日裔美国文学传统的时代，冈田开始了自己的小说创作。此前只有三个先驱：一本短篇小说集——俊夫盛雄的《横滨，加州》、自传《二世女儿》，还有 Hisaye Yamamoto 的短篇小说。冈田的小说看起来像是一种完美概念的体验，一部不知道是从什么地方冒出来的小说，无论是从哪一条文学的标准来看都是如此糟糕，以至于日裔美国文学批评家们都遗忘了这本书，重重地亵渎这本书，捧起来之后再肆意地侮辱。《无所事事的男孩》成为一本立刻被人们遗忘的书，15 年前第一版出版时印刷的 1500 本至今还没有卖完就是证明。

批评家们已经忘记了文学的活力源于对人类经验的讴歌和对平凡生活的赞美。在阅读冈田和其他亚裔作家的作品时，我感觉到他们都没有考虑到这样一个事实，即在陌生的土地上生活着的一群外来人，要经历这片土地上的一切，要用他们原有的词汇发展一种新的语言。奇怪的是，批评家们接受了科幻小说中人类在未来星球上的变化。甚至由将来可能饱和的大众传媒所制造的文化碰撞的概念也会使新的族裔和语言被大众接受，就像安东尼·伯吉斯（Anthony Burgess）在 60 年代对《发条橙》成功的批评，50 年代飞侠哥顿（Flash Gordon）滑稽的言谈，还有 30 年代巴克·罗杰斯（Buck Rogers）的

《OZ 国历险记》。

批评家们将俊夫盛雄的语言称之为"糟糕的英语"是不合适的，就像威廉姆·萨罗扬在对俊夫盛雄的小说《横滨，加州》的介绍中所写的那样：

> 在成千上万的没有出版作品的作家中，恐怕不会超过三个作家写的英语比俊夫盛雄的糟糕。他写的故事里充满了语法错误，他对英语的运用，尤其是当他想要表达一些好事物的时候，其用词都非常糟糕。甚至一个高中的英语老师也可以认定他的语法和标点不及格。

批评家们忽略或者对冈田在书中对语言和标点的处理作出过于尴尬的反应都是不合适的。要求少数族裔的作家用地道的英语来思考、去信仰，甚至充满雄心地去写出一首漂亮的、准确无误的、合乎标点习惯的英语句子，这种设想本身就是白人种族主义政策的表现。普遍存在的信条是正确的英语是美国真理的唯一语言，这已经使语言成为其文化帝国主义的工具。少数族裔的经历并没有使他们向白人语言的那些准确的完整的表达屈服。少数族裔作家，尤其是那些亚裔作家，常常感觉到自己是在被迫地使用那些由陌生人和充满敌意的人创造的语言。

单就语言而言，他们的任务就是使他的族众对源于白人的语言的运用合理化，用那些早期的符号、陈词滥调、语言行为方式和奉承白人的幽默感来书写他们少数民族的经历，因为它可以嘲讽亚裔美国人的自卑感。或者说他们的任务恰恰相反，就是使那些描写族众经历的语言、风格和句法合理化，用那些符号标志、陈词滥调、语言行为方式以及从与那种经历一起的天然相似性中产生的幽默感来描写他们的经历，就像写他的族众一样。

甚至在那些早已设计好的用来阻止少数民族成为主流的工具中，语言上的独裁主义仍在延续。实际上，所有包含有亚裔美国文学部分的第三世界文学选集都使那些来自中国的华人对华裔美国人产生了误解，很容易就忽视了那些明显的文化差异。黎锦扬和林语堂都在中国出生和长大，在那个中国文化圈里他们是安全的，不像那些华裔美国作家，他们只是刚刚适应了美国的方式，把那些华裔美国人当做外国人来写。他们的作品更加权威地证明了双重个性的概念。然而，他们华人的身份使他们丧失了同华裔美国人交流时的敏感性。另外的那些华裔美国作家新收录的文学选集几乎都有刘裔昌、黄玉雪的作品，这些作家也在强化这种陈规。刘裔昌的《父亲和荣耀的后裔》出版于 1943 年。沉重的外壳表露了这本书的种族主义功能，声称《父亲和荣耀的后裔》是一部当美国人必须学会如何同其忠实的少数族裔融合的时候及时出版的书。

像这个国家的情况，在言语的社会里对语言的剥夺进一步被认为是缺乏完整的亚裔美国文化（最多，在美国出生的亚裔美国人被认作是"美国化的"华人或日本人）和缺乏亚裔美国男子风格的。这两个条件产生了"黑鬼心智的温床"，受此影响，华裔和日裔美国人都接受了这种责任，而不是语言的权威，接受了这种依赖性。通过英语教学和发表作品，这种依存性得到加强。这种依赖性无意识地造就了成田的前两部小说《夏威夷来的运气》（1966）和《凤梨白人》（1970）的语言风格。成田和他二世身份之间的这种交流被他看来不属于他的语言所劫持，而不像俊夫盛雄和冈田，强势地用来自家乡的语言来书写。就像克劳德·麦凯（Claude McKay）、马克·吐温和司各特·莫曼德（N. Scott Momaday）所作的，俊夫盛雄和冈田证实了新的经历孕育新的语言。

冈田用他自己一直倾听着的口头传统来书写，把他的作品讲到纸上。用白人静静地阅读印刷品的标准来评判冈田的作品是不合适的。当你阅读冈田或其他亚裔作家作品的时候，要用耳朵去倾听。在句子中，冈田不断变换着声音和人物，用尽了自由的形式，并一直在塑造着。这些声音变化和白人语调一致、任务延续的传统截然不同，而是更准确地复制了人们说话的方式："一群黑鬼在滨湖宾馆前闹嚷嚷地骑马"。在"骑马"、"闹嚷嚷地"和"滨湖宾馆"之间有一个快速的场景切换。这种风格本身就是被压缩成一个有机整体的日裔美国人歇斯底里的多元声音的写照。

　　冈田的作品是新颖的，只是因为白人对日裔美国文化的不准确解读，而不是冈田在他幽暗的实验室中通宵达旦地创造日裔美国文化。尽管他丑化了让日裔美国人感到自愧弗如、无地自容的美国形象，并以强烈的爱国主义名义发出绝望的悲号，呼吁日裔美国人热爱日本，热爱日本文化，但坦率地说，他的作品算不上博人同情的歌剧作品，也算不上一部争取权益的争辩作品。不仅如此，这本书一直都不被人重视，不光是白人，还有日裔美国人，因为他们害怕别人按照冈田的作品对号入座，不把他们当美国人。《无所事事的男孩》一书的出版商查尔斯·塔特尔在一封信中写道："当初出版这本书的时候，我们原以为大多数日裔美国人都会对其表现出高涨的热情，但他们表现出的却是不屑一顾甚至是排斥。"

　　这本书以终日乌云密布、阴雨连绵，让人感到极度压抑的西雅图为背景，主人公的生活充斥着压抑和绝望，周围的亲友有的死亡，有的自杀，他悲愤不已却又无处宣泄，常常一个人生闷气。这绝非一个轻松的题材，不过书中也有一些鼓舞人心、催人上进的内容，至少亚裔美国读者会有这种感受。作者跳出传统的写作方式，巧妙地借助聊天的形式来进行写作，把日裔美国人原汁原味的闲聊内容变成了文字，全面地描述他们平淡中不乏精彩的生活。本书的风格和结构本身就是日裔美国人在某一特定时期生活的一个缩影。总之，这本格调颓废的书之所以能得到读者的认可，让他们欢呼到热血沸腾，其实没有什么神秘的，因为这是一种新文学，作家们尝试这种新文学并无其他想法，只是想写出来供人翻阅。这种做法既非为了复古，用呆板的旧语言来描写新生活，也非让白种人受到良心的谴责，把英语这种语言毁灭掉。

　　本书的主人公一郎是第二代日裔美国人，战争期间他拒绝参军，所以被抓进了监狱。小说以一郎回到阔别两年的西雅图开篇。在他的家庭成员中，母亲固执地以为日本是战胜国，拒绝把家里开的小卖店的财物寄给写信向他们求援的日本亲人们；父亲是个酒鬼，弟弟太郎以一郎这个"无所事事的男孩"为耻，为了挽回全家人的面子，他从高中辍学去参军。其他"无所事事的男孩"都耽于酗酒、淫乱，但一郎从不这样。他离开了这群人，和长井成了最好的朋友。长井参加了二战并在战后被授予"战斗英雄"的荣誉，但这个荣誉的取得是以他的一条腿为代价的。在小说结束时，长井离开了人世，虽然他是个人皆敬仰的战斗英雄，但他腿上的瘀伤却不断地恶化，让他不得不一次次地截肢，到最后医生也回天无术，他认为这一切都是上天的安排。临终前，长井把一个善解人意的女人托付给了一郎，这个女人的丈夫战后抛弃了她，在欧洲继续军旅生涯并且从此定居在那里。长井的做法从一个侧面说明了一郎是一个善良而且有责任心的人。

　　一郎已经到了筋疲力尽、心力交瘁的地步。他曾经拥有过、曾经热爱过的一切要么不复存在，要么面目全非。他拒绝了生活赐予他的一切，比如一个女人的爱，再比如善良的凯瑞克先生给他找的工作。因为他认为自己是个没用的人，不管怎样，他必须证明自己是有用武之地的。弟弟打了他一巴掌，拒绝帮助他；朋友们和父母也都离开他，他似乎成了一个可怜的失败者。他做的一切都不对，但他不做事情也不对。他既自卑又自怜，却又被一种高傲的感觉折磨着，这真是莫大的讽刺。他没有像《一个青年艺术家的自画像》中的史蒂芬·戴德勒斯一样去"在灵魂的铁匠铺锻造出他的种族意识"。但是他也在苦苦寻觅自己身份之外的某种东西，也就是语言自身的特质，这种处在萌芽阶段的日裔美国英语只能用消极的字眼来定义既非纯正的日本人，又非美国人的日裔美国人，这让原本所有积极的尝试以被动和绝望的现实告终。"想得深入一些，你的疑惑就会消失。"一郎的母亲说。"你是我儿子，"她边纺线边说。听了母亲的话后，一郎自顾自地说了一番话，这番话是全文最震撼人心的段落之一：

　　　　"不！"他一边看着她拉开窗帘开始营业，一边自言自语地说，"有一段时期我曾是你的儿子，时间我记不清了，只记得你那时常常微笑着给我讲英勇善战的武士们手持锋利的武器，保护主人的故事。你还讲过一个老太太在溪流中捡到一个桃子，拿回家后，她丈夫掰开桃子后一个大胖小子从里面跳出来，一下子让老两口乐得合不拢嘴。我就是桃子里的那个小男孩，你是那个老太太。我们都是日本人，我们有日本人的情感、日本人的骄傲、日本人的思想。那时我们虽然身在美国，但无论是从感情上，还是从思想上来说，我们都是正宗的日本人。到了后来，我感觉自己好像只是半个日本人，因为一个完整的日本人不会在美国出生，不会在美国成长并接受教育。一个完整的日本人在美国和美国人相处时不说话，不咒人，不抽烟，不喝酒，不玩耍，不打架，也不乱管闲事。虽然他住着美国的房子，走在美国的街道上，但是他从来不想变成美国人，也不会眷恋这里。我爱上了美国，但我的爱是有所保留的，因为你还是我的半个母亲，我也还是半个日本人。当战争爆发时，他们让我为美国卖命，我那时没有能力反抗你，我也无法抵抗半个日本人的身份带给我的痛苦感受，我的半个美国人身份从来没让我那么痛苦过。实际上我就是一个日本人，只不过我一直没有发现、没有感觉到，现在我终于知道了，但是已经晚了。虽然我只是半个日本人了，但它足以让我明白为什么我不会为美国卖命，让我明白我是在日本出生的。然而我的半个美国人身份却让我感到空虚寂寞，却又无从说起。我不是你儿子，我不是日本人，我也不是美国人。我可以去某一个地方告诉人们我已经想通了，我是日本人。这种想法让我心里不好受，也会招人打骂，但它是我内心的真实想法。如果我不改变想法，军队不会要我的。其实我随时可以改变想法，但是我首先过不了我自己这关，我无法改变。我发自肺腑地希望我是一个纯正的日本人或者美国人，但我不是。为此我责怪你，责怪我自己，责怪这个邦国林立、战火纷飞的世界，国与国之间彼此仇恨，他们一次次地相互交战，一次次地造成无数死伤，一次次地让这个世界变得伤痕累累。为什么会这样？原因其实简单明了，但我一直没能参透。我不明白为什么你过去是我的一半母亲，现在却不再是了；我不明白一半美国人的身份究竟给我带来了什么。如果我信任这个国家，我珍惜、爱护这里的一切，我想维护它的利益，我会说好，我要参军，我要为了这个国家战斗。但这样一来我就是一个完整的美国人了。

这段独白对全书至关重要，因为其中交代了一郎已经具备却又一直在苦苦寻觅的完整归属感。一郎的一生都体现在这一段中。该段以一个"不"字开始，描述了一郎童年的生活，他的家庭就是日本社会的一个缩影，母亲常给他讲武士护主等日本民间故事，成年后一郎却拒绝参加美国军队，表现出了对日本的忠诚。但小说结束时，一郎用一个肯定的"是"和"珍惜"、"热爱"这样的字眼对他的一番假想做出了回应，这个时候他的思想天平开始向美国一侧倾斜。

一郎的力量、他的绝望连同他既非日本人又非美国人这个事实一道，成了一个残酷的笑话，不但嘲弄着他改变的身份，还让人回忆起了一般日本人的形象——他们不光眼睛斜，走路也斜，做事情拖别人后腿，还经常当逃兵，让人笑话。他避免使用一些日语名词，以弱化他是日本人的事实，比如说，他用"英勇凶猛的勇士"来替代日语"武士"。

冈田的《无所事事的男孩》就是对普遍存在的种族自卑感的一个探究。在某一点上，通过一郎这个人物，冈田认为，一方面，因为身体和文化上及其他一些受偏爱的种族的差异，你会感到自卑，另一方面，你也会看不起和你地位相当的种族：

我想这些日本佬应该知道，一大群人住在一起，像日本佬一样说话、做事，只会给他们带来麻烦，但是我父亲回来……我听说现在在西雅图，那里的日本人几乎和战前一样多。这真是一件令人羞耻的事，简直是奇耻大辱。用不了多久那里就会变得和战前一样了。一大堆日本人生活在自己的圈子里，就像是围栏一样，你虽然看不到，但那会极大地伤害他们。当政府关到集中营里并用真正的围栏关着他们时，他们会抱怨，会大声叫喊，但是他们现在却在对自己做着同样的该死的事情。因为政府说他们是日本佬，他们会大声叫喊，而当他们被放出去的时候，他们又会迫不及待地聚在一起，仿佛是在证明他们就是日本佬。

　　日裔美国文学在 20 世纪 30 年代开始繁荣起来，并经历了战争时期和安置营的岁月。在这段时期，大量的文学作品和新闻体裁作品涌现出来。日裔美国人身份的问题，第一代日裔美国人和二世之间的冲突，黄种人、白种人和黑人之间的相互关系，以及战争都在安置营的报纸、文学杂志、日记以及期刊上一遍又一遍地被审核。这种群居经验的结果就是有文化的日裔美国人已经进入了美国生活的方方面面。这种安置营里走出来了许多有着高超写作技巧的作家，像比尔·细川和拉里·田尻成了《丹佛邮报》的编辑，此外还有像岩川上、柏木、保罗·伊塔亚、杰克、俊夫盛雄及山本久惠这样的诗人和小说家。虽然做记者的日裔美国人得到了认同，但那些小说家和诗人，却因为太过本土化，而无一例外地被局限在像《太平洋公民》这样的日裔美国人联盟的报纸上。为了保留一种我们并不存在的假象，很多亚裔美国作家被要求用笔名写作。黎锦扬就曾被告知，如果用一个白人的笔名来写作的话，他的文章会有更多的出版机会。当然为了守信，他还是用了自己的名字。

　　第一部有关安置营的书却不是日本人写的，而是一个名为卡伦·基欧的白人女作家写的，《阳光下的城市》在 1947 年出版后，《太平洋公民》的编辑很诧异为什么没有一个日裔美国人来写一部关于安置营的小说或者其他形式的作品。后来这家杂志的编辑认为可能是因为这段经历太过于悲惨了，所以日裔作家不愿写。而事实上，这段经历非但没有让他们变得消沉，反而更加地激发了他们的艺术创作的斗志。事实上，日裔美国人写了很多有关安置营的作品，只不过没有对外出版而已。

　　黑人和墨西哥人经常会用一种非常规的英语来写作。他们这种特殊的地方话是来源于他们国家的官方语言。只有亚裔美国人会完全不用他们的母语，即便是在家里，他们也需要用英语这种他们从来没用过的语言，并且面对的是一个他们只在书里见过的文化。这种白人文化对亚洲人母语的强迫性的剥除，经过多年的日积月累，使得这里的很多亚裔美国文化消失了。结果，一个非日本的白人女性就成为了第一个也是唯一一个写到日裔美国人安置营经历的小说家，这真是荒唐啊。更过分的是，她写的还都不是真的。

冈田在其作品中写道，稻田房雄（Lawson Inada）的诗歌谈不上另类，他那粗糙的、有些恶毒的语言与讲究意境的东方艺术简直是大相径庭。无论是谁，甚至是威廉·萨罗扬（William Saroyan），再怎么努力都不能让稻田的作品变得另类一些，也不能把他的作品看成是高中英语论文。"稻田的诗歌紧凑、坚韧、强硬，但同时又不缺乏文雅、幽默和爱"萨罗扬在稻田的第一本诗集《战争之前》的封皮上如是写道。稻田是一位非常厉害的诗人，他出生于加州西佛雷斯诺的多种族贫民窟，从小和黑人一起长大，说他们的语言，玩他们的音乐。但是他的想法是他自己的，那是一种来自第三代日裔美国人的大无畏想法。这种想法与现在身为西部居民的黑人不一样，这种想法是发自内心的。在《佛雷斯诺诗人选集》中，在名为《圣达菲车站下》（"Down at the Santa Fe Depot"）的诗中，稻田写到了亚裔美国人以前从没有写过的仇恨和恐惧感。稻田非常地强硬，他揭露了亚裔美国人的自卑感。他用了一些白人侮辱中国人和日本人的名词来亵渎神圣的英语。这样的结果并不是毁灭性的，反倒是充满了魔力，还揭发了关于美国人的一个新的事实。

中国佬

叽叽喳喳的中国佬
坐在一个篱笆上
为了挣到一美元
他剁啊剁啊剁了一整天

"Eju-kei-shung, Eju-kei-shung"！
那是他们所说的

当战争来临时
他们说，"我们是中国人。"

当我们离开时
他们学会了烧寿司
他们说，"黄种人是一家人。"

当战争结束时
他们向日本佬的房子扔石头

奶奶会说：
嫁个墨西哥人吧，
或者黑鬼，只是别
嫁给中国人

中国人因为主动地表现出他们不是日本人而遭到鄙视。在《无所事事的男孩》中，长井认真地告诫一郎，别像个日本人一样。"去一千公里的地方吧，那里没有日本佬，你可以娶一个白人女孩，或者黑人、意大利人，甚至中国人都行。但千万别是一个日本人。如果你能做到的话，几代以后，你的生活就会稳定下来了。"

稻田的作品呼应了《无所事事的男孩》。那其中的相似性既有偶然也有必然。稻田和冈田之间靠感觉联系，而不是靠他的前辈所留下的真实的知识。直到十年后稻田读了《西边颂歌》，他才知道有冈田这个人。

（孙乐　翻译）

后 记

当我在 2000 年开始编撰《美国华裔文学选读》时，就有出版一部族裔文学批评理论书籍的计划，希望能从文本、华裔文学发展历史和族裔文学批评理论三个方面为美国华裔文学的研究和教学做一些工作。2004 年出版了《美国华裔文学选读》，2006 年出版了翻译的《美国华裔文学史》，而这本离散文学研究论文集的定稿，竟比其他两部花费的时间都要长：从 2006 年开始，一直到 2011 年 5 月定稿，前后花了五年时间。这主要是因为这个文集的翻译难度相当之大。原因是，对于其他主要西方文论而言，离散批评是比较新的一种理论，不但概念新，而且话语新。我们都知道，随着一种新理论的诞生，会有一系列新话语的产生，用来说明这些新概念，表现这些新思想。我们在翻译这些文章时，常常面临许多没有现成的可供借鉴的术语翻译。更为困难的是，为了阐述一些新的概念和视角，论述常常是我们所不熟悉的话语结构，这些概念层面、术语层面和深层结构层面的难度，给译者带来很大的挑战。可以说，担这个课题的译者，首先是接受了这样的挑战，接着又付出了艰辛的劳动。在此，我对承担此项课题的所有译者所表现出的勇气，表示衷心的谢忱。感谢他们对此项目的兴趣，以及为此付出的劳动。参与本文集翻译的译者各自承担的具体篇章，以及翻译者的姓名，详见于每篇文章的末尾。他们是（按姓氏排列）：丁慧，马惠琴，马乐梅，苏擘，孙乐，熊婷惠，杨冬敏，殷茵，张亚婷，赵建国。

在此我要感谢这些文章的作者。感谢黄秀玲（Sau-ling C. Wong）教授发来熊婷惠的译文，该文章已于 2010 年在李有成教授和张锦忠博士主编的《离散与国家想象：文学与文化研究集稿》（台北：允晨文化，2010）一书中面世，李有成教授和张锦忠博士慷慨同意我们将此译文收入，并发来该论文的电子版，对我们的编辑工作提供了方便，在此表示感谢。感谢凌津奇教授赐稿二篇，并亲自校对自己的英文论文的翻译，保证了译文的准确性；感谢林玉玲教授、黛博拉·迈德森教授和谢少波教授慷慨赐稿，并感谢谢少波教授发来北京外国语大学赵建国翻译的谢少波论文的译文。感谢本书的责任编辑宋立君先生，由于他一丝不苟的严谨的工作，原书稿中的许多笔误和不足之处得以及时纠正和弥补，提升了从内容到格式的正确和规范程度。在此表示衷心的感谢。

特别感谢南开大学出版社的张彤女士，感谢她多年来对华人文学研究的支持，"南开 21 世纪华人文学丛书"使得南开大学出版社成为国内最大的华人文学研究出版中心，在海内外学者中都产生了影响。希望本书的出版能对我国的华人文学研究有所推动。

徐颖果
2011 年夏